WILLIAM T. QUICK

Planet der Affen

Buch

Die visionäre Reise auf den Planet der Affen erzählt von einer verkehrten Welt – einem brutalen, primitiven Ort, wo Affen an der Macht sind und Menschen sich das Lebensnotwendige ergattern müssen, erbarmungslos gejagt und zu Sklaven gemacht von den tyrannischen Primaten. Als plötzlich ein Mann auftaucht, dem die gegenwärtige Rangordnung fremd ist und der von den Unterdrückungsmechanismen ungerührt bleibt, wird er zur Herausforderung für die Herrschenden und zum Auslöser einer sozialen Revolution.

Der Oscar-prämierte Originalfilm »Planet der Affen« (USA 1967) basierte frei auf einem Roman des französischen Schriftstellers Pierre Boulle. Die Erstaufführung zum Höhepunkt der rassenpolitischen Unruhen in Amerika rief eine starke Publikumsresonanz hervor. Das legendäre Schlussbild des Films, in dem ein zu Tode erschrockener NASA-Astronaut im Angesicht der Überreste der New Yorker Freiheitsstatue das Schicksal der Menschheit erkennt, wurde zum unvergesslichen Symbol der Kinogeschichte.

Regisseur Tim Burton erweckt die Pop-Ikone der 60er Jahre zu neuem Leben: »Planet der Affen« ist die spektakuläre Neuinterpretation einer Leinwand-Legende!

Autor

William Thomas Quick, US-Amerikaner, ist Autor zahlreicher Romane und Drehbücher mit Themen aus Frühgeschichte, Sciencefiction und Fantasy, auch unter dem Pseudonym Margaret Allan. Der Sohn indischer Vorfahren lebt in San Francisco.

William T. Quick

Planet der Affen

Der Roman zum Film
unter der Regie von Tim Burton
Nach dem Drehbuch von William Broyles, Jr.
und Lawrence Konner & Mark Rosenthal

Ins Deutsche übertragen
von Horst Pukallus

GOLDMANN

Die amerikanische Originalausgabe
erschien unter dem Titel »Planet of the Apes«
bei HarperEntertainment,
an imprint of HarperCollins Publishers, New York

Umwelthinweis:
Alle bedruckten Materialien dieses Taschenbuches
sind chlorfrei und umweltschonend.

Deutsche Erstveröffentlichung 8/2001

Umschlaggestaltung: Design Team München

Satz: IBV Satz- und Datentechnik GmbH, Berlin
Druck: Elsnerdruck, Berlin
Verlagsnummer: 45159
Redaktion: Patricia Haas
V. B. · Herstellung: Sebastian Strohmaier
Printed in Germany
ISBN 3-442-45159-0
www.goldmann-verlag.de

1 3 5 7 9 10 8 6 4 2

1. Kapitel

Fern im Weltraum.

Ein unfassbar riesiger Wirbelsturm aus Sternen raste heran, ergoss sich aus dem Kelch der Zeit mitten in die Ewigkeit. Schwallte durchs All, strudelte immer schneller dahin …

Plötzlich wechselte die Perspektive, der endlose Sternenschwarm schob sich schlagartig unter ein Raster, als kippte jemand eine Schale voller Diamanten aus. Und etwas … erschien.

Etwas Leuchtendes. Ein Glosen von Helligkeit, ein Zucken von Licht, eine fließende Welle elektromagnetischen Drucks auf das Auge: eine Leere im Raum, ein Loch, eine Tür?

Vielleicht ein Fenster. Ein Fenster in einem gestirnten Rahmen. Der Rahmen befand sich über einem Kontrollpult, das farbenfroh wie ein Weihnachtsbaum erstrahlte: Zwischen geheimnisvollen Tasten blinkten und pulsten Leuchtflächen, glänzten Schalter.

Und auf den Tasten … ein langer, behaarter Finger. Tipp. Tipp-tipp. Tippeti-tippeti-tipp. Digitale Muster, ein Fadenkreuz, ein Weg zwischen den Sternen. Tipp-*tipp.*

Der Schimpanse, der vor der Tastatur saß und sich daran betätigte, hatte ein viel intelligenteres und gescheiteres Gesicht als jeder normale Affe und trug Monitorhelm und Fliegermontur. Seine Finger huschten und flitzten über die Tasten. Die braunen Augen unter dem knochigen Stirnwulst hatten einen Ausdruck der Gespanntheit, sie betrachteten das Pult, beobachteten das Panorama auf dem Bildschirm, verfolgten das Kreisen und Wirbeln der Sterne auf dem Monitor. Er riss die Augen auf, als unvermittelt, mit grausamer Schroffheit, ein grellrotes Licht flammte und auf seine Schreckensmiene einen karmesinroten Helligkeitsschein warf.

Pieeeeeep! Das durchdringende Gellen erinnerte an die Schärfe einer Rasierklinge, und der Schimpanse fuhr bei dem scheußlichen Geräusch heftig zusammen. Unwillkürlich krümmte er die Finger und drückte wieder auf den Tasten herum. *Pieeeeeep!* Er geriet in Panik, vor Ratlosigkeit zitterten ihm hektisch die Hände. Sein Herz wummerte, der Atem beschleunigte sich, die braunen Augen waren jetzt weit aufgesperrt, ihr Blick irrte wirr umher.

Immer rascher kamen die negativen Anzeigen, er verlor die Kontrolle …

Pieeee …

Der Bildschirm wurde schwarz.

Die Bildfläche glänzte wie ein schwarzer Spiegel. Auf der Fläche eine Reflexion: Langsam zeigte und näherte sich ein Gesicht. Major Leo Davidson, ein dunkelhaariger Mann von kräftiger Statur, Mitte Zwanzig, langte über die Schulter des Schimpansen und drückte auf das rote Warnlicht. Das Schrillen verstummte.

Stille.

»Du hast's verpfuscht«, stellte Davidson fest.

Der Schimpanse drehte sich in den Gurten, schaute sich im Innern des Flugsimulators um, sah Davidson an. Er öffnete den Mund, seine gummiartigen Lippen bildeten ein Durcheinander von Schimpansenlauten.

Davidson nickte. »Da staunst du, was? Ich habe das Trainingsprogramm verändert.«

Der Schimpanse stieß noch mehr fragend klingende Laute aus und wandte sich wieder dem Kontrollpult zu. Ergebnislos tippte er Tasten, dann schaute er wieder Davidson an.

Davidson grinste ihn an. »Ich weiß, dass du mit dem linearen Direktflugweg keine Probleme hast … Aber wie steht's mit der Wellenflugbahn?«

Verständnislos schnitt der Schimpanse eine Fratze und trommelte mit den Fingern kraftvoller auf die inaktive Tastatur ein. Als nichts geschah, blickte er sich erneut nach Davidson um.

»Es reicht, Perikles.«

Sich aufbäumend, drosch der Schimpanse mit beiden haarigen Fäusten auf das Kontrollpult, benahm sich wie ein fünfjähriges Menschenkind, das einen Trotzanfall hat.

»Hör auf«, sagte Davidson in schärferem Ton.

Perikles missachtete die Ermahnung und tobte seine Erbitterung weiter am Kontrollpult aus.

Er ließ sich nicht beruhigen. Also holte Davidson den dicken Knüppel heraus.

»Oder es gibt keine Belohnung.«

Perikles hätte seinen Wutausbruch nicht schneller beendet, wäre ihm von Davidson ein Strom führendes Kabel ins pelzige Ohr gesteckt worden. Seine langen, biegsamen Finger erstarrten regelrecht. Besorgt äugte er zu Davidson auf.

»Ich kenne dich, was?«, meinte Davidson im Tonfall gutmütigen Triumphs. Offenbar war Perikles ebenfalls dieser Ansicht, denn er guckte Davidson nur noch stumm an und wartete auf seine Belohnung …

Das große Raumfahrzeug schwebte lautlos durchs All, schützte das anfällige, zarte, sorgsam umhegte Leben, das sich in seinem Innern befand, gab gegen die Kälte und das Vakuum des Kosmos eine stählerne Hülle ab.

Davidson und Perikles gingen Hand in Hand, Perikles sah aus wie ein vertrauensvoller Fünfjähriger, der mit seinem Vater einen Spaziergang machte. Im Vorbeischlendern streifte Davidsons Blick die großflächige Wanddarstellung des Identifikationsemblems der *Oberon:* auf blauem Hintergrund ein stilisiertes Dreieck, das rote und weiße Sterne und Streifen enthielt.

Dahinter lag der Eingang zu den Tierbehausungen. Wie jedes Mal erinnerte ihn der Schwall feuchtwarmer Luft und beklemmend scharfen Tiergeruchs, der ihm ins Gesicht wehte, als er eintrat, an schöne Kindheitstage im Zoo. Als Nächstes hörte er die Laute, all das verschiedenartige Brummen, Husten, Schnaufen und Geschnüffel, das Käfigtiere erzeugen. Für seine Nase miefte alles nach nahezu vergessenen Ausflügen ins Reich der Löwen, Tiger und Affen, aber für Perikles roch es nach der Heimat.

Sobald sie eingetreten waren, erblickten sie als Erstes ein unübersehbares Schild, dessen Beschriftung lautete: VORSICHT! ABTEILUNG LEBENDE TIERE (MENSCHENAFFEN). ZUTRITT NUR FÜR PERSONAL.

Sie strebten an Dutzenden von Käfigen vorüber, von denen manche leer waren, die meisten jedoch bewohnt. An der Käfigvorderseite angebrachte, rechteckige Metallplaketten identifizierten den jeweiligen Bewohner mit eingestanzten Nummern und Spitznamen.

Davidson dachte, was er immer dachte, wenn er den Unterkünften einen Besuch abstattete: *Willkommen im Affenzirkus…*

An Affen bestand hier jedenfalls kein Mangel. Ein buckliger Orang-Utan, behaart wie ein Riesenpekinese, beobachtete ihn und Perikles aus seinem aufs Schwabbelkinn gestützten Altmännergesicht. Ein Gibbon mit typischer, pechschwarzer, von einem breiten Haarkranz umrahmter Miene bohrte, während sie seinen Käfig passierten, in der Nase. Und ein Gorilla, breit wie ein Ochse und ähnlich lebhaft, schnaubte aus seinem mit einer Pauke vergleichbaren Bauch phlegmatisch in Perikles' Richtung, beachtete dagegen Davidson überhaupt nicht.

Die Mehrzahl der Käfige wurde jedoch von Schimpansen bewohnt, einer lauten, geräuschvollen und gelegentlich reizbaren Horde, die nun zum Großteil Perikles' Rückkehr mit heiserrauen Begrüßungsschreien begleitete. Perikles schenkte ihnen nur Blicke hochnäsiger Geringschätzung. Er war Pilot und hielt etwas auf sich.

Mehrere MedTechs hatten ein paar Affen aus den Käfigen geholt, betrieben mit ihnen Übungen, untersuchten sie oder spielten ganz einfach mit ihnen. Ein MedTech spielte einem Schimpansen, der achtsam zuschaute, auf einem elektrischen Keyboard ein schlichtes Liedchen vor, das Davidson schon tausendmal gehört hatte, aber an dessen Namen er sich nie entsinnen konnte. Anschließend ließ der Mann den Schimpansen an das Instrument, der sich vorbeugte, die Finger auf die Tasten senkte und die Melodie genau wiederholte. Um in guter geistiger Verfassung zu bleiben, das wusste Davidson, brauchten diese Affen viel Umgang mit Menschen. Und diese zu gewährleisten, bestand aller Anlass. Dank der Wunder der Gentechnik waren hier einige der klügsten Affen versammelt, die es je gegeben hatte.

Voraus drehte die MedOffizierin, Lieutenant Colonel Grace Alexander, sich um und sah Davidson mit Perikles kommen. Kaum dass Perikles sie erspähte, ließ er Davidsons Hand fahren wie eine heiße Kartoffel und sprang durch den Flur auf die Frau zu, die die Arme ausbreitete, um ihn aufzufangen, dann ein wenig rückwärts taumelte, als er ihr rücksichtslos an die Brust hüpfte.

Sie rückte ihn auf den Armen zurecht, sah ihm ins Gesicht und bemerkte seine Aufgebrachtheit. »War der *Homo sapiens* wieder gemein zu dir?«, gurrte sie Perikles ins Ohr. Sie heftete den Blick auf Davidsons Gesicht. »Aber wir wissen ja, dass es bloß aus blankem Neid geschieht.«

Oho, dachte Davidson. Er gestand nur ungern ein, dass Lieutenant Colonel Alexander vollständig Recht hatte und es albern von ihm war, auf einen Affen eifersüchtig zu sein. Immerhin rang er sich ein Lächeln ab, als er Perikles' hingebungsvolle Umarmung sah. »Haben Sie schon mal überlegt, ob Sie nicht lieber einen richtigen Freund haben möchten?«

»Glauben Sie, ich will mich *unglücklich* machen?«, schnob sie. »Ich bleibe bei meinen Affen.«

Perikles, den der Wortwechsel zwischen den zwei Menschen sichtlich langweilte, schwang sich mit einem Mal aus Lieutenant Colonel Alexanders Armen, schlug einen Purzelbaum und landete auf einer nahen Edelstahltheke. Er richtete sich auf, packte den Türgriff eines Wandschranks und öffnete ihn. In dem Hängeschrank lag eine dicke Tüte mit Süßigkeiten. Sehnsüchtig starrte der Affe sie an. Davidson wartete einen Moment lang, dann ging er hin, kramte in der Tüte und entnahm ihr einen Keks. Perikles' wache braune Augen verfolgten jede seiner Bewegungen. Grinsend versteckte Davidson die Hand mit der Belohnung hinterm Rücken, streckte danach beide Arme, die Fäuste geschlossen, Perikles zur Auswahl entgegen.

Perikles besah sich erst die eine, dann die andere Hand, hatte dabei die ernste Miene eines Richters. Er entschied sich für Davidsons Linke. Davidson zeigte eine leere Hand vor. Perikles runzelte die Stirn. Unverzüglich deutete er auf Davidsons Rechte. Davidson zeigte auch sie vor. Die Hand war gleichfalls leer.

Perikles machte große Augen. Er gab einen Laut von sich, der teils nach einem Kreischen, teils nach einem Winseln klang, ein Klagen bitterer Enttäuschung.

»Noch 'ne Pleite«, erklärte Davidson. Er fasste in die Gesäßtasche, holte die Belohnung heraus und reichte sie Perikles, der sie unzerkaut hinabschlang. »So wie mit der Wellenflugbahn.«

Lieutenant Colonel Alexander verzog die Lippen zu einem Ausdruck der Missbilligung. »Sie hatten keine Erlaubnis dazu«, sagte sie, »sein Trainingsprogramm abzuwandeln.«

»Ich will ihm was beibringen.«

»Sie wollen ihn aufziehen.«

Davidson merkte, dass Perikles ihn mürrisch musterte. Tatsächlich sah der Schimpanse nicht gerade gut gelaunt aus ...

»Er ist einem Gen-Splissing unterzogen worden und hat optimalisierte Chromosomen ... Gewissermaßen ein Spitzenprodukt. Er kann so was wegstecken.«

Alexander hatte offensichtlich ihre Zweifel.

»Wenn man sie ärgert, verlieren sie ihren inneren Halt. Sie werden konfus und können dann gewalttätig sein.«

Plötzlich lenkte aus der Nähe der Lärm krawallartigen Verhaltens sowohl die zwei Menschen wie auch den Affen ab. In einem größeren Käfig benahm sich eine Schimpansin geradezu aufrührerisch, hopste auf und nieder, hieb gegen die Gitterstäbe und johlte beharrlich. Alexander führte Perikles zu der eingesperrten Schimpansin.

»Herzlichen Glückwunsch, Perikles«, sagte sie. »Du wirst Vater.«

Perikles blieb vor dem Käfig stehen und betrachtete das Weibchen auf der anderen Seite des Gitters, das daraufhin mit verstärkter Gewalt gegen die Stangen anwuchtete. Er wirkte etwas ratlos, als verstünde er nicht, was das Lärmen bedeuten sollte.

Davidson kannte dieses Gefühl. Er vermutete, dass diese Empfindung allgemein verbreitet war, alle männlichen Lebewesen sie in der Gegenwart der Weibchen ihrer Art erlebten, wenn Letztere völlig aus dem Häuschen gerieten. Er warf Alexander einen Seitenblick zu. »Mir war so, als hätte ich ihn schmunzeln gesehen.«

Gemeinsam beobachteten sie Perikles' ehemalige Gefährtin, die nun den Höhepunkt ihres emotionalen Ausbruchs erreichte. Fast flößte ihr Toben Davidson Furcht ein. Er fragte sich, was wohl Perikles davon hielt.

»In diesem Fall«, stellte Alexander trocken klar, »war das Weibchen der aggressive Teil.« Sie blickte Davidson geradewegs ins Gesicht.

Das kann man wohl sagen, dachte Davidson, während es ihn insgeheim leise schauderte. Ein paar von *den* Exemplaren hatte er im Leben auch schon gekannt. Vielleicht gehörte die Frau, die da vor ihm stand, genauso dazu. *Will sie mich etwa an die Leine legen?*

»Ich kann mit Aggressivität gut umgehen«, antwortete er und glaubte, mehr als lediglich kollegiales Interesse zu erkennen, als er Alexander kühn in die Augen schaute.

Ein junger Techniker, der sich Davidson näherte, unterbrach den kleinen Flirt. »He, Leo«, rief er mit einem Grinsen. »Sie haben eine Postkarte gekriegt.«

Zum Dank nickte Davidson und nahm den kleinen, kabellosen Monitor entgegen, den ihm der Mann reichte. Auf der Bildfläche gab es gegenwärtig nichts zu erkennen außer dem Datum, das in einer Ecke blinkte: 02.07.2029. Er sah Alexander an und lächelte ein letztes Mal, dann entfernte er sich, um einen ruhigen Winkel zu suchen, wo er sich seine Post ansehen konnte.

Er fand eine abseits der Geschäftigkeit gelegene Stelle und aktivierte den Bildschirm. Sofort fiel sein Blick auf eine vor seinem heimatlichen Haus entstandene Videoaufnahme. Seine Mutter und sein Vater, seine Schwester, sein jüngerer Bruder sowie etliche weitere Verwandte hatten sich zu einer Gruppe zusammengedrängt. Alle lächelten und winkten wie wild. Ein kleiner Junge schwenkte eine Spielzeugausgabe der *Oberon*, eben des Raumschiffs, in dem Davidson momentan seine Videopost betrachtete.

Davidsons Mutter wirkte aufgeregt und ähnelte dadurch umso stärker der Frau aus der Backpulverreklame. Sie schaute jemandem im *Off* an und fragte: »Jetzt?« Davidson konnte die Antwort nicht hören, aber seine Mutter guckte wieder in die Kamera, rang um Fassung und schöpfte Atem. »Ja gut … Hallo, mein lieber Leo … Ich bin's, deine Mutter.«

Hallo Mutter, sagten Davidsons Lippen stumm.

In der Nahaufnahme konnte er unterscheiden, dass sie an der Brust eine kleine Anstecknadel in Form der *Oberon* trug. Flüchtig zitterte die Kamera, vollzog anschließend einen Schwenk zur Seite und wurde auf die benachbarte, verkommene Flugpiste gerichtet. Schlaff baumelte der schlichte Luftsack am Mast, vor einem durchhängenden Hangar mit abgeblättertem Anstrich standen mehrere Kleinflugzeuge.

Verhalten schmunzelte Davidson. Das war der Ort, wo ihm zum ersten Mal sein Traum deutlich geworden war, Pilot zu werden. Was für einen gewaltigen Sprung hatte er von dort zu dem Ort bewältigt, an dem er sich gegenwärtig befand.

Die nächste Einstellung zeigte wieder seine Mutter. »Ich habe dir«, sagte sie, »so viel zu erzählen …«

Doch mit wohlmeinendem Nachdruck schob sich sein Vater dazwischen. »Wird sie aber nicht«, erklärte er unumwunden,

»weil diese Dokumentation mich sowieso schon ein Vermögen kostet.« Er lächelte breiter. »Hallo, mein Junge. Das Fernsehen hat aus dem Weltraum ein paar Bilder gezeigt, auf denen du zu sehen warst.«

Plötzlich verzerrte Statik die Bildübertragung. Davidson stutzte, über seiner Nasenwurzel bildeten sich zwei senkrechte Falten. *Wie sonderbar …*

Dann normalisierte sich das Bild. »Wir sind alle wirklich enorm stolz auf dich«, beteuerte sein Vater.

»Wir wünschen uns nichts anderes«, fügte Davidsons Mutter über die Schulter seines Vaters hinzu, »als dass du gesund nach Hause kommst …« Vor Rührung versagte ihre Stimme, sie konnte nicht mehr sprechen.

Auch Davidsons Kehle schnürte sich ein wenig zu.

Unvermittelt verschwand das Familienvideo gänzlich von der Bildfläche. Neue Statik flimmerte, der Bildschirm wurde dunkel und zeigte zuletzt die Meldung: VERBINDUNG ABGEBROCHEN.

Davidson schüttelte den Monitor, klopfte dagegen, doch nichts geschah.

Außer dass ringsum die gesamte Beleuchtung erlosch. Im Dunkeln hörte er die in Panik geratenen Tiere verrückt spielen; sie schrien, heulten, jaulten, hämmerten gegen die Käfiggitter.

Da kehrte die Beleuchtung in gewohnter Helligkeit zurück. *Was zum …* fragte sich Davidson. Er begegnete dem Blick Alexanders, die ebenfalls reichlich entgeistert aussah; dann fuhr er herum und rannte hinaus.

Davidson lief zu der Panzertür, die den Eingang zur Steuerbrücke der *Oberon* schützte. Neben der breiten, dicken Tür aus bruchfestem, mit Monostahl verstärktem Superglas befand sich zu Identifikationszwecken ein Handteller-Scanner, den der Zentrale Sicherheitscomputer betrieb und überwachte. Davidson legte die Hand in die Abtastermulde und wartete, während der Computer nicht nur die einzigartigen Linien und Wirbel der

Fingerkuppen, sondern sogar der ganzen Handfläche überprüfte. Schließlich leuchtete die Anzeige grün, und die Panzertür rollte majestätisch beiseite. Eilends begab sich Davidson auf die Steuerbrücke.

Im Kontrollraum herrschte ein etwas schwächeres Licht, damit man den großen, digitalen Datenbildschirm, der das Kernstück der Anlagen bildete, besser ablesen konnte. Zurzeit gab der Bildschirm nichts Besonderes wieder, lediglich das an Farben und Bewegungsvielfalt reiche, visuelle Zucken, Wabern und Oszillieren von Audiodaten, dem allerdings jeder zusammenhängende Informationsgehalt fehlte, sodass es einer vom Computer generierten Lichtorgel glich.

Davidson warf Frank Santos und Maria Cooper, zwei Luftwaffenmajoren, die neben ihm standen, einen Blick zu, ehe er sich wieder dem Datenbildschirm zuwandte. Dort bemerkte er endlich Kapitän Karl Vasich, den um die vierzig Jahre alten Commander der *Oberon,* der das Raumschiff und jedes Besatzungsmitglied mit eiserner Strenge befehligte. Vasich betätigte sich mit einem jungen Spezialisten, dessen Name, wie Davidson sich schwach entsann, Hansen lautete, am Kontrollpult.

»Jetzt haben wir's erwischt«, sagte Frank.

Maria schüttelte den Kopf. »Es hat uns erwischt.«

Davidson betrachtete den Bildschirm. Die formlosen Farben waren dem Sternenmeer des freien Weltraums gewichen. Doch irgendetwas schwoll dort draußen an, schoss auf sie zu. Eine brodelnde Wolke aus Energie. Etwas Derartiges hatte er noch nie gesehen. Es war *gigantisch …*

»Es bewegt sich fort wie eine Gewitterfront«, äußerte Hansen, dessen Stimme klang, als wäre er nicht nur tief beeindruckt, sondern verspürte auch kein bisschen Angst.

»Genau das ist es auch.« Knapp nickte Vasich. »Nämlich ein elektromagnetischer Sturm.«

»Dadurch gibt's diese Blackouts auf der Erde«, sagte Frank.

Versonnen schaute Maria zu, während das Phänomen wuchs und wuchs. »Es sieht … schön aus«, seufzte sie.

Vasich maß sie mit einem Blick, der möglicherweise Verachtung widerspiegelte. »Auch die Sonne ist schön, solange man ihr nicht zu nahe kommt.«

»Wie merkwürdig«, meinte Hansen, von seinem eigenen Kontrollpunkt aus. »Ich empfange Frequenzsignale.«

Vasich blickte ihm über die Schulter. »Schalten Sie ein«, befahl er.

Geflacker flirrte über den Bildschirm und schlug plötzlich in eine Reihenfolge kurzer Bilder um, als ob jemand mit höchster Geschwindigkeit durch die Fernsehprogramme zappte. Die Bildfolge wechselte dermaßen schnell, dass Davidson sofort klar war, er sah nicht alles, aber innerhalb weniger Augenblicke konnte er Folgendes erkennen: einige alte Testbilder, eine fast vergessene Momentaufnahme aus der Anfangszeit des Fernsehens, eine kurze Szene aus »Bonanza«, dem Urahnen aller Westernserien; die schneeigen Gestalten von Fußballspielern, deren Anstrengungen jemand – stark verzerrt, aber hörbar – in arabischer Sprache kommentierte; komisch gekleidete Jugendliche, die sich vor einer Bühne, auf der die Isley Brothers irgendwelche Tanztakte erzeugten, zu einer längst in Vergessenheit geratenen Pop-Melodie bei einem inzwischen ebenso unbekannten Modetanz abzappelten; irgendeine Quizsendung; das charmante Jungengesicht John F. Kennedys, der gerade der Welt offenbarte, in Wahrheit »ein Berliner« zu sein; einen Chefkoch, der sich todernsten Gesichts an einer mit Platten, Tellern und Küchenwerkzeugen übervollen Anrichte der Speisenzubereitung widmete; einen unverständlichen Ausschnitt aus einem alten *Tom & Jerry-Zeichentrickfilm;* einen wahren Wald von Streichinstrumenten, deren Bogen auf- und niedersausten, und das Fuchteln eines Dirigenten während eines BBC-Sinfoniekonzerts; den schwarzbärtigen, langhaarigen, etwa zwanzigjährigen Fidel Castro, der eine Rede hielt und dabei lebhaft mit den Armen gestikulierte; den Besenstiel Ally McBeal, deren Mienenspiel sich im Zeitraffer vollzog; eine Anzahl spanischer Plakate, mehrere unleserliche Amtstexte; eine Million chinesischer Soldaten – oder wenigstens sahen sie nach so vielen aus –, die stramm an einer Tribüne vorbeimarschierten, auf der Mao Tsetung fröhlich lächelte und winkte …

Was dieses Durcheinander umso surrealer wirken ließ, war der Ton, der nämlich – mit nur ein paar Ausnahmen – in keinem Zusammenhang mit den Bildern stand. Während er sich das visuelle Chaos anschaute, hörte Davidson eine eindringliche, nach Verzweiflung klingende Funkmeldung in einer Sprache, die er für Koreanisch hielt; abgehackte elektronische Töne vor langen unterbrochenen Telefonzellenverbindungen; ähnlich fragmentarische Gesprächsfetzen aus einer Epoche, in der Flugzeugen noch von Leuten bei der Orientierung geholfen wurde, die in Tower genannten Gebäuden saßen und sich von dort aus mündlich mit den Piloten verständigten, ebenso unvermutet wie sinnig gefolgt von einem zehn Sekunden dauernden Wortbeitrag aus einer PBS-Sendung über die Geschichte der Kommunikation.

Und Bruchstücke aus hundert sonstigen Quellen. Es hatte den Anschein, als wären Ton und Bild aus der gesamten Entwicklung des menschlichen Rundfunk- und TV-Wesens zu einem einzigen, endlosen Sprudeln von Information komprimiert worden. Davidson wurde es davon schwummrig im Kopf. Er bemühte sich um Halt in der Wirklichkeit, der Gegenwart, fand zu guter Letzt den Rettungsanker in Gestalt der Datumsanzeige am unteren Rand des Bildschirms: 02.07.2029. Des heutigen Datums. Der Echtzeit der echten Welten …

Geradezu andächtig starrte Hansen auf die Bildfläche. »Er saugt Satellitenübertragungen auf, Telefongespräche, Fernsehsendungen, sämtliche elektronische Kommunikation der Erde … Und zwar aller Zeiten.«

Hansens Äußerung, so hatte Davidson das Gefühl, hörte sich an, als ob diese Erkenntnis ihm regelrechte Ehrfurcht einflößte. Und weshalb denn nicht? Es hatte *tatsächlich* etwas Ehrfurcht einflößendes an sich. Gleichzeitig war es ein wenig unheimlich, aber auch gelinde komisch, und wie gewohnt brachte Davidson es nicht fertig, auf ein Späßchen zu verzichten. »Zehn Milliarden Programme«, sagte er, »und nichts, was sich anzusehen lohnte.«

Doch was er auf dem Digitalbildschirm an zerstückelten Aufnahmen sah und was er an Ton- und Wortfetzen hörte, vermittelte in Wahrheit keinen vollständigen Eindruck von dem überwältigenden Andrang konservierter elektronischer Daten, die auf die *Oberon* einstürmten. Allerdings gab es beiderseits des Bildschirms Messanzeigen, deren Sensoren viel empfindlicher und in ihrer Erfassungsfähigkeit weitaus schneller waren als alles, was die Natur den Menschen an Wahrnehmungsvermögen geschenkt hatte, und diese Geräte spielten auf Grund der polynominalen Überlastung auf ihre Weise verrückt; gelegentlich stoppte der Anzeigevorgang gerade so lange, dass Davidson eine unglaubwürdig hohe Zahl ablesen konnte – bis er beim nächsten Mal einen noch höheren Messwert erblickte.

Das Raumschiff *erbebte,* als hätte eine unsichtbare, titanische Faust es ergriffen und schüttelte es. Für einen Augenblick erlosch der Hauptbildschirm, wurde wieder hell, als die Anwesenden das Gleichgewicht wiederfanden. Davidson spürte, dass sein Herz überlaut pochte, und den Mienen der Mitbetroffenen sah er an, dass es ihnen nicht anders erging.

»Auf jeden Fall«, meinte Major Cooper nervös, »lassen sie sich schlecht ignorieren.«

Im Geiste stellte Davidson konzentriert einige Überlegungen zu der Frage an, welche Art von Kräften wohl dazu imstande sein mochte, ein Raumschiff von der Größe der *Oberon* durchzurütteln, als bestünde es aus Schaumstoff ... Und die Erklärungen, die ihm dafür in den Sinn kamen, behagten ihm ganz und gar nicht.

Commander Vasich schien mit seinen eigenen Rückschlüssen auch nicht glücklicher, doch immerhin hatte er anscheinend inzwischen eine Entscheidung getroffen. »Gehen wir an die Arbeit«, sagte der Commander. »Wir fangen mit einer Durchquerung des Mittelbereichs an, um als Erstes Feldstärken- und Strahlungsmessungen vorzunehmen.«

Davidson hob den Kopf, aber ehe er den Mund aufklappen und antworten konnte, kam Vasich ihm mit Nachdruck zuvor. »Nun wollen wir mal«, sagte er, »Ihren Affen ranlassen.«

Gerne hätte Davidson ihm entgegnet, dass der Befehl sich wie die Einleitung zu einem schmutzigen Witz anhörte, sah jedoch ein, dass er damit wahrscheinlich keinen sonderlichen Anklang finden würde. »Sir«, erwiderte er stattdessen, »das wäre Zeitverschwendung.«

Vasich warf ihm einen kalten Blick zu. »Wir haben Vorschriften bezüglich standardisierter Verfahrensweisen.«

Davidson unterbrach ihn. »Aber bis Sie sie alle durchprobiert haben, kann es zu spät sein.«

Doch Vasich war kein Dummkopf. Er kannte – zumindest in diesem Fall – Davidsons Gedanken so gut wie Davidson selbst sie kannte. Und offenbar gefielen sie ihm nicht im Geringsten …

»Keine bemannten Exkursionen«, erklärte Vasich und schüttelte den Kopf. »Erst schicken wir einen Affen, erst danach, wenn keine Gefahr besteht, einen Piloten. *In dieser Reihenfolge.«*

»Lassen Sie mich meine Arbeit erledigen«, beharrte Davidson hitzig. »Sie müssen jemanden schicken, der *denken* kann, das ist doch klar, oder?«

Vasichs verdrossene Miene zeigte, was er von dieser Empfehlung hielt.

»Also brauchen Sie *mich*«, trumpfte Davidson unerschrocken auf.

»Ihr Affe ist unser Forscher«, gab der Kapitän zur Antwort. Er deutete auf den Großbildschirm, auf dem man den Mahlstrom aus Energie sah. »Das ist die unbekannte, zu erforschende Zone. Der Einsatz von Kapsel Alpha erfolgt um sechzehn Uhr Bordzeit.«

Damit war die Diskussion, ob es Davidson passte oder nicht, im Prinzip zu Ende. Tatsächlich passte es ihm nicht im Mindesten …

Auf dem Raumkapsel-Startdeck der *Oberon* ging es geschäftig zu. Lieutenant Colonel Alexander und ihre Untergebenen eilten umher, gewährleisteten Leo Unterstützung und Rückhalt, während er sich mit der Aufgabe befasste, Perikles in Kapsel Alpha sicher anzuschnallen. Obwohl er sich erhebliche Mühe gab, seine Besorgnis zu verheimlichen, merkte er an der Art und Weise, wie die großen, braunen Augen des Schimpansen unruhig nach allen Seiten spähten, dass Perikles die negative Stimmung spürte. Er unterzog Perikles' Pilotenkluft einer letzten sorgfältigen Prüfung, weil er hoffte, dass die erhöhte Zuwendung den Schimpansen beruhigte und ermutigte.

Einen Affen hinauszuschicken, um einen Auftrag auszuführen, für den ein Mensch erforderlich war, musste man als schlimm genug einstufen; aber einen Affen zu missbrauchen, der sich in zu verstörter Gemütsverfassung befand, um sich so gut wie sonst zu bewähren, konnte nur noch als wirklich übel bewertet werden. Davidson verband diese Ansicht mit der unschönen Vorstellung, ein unschuldiges Tier in den Tod zu jagen, aber eigentlich war Perikles mehr als ein gewöhnliches Tier. Im Grunde genommen hatte Davidson richtige *Angst* um Perikles.

»Du ziehst deinen Ablauf durch und kehrst um«, schärfte Davidson dem Schimpansen ein. Er beugte sich vor und blickte dem Affen tief in die Augen. »Verstehst du?«, fragte er mit verhaltener Betonung. *»Du kehrst um.«*

Er sah Perikles an, dass er sein Unbehagen wahrnahm, doch auf seine äffische Art war der Schimpanse ein ungemein mutiger Bursche. Dennoch hob Perikles, während die Crew die Startvorbereitungen abschloss und sich von der Raumkapsel entfernte, den Blick in Davidsons Gesicht und gab einen lang gezogenen Jammerlaut von sich; zwar konnte er nicht sprechen wie ein Mensch, aber für jemanden, der ihn gut kannte – wie Davidson – war die Bedeutung klar.

Davidson trat von der Kapsel zurück, grinste Perikles zur Ermutigung zu und zeigte ihm – langsam und entschlossen – den nach oben gestreckten Daumen. Perikles starrte den Daumen an, dann senkte er den Blick nachdenklich auf die eigenen, langen Finger. Schließlich berührte er seinen Daumen, stieß nochmals einen kläglichen Laut aus und zeigte den Daumen Davidson.

Danach schloss man die Luke der Kapsel von außen, und Davidson konnte ihn nicht mehr sehen.

Viel Glück, du armes Schwein, dachte Davidson. *Viel Glück …*

Im Kontrollraum hatte sich höchste Spannung ausgebreitet. Davidson hockte neben seinem Commander, Kapitän Vasich. Der Rest des Teams saß um Lieutenant Colonel Alexander und Major Cooper geschart. Man unterhielt sich mit gedämpfter Stimme und behielt dabei die Anzeigen und Skalen sowie den großen Digitalbildschirm im Auge. Davidson hatte den Ohrhörer aufgesetzt und ließ sich mit mündlichen technischen Durchsagen berieseln, überwiegend Informationen, denen er kaum noch Beachtung schenkte. Über den Hauptbildschirm waberte ein wüster Mischmasch aus Farben, der ihm den Magen umzudrehen drohte.

Commander Vasich drehte den Kopf, sein Blick traf das Kontrollpult, und er erstarrte in plötzlicher Konzentration. Davidson schaute gerade rechtzeitig in dieselbe Richtung, um den Kurs zu sehen, den Perikles in Kapsel Alpha, erkennbar als ein Leuchtstreifen inmitten einer stürmischen digitalen See, durch den energetischen Strudel beschrieb. Sichtbar als Pünktchen hielt die Kapsel auf die düster glosende Mitte der Kraftfelder zu. Davidson beobachtete, dass der Lichtpunkt – scheinbar im Schneckentempo – immer tiefer in die Wolke geballter Informationen vordrang, er erinnerte sich an den Eindruck, den Perikles im Flugsimulator hinterlassen hatte, und die Tatsache, dass der Schimpanse im Verlauf des Trainings durch eine Wellenflugbahn aus dem Gleis geworfen worden war, sie ihn in Übererregung versetzt und zum Schluss handlungsunfähig gemacht hatte. Und er dachte daran, dass Perikles jetzt die gleiche Anforderung erfüllen sollte, nur war es diesmal voller *Ernst,* und Davidson wusste, dass nicht einmal er selbst alle Anforderungen voraussehen könnte, die sich ihm während eines Flugs unvermutet stellen mochten.

Verdammt noch mal, ich müsste in der Kapsel sitzen …

Genau als ihm dieser quälende Gedanke durch den Sinn ging, zoomte die Aufnahme, und das Echo von Kapsel Alpha geriet ins Flackern. Davidson befürchtete zu wissen, was das bedeutete, aber ehe er ein Wort sagen konnte, beugte sich Lieutenant Colonel Alexander vor, in deren Miene unverhohlene Sorge stand. »Was stimmt denn da nicht?«, fragte sie.

»Er weicht vom Kurs ab«, antwortete Davidson und sah, dass ihr Gesichtsausdruck sich veränderte.

Von Vasich ließ sich dergleichen nicht behaupten. Sein Gesicht hätte aus einem Eisblock gehauen worden sein können, und seine Stimme erinnerte in ihrer Gelassenheit und Gefühlskälte an eine winterliche Schneeverwehung.

»Kontaktieren Sie ihn«, lautete Vasichs nächster Befehl.

Davidson streckte die Hand übers Kontrollpult aus und kippte einen roten Schalter. Mittlerweile war jedem Anwesenden klar, dass die Exkursion nicht nach Plan ablief; vorerst sah jedoch niemand voraus, was für negative Folgen sich noch ergeben mochten. Nur Davidson hatte schon eine gewisse Ahnung. Er blickte Vasich an.

»Keine Reaktion.«

Lieutenant Colonel Alexander, die sich inzwischen in regelrechter Alarmstimmung befand, führte unterdessen persönlich an einem Zusatzpult das Monitoring des Schimpansen durch, für das ihr Team die Verantwortung trug. »Beschleunigung des Herzschlags«, meldete sie hastig. »Er hat Angst.«

An ihrem Pult leuchteten sämtliche Lichter hell auf und erloschen.

Alle übrigen Anwesenden starrten hinüber.

Du meine Güte, dachte Davidson, *Perikles …*

»Versuchen Sie's noch einmal«, befahl Vasich barsch.

Rasend schnell tippte Davidson auf mehrere Tasten, wiederholte anschließend den Kontaktversuch ein zweites Mal. Ohne Ergebnis. »Es klappt nicht …«

Auf der Kommandobrücke brach hektische Betriebsamkeit aus, weil jeder Diensthabende erfahren wollte, was sich ereignet hatte und ob sich die Verbindung zu Perikles wiederherstellen ließ. Dadurch wurden sie so stark abgelenkt, dass nur Frank Santos in genau dem Augenblick auf den Hauptbildschirm schaute, als das flackernde Pünktchen, das die Position von Perikles' Raumkapsel darstellte, plötzlich verschwand.

»Scheiße, er ist fort«, sagte Davidson betroffen.

Verbissen blickte Alexander in die Runde. »Er hat gelernt, dass er immer zur *Oberon* zurückkehren muss.«

Santos erwiderte ihren Blick. »Das hilft nur was, wenn er noch lebt …«

Die Mienen der Anwesenden zeigten, dass sie alle wussten, wie gering diese Chance war. Vasich legte unnatürliche Ruhe an den Tag, Alexander versuchte ihre Beunruhigung zu verbergen, und auch die anderen bewahrten Beherrschung, doch wirkten sie, als könnten sie jeden Moment die Nerven verlieren.

Davidson biss die Zähne zusammen. *Hätte man sofort mich geschickt, wäre nichts Derartiges passiert.* Er wandte sich an Commander Vasich. »Ich erwarte Ihre Anweisungen, Sir.«

Falls Vasich den Unterton der Verachtung wahrnahm, der unterschwellig in Davidsons Feststellung mitschwang, ließ er sich nichts anmerken. »Vorläufig bleiben wir auf dem Posten und beobachten die weitere Entwicklung.«

O nein, dachte Davidson. *Nicht mit mir.* Er fühlte sich dermaßen wütend und verbittert, dass er Bedenken verspürte, noch einmal das Wort an seinen Vorgesetzten zu richten. Er stemmte sich aus dem Sessel, stand auf und musterte Vasich. »Ich möchte in Kapsel Delta ein paar Tests durchführen«, sagte er. »Vielleicht kann ich herausfinden, welchen Fehler er begangen hat.« *Welchen Fehler wir gemacht haben. Das ist die eigentliche Frage.*

Vasich schwieg. Er beschränkte sich darauf, Davidson nachzublicken, während er zum Ausgang der Steuerbrücke stapfte; dann wandte er sich wieder dem Kontrollpult zu, ein geduldiger, kalter Mann, dem die Dinge jetzt unvermutet über den Kopf wuchsen.

In kompletter Raumfahrermontur – mitsamt Helm – setzte sich Davidson auf dem Raumkapsel-Startdeck in den Pilotensitz von Kapsel Delta, rückte sich zurecht und wartete ab, bis in seiner Brust das Herzrasen abklang. Während der Druck in seinem Schädel abschwoll, schenkte er erstmals dem verzerrten, halb panikartigen Geschnatter Beachtung, das über die Frequenz des Flugleitteams aus den Helmlautsprechern drang.

Er schloss die Lider, öffnete sie wieder und starrte durch die Luke der Kapsel in die ungeheure Weite des Weltalls hinaus, das die *Oberon* umgab. Nach menschlichen Maßstäben war das Raumschiff sehr groß. Aber hier, mitten in der Dunkelheit, die mit Diamanten bestreutem Samt glich, gab es nur einen Klecks ab, ein winziges Fleckchen, gewissermaßen einen bedeutungslosen, beiläufigen Gedanken im Bewusstsein des Universums.

Ich frage mich, überlegte Davidson gemächlich, während er die Sterne betrachtete, *ob wirklich ein so erheblicher Unterschied zwischen mir und Perikles besteht. Im galaktischen Maßstab betrachtet …*

Er verscheuchte die grüblerischen Gedanken. Mystizismus war nie sein Fall gewesen. Er war ein Mensch, Perikles ein Affe, und er hatte seine Pflicht zu erfüllen. Offen blieb bloß die Frage, ob Kapitän Vasich, der sich gerne fanatisch an den Buchstabensinn der Dienstvorschriften hielt, ihm dies erlauben würde.

Davidson schaltete sämtliche Systeme der Kapsel ab, wartete, bis sich der Bildschirm erhellte, und beschäftigte sich dann mit einer Reihe von Flugsimulationen, Variationen aller erdenklichen Manöver, die Perikles' Kapsel Alpha zugemutet worden sein mochten. Je länger er sich damit befasste, umso stärker bedrückten ihn die Resultate. Vasich und die übrigen Offiziere sorgten sich darum, dass der Affe vom Kurs abgewichen sein könnte, aber nach Davidsons Eindrücken musste etwas gänzlich anderes vorgefallen sein.

Irgendetwas draußen im All, etwas in der Ausgedehntheit des Universums, von dem weder Menschen noch Affen irgendeinen Begriff hatten, war aus dem Schatten des Unbeachtetseins getreten und hatte den Schimpansen *gepackt.* Davidson wusste nicht, woher diese Gewissheit rührte, aber er war fest davon überzeugt, dass er Recht hatte. Ein Problem war es, wie er Vasich davon überzeugen sollte und wie er den verkniffenen Commander der *Oberon* dazu bringen könnte, ihn dagegen etwas unternehmen zu lassen. Für einen Moment überwältigte ihn die Sorge um Perikles. Auf gewisse Weise hatte er den Schimpansen ebenso gern, wie er einen menschlichen Piloten geschätzt hätte.

Gerade als er überlegte, *was* er in dieser Situation denn eigentlich tun könnte, drang Vasichs Stimme durch das Stimmengewirr, das ihm in den Ohren tönte.

»Tja, das war's wohl …«, sagte Vasich. »Wir können ihn aufgeben.«

O nein, noch nicht, dachte Davidson. Er holte tief Atem, dann bearbeiteten seine Finger flink die Kontrolltastatur der Kapsel, und die Leuchtanzeigen der Instrumente wurden aktiv.

»Wollen Sie einen zweiten Schimpansen losschicken?«, hörte er Frank Santos' Stimme.

Davidsons Finger verharrten einen Augenblick lang, während er auf eine Antwort Vasichs lauschte. Sie kam unverzüglich.

»Nein, das wäre zu gefährlich. Schalten Sie ab.«

Genau was ich von dir erwartet habe …

Ein zweites Mal atmete Davidson tief durch, dann nahm er die Hände von den Kontrollen. Er drehte den Pilotensessel in Flugposition und spürte einen merklichen Ruck durch das Metall gehen, als der Sockel einrastete.

Nun folgt der schwierige Teil.

Er streckte den Arm aus, tastete nach der Lukenverriegelung, bekam sie zu fassen und drückte auf die SCHLIESSEN-Taste. Mit einem Fauchgeräusch schwang die Luke langsam zu. Davidson checkte den Pilotenhelm, dann brachte er das Steuerpult der Raumkapsel auf voll aktiven Startstatus. Er schloss die Augen, lehnte sich in den Pilotensitz, sammelte sich innerlich …

Halt aus, Perikles. Ich komme …

Im Anschluss an Commander Vasichs letzte, düstere Worte, mit denen er die Exkursion zum Fehlschlag erklärt hatte und die in dem anschließenden Schweigen noch nachzuklingen schienen, war auf der Steuerbrücke deutliche Niedergeschlagenheit zu spüren. Allem Anschein nach konzentrierte nur er allein sich noch auf die Nacharbeit. Die restlichen Anwesenden starrten ausdruckslos vor sich hin, oder sie beschäftigten sich mit gegenwärtig eigentlich sinnlosen Routineaufgaben, taten einfach irgendetwas, um ihre Gedanken von der misslungenen Aktion abzulenken. Von Perikles' Scheitern.

Daher kam es, dass Vasich die Unregelmäßigkeit als Erstem auffiel. Er betrachtete den Großbildschirm, las die Anzeigen ab, traute anfangs seinen Augen nicht. Eine Fehlfunktion der Geräte? Nein, da war die Bestätigung. Ohnehin war es ausgeschlossen, dass alle Systeme zur gleichen Zeit verrückt spielten.

Erstaunt blinzelte Hansen und wandte sich um. »Sir«, rief er, »Raumkapsel Delta ist soeben gestartet.«

Während Vasich wie ein Roboter die Kontrollen bediente, drängten sich seine Offiziere um ihn zusammen, täuschten vor, das Ablegen der Raumkapsel stellte sie vor ein großes Rätsel. Aber sie wussten alle, dass es damit nichts Rätselhaftes auf sich hatte.

Nicht hingegen wussten sie, *weshalb* Davidson sich so etwas herausnahm. Und ebenso wenig, was sie als Nächstes tun sollten.

Davidson allerdings wusste, warum er so handelte. Aber wie es enden würde, konnte er nicht voraussehen. Das wurde ihm in dem Augenblick deutlich, als er die Handschuhe überstreifte. Dennoch setzte er das Eintippen der ihm so gut bekannten Codes und Daten ins Steuerpult der Raumkapsel fort. Außerhalb der Kapsel schwebte langsam der große, glänzende Rumpf der *Oberon* vorbei, riesig wie ein ausgewachsener Wal im Vergleich zu einer Elritze.

Ich lasse dem alten Paragrafenhengst dreißig Sekunden Zeit, um dahinter zu kommen, dass ich es wahrhaftig wage, mich seinen Anweisungen zu widersetzen, dann …

Er grinste, als ihm plötzlich Vasichs Stimme ins Gehör schnarrte.

»Raumkapsel Delta, Ihr Start erfolgt ohne Genehmigung. Ich wiederhole, Ihr Start erfolgt ohne Genehmigung.«

Du merkst ja wirklich alles, du Schlaumeier.

Davidson nahm an den Kontrollen einige letzte Korrekturen vor und überzeugte sich anhand der Instrumente davon, dass Raumkapsel Delta von der *Oberon* aus einen lang gezogenen, elliptischen Kurs in die Richtung des brodeligen Kerns der ausgedehnten elektronischen Wolke einschlug, die Perikles und Raumkapsel Alpha verschlungen hatte. Ihm war klar, dass man seinen Kurs auf der Steuerbrücke ebenso leicht wie er selbst verfolgen konnte. Dort wusste man, was er tat. Trotzdem konnte er es sich nicht verkneifen, Vasich zu sagen, was er schon die ganze Zeit dachte. »Lass niemals einen Affen«, gab er zur Antwort, »die Arbeit eines Menschen tun.«

Vasichs Stimme klang, als hätte er gerade einen Frosch geschluckt. »Sie fliegen nie wieder, das schwöre ich Ihnen.«

Davidson zuckte mit den Schultern. »Im Moment jedenfalls fliege ich, und zwar ohne jeden Zweifel.«

Sieh zu, wie du das wegsteckst …

Im Kontrollraum nahm Vasich die Frechheit Davidsons mit der Miene eines Menschen zur Kenntnis, der gerade entdeckt, dass sein Klopapier aus Stahlwolle besteht.

Spezialist Hansen, anscheinend der einzige Angehörige des

Steuerbrückenteams, der noch ernsthaft auf die routinemäßigen Vorgänge achtete, blickte auf den Großbildschirm und musste plötzlich schwer schlucken.

Vasich sah Hansen an, dann den Bildschirm. Darauf blinkte etwas …

»Ich empfange einen Notruf, Sir«, meldete Hansen. »O Mann, er kommt auf der verschlüsselten Dienstfrequenz.«

»Von Kapsel Alpha?«, fragte Frank Santos dazwischen.

Hansen betrachtete den Hauptbildschirm, anschließend seine Instrumente und Anzeigen, danach wieder den Bildschirm. Offensichtlich empfand er Verblüffung. »Ich … weiß es nicht. Aber es ist eine sehr starke Abstrahlung.«

Vasich konnte es selbst erkennen. Doch ohne zu wissen, welche der beiden Kapseln den automatischen Notruf aktiviert hatte, war es ihm unmöglich, die Lage zu beurteilen, geschweige denn zu entscheiden, wie nun weiter vorgegangen werden sollte.

»Isolieren Sie sie«, befahl er Hansen unwirsch. Die technischen Mittel gestatteten es, den gesamten Datenstrom der Notrufanlage vom elektronischen Wirrwarr des Energiesturms zu separieren und das digitalisierte Ergebnis auf den Großbildschirm zu projizieren. Vielleicht ließ sich dieser Darstellung etwas entnehmen.

Sofort gehorchte Hansen. Auf der Bildfläche waberte und zuckte es, dann stellte die Wiedergabe sich auf den neuen Datenzustrom um, und schlagartig verschwand die Statik. Man konnte verschiedene visuelle Fetzen unterscheiden, flüchtig huschten Gesichter und Umrisse über den Bildschirm, wer oder wo sie waren, blieb jedoch unersichtlich.

Der Ton klang wie alles, was sie bisher aus dem Inneren der digitalen Wolke empfangen hatten: zusammenhanglos, verrauscht durch Statik, beinahe unverständlich. Ein Tohuwabohu. Ein digitaler Turm von Babel.

»Zu Hilfe … starke Turbulenzen … erbitte Instruktionen …«

Bestürzt riss Vasich die Augen weit auf. Langsam blickte er

sich auf der Steuerbrücke um und sah alle anderen Gesichter verzerrt vom gleichen Erschrecken.

Vasich sprang zu den Funkschaltern, stellte eine Verbindung her. »Kapsel Delta!«, brüllte er. »*Flug beenden!* Ich wiederhole, Kapsel Delta, kehren Sie zum Mutterschiff zurück!«

Er erhielt keine Antwort. Nur Statik rauschte.

Hoffnungslos lauschte Vasich dem Klang seiner Worte nach, die in der unendlichen, nur von Gewisper durchraunten Stille des Universums zu verhallen schienen.

Im engen Kommandomodul von Raumkapsel Delta achtete Davidson auf nichts mehr, was ihn von Vasich beziehungsweise von Bord der *Oberon* erreichte. Er hatte seine eigenen Probleme.

Auf seinen Bildschirm hatte er den durch Perikles und Raumkapsel Alpha geflogenen Kurs projiziert – oder wenigstens mit der annähernden Genauigkeit, in der sein Bordcomputer ihn nachvollziehen konnte. Und tatsächlich hatte er Perikles geortet. Aber der Computer schaffte es nicht, sich exakt darauf einzupeilen, darum musste Davidson versuchen, Perikles per manueller Steuerung einzuholen. Er bemühte sich, den eigenen Kurs dem vorher von Perikles eingehaltenen Kurs so sorgfältig wie möglich anzupassen. Infolge der Interferenzen, die ihn bei seinen Anstrengungen störten, stand er vor keiner leichten Herausforderung.

Eine anschwellende Woge von Statik übertönte Vasichs letztes Geschrei. Weil Davidson sich während des Fliegens auf den Bildschirm und die Anzeigen konzentrierte, erübrigte er für den weiteren Umkreis der Raumkapsel kaum Aufmerksamkeit. Doch er war Pilot, und auch er hatte den sechsten Sinn, über den alle Piloten verfügten, sobald es etwaige Gefahren und die eigene Sicherheit anbelangte.

Aus der Wolke kam ein Tsunami aus Licht getobt, eine grelle visuelle Eruption, die den winzigen Raumflugkörper mit der gleichen Wucht traf wie seine überforderten Pupillen.

Was war das?

Sein überwältigend starker Eindruck war, in ein Glas Champagner voller brennender Lichtblasen geworfen und darin umhergeschleudert zu werden, bis ihm das Herz im Hals schlug und sein Gehirn um Gnade heulte.

Er rang darum, die Kontrolle über das kleine Raumfahrzeug zu behalten, als die kolossale Stoßwelle über es hereinbrach und es inmitten dieser energetischen Fluten umherwirbelte.

Schweiß rann ihm über die Stirn, sickerte in die Augen, blendete ihn zusätzlich. Ein gewaltiges Dröhnen betäubte seine Ohren. Er bleckte die Zähne und versuchte durchzuhalten, und in eben dem Augenblick, als er glaubte, es nicht mehr durchstehen zu können, raste die fürchterliche, ungeheuerliche Sturmflut aus Energie vorüber, entschwand so, wie sie erschienen war – schnell und auf geheimnisvolle Weise.

In der seltsamen, von Nachhall erfüllten Stille, die sich anschloss, fiel Davidsons Blick hinaus in einen Ausschnitt wieder friedlichen Weltalls, und er erspähte – fern und schwach, aber unverkennbar – Perikles' Lichtbake. Neue Hoffnung weitete ihm den Brustkasten wie ein Atemzug kalter, frischer Gebirgsluft. Seine Hand grabschte nach dem Funkschalter, legte ihn um, und wie er sah, erhielt er sofort wieder eine einwandfreie Verbindung zur *Oberon.*

»*Oberon,* ich habe freie Sicht auf Kapsel Alpha. Ende.«

Ob der Energiesturm an seiner Kapsel, der *Oberon* oder Kapsel Alpha irgendwelche Schäden verursacht hatte – oder bei allen Dreien –, ließ sich gegenwärtig nicht erkennen. Eine Rolle spielte es allerdings nicht, denn eines blieb so oder so das Gleiche: Ein Schwall Statik flirrte über den Bildschirm und zischelte aus den Helmlautsprechern. Keine Antwort. Die *Oberon* war verschwunden, er war allein.

Nicht gerade ein angenehmes Gefühl.

Trotzdem habe ich eine Aufgabe zu erfüllen, sagte er sich, während er erneut Kurs auf Kapsel Alpha nahm. Einen Moment lang beschäftigte ihn die Frage, ob Perikles wohl noch lebte. War der Affe von der gleichen Lichtflut erwischt worden, die ihn fast in Stücke gerissen hätte? Und wenn ja, wie hatte sich Perikles verhalten?

Wahrscheinlich ist er in Panik geraten und hat versucht, sich unter dem Pilotensessel zu verstecken …

Armer kleiner Affe.

Aus dem Brodeln und Strudeln der energetischen Wolke näherte sich eine zweite Woge aus Licht, und als sie davongeschossen war, hatte sie die Katastrophe vollendet. Nun erkannte Davidson nichts mehr in der Düsternis und Schwärze, in der vorhin wenigstens noch Kapsel Alpha als ein verheißungsvoller Lichtpunkt geblinkt hatte. Die Kapsel war fort.

Wie kann sie denn einfach verschwinden?

Egal. Sie war fort.

»*Oberon?* Bitte melden …«

Nichts als unheilvolles Schweigen.

»*Oberon?* Bitte antworten Sie …«

Er hätte eine Maus sein können, die gegen einen Hurrikan anquiekte.

Keine Kapsel Alpha. Keine *Oberon.*

Und da brauste zu seinem Entsetzen eine dritte Stoßwelle aus Energie heran, größer und stärker als die vorherigen Phänomene, sie wirkte, als hätte sich irgendwie Licht in hoch erhitzten Honig verwandelt …

Mittels der Kontrollen versuchte er zu retten, was sich retten ließ, aber es hatte keinen Zweck.

Die Wellenfront rammte ihn …

2. Kapitel

Die energetische Stoßwelle traf Kapsel Delta wie ein aus verfestigtem Licht geschaffener Hammer. Zunächst spürte Davidson nur ein langsames Schaukeln des Raumfahrzeugs, das sich jedoch bald zu einem so heftigen Schütteln steigerte, als wäre es ein Kaninchen in den Fängen eines Wolfs.

Das Rütteln der Schwingungen zog und zerrte an ihm. Er fühlte, dass sich in seinem Rücken die Muskeln streckten, als drohten sie, ihm vom Rückgrat gerissen zu werden. Er schloss die Lider und biss die Zähne zusammen, klammerte sich an seinen Willen zum Durchhalten …

Und mit einem Mal war es vorbei. Einfach so. Nichts mehr …

Davidson schlug die Augen gerade rechtzeitig auf, um zu sehen, wie am Steuerpult alle Lichter erloschen. Der leere, schwarze Monitor glotzte ihn an wie das tote Auge eines Leichnams. Die plötzliche Ruhe entgeisterte ihn. Dann jedoch, sobald er begriff, was sie bedeutete, jagte Panik durch sein Hirn.

Stille. Keine Triebwerksgeräusche. Kein Summen leistungsstarker Radiatoren, die ihn vor der ewigen, mörderischen Kälte des Weltraums schützten. Kein Säuseln der Luftumwälzung mehr – kühler, gefilterter Luft –, die das Kommandomodul mit Sauerstoff versorgte, seine Lungen …

Ein Aufschrei erstickte in Davidsons Kehle. Mit aller Kraft, die er aufbringen konnte, hieb er auf das Kontrollpult ein, weil er hoffte, es wäre nur ein Wackelkontakt entstanden, der sich auf diese Weise beheben ließ, sich einbildete, er könnte so die Verbindungen wiederherstellen, die Anlage zum Funktionieren zwingen.

Gleich darauf bemerkte er aus dem Augenwinkel etwas, bei dessen Anblick es ihm kalt bis ins Mark wurde: An der Sichtscheibe des Kommandomoduls erschien ein einzelner Eiskristall, glitzerte wie ein makelloser Diamant. Ein Sekunde lang blieb er für sich. Dann verbreiteten sich rings um ihn winzige, glasige Ausläufer, als würde mit enormer Schnelligkeit auf der Sichtscheibe ein Spinnennetz gewoben.

Voller Grauen starrte Davidson den Eisfleck an. Außerhalb von Kapsel Delta lag die Temperatur nahe am absoluten Nullpunkt, und ohne funktionierende Radiatoren musste sich die Innentemperatur bald den äußeren Verhältnissen angleichen. Diese Kälte genügte, um menschliches Fleisch innerhalb weniger Sekunden zur Beschaffenheit und Brüchigkeit von Glas zu gefrieren.

Während sich die Reifschicht verdickte, dehnte sie sich bis an den Rand der Sichtscheibe aus und griff von da aus weiter um sich, bedeckte sämtliche Innenflächen mit einem geschlossenen Überzug gefrorener Feuchtigkeit. Schließlich erreichte der Effekt auch Davidson: Unvermittelt verwandelte sich in seinem Helm die Luft in weißen Dunst. Seine Nasenspitze brannte, wurde gefühllos. Er spürte, dass seine Lider schwer von Eis und starr wurden. Die Helmscheibe beschlug, verfärbte sich weiß, als vereiste Luft das hoch verdichtete Klarplastik mit einem Leichentuch zu verhängen schien.

Weil das Triebwerk nicht arbeitete und die Steuerung nutzlos war, geriet Raumkapsel Delta ins Trudeln. Ohne Energie ähnelte der kleine Raumflugkörper nur einer Blechbüchse mit menschlichem Inhalt – einem Inhalt, dem eine Schockgefrierung mit anschließendem Gefrierbrand bevorstand.

Nun musste Davidson keuchen. Beim Atmen war ihm zumute, als versuchte er seine Lungen mit Schneeflocken zu füllen. Unwillkürlich flehte er um Hilfe.

»*Oberon* ... Bitte melden, *Oberon* ...«

Aber er erhielt keine Antwort. Nur Finsternis kroch ihm von allen Seiten in die Augen, ins Gehirn. Tod durch Erfrieren. Stets hatte er gehört, das wäre ein leichter Tod. Man schlief schlichtweg ein …

Nein!

Irgendwo in seinem Innern fand er eine letzte Reserve auf Entsetzen begründeter Kraft. Er wand sich im Pilotensessel hin und her, hämmerte auf den Helm ein, spürte die Schläge als schwaches Rumsen – fernes Gedröhn, das verebbte …

Eingeschreint in seinen todbringenden, eisigen Sarg sah Davidson nichts von der titanischen energetischen Eruption, die mit der Gewalt einer Atomexplosion aus der Innenzone der digitalen Wolke hervorschoss, dieses Mal auf Raumkapsel Delta zujagte, als ob eine verborgene Intelligenz sie als Waffe einsetzte. Die monströse Entladung erfasste das winzige Raumfahrzeug und verschlang es vollkommen.

Im Vergleich dazu hatten die vorherigen Stoßwellen einem freundlichen Klaps geähnelt. Kapsel Delta taumelte mal in diese, dann in jene Richtung, war den Kraftfeldern ausgeliefert wie ein Staubkorn einem Tornado. Davidson merkte, dass Schwerkraft ihn auf grauenhafte Weise gleichzeitig nach mehreren Seiten wuchtete. Der Helm drohte sich von seinem Kopf zu lösen. Furchtbarer Druck lastete auf seiner Brust. Ihm war, als hätten sich seine sämtlichen Rippen gelockert.

Während sein Bewusstsein vollends zu schwinden begann, empfand er eine sonderbare Gleichmütigkeit. Wie leicht es war, einfach aufzugeben, von allem abzulassen, im kalten Schweigen der havarierten Raumkapsel hinab in die Dunkelheit zu schweben …

Urplötzlich nahmen alle Geräte der Kapsel den Betrieb wieder auf. Die Kontrollen piepsten, flackerten, summten. Auch die Klimaanlage fing von neuem zu surren an. Beheizte Luft stieg Davidson in die Augen, schmolz den Reif von der Helmscheibe, füllte seine gequälten Lungen mit wonniger Wärme. Es kribbelte ihm in Fingern und Zehen.

Über den Monitorschirm geisterten Statikschübe, knisterten aus den Helmlautsprechern, dann klärten sie sich zu einem scharfen Profil. Da drehte die digitale Datumsanzeige völlig durch, die Zahlen rasten mit atemberaubender Geschwindigkeit erst rück-, dann vorwärts. Schließlich erlosch sie.

Davidson starrte die Stelle an, wo sie bisher stets zu sehen gewesen war, und fragte sich, was denn wohl *das* zu bedeuten hatte.

Sein Herzschlag, so merkte er, tendierte allmählich zur Normalisierung. Er streckte die steif gewordenen Finger, war darüber erleichtert, dass er anscheinend keine Schädigungen erlitten hatte. Aber genau in dem Moment, als er zu hoffen wagte, er könnte das ganze Desaster doch noch überleben, lenkte er den Blick zur Sichtscheibe der Kapsel hinaus – und sah, dass die Sterne, die ringsum zu kreisen schienen, sich zu länglichen Leuchtstrichen dehnten.

Die plötzliche Beschleunigung presste ihn in den Sessel. Abwechselnd brandeten Wogen aus Licht und Finsternis durch sein Blickfeld, verdunkelten nach und nach zu gänzlicher Abwesenheit jeder Helligkeit. Anfangs glaubte er, irgendetwas könnte in seinem Gehirn eine Art von Kurzschluss ausgelöst und ihn blind gemacht haben. Da jedoch erschien ein riesiger, blauer Lichtkranz, leuchtete ihm entgegen, und er torkelte unausweichlich hinein wie in ein gigantisches Bullauge. Der blaue Lichtkranz waberte und zerfiel, begleitet von einem schier den Magen umdrehenden Gefühl endlosen Abwärtsstürzens, in fortgesetzte Kräuselungen von Veilchenblau und Lila.

All das war in gänzlicher Stille geschehen. Nun allerdings hörte Davidson unvermutet ein leises Zischen, dessen Lautstärke zügig zunahm. Er blickte umher, suchte nach der Ursache, aber hatte kein Glück. Dennoch kam das Geräusch ihm bekannt vor. Hatte der Rumpf der Kapsel ein Leck? Fauchten die letzten Reste des Sauerstoffvorrats in den Weltraum hinaus? Dann jedoch begriff er, was er da hörte: das Geräusch der Luftverdrängung beim Durchqueren einer Atmosphäre.

Diese Erkenntnis raubte ihm die Fassung. Noch kurz zuvor hatte er sich mitten im weiten Weltall befunden, im Umkreis von Lichtjahren war kein Planet gewesen. Und doch umgab jetzt Luft die Raumkapsel, umrauschte den Rumpf, verlangsamte sie, erhitzte die Außenseite.

Ein rascher Blick durch die Sichtscheibe bestätigte seine Schlussfolgerung: Am Bug der Kapsel waren die Kacheln des Hitzeschilds glühend weiß, heckwärts nahmen sie eine immer dunklere Rotglutfärbung an. Flammen umloderten und umzüngelten die gesamte Länge des Rumpfs. Und nun quoll dicker, rußiger Qualm aus allen Fugen des Raumfahrzeugs.

Ich bin viel zu schnell, wie ein Meteor stürze ich hinab, ich verbrenne wie eine Sternschnuppe, dachte Davidson in wilder Aufregung. Er tastete nach dem Steuerpult, weil er hoffte, die Heckdüsen zünden und den Eintritt in die Atmosphäre bremsen zu können – *Eintritt in welche Atmosphäre, verdammt noch mal?* –, doch das Pult war dermaßen heiß geworden, dass es ihm trotz der Handschuhe die Finger verbrannte. Nur zu leicht konnte er sich vorstellen, in welchem Zustand sich die empfindlichen Mechanismen unter der Abdeckung befanden – von einer derartigen Hitze, der zu widerstehen man sie nicht konstruiert hatte, mussten sie längst zu Schlacke zerschmolzen sein.

Prächtig, dachte Davidson. *Ich stürze auf einen Planeten, den es in dieser stellaren Region gar nicht geben dürfte, und sitze in einem Kasten fest, der im Grunde genommen bloß noch ein brennender Metallklumpen ist …*

Doch der Planet, der eigentlich nicht vorhanden sein dürfte, war *tatsächlich* da: Durch die Sichtscheibe sah Davidson das weit gespannte Rund der am Rand vom Dunkelblau der Lufthülle gesäumten Kugelform. Drunten schienen unter abgestuften, im Sonnenlicht funkelnden Wolkenbänken große Flächen von Tiefgrün zu kreiseln, vielleicht Wälder, und möglicherweise mit Dschungel bewucherte Kontinente inmitten saphirblauer Meere sich um sich selbst zu drehen.

Das alles – so schien es wenigstens – raste ihm entgegen, als hätte er Kapsel Delta über die Kante eines fünfzig Kilometer hohen Kliffs gesteuert.

Davidson brachte die nachfolgenden Minuten in äußerster Hektik zu. Obwohl er vermutete, dass es voraussichtlich sinnlos war, versuchte er alles zu tun, was ihm einfiel, um die Kapsel zumindest in gewissem Maß wieder in seine Gewalt zu bekommen. Durch die Reibungswirkung der Atmosphäre war der Sturz immerhin so weit verlangsamt worden, dass er vielleicht eine Chance hatte. Zum Glück hatte sich der Hitzeschild mit der von seinen Herstellern versprochenen Verlässlichkeit bewährt. Er hatte so viel Energie aufgesaugt und in Form harmloser Flammen abgestrahlt, dass der eigentliche Rumpf der Kapsel keine Zerstörungen davongetragen hatte.

Aerodynamisch betrachtet hatte die Raumkapsel ungefähr die gleiche Flugtüchtigkeit wie ein durchschnittliches Düsenflugzeug. Wenn Davidson die Triebwerke anwerfen oder die Kapsel wenigstens in Gleitfluglage bringen konnte, hatte er unter Umständen eine Überlebensaussicht.

Schweiß perlte ihm über das Gesicht. Während er die Landschaft, die ihm von unten entgegenzuschwellen schien, ständig im Augenmerk behielt, betätigte er mit aller Hast die Kontrollen, und während der letzten Phase des Abwärtsflugs war er schon fast der Überzeugung, eine Bruchlandung abwenden zu können.

Der Zeitablauf zersplitterte zu einer Abfolge flüchtiger visueller Eindrücke: Durchstoßen der Wolkendecke, der Urwald in der Tiefe, verschwommenes Grün wurde plötzlich deutlich unterscheidbar, irgendwo rechts schimmerte eine Wasserfläche, die Bäume kamen näher, näher …

Das Metall der bis weit über ihre Belastungsgrenzen beanspruchten Kapsel kreischte ein letztes Mal. Dann sah Davidson die Baumwipfel von nahem; mit einem Ruck, den er bis in die Knochen spürte, durchbrach er das Blätterdach und klatschte auf einen ausgedehnten Wasserspiegel …

Wie ein Stein, der übers Wasser hüpft, schlitterte die Kapsel über das Gewässer, sodass eine lange, weiß schäumende Bugwelle aufspritzte, die im Sonnenschein gleißte. Davidson hörte den Rumpf des Raumfahrzeugs knarren und knirschen, während die überhitzten Metall- und Keramikmaterialien mit lautem Gezische in dem kalten, tiefen Wasser schlagartig abkühlten.

Zum Schluss endete das Vorwärtsrutschen, und die Kapsel sank. Unwillkürlich grabschte Davidson nach dem Hebel, der die Luke öffnete. Kraftvoll legte er ihn um und hörte den Mechanismus rumoren, aber sonst geschah nichts.

Er stemmte sich gegen die Gurte nach vorn, versuchte zu erkennen, was es damit auf sich hatte. Die Luke war nur einen Spalt offen. Offenbar waren die äußeren Scharniere geschmolzen und verhinderten ein vollständiges Öffnen. Und inzwischen ergoss sich kaltes, trübes Wasser in die Kapsel. Davidson spähte zur Sichtscheibe hinaus, sah jedoch nichts als Wasser und einige Säulen aufsteigender Blasen. Die Kapsel war vollkommen versunken.

Für einen Feigling hielt Davidson sich keineswegs, doch die Vorstellung, im Meer eines fremden Planeten, gefangen im Innern einer demolierten Raumkapsel, wie eine Ratte zu ersaufen, kostete ihn beinahe den Verstand. Panik und Entsetzen bewegten seine Muskeln, als wären sie Drahtseile, verliehen ihm, während er um sich schlug und zappelte, sich zu befreien versuchte, derartige Kräfte, wie er sie nie in sich vermutet hätte.

Endlich fanden seine Finger den Hebel für den Schleudersitz, er klammerte die Faust um den roten Stahlgriff, kippte ihn mit aller Kraft. Lautlos zersprang die Kanzel des Kommandomoduls, ein Strom von Luftblasen brodelte in die Höhe. Die Explosion traf Davidsons Steiß mit solcher Gewalt, dass er glaubte, die Wirbelsäule würde ihm wie ein Spieß durch die Schädelbasis ins Gehirn gebohrt.

Wie ein Torpedo schoss er, noch im Pilotensitz festgeschnallt, inmitten der Wolke von Blasen nach oben, dabei das aufgewühlte Wasser durchstoßend, bis dessen Druck ihn weit genug verlangsamte, dass er sich bewegen konnte. Mit rasender Eile hantierte er an den Sitzgurten und Anzugverschlüssen, bis es ihm zu guter Letzt gelang, sich zu befreien und die hinderliche Montur abzustreifen.

Seine Lungen fühlten sich an, als müssten sie platzen, während er hinauf zur Wasseroberfläche schwamm. Er befand sich am Ende seines Durchhaltevermögens, als er endlich wie ein Korken durch den Wasserspiegel an die Leben spendende Luft und in den Sonnenschein schwuppte.

Japsend rang er nach Luft, während er gleichzeitig Wasser trat, um zu verhindern, dass die mit Wasser getränkte Kleidung ihn zurück in die Tiefe zog. Nach einer Weile schaffte er es, sich zu orientieren, und nachdem er sich umgeschaut hatte, schwamm er, wenngleich ein wenig unbeholfen, ans Ufer. Sobald seine Zehen Grund streiften, stellte er sich auf die Füße und watete den Rest der Strecke durch flaches Wasser zu einer schlammigen Böschung, und nach wenigen Schritten sank er im düsteren Schatten uralter, turmhoher Bäume aufs Gesicht nieder.

Dann ließ nur noch das unmerkliche, sanfte Heben und Senken seines in den Schlick gedrückten Oberkörpers erkennen, dass er noch lebte.

Wenigstens bis auf weiteres.

Dunkelheit …

Heiseres Vogelgekrächze. Licht stach ihm durch die rosigen, wunden Lider grell in die Augen. Es roch nach Erdreich und fauliger Vegetation, und zudem wehte ihm eine schwache Spur beißenden Rauchs in die Nase.

Davidson hatte Kopfschmerzen. Er lag völlig reglos da und fühlte sich, als hätte er soeben nach zehn Runden einen Boxkampf gegen einen Weltmeister im Schwergewicht verloren. Schließlich gab er ein Stöhnen von sich, wälzte sich herum und öffnete die Augen.

Er zuckte zusammen, als der Sonnenschein ihm wie mit Nadeln in die empfindlich gewordenen Augäpfel drang. Es dauerte mehrere Sekunden, bis sich seine Sicht klärte. Er setzte sich auf, stöhnte ein zweites Mal, weil er beträchtlichen Muskelkater verspürte; und jede Schramme, jeder blaue Fleck ihm fühlbare Beschwerden verursachte.

Nicht so voreilig, ermahnte er sich, während er sich bedächtig umblickte.

Er hockte am Rand einer weiten, sumpfigen Bucht, deren Wasser das Sonnenlicht derartig hell spiegelte, dass ihn das Gleißen vorübergehend blendete und er wegschauen musste. Gleich hinter dem schmalen, schlammigen Uferstreifen wuchs der Dschungel. Von außen wirkte der Wald geradezu undurchdringlich, ähnelte einer hohen Mauer aus Laub von so dunklem Grün, dass es fast schwarz aussah. In den Zwischenräumen der dicken, wachsartigen, braunen Stämme wucherten Gebüsch, Sträucher und Unterholz mit saftigen Blättern. In den Baumkronen sah Davidson leuchtende Farbtupfer aufblitzen, und er hörte sonderbar klingende Rufe. Vögel, schlussfolgerte er. Aber keine Vögel, deren Rufe er schon einmal gehört hatte.

In gewisser Hinsicht erweckte rundum alles einen recht normalen Eindruck, und doch konnte er sich des Gefühls einer vollkommenen *Fremdheit* nicht erwehren, des Empfindens, dass alles, was er sah – Bäume, Blüten und Vögel –, sich irgendwie von dem *unterschied,* was er von der Erde kannte. Worin diese Unterschiedlichkeit bestand, hätte er jedoch gegenwärtig nicht mit Worten beschreiben können.

Vielleicht gelang es ihm aufzuklären, was ihm eigentlich zugestoßen war, sobald er wieder klare Gedanken fassen konnte ...

Wackelig richtete er sich auf und sackte, als er einen Schwindelanfall bekam, fast wieder zusammen. Doch er schaffte es, das Gleichgewicht zu behalten und besah sich schließlich, obwohl er noch leicht schwankte, die Umgebung aus der Warte eines Stehenden.

Dadurch änderte sich wenig, auch wenn er offenbar wieder deutlicher sah und besser hörte. Er beobachtete den unheimlichen Wall aus Urwaldgrün und die hurtigen Farbkleckse, lauschte auf das leise *Flapp-flapp* von Vogelschwingen – und gewahrte aus der Ferne ein anderes Geräusch, ein holziges Geknacke, dessen Ursprung ihm zunächst unklar blieb.

Auf ihre fremdartige Weise wirkte die gesamte Szenerie ermutigend friedlich – bis Davidson begriff, woher das Knacken rührte. Etwas Großes bewegte sich durch den Wald. Kam auf ihn zu.

Ein markerschütternder Schrei gellte durch das gedämpfte Summen und Raunen der Geräuschkulisse und hatte auf Davidson eine ähnliche Wirkung, als spaltete ihm jemand mit einer Axt den Schädel. Erschrocken prallte er zurück und drehte den Kopf nach allen Seiten, um den Ursprungsort des grässlichen Lauts festzustellen. Sehen konnte er nichts Verdächtiges, aber das war belanglos. Er war Pilot der Luftwaffe der Vereinigten Staaten, hatte eine militärische Ausbildung genossen. Alte, eingefleischte Reflexe wurden wirksam. Erste Regel bei möglicher drohender Gefahr: *Schaff deinen Hintern in Deckung, und zwar sofort.*

Ein Laie hätte es wahrscheinlich als verrückt erachtet, in den *Dschungel* zu flüchten, der möglichen Gefährdung entgegen, aber auf dem schlickigen Uferstreifen gab es keinerlei Deckung – Schutz ließ sich ausschließlich zwischen den Bäumen finden, und mochte dort auch die Gefahr lauern, so konnte das dichte Unterholz dennoch ein Versteck bieten, eine Zuflucht vor der Bedrohung. Über all das brauchte Davidson nicht erst bewusst nachzudenken. Er zog den Kopf ein und lief los.

Mit mehreren langen Sätzen erreichte er den Waldrand, verminderte die Geschwindigkeit nicht im Geringsten, als er ins Gesträuch krachte. Der schroffe Wechsel vom hellen Sonnenschein der Böschung ins schattige, grüne Zwielicht des Urwalds verwirrte ihn für einen Moment, doch indem seine Augen sich auf die veränderten Lichtverhältnisse umstellten, kehrte die Orientierung wieder. Das Adrenalin der Panik hatte seine Sinne über die Maßen empfänglich gemacht. Erkennen konnte er kaum etwas, doch jede schemenhafte Regung, sogar der durchs Laub wehende Wind, steigerte seine Wahrnehmung zu noch höherer Übererregtheit. Sein Geruchssinn allerdings verhalf ihm zu keinen nützlichen Aufschlüssen. Die ganze Gegend roch, genau wie jeder alte Wald, intensiv nach morschem Mulch und üppigem Gestrüpp. Somit blieb ihm noch das Gehör, das ihn als Erstes gewarnt hatte. Einige Augenblicke lang verharrte er, spitzte die Ohren, lauschte angestrengt. Schreie erschollen keine mehr, aber …

Da … Es kostete beachtliche Mühe, um es von den Hintergrundgeräuschen der Vögel und des Blätterraschelns zu unterscheiden, doch er täuschte sich nicht: Noch in einiger Entfernung, aber eindeutig im Näherkommen begriffen, ertönten verzweifelte, gekeuchte Atemzüge, das leise Stampfen rennender Füße, das Scharren von Leibern an Zweigen und … das Klirren von Metall? Insgesamt vermittelten diese Geräusche den Eindruck von etwas Vertrautem, jedoch wollte Davidson nicht einfallen, an was sie ihn erinnerten.

Urheber war nicht bloß ein Lebewesen, so viel stand für ihn fest. Es mussten zahlreiche Wesen sein.

Was zum …

Am lautesten, so hatte es den Anschein, erklang der gedämpfte Lärm von rechts. Das erleichterte Davidson die Entscheidung. Um die Augen zu schützen, kreuzte er die Arme vor dem Gesicht, dann bahnte er sich schonungslos eine Gasse durch die dicht wuchernden Gebüsche zu seiner Linken.

Die klatschnasse Kleidung und die schweren Stiefel erwiesen sich als lästiger Ballast, erschwerten ihm das ohnehin mühevolle Vorwärtsgelangen, aber zumindest gewährten sie ihm einen gewissen Schutz vor Brennnesseln, spitzen Dornen und peitschenartig biegsamen Zweigen, die seine Flucht zu einem Spießrutenlauf der Furcht und der Schmerzen machten. Er fühlte sich wie in einem der Albträume, in denen man lief und lief, aber allem zum Trotz dauernd nur langsamer wurde, und der Verfolger immer näher kam …

Es stand außer Zweifel, dass er auf *irgendetwas* gestoßen war, aber auf was, davon hatte er momentan überhaupt keine Ahnung. Mit jedem strapaziösen Laufschritt, den er durch die verwucherte Flora machte, hörte er die Laute wilden Flüchtens – halblautes Ächzen der Erschöpfung, panisches Fußetrommeln auf festem Waldboden – zusehends deutlicher, es war ganz eindeutig, dass sie schnell aufholten.

Der immer lauter werdende Tumult war ihm dicht auf den Fersen, als er völlig unerwartet, während er sich durch einen Vorhang klebriger Lianen zwängte, über eine dicke, krumme, braune Wurzel stolperte und anschließend auf eine Lichtung wankte, eine kahle Felsfläche, deren Gestein groß und scharfkantig genug war, um ihm die Beine zu brechen, als wären sie nur Zahnstocher.

Hinter seinem Rücken schwoll das Lärmen zu seinem bisherigen Höhepunkt an, während er sich hastig umwandte, um sich, da ihm keine Wahl mehr blieb, dem zu stellen, was sich da näherte. Die fast undurchdringlichen Gehänge aus Lianen gerieten ins Schlingern, als ob sich etwas Großes durch sie einen Weg erzwingen wollte.

Fantastische Bilder außerirdischer, abscheulicher, Menschen fressender Monster vor Augen, sah sich Davidson wie ein Rasender nach etwas um – irgendetwas –, das ihm zur Verteidigung dienen könnte, aber es gab nichts Greifbares, nicht einmal einen Ast, der sich als Keule hätte benutzen lassen. Nur Steine. Er bückte sich, packte einen dicken Brocken und hob ihn hoch, gerade als sich der undurchsichtige Schleier aus Lianen schließlich teilte – und hervortrat …

… ein Mensch!

Dieser durchbrach die grüne Barriere und blieb in sichtlicher Bestürzung stehen, sobald er Davidson erblickte und stierte ihn offenen Mundes an.

Der Fremde hatte langes, strähniges Haar und ein von der Sonne nahezu erdbraun gebranntes Gesicht, das Altersfalten von so tiefer Einkerbung aufwies, dass sie frisch vernarbten Schnittwunden glichen. Zudem verdunkelte ein verwickeltes Muster von Tätowierungen seine Miene, verschlungene Schneckengebilde, die für Davidsons Verständnis keinen Sinn ergaben. Ohne jeden Zweifel jedoch war dies Geschöpf, das einen mit seltsam aussehenden Früchten übervollen Lederbeutel trug und Davidson aus hervorquellenden Augen angaffte, ein Mensch. Ein Mann im Alter von fünfzig, vielleicht sechzig Jahren.

Das ist doch ausgeschlossen, dachte Davidson. *Was soll ich nun glauben? Ist das Unmögliche wirklich existent, oder lügen meine Augen?*

Davidson machte sich auf alles gefasst und hob den Stein, bereit zum Zuschlagen oder zum Werfen, mit einer Hand in die Höhe. Falls diese Gestalt nur eine Halluzination war, konnte er ihr eh nichts anhaben. Falls es den Mann dagegen tatsächlich gab und er ein Kannibale war, den es bezüglich des Speisezettels nach Bereicherung gelüstete, dann würde ein handliches Stück Stein genau die richtige Abhilfe sein.

Für einen langen Moment atemloser Spannung starrten die beiden Männer sich gegenseitig an. Da bemerkte Davidson am Rande seines Gesichtskreises eine kaum merkliche Bewegung und wirbelte auf dem Absatz herum, aber zu spät.

Etwas traf mit ziemlicher Wucht sein Handgelenk. Der Stein flog ihm aus den augenblicklich tauben Fingern. Verdutzt sah Davidson eine wilde Barbarin vor sich stehen, deren lange, blonde Locken genauso unordentlich und verfilzt waren wie das Haar eines australischen Ureinwohners der Erde. Sie zeigte ihm, als geschähe es zur Warnung, die scharfen Zähne. Wäre er in diesem Moment nicht vor Entsetzen erstarrt, hätte er wohl die schwungvoll gewachsenen, langen, muskulösen Beine, die unter einem Kleidchen von zauberhaft unwesentlicher Größe hervorragten, das außerdem ein Paar praller, hübsch sonnengebräunter Brüste unbedeckt ließ, viel besser zu würdigen gewusst.

»Vater, sie kommen!«, rief die Frau.

Der Einheimische stieß ein Brummen aus, lief auf die Lichtung, schubste Davidson beiseite und durchquerte mit raschen Sätzen das steinige Gelände. Die Frau warf Davidson einen letzten, bitterbösen Blick der Warnung zu, dann wandte sie sich ruckartig ab und schloss sich dem Mann in größter Eile an.

Davidson blickte dem Paar nach, das sich schnell entfernte, aber bevor er eine Entscheidung treffen konnte, was er nun tun sollte – falls überhaupt irgendetwas –, kamen weitere dieser fremden, primitiven Menschen aus dem Wald geschwärmt. Auch viele von ihnen schleppten Beutel, die von Früchten mit hellen Schalen überquollen, und die Mehrzahl der Männer zeichnete sich durch eine ähnliche Art von Tätowierung aus, die Davidson bei dem Alten gesehen hatte. Allesamt rannten sie an Davidson vorbei, als gäbe es ihn nicht, widmeten ihm kaum einen beiläufigen Blick, sondern eilten ihrem mutmaßlichen Anführer und der Frau nach – als hätten sie Dringenderes im Sinn als einen merkwürdig aussehenden Fremdling ohne Tätowierungen, aber mit einem Ausdruck völliger Verblüffung im Gesicht.

Ehe Davidson wieder richtig zu Atem kam – gar nicht zu reden vom Wiedergewinnen der Fassung –, war der gesamte zerlumpte Haufen auf der anderen Seite der felsigen Lichtung im Wald verschwunden. Er stand wieder allein da, aber Erleichterung empfand er deswegen nicht. Hier allein zu sein hatte sehr augenfällige Nachteile, und zwar hauptsächlich auf Grund einer Unklarheit …

Wovor liefen diese Menschen fort?

Sie waren ziemlich viele gewesen, und etliche von ihnen hatten wie recht harte Kerle ausgesehen. Auch manche Frauen hatten richtig kämpferisch gewirkt. Davidson hatte den Eindruck gehabt, dass es in der ganzen Schar nicht eine einzige Person gab, die man eine Memme hätte schimpfen können. Trotzdem hatten sie das Weite gesucht, als wäre ihnen eine Meute Höllenhunde auf den Fersen.

Langsam drehte sich Davidson um und beobachtete den Dschungel. Es war kein Hundegebell, höllischer oder sonstiger Natur, zu hören. Aber als er sich vorbeugte und durch zusammengekniffene Lider zwischen die Bäume spähte, als könnte er sie zwingen, ihre Geheimnisse preiszugeben, hörte er ein anderes Geräusch, das eindeutig nicht von Hunden stammte; es war ihm schon vorher aufgefallen, und er hatte es als irgendwie vertraut empfunden.

Jetzt hörte er es wieder, und zwar lauter und deutlicher: das leise Schellen von Glöckchen, allerdings auch dies sonderbar gedämpft, als ob die Berührung mit irgendetwas anderem ihr Klingen abschwächte.

Während das Geklingel immer näher und lauter ertönte, konnte Davidson etwas sich durch die düsteren, grünen Schatten des Dschungels bewegen sehen. Etwas Großes. Viele *große* Etwas. Die Wesen sausten flink wie Eichhörnchen durch den Wald – und inzwischen waren sämtliche Vögel verstummt.

Ein Mensch mit ausufernder Fantasie hätte vielleicht den Gedanken gehabt, diese dunklen Schemen, die den Urwald mit solcher Schnelligkeit durchquerten, wären Gespenster. Davidson dagegen bezweifelte, dass die Leute, denen er begegnet war, vor Gespenstern flohen. Sie hatten ausgesehen, als bräuchte es wesentlich mehr als ein paar Spukgestalten, bis sie derartig Fersengeld gaben.

Allerdings hatte er noch immer keine Ahnung, wo er sich eigentlich befand, auf welchen Planeten es ihn verschlagen hatte. War es denkbar, dass auf dieser Welt Gespenster ihr Erscheinen durch das gedämpfte Läuten von Glöckchen ankündeten?

Er blickte an sich hinunter, betrachtete die Kratzer, Schrammen und Blutergüsse, die vormals weiße, mittlerweile zerfetzte, zerfranste, mit Dreck verschmierte und stinkige Dienstkombination, die er unter dem Raumanzug getragen hatte, und zog den Rückschluss, dass er in keinem Zustand war, um sich auf einen Kampf mit fremdplanetaren Gespenstern einzulassen, die eine außerirdische Version von *Jingle Bells* spielten.

Die Horde, die eben an ihm vorbeigelaufen war, hatte immerhin zweifellos aus Menschen bestanden. Was sich ihm nun aus dem Dschungel näherte, war ihm völlig unbekannt. Insofern fiel ihm die Entscheidung relativ leicht.

Er machte kehrt und lief über die kahle Felslichtung, so schnell er konnte, bis er die andere Seite erreichte und wieder in den Wald gelangte. Die Frau hatte ihm zwar den Stein aus der Hand geschlagen, im Übrigen jedoch hatte niemand versucht, sich mit ihm anzulegen. Ob er den Wesen, vor denen er jetzt fortlief, das Gleiche nachsagen durfte, wusste er nicht. Und da wurde ihm etwas klar: Er flüchtete vor *derselben* Gefahr wie sie. Vor etwas, vor dem *Menschen* fliehen *mussten*.

Die folgenden Minuten verliefen für Davidson als chaotisch-wirres Durcheinander. Eigentlich war er komplett am Ende seiner Kräfte, trotzdem schaffte er es, sich weiterzuschleppen. Er ächzte, schnappte nach Luft, während er sich – inzwischen zu erschöpft, um das Gesicht zu bedecken – durchs Unterholz schob. Stattdessen nahm er die Schmerzen hin, die ihm Zweige und Dornen verursachten, als wäre seine Haut betäubt worden.

In dieser Gegend wuchs der Wald weniger dicht als auf der anderen Seite der felsigen Lichtung, die er hinter sich gelassen hatte. Stellenweise gab es ziemlich freie Abschnitte, wo er eine gewisse Aussicht nach vorn erhielt. Ein paar Mal erhaschte er einen Blick auf die Fliehenden, denen er sich angeschlossen hatte, sah da und dort einen Fleck Farbe aufleuchten, hörte von fern verhaltene, hohe Schreckensrufe.

Und hinter ihm erklangen die Glöckchen wieder lauter, aber wenn er gelegentlich einen Blick über die Schulter zu werfen wagte, erspähte er nie irgendetwas Ungewöhnliches, auch keine der Furcht einflößenden schwarzen Schemen, die er vorhin zu seinem tiefen Unbehagen durch die Wipfel geistern gesehen hatte.

Er sah wieder nach vorne und verdoppelte seine Anstrengungen. Obwohl es ihm allmählich schwarz vor Augen wurde und sein Herz wummerte wie ein Schmiedehammer, merkte er, dass er die Fliehenden nach und nach einholte. Schon konnte er die Letzten deutlich sehen. Am liebsten hätte er ihnen die Bitte zugerufen, auf ihn zu warten, doch diese Absicht mutete seinen überforderten Lungen zu viel zu. Deshalb blieb ihm nichts anderes übrig, als unablässig vorwärts zu taumeln und zu hoffen, dass es ihm gelang, zu ihnen aufzuschließen, bevor die Gefahr, vor der sie gemeinsam flohen, zu ihm aufschloss …

Kurz darauf erreichte er erneut einen der vergleichsweise wenig bewachsenen Abschnitte des Urwalds, von wo aus er einen gewissen Blick nach vorn hatte. Er sah mehrere der Fremden, konnte sogar ihren Gesichtsausdruck erkennen, während sich plötzlich eine Anzahl großer, schwarzer Gestalten aus den Bäumen herabschwang, sich auf sie senkte wie eine finstere Wolke – eine Wolke mit Zähnen und Klauen.

Noch war der Abstand zu groß und es unter den Bäumen zu zwielichtig, als dass er genau erkennen konnte, was für Tiere dort auf die Schultern und Rücken der Menschen sprangen, sie niederschlugen und niederrissen.

Er hörte Schreie der Panik, Brüllen der Wut und Furcht, Heulen und Flehen. Und andersartige Laute, die seinen Ohren irgendwie bekannt vorkamen ... Aber an was erinnerten sie ihn? Er starrte hinüber zu dem tumultartigen Handgemenge, das sich vor seinen Augen abspielte, und fast fiel es ihm ein – doch unvermutet kam rechts von ihm zwischen den Baumstämmen ein Körper hervorgeflogen, der Leib eines Menschen, trudelte durch sein Blickfeld wie eine Vogelscheuche und prallte links ins dichte Gesträuch.

Was zur Hölle ist bloß so stark, dass es einen erwachsenen Menschen wie ein Spielzeug durch die Luft schleudern kann?

Davidson wartete nicht, bis er eine Antwort auf die Frage erhielt. In diesem Fall waren Ungewissheit und Flucht ratsamer als selbstmörderische Tapferkeit. Aber die wichtigste Frage lautete: Wohin sollte er sich wenden? Weiter die Vorwärtsrichtung zu nehmen kam ihm genauso vernünftig vor wie jeder andere Entschluss. Ein plötzliches Rascheln im nahen Unterholz bewog ihn zu rascher Fortsetzung der Flucht.

Während er von neuem durch den Wald rannte, gewann ringsum das Getöse an Lautstärke; Rufe und Schreie des Zorns, der Panik und des Leids erschollen, und dazwischen ertönte, begleitet vom beinahe ununterbrochenen, gedämpften Schellen der Glöckchen, ein absonderlicher Chor von Grunz- und Brummlauten. Aus den Augenwinkeln sah Davidson Scheußliches: Blutige Wunden klafften, barbarisch gekleidete Menschen wankten dahin, um den undeutlichen Gestalten zu entkommen, die sie angriffen – aggressiven Wesen, die ein Fell hatten, manchmal dunkel, bisweilen goldgelb, gelegentlich sogar rot –, und flüchtig streifte sein Blick … einen Körperpanzer?

Trug dort ein Geschöpf einen Brustpanzer aus Metall, ähnlich wie ein römischer Centurion?

Konnte das wahr sein? Und wenn ja, *was* für ein Lebewesen kam dafür in Frage?

Vor ihm lichtete sich der Wald, das Unterholz dünnte aus, sodass Davidson schneller laufen konnte. Mit einem letzten Spurt näherte er sich dem Waldrand und sah unterhalb eines von der Sonne verfärbten Horizonts ein ausgedehntes, gewelltes Gelände, das in einiger Entfernung zu einer Reihe niedriger, abgeflachter Hügel anstieg. Er bemerkte den Tätowierten, den er als ersten Fremden zu sehen bekommen hatte, der Mann trug noch den Beutel voller Früchte und winkte mit der freien Hand seinen restlichen Begleitern zu. Anscheinend hatte er vor, sie in den Hügeln in Sicherheit zu bringen.

Aus seinem tiefsten Innern konnte Davidson auf eine allerletzte Kraftreserve zurückgreifen. Nur eine kurze Strecke trennte ihn noch von der Stelle, wo er den Dschungel endgültig verlassen würde, da stieß über ihm etwas einen Knurren aus, bei dem ihm fast das Blut in den Adern gerann. Er hob den Blick und sah eine große, schwarze Gestalt aus dem belaubten Geäst eines Baumes herabspringen und wenige Schritte vor ihm auf den Waldboden springen.

Ein Gorilla.

Ein verdammter Gorilla.

Davidson wollte anhalten, prallte jedoch mit ungebremster Wucht gegen das Tier. Der Gorilla breitete die außerordentlich langen Arme aus, öffnete das Maul weit zu einem Knurren und entblößte dabei einen Rachen voller gelblicher Zähne.

Das war schon schlimm genug. Noch schlimmer war allerdings, dass dieser Gorilla offensichtlich nicht als verstörter Ausreißer eines auf dem hiesigen Planeten existenten Gegenstücks eines irdischen Zoos eingestuft werden durfte. Auf der enorm umfangreichen Tonnenbrust trug das Tier einen fein mit seltsamen Ziselierungen verzierten Brustpanzer aus Metall. Auf dem Kopf hatte es einen Helm von der Größe eines Kochtopfs. Zudem führte es in einer Scheide ein Schwert an der Hüfte, und die breiten Flanken des Körpers schützten dunkle, schwere Panzerplatten.

Und nun rückte diese irrwitzige Erscheinung unter fortwährendem Knurren heran, schwenkte die Greifhaken ähnlichen Arme hin und her wie ein hauptberuflicher Sumo-Ringer.

»Du lieber Himmel!«, entfuhr es Davidson.

Der Affe gab keine Antwort, sondern knurrte lauter und kam näher. Davidson schwankte rückwärts, schaute sich nach etwas um, das sich als Waffe gebrauchen ließe. Dieses Ungetüm übertraf ihn an Gewicht um mindestens 200 Kilo und hatte erheblich längere, spitzere Zähne.

Dummerweise waren rundum keinerlei Steine greifbar. Davidson taumelte gegen ein Gebüsch, schnappte sich einen abgefallenen Ast, fasste ihn wie einen Spieß und wandte sich damit dem Affen zu. Eine allzu beeindruckende Waffe war das nicht, deshalb verblüffte es Davidson, dass der Gorilla augenblicklich stehen blieb – als wäre er perplex – und erst den Ast, dann Davidson anstarrte.

Dieser Affe wirkt ja sehr erstaunt, konnte Davidson noch denken, ehe bei dem Gorilla die Miene der Verdutztheit einer Fratze höchster Wut wich. Viel schneller, als man es sich bei einem dermaßen massigen Geschöpf vorstellte, zuckten seine Arme vorwärts. Er entriss Davidsons Fäusten den kläglichen Spieß und zerbrach ihn wie einen Stecken.

Als Nächstes spürte Davidson, dass ihn ein Paar gewaltiger Pranken packte und ihn blitzartig empor in die Luft schwang, und er hatte dabei das Gefühl, als plumpste ihm der Magen aus dem Leib. Eine Sekunde lang, in der er den Helm des Gorillas *von oben* sah, wirbelte er im Kreis, dann wurde er in hohem Bogen fortgeschleudert wie eine Frisbeescheibe.

Er krachte so heftig aufs Erdreich, als müssten ihm die Knochen brechen, es verschlug ihm den Atem, er schrammte über den Untergrund und blieb fürs Erste benommen liegen. Sobald er wieder klar sehen konnte, hob er den Kopf, fest damit rechnend, dass sich der außerirdische King Kong auf ihn stürzen würde, um ihm den Garaus zu machen – doch das riesige Tier war offenbar inzwischen der Ansicht, dass Davidson keine Bedrohung mehr verkörperte, und hatte seine Aufmerksamkeit schon auf die übrigen Menschen gerichtet.

Davidson blieb zusammengekauert auf dem Erdboden hocken und versuchte, so bedeutungslos und harmlos wie nur möglich auszusehen, während er die weiteren, ebenso schrecklichen wie außergewöhnlichen Ereignisse beobachtete. Noch mehr Menschenaffen schwärmten aus dem Dschungel hervor. Alle trugen sie die sonderbare, altertümliche Panzerung, und sie verhielten sich völlig anders als sämtliche Affen, mit denen Davidson je Umgang gehabt hatte.

Sie bewegten sich in regelrecht militärischen Formationen, und zwar genauso routiniert, wie Davidson es von den besten Soldaten seiner früheren Ausbildung kannte. Der klotzige Gorilla, der eben von ihm abgelassen hatte, streckte einen Arm in die Höhe, gab offenkundig ein Zeichen. Grell gellten die Klänge blecherner Blasinstrumente, als die Affen den von ihrem Anführer erteilten Befehl befolgten.

Der vorderste Gorilla hatte ein schweres Bündel auf dem Rücken. Er langte hinein und zog ein verschlungenes Gewirr heraus, das sich anscheinend aus Seilen und Steinen zusammensetzte. Anfangs konnte Davidson sich nicht erklären, was das sein sollte. Aber als der Gorilla es ausschüttelte und um seinen Schädel zum Kreisen brachte, während er zielstrebig den Fliehenden folgte, erkannte Davidson, um was es sich handelte: eine primitive, jedoch überaus effektive Waffe, die auf der Erde *Bola* hieß, hergestellt aus drei miteinander verknüpften Stricken, an deren Enden zur Beschwerung Steine hingen.

Der Affe stapfte durchs niedrige Gestrüpp, mittlerweile war sein Abstand zum letzten der Menschen recht gering, während die *Bola* um seinen Kopf schnurrte. Mit einem Brummlaut des Triumphs ließ er sie fliegen. Sie sauste mit einem tonlosen, hässlichen Surren durch die Luft auf das Opfer zu. Nichts warnte den Unglücklichen. Erst im allerletzten Augenblick hörte er das Geräusch und wandte sich um, und Davidson sah in seinen Augen panisches Entsetzen leuchten. Dann wickelte die Bola sich um seine Beine und brachte ihn zu Fall.

Kaum stürzte der Mann, eilten schon zwei andere Gorillas, jeder mit einer langen Holzstange, auf ihn zu. Sie fielen über ihn her, knüppelten unbarmherzig auf ihn ein und banden ihn mit so wenig Bedenken oder Rücksicht, als wäre er ein für den Bratspieß des Lagerfeuers bestimmter Hammel, an den Stangen fest.

Fassungslos schaute Davidson zu. *Tiere machten keine Jagd auf Menschen …*

Aber diese Tiere taten es. Und als wären Gorillas mit *Bolas* und Holzstangen nicht übel genug, zeigte sich nun eine neue Gefahr: In schönster Ordnung kam der Ursprung all des ständigen, gedämpften Glöckchenläutens, das Davidson gehört hatte, aus dem Urwald zum Vorschein. Allerdings hatten diese Ankömmlinge keinerlei Ähnlichkeit mit dem Weihnachtsmann und seinem Rentierschlitten. Vielmehr erblickte er eine sehr disziplinierte Horde Gorillas, die alle zusammen ein riesiges, aus Seil geflochtenes Netz hielten. Das Geklingel entstand durch Hunderte kleiner, am Netz befestigter Metallglöckchen.

Die Affen hielten mit dem Netz auf die Menschen zu, bereiteten seinen Einsatz mit einer geübten Geschicklichkeit und abgestimmten Genauigkeit vor, die nicht vollkommener hätten sein können, wären ihre einzelnen Körper durch ein einziges Gehirn gelenkt worden. Mit jeder Bewegung schüttelten sie das Netz im Takt, ähnlich wie menschliche Treiber, die Wild zu einem Versteck getarnter Jagdschützen scheuchten. Und nicht anders als Wild reagierten auch diese Menschen: Wie aufgeschreckte Tiere hatten sie nur eines im Sinn, nämlich sich, indem sie blindlings durch die Gegend stolperten und schwankten, dem Netz und den Glöckchen zu entziehen. Sie erlagen kopfloser Panik, achteten überhaupt nicht darauf, wohin man sie trieb, ja sie *merkten* nicht einmal, dass sie von ihren Jägern in eine bestimmte Richtung getrieben wurden.

Mühsam rappelte sich Davidson hoch; was er sah, entsetzte ihn, stieß ihn ab. Er konnte es noch immer nicht begreifen. Das waren *Affen*, verdammt noch mal! Tiere, nur Schauobjekte, die man im Zoo besuchte, possierliche Gesellen, denen man Bananen zuwarf. Affen, über die man sich *amüsierte.*

Aber was sich hier abspielte, war kein bisschen amüsant.

Ihm wurde wieder schwummrig vor Augen, er hatte zu viel Kraft verschwendet, seinem Geist war zu viel Schockierendes, seinem Körper zu viel Schinderei zugemutet worden. Der menschliche Verstand konnte nur ein begrenztes Maß an Unfassbarem verkraften, ehe er versagte. Er wehrte sich gegen das Schwindelgefühl, biss sich fest auf die Unterlippe und begrüßte den Schmerz, der den Nebel der Benommenheit ein weiteres Mal lichtete.

Dieser Augenblick der Geistesklarheit genügte, um seinen Überlebensdrang neu zu wecken und zur Wiederaufnahme der Flucht anzustacheln. Doch in seiner jetzigen, beeinträchtigten Verfassung war nicht einmal mehr Verlass auf seine beim Militär erworbenen Reflexe. Ohne dass er es merkte, lief er in die verkehrte Richtung. Als ihm der Fehler bewusst wurde, wimmelte es rings um ihn von Gorillas, und sie hielten das engmaschige, weit gespannte Netz, das wie verrückt schlotterte und klimperte.

Doch wurde er von der Vorsehung – oder purem, unerklärlichem Glück – ein weiteres Mal gerettet. In dem Moment, als er erwartete, dass man das Netz über ihn warf, strauchelte er und fiel vornüber in eine Mulde. Er schmiegte sich an das Erdreich, während die unteren Maschen harmlos seinen Rücken streiften und sich entfernten.

Allem Anschein nach hatten die Affen keine Lust, wegen eines Einzelnen das planmäßige Vorgehen abzubrechen, während es noch so viele andere Menschen zu fangen gab. Dadurch bekam er einen aufschlussreichen Einblick in die Bedeutung, die diese *Tiere* den hiesigen Menschen beimaßen, und dabei ergriff ihn kaltes Schaudern. Ein einzelnes, versprengtes Exemplar war ihnen den Aufwand, es zu fangen, nicht wert.

Er kroch durch die Mulde aus dem Mittelpunkt des Geschehens, bis er das Schlimmste hinter sich hatte. Sobald er sich wieder aufzustehen traute, sah er sich nach einem sichereren Weg durch den Dschungel um, doch kaum rannte er erneut los, da behinderte vor ihm ein stämmiger Mensch sein Vorankommen. Zwar lief der Mann so schnell er konnte, aber das war nicht allzu schnell, weil er auf seinen kräftigen Armen ein von Furcht geschütteltes, etwa fünf oder sechs Jahre altes Mädchen trug.

Weder schenkte der Mann Davidson Beachtung, noch den beiden geifernden Gorillas, die immer näher kamen. Bevor Davidson einen Warnruf ausstoßen konnte, holten die Gorillas den Mann und das Mädchen ein. Einer der Affen griff zu und entriss dem Mann das kreischende Kind so mühelos, wie man ein Gänseblümchen pflückt. Der andere Gorilla versetzte ihm einen Hieb in den Rücken, sodass er zu Boden stürzte. Ehe er sich aufrappeln konnte, waren weitere Affen zur Stelle, und er verschwand unter einer Rotte pelziger Gestalten, die wüst auf ihn einknurrten.

Davidson rannte ziellos weiter, aber überall war ein heilloses Durcheinander von Affen und Menschen; sie liefen in alle Richtungen, schrien und brüllten, sprangen und stürmten kreuz und quer umher. Sein ausgelaugtes, benommenes Gemüt fand keinen Ausweg, konnte keinen erkennen. Sein gesamtes Umfeld schien nur noch aus einem Hexenkessel wilder Affen und panischer Menschen zu bestehen. Dennoch lag ihm jede Kapitulation fern, an so etwas dachte er nicht im Mindesten, solange er bei Besinnung war und atmete.

Da erspähte er das Paar Menschen, das ihm als Erstes über den Weg gelaufen war: den alten Tätowierten und seine streitbare, blonde Tochter. Aus ihrem ganzen Verhalten ließ sich ableiten, dass die beiden die Anführer der Schar in Lumpen gehüllter

Leute waren. Gegenwärtig drängten sie ein Grüppchen Menschen durch einen Hain junger, dünner Schösslinge, wo die Affen nicht den Vorteil hatten, sich von den Ästen hoher Bäumen auf sie stürzen zu können.

Der Alte war ziemlich listig, hatte Davidson den Eindruck, und seine Tochter zeichnete sich durch Mut und Entschlossenheit aus. Obwohl sie hoffnungslos in der Minderzahl waren, gaben sie nicht auf. Geschickt nutzten sie die Gegebenheiten zu ihrem Vorteil, denn sie konnten die geringen Zwischenräume der biegsamen, anmutigen jungen Bäume wie im Flug durchqueren, wogegen es den größeren, schwereren Gorillas erheblich mehr Mühe machte.

Einen Moment lang glaubte Davidson, sie könnten damit tatsächlich Erfolg haben. Doch sobald die Affen erkannten, dass ihre Beute zu entwischen drohte, fiel ihnen eine einfache Methode ein, um den Vorteil der Fliehenden zunichte zu machen. Vor Zorn brüllend, rupften die von Kraft strotzenden Tiere die Schösslinge schlichtweg mitsamt den Wurzeln aus dem Erdreich, als jäteten sie gigantisches Unkraut.

Aber noch war der Alte nicht am Ende seiner Weisheit. Während die Affen ihm und seinen Schutzbefohlenen erneut mit dem Netz nachstellten, behielt er einen klaren Kopf und das Näherrücken des verhängnisvoll klingelnden Fangwerkzeugs sorgsam im Auge. Sobald die Affen das Netz warfen, gab er rasch ein Handzeichen, dann huschten er und seine Tochter unter dem Netz hindurch. Der Mehrzahl der restlichen Menschen gelang der gleiche Trick, sodass die Affen aus Wut und Enttäuschung lauthals aufgrölten.

Doch die Gehetzten hatten nur einen zeitweiligen Erfolg errungen. Bevor sie sich sammeln konnten, sprang mit einem weiten Satz und Furcht erregendem Knurren der gewaltige Gorilla, der Davidson kurz zuvor beinahe überwältigt hatte, in ihre Mitte und hieb mit enthemmter Wildheit auf sie ein. Der Affe bewegte sich mit solcher Schnelligkeit, hatte dermaßen übermächtige Körperkräfte und teilte die Schläge mit derartiger Zielsicherheit aus, dass die Menschen gegen ihn keine Chance hatten. Innerhalb von Sekunden lagen rund um ihn halb betäubte, stöhnende Menschen, wurden zur leichten Beute des Trupps Affen, der nun heraneilte, um sie vollends zu überwältigen. Praktisch im Handumdrehen waren nahezu nur noch der Alte und seine Tochter frei, und allem zufolge, was Davidson sah, bezweifelte er, dass sie es lange blieben.

Ein halb nackter, magerer Jugendlicher rannte durch Davidsons Blickfeld, ein halbes Dutzend Affen hielt sich dicht an seinen Fersen. Doch dank seiner jugendlichen Schnelligkeit und etlicher, geschmeidig geschlagener Haken schaffte der Junge es, den Verfolgern immer ein paar Schritte voraus zu sein. Unwillkürlich spornte Davidson ihn im Geiste an.

Jawohl, los, los, weiter, weiter!

Aber Jugend und Flinkheit waren zu wenig. Schon dachte Davidson, der Bursche könnte es schaffen und den Häschern endgültig entkommen, da ließ sich an behaarten, muskelbepackten Armen eine dunkle Gestalt von einem Ast herab. Der Affe sparte es sich, auf den Erdboden zu springen. Er hatte es nicht nötig. Seine nackten, mit langen Zehen ausgestatteten Füße gaben so vielseitige Greifwerkzeuge wie die Hände eines Menschen ab, und mit ihnen erhaschte er das Bürschlein, schwang es, wie sehr es auch schrie, zu sich herauf in den Baum. Der Junge leistete Widerstand, drosch mit den Fäusten auf die dicken Beine des Affen ein, doch Davidson sah, dass die Gegenwehr keinen Zweck hatte. Genauso gut hätte er versuchen können, sich eine Bresche in eine Ziegelmauer zu boxen.

Allerdings lenkte diese Aufsässigkeit die Aufmerksamkeit des Affen einen Moment lang ab, lange genug für den Alten und seine Tochter, um in gestrecktem Lauf dem Jungen zu Hilfe zu eilen. Doch ihr Eingreifen war aussichtslos. Vor Davidsons Augen sprangen noch zwei Affen aus den Bäumen. Einer landete unmittelbar vor dem Mann mit den Füßen auf dem Boden und versetzte ihm einen Hieb, durch den er auf die Knie sank. Der andere Affe schlug die Frau nieder und schleppte sie wie einen Sack über den Waldboden. Sofort rappelte der Alte sich hoch und warf sich auf sie, versuchte sie zu schützen – ohne Sinn, denn dadurch wurden sie beide umso leichtere Opfer. Mit harschem Klirren der Glöckchen senkte sich das Fangnetz über sie.

Beide zappelten sie in dem festen Seilgeflecht, aber ohne Aussicht auf Erfolg. Wie wehrlose Kaninchen saßen sie gefangen, hatten das gleiche Schicksal wie die Menschen erlitten, die sie in Sicherheit zu bringen beabsichtigt hatten. Das Letzte, was Davidson von ihnen sah, ehe er eine Kehrtwendung vollzog, war die Frau, die sich mit gebleckten Zähnen – wie ein prachtvolles wildes Tier – den Affen unermüdlich widersetzte.

Wie ein wildes Tier …

Davidson kniete hinter einem verfaulten Baumstumpf, während das Lärmen der Jagd allmählich abebbte, weniger weil sich die Geschehnisse örtlich verlagert hätten, sondern auf Grund der Tatsache, dass inzwischen ein Großteil der Beute gemacht worden war und die Jäger die heiseren Laute ihrer rauen Stimmen nun gelassener, nicht mehr mit so emotionalem Überschwang ausstießen.

Hinter den Baumstumpf gekauert, versuchte Davidson, schwer atmend, zum ersten Mal seit einer ganzen Weile wieder einen klaren Gedanken zu fassen, zu begreifen, was eigentlich passiert war, in was für eine Art verrückten Albtraum er sich verirrt hatte. Die zeitweilige Verschnaufpause verleitete ihn zu einem gefährlichen Gefühl falscher Sicherheit, ließ ihn glauben, das Schlimmste hinter sich zu haben. Er neigte sogar zu der Auffassung, dass er die Jagd überstanden hatte, verkniff es sich jedoch, an das Weitere zu denken. Fürs Erste genügte es ihm, davongekommen zu sein. Er konnte sich später überlegen, was werden sollte – falls er dafür lange genug am Leben blieb.

Mit der Zunge befeuchtete er sich die Lippen, spähte umher und richtete sich langsam auf. Unversehens kam ein Gorilla zu Pferd aus dem Wald gesprengt und ritt Davidson fast nieder. Der Gorilla schenkte ihm kaum Beachtung, ganz darauf konzentriert, das Netz mit den zwei darin eingewickelten Menschen hinter sich herzuschleifen.

Irgendwo in Davidsons Gehirn rastete etwas aus. Jetzt hatte er *genug!* Genug davon, sich verstecken, vor *Affen* fortlaufen zu müssen …

Der berittene Affe preschte davon – nach wie vor mehr auf die beiden noch immer widerspenstigen Gefangenen als auf seine Umgebung achtend. Davidson sprang den haarigen Reiter seitlich an und konnte ihn auf diese Weise überraschen. Durch den wuchtigen Stoß verlor der Gorilla den Halt und kippte vom Pferd, überschlug sich und prallte etwa einen Meter entfernt schwer auf den Untergrund. Offenbar hatte der Sturz ihn in gewissem Umfang betäubt, denn er blieb erst einmal liegen. Das Pferd verfiel in Panik, es schnaubte und tänzelte stieren Blicks in die entgegengesetzte Richtung. Davidson lief zu ihm und vollführte einen Satz auf seinen Rücken. Die beiden Menschen befreiten sich währenddessen aus dem Netz und ergriffen ohne ein Wort des Dankes von neuem die Flucht.

Gute Idee, dachte Davidson und schloss sich ihnen an. Er sah den Affen über sich im Baum nicht, bis eine Faust ihn vom Pferderücken riss und mit einer Gewalt auf den Erdboden schleuderte, die ihm den Atem raubte.

Für einen Augenblick schwand ihm die Besinnung. Als er zu sich kam, lag er flach auf dem Rücken. Ein grässliches Knurren ließ ihn erschaudern, während langsam ein Schatten über ihn fiel und die Sonne verdunkelte. Hilflos blickte er in die geröteten Augen und das an Hauern reiche Grinsen des riesenhaften Gorillas, der neben ihm stand …

3. Kapitel

Als Erstes roch Davidson, während er allmählich aufwachte, eine so starke Ausdünstung von Angstschweiß, dass sie ihm fast den Atem nahm.

Unterdrückt stöhnte Davidson, als er sich aufsetzte und dabei jede einzelne der zahlreichen Schmerzstellen an seinem misshandelten Körper zu spüren schien. Ihm war übel, und er hatte grauenvolles Kopfweh. Er fragte sich, ob er sich bei dem Zusammenstoß mit dem Gorilla eine Gehirnerschütterung zugezogen hatte. Grässlich genug fühlte er sich …

Er schloss die Augen und beschränkte sich vorerst auf langsames Atmen, achtete nicht auf den unerträglichen fauligen Mischmasch verschiedener Gerüche, der seine Nase drangsalierte.

Zusammen mit einer Gruppe von rund einem Dutzend sichtlich niedergedrückter, gründlich eingeschüchterter Gefangener saß er auf festgetretener Erde. Er kannte von ihnen niemanden, aber das spielte keine Rolle. So oder so hatten die Umstände etwas Albtraumhaftes an sich. Er stammte aus einer Zeit und von einem Planeten, wo es nirgends, nicht einmal in den entlegensten und hinterwäldlerischsten Gegenden, Menschen gab, die in solchen Verhältnissen lebten: Leute, die sich in Tierfelle oder grob gewebte Kleidung hüllten, sich selten oder gar nicht wuschen, aber Gesicht und Bauch mit zahlreichen Tätowierungen schmückten, deren Fingernägel und Fingerzwischenräume so von altem Dreck starrten, dass der Schmutz ein untrennbarer Teil ihrer Haut zu sein schien – derartige Menschen sah man in seiner Welt nur in Videos oder Dokumentationen. Sie existierten nicht mehr in dem, was er als die Wirklichkeit empfand.

Dennoch wusste er, dass seine Leidensgefährten keine Halluzinationen waren. Wahnvorstellungen konnten unmöglich, da war er sich ganz sicher, so stinken wie diese Leute. Sollte er einen Traum durchleben, ginge es darin bestimmt säuberlicher zu. Ganz zu schweigen vom deutlich unterscheidbaren, herben Geruch der Affen, die er auf dem Lagerplatz geschäftig umhereilen sah. Er kniete sich hin, um besser sehen zu können, und entdeckte, was das ständige Knarren verursachte. Etliche Meter entfernt stand eine Kolonne exotischer Karren, die eine barbarische Farbenpracht und komplizierte Muster aufwiesen, die ihm nichts sagten.

Auf den Karren jedoch befanden sich hohe Käfige mit Eisengittern, und deren Zweck war auf Anhieb ersichtlich: Er beobachtete eine Rotte Affen, die offenbar von dem schwarzen Riesengorilla, mit dem er zuerst aneinander geraten war, Befehle erhielten. Der äffische Hüne vollführte herrische Gesten, während andere Affen furchtsame, vor Schrecken bebende, menschliche Wilde ergriffen und grob in die fahrbaren Käfige stießen. Und obwohl Davidsons Heimat eine Welt war, auf der nicht einmal die Bezeichnung noch gebräuchlich war, wusste er, was er da vor sich sah … Er sah Sklaven.

Versklavte Menschen.

Sklaven, die von Tieren in Käfige gesperrt wurden, die auf jeder Welt, die nicht Kopf stand, selbst in Käfigen gesessen hätten. Davidson schnürte sich die Kehle zu, er zitterte vor Zorn, aber er konnte nichts tun, musste untätig zuschauen, und infolgedessen litt er umso schlimmer unter seiner ohnmächtigen Empörung.

Unruhe zog seine Aufmerksamkeit an, und er sah die Affen mit der blonden Frau ringen, die in prachtvoller Wildheit um sich trat, kratzte und fauchte. Ihr Widerstand begeisterte ihn so sehr, dass er insgeheim jubelte, aber noch ehe er ihr etwas Ermutigendes zurufen konnte, entschied die überlegene Muskelkraft der Gorillas die Auseinandersetzung, und die Frau landete bei den anderen Gefangenen in einem Käfig.

Weitere Menschen, die er schon gesehen hatte, folgten: der Mann, der das kleine Mädchen auf den Armen gehabt hatte, und der junge Bursche, der sich im Griff der Affen wand und sie anspuckte. Und schließlich zerrten die Affen auch den Alten herbei, den Anführer, der sich kaum noch auf den Beinen halten konnte, so schwer war er misshandelt worden. Er hatte Schwellungen und blaue Flecken im Gesicht, das verkrustet war von geronnenem Blut. Die Affen scherten sich nicht um seine Verletzungen, auch er wurde ohne Umschweife in einen Käfig geschubst.

Zwar bezweifelte Davidson, dass seine Wut sich noch steigern konnte, aber als er sah, wie diese Tiere mit dem geschwächten Alten umsprangen, stemmte er sich in die Hocke. Er stellte dabei keine bewussten Überlegungen an. Es schien, als befähle ein grundlegender Bestandteil seines Wesens ihm, seinesgleichen zu verteidigen und die Affen anzugreifen. Doch seine kurze Bewegung erregte sofort Missfallen, denn ein großer Gorilla trat hinter ihn, packte seine Handgelenke, umwickelte sie mit einem Strick und zog ihn straff.

Davidson wollte sich umdrehen, um sich über diese neue Zumutung zu beschweren, doch da merkte er, dass die Menschen rings um ihn den Kopf senkten, sich duckten wie geprügelte Hunde und den Blick nicht mehr vom Erdboden zu heben wagten. Was ihnen zu dieser Unterwürfigkeit Anlass gab, wurde von der gleißenden Sonne verborgen; als Davidson in die Helligkeit blinzelte, konnte er lediglich einen dunklen Schatten erkennen, der sich langsam näherte.

Unverzüglich nahm der hünenhafte Gorilla-Anführer Haltung an. Davidson hielt sich für keinen Experten, was das Deuten äffischen Mienenspiels betraf, aber er wäre zu schwören bereit gewesen, dass der schwarze Affe jetzt einen Gesichtsausdruck der Selbstzufriedenheit hatte, ihm die Brust wegen der erfolgreichen Hatz auf armselige menschliche Beute vor Stolz schwoll.

Dann wechselten die Lichtverhältnisse geringfügig, und endlich erkannte Davidson den Grund für die Aufregung. Auf dem

Rücken eines gewaltigen schwarzen Pferdes ritt eine Gestalt heran, die zu klein war, um ein Gorilla zu sein, und doch war es eindeutig ein Affe. Das Tier – ein Schimpanse, sah Davidson – trug eine schimmernde Rüstung, die den Eindruck erweckte, als bestünde sie aus massivem Gold.

Mit der Ankunft dieser prunkhaften Persönlichkeit kam alles zum Erliegen. Die Gefangenen wagten nicht einmal mehr zu stöhnen, und sämtliche Affen ahmten ihren Befehlshaber nach – den schwarzen Gorilla –, indem sie sich in strammer Haltung dem berittenen Halbgott zuwandten. Sicher war Davidson sich nicht, doch nach seinem Empfinden kam in der Art und Weise, wie die Affen zu dem Ankömmling aufblickten, eine quasi religiöse Verehrung zum Ausdruck.

Das ist also hier der eigentliche Boss, dachte Davidson, als er die schillernde Gestalt auf dem Schlachtross anstarrte. Ihm fiel nicht auf, dass er der einzige anwesende Mensch war, der sich traute, den Oberaffen anzusehen, und hätte er es gemerkt, hätte er sich wahrscheinlich nichts dabei gedacht.

Grob riss der Schimpanse an den Zügeln seines Pferds, sodass es ruckartig hielt und mit den Hufen stampfte, dann lenkte er es auf das Häufchen Menschen zu, in deren Mitte halb aufgerichtet Davidson stand und ihn anschaute. Die glänzend schwarzen Augen des Schimpansen streiften das Grüppchen, dann schweifte sein Blick weiter – doch kehrte er plötzlich zurück, und dieses Mal gehörte seine volle Aufmerksamkeit Davidson.

Für einen langen Augenblick starrten sie sich in die Augen, als wären sie Kontrahenten eines Duells. Dann zeigte der Schimpanse alle Anzeichen der Entgeisterung und Entrüstung. Er hob einen langen Arm und deutete mit gestrecktem Finger auf Davidson.

»*Attar, diese Kreatur gafft mich an!*«, brüllte der Chef-Schimpanse, drehte den Kopf und maß den schwarzfelligen Gorilla-Anführer, der in Habtachthaltung in der Nähe stand, strengen Blicks.

»Soll nicht mehr vorkommen, General«, schnarrte Attar.

Aus Verblüffung reagierte Davidson völlig spontan. Er fasste Attar an den Handgelenken und schaute ihm ungläubig ins Gesicht.

»Ihr könnt sprechen …«, sagte er; es machte ihn gänzlich perplex, dass ein Affe wie ein Mensch redete.

Aufgebracht wich der Gorilla-Anführer einen Schritt zurück. *»Nimm deine dreckigen Pfoten weg, du elender, stinkender Mensch!«*

Er versetzte Davidson einen knallharten Kinnhaken, der ihn rücklings in den Staub schmetterte. Sofort wandte der Gorilla-Anführer sich wieder dem General zu.

Der Goldene General nickte, trieb sein Pferd an und ritt davon.

Ich bin seekrank …

So lautete Davidsons erster Gedanke, während er langsam wieder zu Bewusstsein kam. Das Schaukeln und Schwanken, das er spürte, sowie das ununterbrochene, gleichmäßige Knarren, das er hörte, erinnerten ihn an seine ersten Fahrten auf einem größeren Segelboot. Er hatte die meiste Zeit an Bord damit verbracht, an der Reling zu hängen und seinen Mageninhalt den wogenden Wellen zu übergeben. Ähnlich war ihm jetzt zumute, doch dauerte die Täuschung nur eine kurze Weile; schließlich kehrte die Erinnerung zurück, und er begriff, was das Geknarre tatsächlich bedeutete.

Sein nächster Gedanke war, als er die Augen aufschlug, dass er es allmählich leid wurde, in einem derartigen Zustand aufzuwachen. Wie oft hatte man ihn heute niedergeschlagen? Doch was zum Teufel sollte er dagegen unternehmen …

Vor Anstrengung stöhnend, setzte er sich aufrecht hin und stellte überrascht fest, dass er sich nicht noch schlechter als beim vorherigen Erwachen fühlte. Allerdings ging es ihm auch nicht besser. Aber dass keine Verschlechterung eingetreten war, stellte ihn zunächst einmal zufrieden. Und das konnte er, alles in allem besehen, wieder als tendenzielle Verbesserung betrachten.

Nicht, dass es ihm behagt hätte, aber in dieser Situation musste er sich an jeden Strohhalm klammern.

Der Gestank dagegen war weit schlimmer als zuvor. Viele Menschen befanden sich auf engem Raum zusammengedrängt. Der Käfig war buchstäblich stinkvoll mit verschwitzten Leuten. Ohne es zu merken, hatte er, als er sich hingesetzt hatte, einige von ihnen beiseite gedrängt. Nun starrten sie ihn aus von Strapazen gezeichneten, ausdruckslosen Mienen an.

Niemand wirkte, als hätte er Interesse an einer netten, freundlichen Plauderei. Auch recht. Gegenwärtig verspürte er dazu selbst keine sonderliche Lust.

Er reckte den Hals, um über die ungewaschenen Gefangenen, die rings um ihn kauerten, in die Umgebung zu blicken. Sie hockten in einem der Käfige, die er in Erinnerung hatte, einer kastenartigen, recht groben Konstruktion, die jedoch sehr wohl stabil genug aussah, um allen Ausbruchsversuchen der angeschlagenen, entkräfteten Menschen, die darin eingesperrt worden waren, zu widerstehen.

Käfig und Karren zählten zu einer längeren Kolonne solcher Gefährte, die langsam eine gewundene Straße befuhren. Die Straße führte mit leichter Steigung zu einer Stadt, die in diesiger Ferne auf einer Hügelkuppe ausgebreitet lag. Neben den Fahrzeugen marschierten schwer bewaffnete Affenkrieger, die für die bedauernswerten Menschen, die man eingepfercht hatte wie für den Schlachthof bestimmtes Vieh, keinerlei Beachtung erübrigten. Aber nicht das war es, was bei Davidson als Nächstes äußerstes Entsetzen auslöste – es waren die Zugtiere, die ihre von langer Mühsal zerkerbten Schultern gegen das Joch stemmten und die Karren zogen: junge, muskulöse Männer, die Scheuklappen trugen, damit sie in keine andere Richtung als nach vorn schauen konnten.

In Untersuchungen zur nahezu vergessenen menschlichen Geschichte hatte er ähnliche Gespanne gesehen, jedoch mit Pferden. Wie hatte man derlei Tiere früher genannt? Lasttiere.

Er zuckte zusammen, als er irgendwo am Ende der Kolonne

eine Peitsche knallen hörte, und malte sich aus, wie das grausame Marterwerkzeug auf gepeinigter menschlicher Haut einen blutigen Striemen hinterließ.

An der Spitze der Kolonne erspähte er den schwarzen Gorilla-Anführer, der auf einem Pferd ritt, das seinem Aussehen zufolge eine wesentlich bessere Behandlung als die bemitleidenswerten jungen Männer genoss, die sich mit dem Ziehen der Wagen abplagen mussten. Wie hatte der Schimpansen-General den großen Affen gerufen? *Attar?* Ja, richtig …

Etwas an der selbstgefälligen Arroganz des ungewöhnlich schwergewichtigen Menschenaffen, der in seinem glanzvollen Brustpanzer ein edles Pferd ritt und verächtlich die Nase über das Elend in seiner Nähe erhob, flößte Davidson den Wunsch ein, ihm mit einem Ziegelstein die Visage mitsamt den Hauern bis in den hochmütigen Affenschädel zu dreschen.

Er schwelgte in dieser Vorstellung und fand darin eine gewisse Genugtuung, während die Kolonne ohne Aufenthalt hinauf zu der Hügelstadt rollte. Obwohl er schon ahnte, was zu erwarten stand, verursachte es ihm doch ein unheimliches Gefühl der Unwirklichkeit, Attar zum Stadttor traben und den Affen, die dort umherschwärmten, zum Gruß lässig zuwinken zu sehen.

Noch passte es nicht so richtig in Davidsons Denken, dass diese Stadt nicht von Menschen, sondern von Affen für Affen erbaut worden sein sollte. Erst als der Wagen gemächlich durchs Tor ratterte und er einen ersten Ausblick ins Innere der Stadt erhielt, vergegenwärtigte er sich die Konsequenzen in vollem Umfang: Dies war eine Affenstadt, und wenn Menschen darin überhaupt einen Platz hatten, dann vermutlich auf niedrigster Stufe. Waren sie Sklaven? Nein. Betrachtete ein Mensch Hund, Katze und Pferd als Sklaven? Keineswegs. Folglich waren die Menschen hier keine Sklaven. Sie galten als etwas anderes. Als Wesen, die tiefer als Sklaven standen.

Wurden hiesige Menschen als Untermenschen angesehen? Oder musste man in diesem Fall von »Unteraffen« sprechen? Bevor Davidson sich jedoch eingehender darüber den Kopf zerbrechen konnte, lenkte das üppige Schauspiel prallen Stadtlebens, das sich seinen Augen bot, ihn von derartigen Grübeleien ab.

Die Stadt hatte eine ganz beträchtliche Ausdehnung. In einer scheinbar endlosen Vielfalt von Stein und hellen Farben erstreckte sie sich, durchwimmelt von Scharen der verschiedensten Affen, über zahlreiche Reihen flacher Anhöhen. Sie umfasste eine seltsame Mischung aus Altem und Neuem: Hohe Bauten aus verwittertem grauen Stein, behangen mit einer Art bunter Teppiche, ragten empor über schmale Gassen, in denen sich Affen jeder erdenklichen Größe und Gestalt drängten.

Davidson sah Gorillas, Schimpansen, Paviane und eine Anzahl Tiere, die er für Brüllaffen hielt. Auf gewisse Weise begünstigte die allgegenwärtige Geschäftigkeit den Eindruck, sich in einer Stadt voller Menschen zu befinden, die ihren alltäglichen Verrichtungen nachgingen; nur waren ihre Einwohner eben keine Menschen, sondern Affen. Schätzungsweise waren es etliche Tausend, und wenn einer davon den mit jämmerlich zugerichteten Menschen gefüllten Karren, die durch ihre Mitte rollten, überhaupt irgendeine Beachtung schenkte, dann nur in ganz geringem Maße.

Er beobachtete mehrere alte Affen, die um einen Steintisch saßen und eine Art Glücksspiel diskutierten. Diese graubärtigen Silberrücken erinnerten ihn an alte Männer, die er in manchen Großstädten der Erde auf dem Bürgersteig beim Schach sitzen gesehen hatte, bloß taten diese Affen sich an einer heimischen Abart der Wasserpfeife gütlich, statt Dosenbier zu schlürfen oder eine Karaffe billigen Weins zu trinken.

Die Kolonne passierte einen Laden, dessen Ware aus den Davidson unbekannten, hellen Früchten bestand, die die Menschen in Beuteln durch den Wald geschleppt hatten. Lautstark feilschte und lachte eine Gruppe Äffinnen mit dem Händler, dem das Hin und Her offenbar so viel Spaß wie ihnen machte. Einige blickten auf, während die Karren an ihnen vorbeiknarrten, doch ihr Interesse blieb begrenzt, sie widmeten sich sofort wieder dem Einkaufen.

Ein wenig weiter spielte ein junger Affe munter auf einem Instrument, das einer übergroßen Flöte glich. Rund um ihn hatte sich eine Schar Freunde versammelt, die fröhlich grinsten und grunzten. Verschwommen erinnerte die Melodie Davidson an etwas, das er schon einmal gehört hatte. Er überlegte ... Aber es fiel ihm nicht ein. Er ließ es dabei bewenden.

Mit schüchternem Lächeln näherte sich eine junge Äffin und warf eine Münze in den Hut, den der Flötenspieler vor sich abgesetzt hatte. Er nickte ihr zu und blies umso heiterer in sein Instrument.

Unweit des Flötisten bearbeitete ein Schimpanse mit einem Messer, das er mit blitzschnellen Bewegungen handhabte, ein Stück Holz. Davidson blinzelte; im grellen Licht ließ sich nur schwer erkennen, woran der Affe arbeitete, doch schließlich wurde es ersichtlich. Der Schimpanse schnitzte die stark karikaturhafte Figur eines Menschen.

Danach gelangte ein Jongleur in Davidsons Blickfeld, der erstaunliche Leistungen vollbrachte, sowohl Hände wie auch Füße benutzte, um unentwegt eine Vielzahl von Gegenständen durch die Luft zu wirbeln.

Abgesehen von der Tatsache, dass Affen alle diese Aktivitäten ausübten, hätten diese Ereignisse sich in einer von Menschen bewohnten Stadt vergangener Jahrhunderte abspielen können. Aber nicht diese Eigentümlichkeit jagte Davidson solches Entsetzen ein. Hier stand nicht einfach eine Stadt voller Affen. Wohin Davidson schaute, erblickte er auch Menschen. Anscheinend waren sie überall präsent: Sie zogen, hoben, schleiften und trugen Lasten, gaben sich ausschließlich mit den niedrigsten und mühevollsten Aufgaben ab. Und die meisten bewegten sich in Ketten.

Während seiner Schulzeit hatte Davidson einmal ein Buch mit dem Titel *Der Unsichtbare* gelesen. Damals hatte das Buch bei ihm einen nachhaltigen Eindruck hinterlassen, der aber keinesfalls mit der Wirkung verglichen werden konnte, die die Gegebenheiten dieser Stadt auf sein Gemüt hatten. Denn urteilte er nach der Beachtung, die die Kolonne auf dem Weg durch die

Stadt fand, hätte nämlich auch sie unsichtbar sein können. Man hatte in den Käfigkarren verwundete, blutige, jammernde Menschen dicht zusammengepfercht, doch fast niemand würdigte sie eines Blicks. Offenbar erregte ihr Los keinerlei Anteilnahme. War der Anblick einer derartigen Scheußlichkeit alltäglich, sodass niemand sie noch sonderlich beachtete? In was für abscheuliche Verhältnisse war er da bloß geraten?

Aber zum Schluss fand die Fahrzeugkolonne doch noch jemandes Aufmerksamkeit. Voraus befasste sich ein kleiner Haufen jugendlicher Gorillas unter lautem Geschrei mit einem Spiel, das an Fußball erinnerte, nur bedienten sich in diesem Fall die jungen Affen beider Hände und auch der greiffähigen Füße, um den Ball zu spielen. Als sich die Karren genähert hatten, unterbrachen mehrere Gorillas das Spiel, sammelten rasch Steine auf und schleuderten sie nach den Käfigen. Erneut kochte Davidson vor Wut, als er die hässlichen Geräusche von Steinen hörte, die auf Fleisch klatschten, und die abgehackt hervorgekeuchten Schmerzenslaute, die sich anschlossen.

Gleich darauf prasselte ein Steinhagel auch durch die Gitter des Käfigs, in dem Davidson saß, und er duckte sich, hielt die Arme über den Kopf. Als er wieder aufzublicken wagte, drang eine weibliche Stimme an sein Ohr, die die jungen Gorillas ausschimpfte.

»Unterlasst das! Ihr verhaltet euch grausam.«

Davidson lugte über die Schultern seiner Leidensgenossen hinweg, um einen Blick auf diesen unvermutet aufgekreuzten Engel der Barmherzigkeit zu erhaschen. Er sah eine Schimpansin mit dunklen, schulterlangen Haaren, deren Bekleidung durch gehobene Qualität und vornehmen Geschmack auffiel. Trotz der spürbaren Verärgerung merkte man ihr eindeutig die Resolutheit einer Angehörigen der Oberschicht an. Davidson konnte erkennen, dass sie ohne das mindeste Zögern und ohne jede Furcht mitten unter die Horde junger Gorillas trat.

»Zeigt eure Hände vor!«

Die jungen Flegel wollten sich drücken, aber sie knöpfte sich jeden vor, ähnelte einem Sturmwind der Gerechtigkeit, während sie ihnen nacheinander mit der flachen Hand die Steine aus den Fingern schlug, sodass überall Brocken auf den Boden flogen. Voller Bewunderung starrte Davidson sie an: Das war der erste hiesige Affe, der bei ihm nicht den Wunsch weckte, ihn unverzüglich zu erwürgen. Stattdessen musste er das Verlangen unterdrücken, aufzuspringen und Beifall zu schreien. Sein Selbsterhaltungstrieb mahnte ihn zur Zurückhaltung, und er gab sich damit zufrieden, mit breitem Grinsen zuzuschauen. Sie war noch nicht fertig mit den Rüpeln.

»Wer hat euch erzählt, ihr dürftet mit Steinen nach Menschen werfen?«

»Mein Vater«, antwortete einer der Lümmel, der offensichtlich etwas dreister war als der Rest.

Streng sah die Schimpansin den Halbwüchsigen an. »Dann seid ihr beide im Unrecht. Richte ihm aus, dass ich das gesagt habe.«

Der junge Affe wirkte, als hätte er durchaus Lust zum Widersprechen, aber der feste Blick der Schimpansin trieb ihm die Renitenz aus. Er wandte sich um und schob ab, und seine Kumpane schlossen sich ihm an. Erst als sie sicheren Abstand gewonnen hatten, drehten die Rabauken sich um und stänkerten. Der Frechste streckte die Zunge heraus.

»Menschenfreundin!«

Die Schimpansin hob den Kopf und erstickte diese letzte Rebellion mit einem einzigen Blick. Dieses Mal gaben die Junggorillas Fersengeld, ohne sich noch einmal umzuschauen.

Angewidert schüttelte die Schimpansin den Kopf. Dann sah sie eine zweite junge Schimpansin an, die sich in diesem Moment zu ihr gesellte.

»Ari, musst du dich immer so aufregen?«, hörte Davidson die soeben Angekommene äußern. »Ich dachte, wir wollten in Ruhe einkaufen gehen.«

Zerstreut nickte Ari der anderen Schimpansin zu, aber ihr Blick wich nicht von den Karren, die durch die Straße fuhren.

Davidson konnte sehen, dass sie sich die Fracht menschlichen Elends, die man vorbeikarrte, aufmerksam anschaute. An sich war es kaum zu glauben, aber was er sah, ließ sich nicht leugnen: Der Schimpansin standen Tränen in den Augen. Und da begegneten sich für einen ganz eigentümlichen Moment ihre Blicke. Davidson empfand eine Regung von … Von was? Er wusste es nicht. Anscheinend erschütterte dieser Augenblick die Schimpansin, denn sie wandte sich ab. Als der Wagen weiterrollte, drohte sie aus Davidsons Sicht zu verschwinden.

Doch Ari folgte den Fahrzeugen raschen Schritts.

Die andere Schimpansin guckte ihr ungläubig nach; dann kam sie ihr, obwohl mit deutlichem Widerstreben, eilends hinterher. »Ari, warte! Du bringst dich bloß in neue Schwierigkeiten.«

Trotz Aris erkennbaren Vorhabens, bei den Karren zu bleiben, verlor Davidson sie aus dem Blickfeld. Die Faszination, die die Affenstadt anfangs bei ihm ausgelöst hatte, verpuffte schnell, weil er die schlechte Verfassung und die klägliche Lage seiner Mitgefangenen schlichtweg nicht auf Dauer übersehen konnte. Als er sich drehte, stieß sein Fuß gegen etwas Weiches, und sobald er den Blick senkte, sah er eine Leiche. Erschrocken blickte er auf, aber entweder hatte man ringsum den unbeabsichtigten Tritt nicht bemerkt, oder es scherte sich niemand darum.

Eine Person jedoch beobachtete ihn: Am hinteren Ende des Käfigs kauerte der magere Jugendliche, der sich den Affen so tapfer widersetzt hatte, und musterte ihn unverwandt. Und obgleich das Gesicht des Burschen einer Fratze erstarrten Drecks und geronnenen Bluts glich, sah Davidson in seinen Augen den hellen Funken hoher Intelligenz. Doch bevor Davidson daraus Schlussfolgerungen ziehen konnte, wurden die Wagen unerwartet an den Straßenrand gefahren und angehalten.

Davidson drückte das Gesicht an die Gitterstäbe und spähte hinaus, um den Grund für den Aufenthalt zu ermitteln. Der Anlass ließ sich unschwer erkennen. Eine Gruppe von Affen in dunklen Gewändern, die Gesichter mit Tüchern verhüllt, wanderte vorüber und sang leise eine Litanei.

Das feierliche Erscheinen dieser ernsten Prozession verfehlte nicht einmal auf den großen Gorilla namens Attar seine Wirkung. Er verließ seinen Platz an der Spitze der Fahrzeugkolonne und näherte sich den Mönchen in andächtiger Ehrerbietung. Die Mönche blieben stehen, ihr Anführer ging dem Affenkrieger entgegen; er hob die Hände, als Attar den Kopf neigte, und spendete dem Gorilla, dessen zerfurchte Miene einen Ausdruck des Entzückens annahm, eine Art von Segen. Selbst Davidson fühlte sich durch die tiefe Spiritualität, die er dem Gorilla anmerkte, beeindruckt; dass jemand, der so unmissverständlich wie ein Tier aussah, sich gleichzeitig so menschlich verhalten konnte, wühlte ihn weit stärker auf, als er es sich eingestehen mochte.

Er wandte sich von dem Geschehen ab und einem Mitgefangenen zu, einem Mann, der am Gitter hockte und das Gesicht in den Händen verbarg.

»Wo bin ich?«, flüsterte Davidson ihm eindringlich zu.

Der Mann hob den Kopf und schaute ihn voller Schrecken an; dann wich er ruckartig vor ihm zurück, als hätte er eine ansteckende, tödliche Krankheit.

Verdutzt betrachtete Davidson den Mann, unternahm anschließend einen neuen Versuch, diesmal bei einer alten Frau, die auf der anderen Seite des Käfigs saß.

»Wo bin ich hier?«

Stumpfsinnig glotzte die Frau ihn an, war anscheinend vor Grauen dermaßen gelähmt, dass sie nicht einmal eine Antwort geben konnte. Am liebsten hätte Davidson sie geschüttelt, aber ihm war klar, dadurch wäre es nur schlimmer geworden. Doch seine Verbitterung über die eigene Unkenntnis ließ sich nicht endlos bezähmen, und daher dauerte es nicht lange, bis ihm der Kragen platzte. *»Ich will, dass jemand mir sagt«*, schnauzte er, *»wo wir sind!«*

Die Greisin prallte regelrecht vor ihm zurück, doch zu guter Letzt zogen Lautstärke und Tonfall seiner Stimme die Aufmerksamkeit jemandes auf ihn, der mit ihm zu reden bereit war;

am vorderen Ende des Käfigs stemmte sich der ältere Mann hoch, den Davidson das erste Mal gesehen hatte, während er die Leute durch den Wald führte, und zwängte sich zu ihm durch. Als er Davidson erreichte, hielt er zuerst nach allen Seiten Umschau, vergewisserte sich, dass kein Affe sie beobachtete. *»Schau zu Boden!«*, sagte er dann sehr nachdrücklich zu Davidson. *»Halt den Mund!* Sonst kostet uns dein Benehmen noch das Leben.«

Davidson wollte widersprechen, wenigstens ein paar Fragen stellen, da jedoch sah er hinter dem Alten die blonde Barbarin; sie musterte ihn böse, also beschloss er, sich vorerst zu beugen. Er hatte schon genügend Scherereien. Es wäre sinnlos, sich überflüssigerweise Feinde zu machen.

Unterdessen kehrte Attar, der Gorilla, an die Spitze der Wagenkolonne zurück, stieß einen kehligen Ruf aus, und unter Geknarre setzten sich die Karren erneut in Bewegung. Davidson hockte sich hin und zog die Knie an; ihm war so niedergeschlagen und hoffnungslos wie noch nie im ganzen Leben zumute.

Der viereckige, von hohen, dicken Mauern gesäumte Hof hatte Lehmboden. In der Mitte des Hofs stand ein einzelner Orang-Utan, eine kleine, gedrungene Gestalt mit orangerotem Fell. In bedächtigem Takt patschte er sich unablässig einen hässlichen, biegsamen Schlagstock, den man Zähmer nannte, in die Handfläche und schaute Attar entgegen, der vor den ersten Karren der neuen Lieferung durchs Tor in den Hof ritt.

Der Name des Orang-Utans lautete Limbo. Mit ausdrucksloser Miene sah er zu, wie auch die restlichen Fahrzeuge in den Hof einfuhren und in unregelmäßiger Aufreihung hielten. Sobald alles zum Stehen gekommen war, beendete er das Patschen mit dem Zähmer und ging zu den Wagen. Er strebte an den Käfigen entlang und äugte hinein, sein scharfer, kühler Blick beurteilte ihren Inhalt ähnlich gefühllos, wie ein Buchhalter Zahlen addiert.

Davidson spürte den Blick des Orang-Utans so unangenehm, als würde er leicht von einer Peitsche gestreift. Er schauderte zusammen, unwillkürlich duckte er sich tiefer. Zum ersten Mal im Leben blickte ein anderes Geschöpf ihn mit so kühler, leidenschaftsloser Distanziertheit an, als wäre er bloß eine zum Verkauf bestimmte Schweinehälfte.

So also erlebt das Rind, dachte er, *den Weg ins Schlachthaus …*

Nachdem er die Begutachtung der Gefangenen beendet hatte, näherte sich der Orang-Utan schaukelnden Gangs einem der Krieger Attars. Er gab ein tiefes Stöhnen von sich.

»Seid ihr darauf aus, mein Geschäft zu ruinieren? Das sind die schäbigsten, verkommensten und abstoßendsten Menschen, die ich je gesehen habe.«

»Du willst sie nicht?«

Mit gespielter Resignation seufzte der Orang-Utan. »Ich nehme sie alle. Ich muss eben zusehen, dass es die Masse bringt.«

Während des Wortwechsels war aus den angrenzenden Gebäuden eine Anzahl weiterer Affen ins Freie getreten, offenbar Knechte oder sonstige Untergebene irgendeiner Art.

Der Orang-Utan bemerkte sie und schickte sie mit einem lässigen Wink des langen Arms zu den Käfigkarren.

»Holt sie heraus und säubert sie!«

Offensichtlich war diese Aufgabe nichts Neues. Die anderen Affen, ausnahmslos kräftige Gorillas, die auf Nase und Mund Schutzmasken trugen, umschwärmten die Käfige wie eine pelzige Sturmflut. Sie verfuhren mit der Schnelligkeit und Mühelosigkeit langer Übung, zogen die Menschen aus den Käfigen in den lehmigen Hof und sortierten sie, bildeten aus Männern, Frauen und Kindern gesonderte Gruppen.

Erst dieser Vorgang, so gewann Davidson den Eindruck, weckte die Leute endlich aus der Teilnahmslosigkeit, die sie in den Käfigen ergriffen hatte. Männer schrien und leisteten Widerstand, versuchten ihre Familie beisammen zu halten. Frauen kreischten, während man ihre Männer fortschleifte, Kinder heulten in Panik, wenn man sie den Armen ihrer Mütter entriss.

Während sich Davidson einem Gorilla widersetzte, sah er, dass ein anderer Affe den Alten und die Blondine trennte. Die Frau wehrte sich noch wilder als vorher, aber genauso ergebnislos.

Zittrig streckte der Alte die Arme nach ihr aus, während man die Blonde fortzerrte. »Daena«, rief er, »hab keine Furcht!«

»Karubi, ich finde dich …«, gellte es zurück.

Der Orang-Utan, der gerade vorbeitappte, als diese gewaltsame, herzzerreißende Trennung geschah, widmete dem Paar einen sardonischen Blick.

»Wie rührend«, sagte er. »Also wirklich, ich bin von Tränen geblendet.«

Da krallte er plötzlich mit unerhörter Rohheit, die in krassem Gegensatz zu seinem ruhigen Ton stand, die Finger in Daenas Haar, brachte sie zu einem nahen Pferch, in den man schon etliche Frauen gesperrt hatte, und stieß sie brutal hinein. Verkrümmt stürzte sie hin, warf ihm aber sofort einen hasserfüllten Blick zu.

Auch der Alte mit Namen Karubi setzte sich zur Wehr, aber die Gorillas beförderten ihn mit ähnlicher Unnachsichtigkeit rücklings zu einem anderen Verschlag und brachen ihm, als sie ihn hineinschubsten, fast den Arm. Der Schmerz ließ Karubi aufschreien, er taumelte noch ein paar Schritte, dann sackte er nieder und wand sich in Qualen auf dem Lehmboden.

Am übelsten war diese Behandlung für die Kinder, denn sie gaben die hilflosesten Opfer ab. Davidson konnte es kaum ertragen zu sehen, wie die äffischen Sklavenhändler sie von ihren Familien absonderten und in eigene Pferche sperrten. Dennoch zwang er sich zum Hinschauen. Insgeheim schwor er nämlich, eines Tages irgendwie für diese Kinder Rache zu nehmen.

Davidson kam mit dem Mann, den er das kleine Mädchen durch den Wald tragen gesehen hatte, in denselben Pferch. Er glaubte sich daran entsinnen zu können, dass irgendwer den Mann mit dem Namen Gunnar gerufen hatte. Gleich hinter ihm warf man Birn, den streitbaren Jungen in das Gefängnis, dessen

Kampfgeist offenbar bis jetzt noch nicht erlahmt war, denn als ein Gorilla ihn am Kopf packte, biss er die Zähne tief in den weichen Handteller des Großaffen. Der Gorilla brüllte auf, ergriff Birn an den schmalen Schultern und schüttelte ihn, als wäre er eine Mülltüte. Beinahe konnte Davidson hören, wie dem Jungen in den Kiefern die Zähne klapperten. Nach einigen Sekunden erschlaffte er, und der Gorilla warf ihn in den Pferch, wo er mit dumpfem Aufklatschen auf das festgetretene Erdreich prallte.

Nach einer Weile kam der Orang-Utan, um sich davon zu überzeugen, dass man die Menschen sicher eingesperrt hatte. Mit einem unheimlich menschlichen Ausdruck der Belustigung in der Miene inspizierte er die Pferche. Noch nie hatte Davidson dermaßen starken Hass verspürt. Einerseits erschreckte ihn diese Vehemenz, andererseits spornte sie ihn an, gab ihm einen Grund zum Durchhalten.

Der Orang-Utan betrachtete erst Davidson, dann seine Untergebenen. »Zieht Handschuhe an, wenn ihr mit Menschen zu tun habt. Wie oft muss ich es euch denn noch sagen?«

»Nanu, Limbo, wirst du etwa weich?«

Davidson sah den Orang-Utan herumwirbeln und unvermutet vor dem Oberaffen höchstpersönlich stehen, dem berittenen Goldenen General. Innerhalb eines Augenblicks verwandelte sich Limbo vom hochnäsigen, gehässigen Sklavenhändler in einen unterwürfigen Speichellecker. Er schien körperlich zu schrumpfen, während er untertänig zu der eindrucksvollen Erscheinung aufblickte, die hoch über ihm im Sattel thronte.

»Früher hast du ihnen die Pfote abgehauen«, äußerte der General.

»Gewiss, General Thade. Aber unversehrt hat er höheren Wert.«

Der General legte den Kopf in den Nacken und musterte den Sklavenhändler mit hoch erhobener Nase. Dann ignorierte er ihn, als wäre er keinerlei Beachtung würdig.

Der Gorilla-Anführer namens Attar, der dem General gefolgt war, näherte sich nun dem Männerpferch und besah sich Davidson kurz von oben bis unten. Anscheinend missfiel ihm, was er sah. Er blickte Limbo an.

»Dem wende lieber nicht den Rücken zu. Er ist tückisch.«

Davidson hätte sich diese unerbetene Aufmerksamkeit gern erspart; aber aus den Augenwinkeln bemerkte er, dass Karubi, obwohl er arg in Mitleidenschaft gezogen worden war und sich den verdrehten Arm hielt, mit einem Mal herüberschaute und ihn durchdringenden Blicks maß.

Was hat das wohl zu bedeuten? überlegte Davidson.

Nervös plauderte Limbo mit den beiden Kriegern. »Sie haben die Obstgärten geplündert, General? Dagegen weiß ich vom Land ein altbewährtes Abschreckungsmittel. Schlitzen Sie einen auf und hängen Sie den Kadaver auf.«

General Thade schenkte dem Orang-Utan einen Blick der Geringschätzung. »Ich habe sowieso schon die Menschenrechte-Fraktion am Hals.«

Offenbar sah Limbo eine Gelegenheit, um sich bei dem hochrangigen Gorilla einzuschmeicheln. Er antwortete so übereifrig, dass er sich beinahe verhaspelte. »Diese *Weltverbesserer*«, knurrte er. »Auf solche Weichlinge können wir verzichten. Ich bin für Meinungsfreiheit … solange sie den Mund halten.«

Anscheinend vertrat General Thade die gleiche Ansicht, denn diesmal blickte er einigermaßen wohlwollend auf den servilen Orang-Utan herab, bevor er sein Pferd zu einem Pferch voller verängstigter, tränenüberströmter Kinder trieb. Er ritt bis dicht ans Gatter und sah sich die Kinder an, wirkte dabei ganz wie ein mäßig interessierter Schaufensterbetrachter.

»Ich habe meiner Nichte zum Geburtstag ein Schoßtierchen versprochen.«

Limbo, dessen Händlernase bei der Aussicht auf Gewinn zuckte, sprang sofort hinzu. »Ein ausgezeichneter Einfall, General«, rief er. »Die Kleinen sind hervorragend als Schoßtiere geeignet. Aber man sollte dafür sorgen, dass sie abgeschafft werden, ehe die Geschlechtsreife einsetzt. Es gibt im Haus nichts Verheerenderes als einen halbwüchsigen Menschen.«

In Begleitung der wachsamen Mutter kam ein junges, weibliches Äffchen zu den Pferchen. Vom Pferd herab nickte General Thade dem Affenkind zu. Die kleine Äffin ging dicht ans Gatter des Kinderpferches und äugte dann scheu zu ihrem Onkel hinauf; sobald er ein zweites Mal genickt hatte, besah sie sich die Kinder auf der anderen Seite der Holzlatten mit der Aufgeregtheit, die jedes Kind zeigte, wenn es in einer Tierhandlung die freie Auswahl hatte.

Schließlich fand eines der »Haustiere« ihren Gefallen. Sie hob die Hand und zeigte auf das kleine Mädchen, das Davidson im Wald auf Gunnars Armen gesehen hatte.

»Eine vorzügliche Wahl«, beteuerte Limbo mit schmieriger Beifälligkeit.

General Thades Blick fiel auf Attar. Ohne zu zögern betrat der große Gorilla den Kinderpferch, griff sich das weinende Mädchen, tätschelte ihr wie einem Hündchen den Kopf und brachte sie der kleinen Äffin. Vorsichtig reichte er der Äffin das Kind in die Arme. Die Miene der Affenmutter widerspiegelte bestenfalls Zurückhaltung.

Wahrscheinlich fragt sie sich, dachte Davidson, *ob es letzten Endes ihre Sache sein wird, dieses Haustier zu füttern.* Ihn erstaunte die Tiefe der Bitternis, die er empfand. Die unschuldige Grausamkeit des Affenkinds wurmte ihn enorm. Die Kleine konnte unmöglich wissen, dass sie Grässliches tat; dennoch war es etwas Grässliches, das da geschah.

Und dann, während Mutter und Kind sich mit dem neuen Schoßtier entfernten, ereignete sich etwas, das Davidson fast den Verstand verlieren ließ. Das Affenkind betatschte das plärrende Mädchen, und unterdessen holte die Mutter aus einem Beutel ein Halsband mit Leine und legte es ihm an.

Sprachlos spähte Davidson hinüber zum Frauenpferch und erwartete, die Mutter der Kleinen in Hysterie verfallen zu sehen. Aber die Frau stand nur still da und hielt den Blick auf den Lehmboden gesenkt, ihre Augen waren so starr wie glatte Glasmurmeln.

Der Blonden namens Daena jedoch, die sich hinter ihr befand – sich im Übrigen allerdings durchaus ähnlich ruhig verhielt –, ließ sich Zorn für zwei ansehen. Davidson erkannte, dass aus ihren Augen glühender Hass gloste, und während er wusste, dass er selbst dagegen Bedenken hätte, wäre diese Wilde ohne jeden Zweifel dazu fähig, die kleine Äffin ohne zu zaudern umzubringen. Bei dieser Erkenntnis schauderte es Davidson, doch ihm war völlig klar, dass er kein Recht hatte, falls Daena einmal die Gelegenheit fand, Vergeltung zu üben, sie daran zu hindern. Diese Affen waren Ungeheuer, die menschliche Kinder behandelten wie Kuscheltiere, die man knuddelte, gern um sich hatte ... und an die Leine legte.

General Thade schaute seiner Schwester und der Nichte nach, die sich mit dem neuen Anhang der Familie entfernten. Sobald sie durchs Tor des Grundstücks entschwunden waren, wendete er das Pferd, ließ den Blick ein letztes Mal über die Sklavenpferche schweifen, dann trieb er das Reittier in Richtung des Tors. Limbo konnte der Versuchung nicht widerstehen, die Gelegenheit zu nutzen, um sich beim General noch beliebter zu machen; eilig begleitete er ihn zum Ausgang, schleimiges Gefasel drang über seine gummiartigen Wulstlippen.

»Und es heißt, General, dass es die Menschen von den Obstpflanzungen fern hält, wenn man an den Zaun pinkelt.«

Von oben herab stieß General Thade einen Brummlaut der Verachtung aus, bei dem der Orang-Utan wie angewurzelt verharrte.

»Halte du selbst Abstand. Du stinkst nach Menschen.«

Limbo sah aus wie ein begossener Pudel. Thade warf ihm einen Blick beispiellosen Hochmuts zu, dann gab er dem Pferd energisch die Sporen und galoppierte zum Tor hinaus. Limbo beobachtete den Abgang des Generals mit kummervoller Miene. Einen Moment später hob er den rechten Arm ans Gesicht und schniefte. Unter anderen Umständen hätte Davidson das Selbstmitleid des Orang-Utans als komisch empfunden, aber angesichts der hiesigen Verhältnisse konnte er es nicht; viel lieber hätte er sämtliche Kräfte aufgeboten, um diesem ekelhaften kleinen Sklavenhändler-Affen den Hals umzudrehen.

Ari und ihre Freundin Leeta versteckten sich nahe des Toreingangs. Nach General Thade kam Hauptmann Attar aus dem Tor gesprengt. Furchtsam lugte Leeta um die Ecke und schrak augenblicklich zurück. Ohne ihre wachsende Beunruhigung verheimlichen zu können, wandte sie sich an Ari.

»Ich mag da nicht hinein. Es ist widerlich.«

Ari hörte kaum, dass Leeta mit ihr sprach. Ihre ganze Aufmerksamkeit galt den widerwärtigen Vorgängen in dem Hof.

»Es ist widerlich, wie man die Menschen behandelt«, antwortete sie. »Dadurch werden nicht nur sie, sondern auch wir selbst erniedrigt.«

In der Absicht, den Hof zu betreten, lief sie unter den Torbogen. Leeta ergriff ihre Hand, um sie aufzuhalten.

»Ari, lass uns gehen.«

Ari sah sie mit einem Blick an, der Verdruss ausdrückte, und entzog ihr die Hand.

»Dann geh«, entgegnete sie unwirsch.

Im Hof setzten die Gorilla-Knechte gelangweilt die Tätigkeit fort, die neue menschliche Ware für den künftigen Verkauf vorzubereiten. Limbo sah dem Tun offensichtlich voreingenommenen, aber eindeutig auch fachkundigen Blicks zu.

Im Pferch schlurfte Davidson hin und her, er war sich unsicher, was als Nächstes bevorstehen mochte, und versuchte es möglichst früh herauszufinden. Da Limbo hier die Anweisungen gab, lag es nahe, vor allem ihn zu beobachten.

Nachdem die oberflächliche Säuberung der Gefangenen erledigt worden war, schaute der Sklavenhändler hinüber zu einem größeren Feuer, das man inzwischen in der Nähe der Pferche in einer Steineinfassung entzündet hatte.

»Fangt mit dem Zeichnen an! Ich habe Bestellungen auszuführen.«

Kaum hatte er gesprochen, langten zwei Gorillas in die Flammen und zogen zwei rot glühende Brandeisen hervor. Mit äußerstem Grauen sah Davidson zwei andere Affen, ausgestattet mit langen Holzstangen, an deren Ende Drahtschlingen baumelten, zu den Pferchen kommen. Diese Fangwerkzeuge benutzten die Gorillas, um die Gefangenen aus den Pferchen zu zerren.

Zunächst war der Frauenpferch an der Reihe. Anscheinend hatte Daenas Furchtlosigkeit Aufmerksamkeit erregt, denn als Erste suchte man sie aus. Man warf ihr die Drahtschlinge über den Kopf, zog sie grausam ruckartig um ihren Hals zu und zerrte sie aus dem Pferch zu einem nahe dem Feuer in den Erdboden gerammten Pfosten.

Der Alte, Karubi, schäumte vor Wut, stemmte sich gegen die Latten des Gatters und rüttelte daran wie ein Tobsüchtiger.

»Nein!«

Sein Verzweiflungsschrei entging Limbo nicht. Sofort verzog der Orang-Utan sein geschmeidiges, ausdrucksfähiges Gesicht zu einer heiteren Fratze des Hohns. In gespieltem Schrecken reckte er die Hände empor und entlockte seinen Untergebenen schallendes Gelächter. Allerdings verlor er am Nachäffen umgehend den Spaß und stapfte zu dem Pfosten, wo Daena mit den Wärtern rang.

Als er eintraf, riss der Gorilla, der sie festhielt, ihr das Oberteil des Kleids herunter und entblößte ihre Schulterblätter. Ein anderer Affe stellte sich mit seinem Brandeisen hinter sie und drückte ihr das glühende Metall auf die Haut, sengte ihr damit eine rauchende Wunde ein, deren Form Davidson an irgendetwas erinnerte, obwohl es ihm momentan nicht einfiel.

Falls die Affen erwarteten, dass ihr Opfer ihnen neuen Grund zur Belustigung gab, so irrten sie sich gründlich. Daena zuckte zusammen, aber von ihren Lippen kam, während sie ihre Peiniger unerschütterlich festen Blicks maß, kein Laut. Ihre Augen schwelten nicht weniger als das Brandzeichen, das sie ihr in die Haut gebrannt hatten. Enttäuscht brachten die Affen sie zurück zum Pferch und stießen sie unsanft wieder hinein.

Die Affen erfüllten ihre grauenhafte Aufgabe, bis schließlich auch Davidson an die Reihe kommen sollte. Es bedurfte zweier Gorillas, um ihn zu bändigen, aber eigentlich bereitete es ihnen keine sonderliche Mühe, ihn zu dem Pfosten zu befördern. Sie umklammerten seine Arme, und einer der Gorillas näherte sich mit dem Brandeisen. Der Affe war schnell, doch Davidson war schneller. Er wand sich im Griff der beiden Affen und trat dem dritten Gorilla das weiß glühende Werkzeug aus der Hand.

Limbo bekam einen Wutanfall. Er stapfte herbei und schalt seine Untergebenen aus.

»Muss ich denn alles selber machen?«, herrschte er die vom Pech verfolgten Wärter an und hob das Brandeisen auf. In diesem Moment entstand am Hoftor Lärm, und die Schimpansin namens Ari lief herbei und stürzte sich, helle Empörung in den Augen, auf den Orang-Utan. Ehe er sich's versah, entwand sie ihm das Brandeisen und schleuderte es beiseite.

»O nein«, stöhnte Limbo. »Bei Semos, nicht schon wieder *du* ...«

»Ich kann nicht tatenlos zusehen«, fuhr sie ihn an, »wie man Menschen misshandelt und quält ...«

Entgeistert starrte Davidson die Schimpansin an. Karubi und andere Gefangene drängten sich, über den Anblick eines Affen, der einem anderen Affen drohte, bis zum Äußersten erstaunt, an den Gattern der Pferche. Unterm Torbogen sah Davidson die Schimpansin, die Ari begleitet hatte, um die Ecke äugen, dann jedoch hastig zurückschrecken.

Ari sprang zum Frauenpferch. Mit einer Hand die verärgerten Wärter-Gorillas abwehrend, fummelte sie mit der anderen Hand an der Verriegelung herum und schaffte es schließlich, den Eingang zu öffnen. Doch bevor die Frauen Reißaus nehmen konnten, brüllte einer der Gorillas, die Ari umringten, die ohnehin verängstigten Frauen fürchterlich an. Sie duckten sich im Pferch zusammen und Limbo stellte Ari zur Rede.

»Der einzige Grund, warum ich mir diesen Unfug ansehe«, knurrte er, »ist dein Vater.«

Ari hob den Schopf und blähte die Nasenflügel. »Wenn du mich los sein willst, gib dein abscheuliches Geschäft auf.«

Limbo schüttelte den Kopf. »Ich betreibe ein Gewerbe, das niemand anderes ausüben möchte. Von euch Schöngeistern sehe ich niemanden den ganzen Tag mit diesen gefährlichen, schmutzigen, blödsinnigen Viechern zubringen.«

»Sie sind nicht blödsinnig. Man kann sie lehren, mit uns zusammenzuleben ... Und ich werd's beweisen.«

»Du vergisst, mit wem du redest«, höhnte Limbo. »Ich habe andauernd mit diesen dreckigen Geschöpfen zu tun.«

Ari betrachtete die im Pferch niedergekauerten Frauen. »Sie sind klug«, widersprach sie. »Und ich werde es beweisen.«

Davidson hatte die Auseinandersetzung verfolgt, aber zur gleichen Zeit beobachtet, dass die Wärter abgelenkt wurden und unachtsam geworden waren, weil die sonderbare Konfrontation zwischen der Schimpansin und ihrem Herrn ihre gesamte Aufmerksamkeit beanspruchte. Ebenso entging ihm natürlich nicht, dass der zuvor eisenharte Griff der beiden Gorillas, die ihn hielten, in ganz erheblichem Maß erschlafft war; fast konnte von Bewachung nicht mehr die Rede sein.

Jetzt oder nie, dachte er spontan und sprang vor, raffte eine Kette an sich, die im Dreck lag, warf sie einem der Wärter ums Bein, riss daran, sodass der Gorilla hinstürzte, dann grabschte er sich, bevor jemand es vereiteln konnte, seinen Spieß.

Ehe Limbo begriff, was geschah, hatte Davidson die Schimpansin in seiner Gewalt und die Speerspitze an ihre Kehle gesetzt.

Limbo blickte Ari und Davidson an, anscheinend jedoch, ohne wirklich aus der Ruhe zu geraten. »Da haben wir ja deinen *Beweis*«, meinte er, während er Ari zunickte.

Davidson, der alle Himmelsrichtungen gleichzeitig im Auge zu behalten versuchte, entging nicht, dass sich längst einer der Wärter-Gorillas hinter seinem Rücken befand und den Weg zum Tor versperrte. Andere schlichen sich, während er Ari mit sich zog, von den Seiten an.

Er hatte überhaupt nichts gegen diese Äffin – anscheinend meinte sie es gut mit den Menschen –, aber gegenwärtig, so überlegte er, musste er vordringlich an sich selbst denken. Er hielt weiter auf das Tor zu. Unterwegs drehte Ari den Kopf, und ihre Blicke begegneten sich. Einen Moment lang schauten sie sich in die Augen, und er spürte, dass eine Art von Schock die Schimpansin durchrieselte. Vermutlich hatte noch nie ein Mensch es gewagt, ihr derartig offen ins Gesicht zu sehen, und sie wusste nicht, was sie davon halten sollte …

»Bitte … hilf mir«, flüsterte Davidson.

Mit trauriger Miene sah Limbo zu. Er ignorierte Davidson vollkommen, schien gar nicht zur Kenntnis zu nehmen, dass es ihn gab, und dass es der Speer einer seiner Wärter war, mit dem die Äffin bedroht wurde, beunruhigte ihn anscheinend auch nicht. Seine Worte galten ausschließlich Ari. »Nun muss ich ihn töten.«

Diese Aussicht bereitete ihm offenbar keinen sonderlichen Kummer.

4. Kapitel

Im Frauenpferch beobachtete Daena, im Gesicht einen harten Ausdruck der Nachdenklichkeit, die Ereignisse durch zusammengekniffene Lider. Die Tür stand noch immer offen. Schließlich holte Daena tief Atem, senkte den Kopf und rannte, so schnell sie konnte, aus dem Pferch und zum Tor des Grundstücks.

Es gelang ihr, die etwas behäbigen Gorillas, die viel zu groß waren, um sofort eine so hohe Laufgeschwindigkeit wie sie zu erreichen, zu überraschen. Ihre Beine sausten nur so, sie ruderte, Triumph in der Miene, und fast hätte sie es geschafft.

Da sprang Limbo wie ein zum Berserker gewordener Hampelmann quer über den Hof, fing Daena von der Seite ab und versetzte ihr einen fürchterlichen Hieb an die Schläfe, sodass sie niederstürzte. Flach wie eine Flunder blieb sie liegen und regte sich nicht mehr.

Limbo kehrte zurück zu Ari und Davidson; er war so wütend, dass er Schaum vorm Maul hatte.

»Sieh nur, Ari, was du angezettelt hast. Ich bekomme noch Kopfschmerzen.«

Davidson schielte nach links und rechts. Er packte Ari fester und presste ihr die Speerspitze entschiedener an den Hals. Gleichzeitig behielt er Limbo im Auge und versuchte möglichst entschlossen und gefährlich zu wirken. Er wusste nicht, ob er es tatsächlich fertig brächte, die fremde Äffin kaltblütig zu töten, aber vielleicht hing sein Leben davon ab, dass Limbo glaubte, er wäre notfalls dazu imstande.

»Verzieh dich«, forderte Davidson den Orang-Utan auf.

Wieder hob Limbo beide Hände mit nach vorn gedrehten Handflächen in die Höhe und zog den Kopf ein, als ob die Drohung ihn erschreckte.

»Oh-oh-oh, bitte tu ihr nichts …«

Limbos plötzliche Verwandlung vom bösartigen Sklavenhändler, der dazu fähig war, eine Barbarenkriegerin wie Daena mit einem Schlag niederzustrecken, in einen flehentlichen Jammerlappen konnte Davidson keine Sekunde lang täuschen. Ihm war klar, dass der Affe irgendeinen miesen Trick in der Hinterhand hatte. Trotzdem glaubte er, dass er, wenn er den Speer an der Kehle der Geisel und die Gorillas nicht aus den Augen ließ, ferner gut auf Limbos gefährlich bewegliche Hände achtete, mit heiler Haut von diesem Ort würde fliehen können. Hinsichtlich der Hände Limbos behielt er Recht. Der Orang-Utan hielt sie vollkommen still.

Doch Davidson hatte etwas vergessen, das er auf dem Weg in die Stadt gesehen hatte: das Rudel junger Gorillas, die etwas Ähnliches wie Fußball gespielt und dabei die greiffähigen Zehen nicht anders als ein Mensch seine Finger benutzt hatten … Und so fasste nun blitzschnell auch Limbos rechter Fuß zu und riss Davidson den Speer aus der Faust.

Mit derselben fließenden Bewegung versetzte er Davidson einen Schlag an die Schläfe, der sich anfühlte, als wäre er von einem Kopfkissenbezug voller Hufeisen getroffen worden. Er torkelte, dann sank er auf die Knie, sah Sterne vor Augen. Dadurch entging ihm, dass Limbo, den Spieß noch in der Faust, einen Purzelbaum rückwärts vollführte und neben Ari auf den Füßen landete. Er schaute sie viel sagend an, heftete danach den Blick auf Davidson; zuletzt zuckte er mit den Schultern und nickte seinen Gorillas zu.

»Es muss verhindert werden, dass er noch mehr Unheil anrichtet.« Entschlossen packte er den Speer und betrachtete Davidson. »Haltet ihn fest«, befahl er den Wärtern.

Ari sprang zwischen ihn und Davidson.

»Verkauf ihn mir!«

Limbo hob die Hand und brachte damit die Gorillas, die sich anschickten, Davidson zu ergreifen, zum Stehen. Er stierte Ari an, als wäre sie plötzlich vor seinen Augen zu einem Schmetterling geworden.

»Bist du wahnsinnig? Er ist ein wilder Mensch.«

Hinter Davidson rührte sich Daena wieder. Limbo zeigte auf sie. »*Beide* sind wilde Menschen.«

Ari rückte die Schultern gerade. »Dann kaufe ich beide.«

Limbo öffnete den Mund und klappte ihn wieder zu. Sein Mienenspiel brachte ein inneres Ringen zum Ausdruck. Offenbar hielt er Ari wirklich für irrsinnig. Allerdings winkte ihm durch das Angebot eine beträchtliche Einnahme. Vernunft und Vorsicht standen gegen Geschäftstüchtigkeit und Habgier. Aber vermutlich konnte ein solcher Konflikt bei jemandem wie Limbo kaum lange dauern.

»Sie sind teuer«, erklärte er bedächtig. »Sehr teuer.« Er kratzte sich am Kinn, als müsste er wirklich erst ausgiebig überlegen.

»Ich bin sicher«, gab Ari voller Verachtung zur Antwort, »dass wir uns einig werden.«

Limbo dachte nach und nickte zu guter Letzt.

Ari sah Daena an, die nun ihr Eigentum war und sich, allmählich wieder zur Besinnung kommend, vom Lehmboden aufgerappelt hatte. Daena erwiderte Aris Blick mit nichts als wütendem Hass in den Augen. Ari seufzte.

»Liefere sie mir ins Haus«, sagte sie zu dem Orang-Utan.

Zwar rieb Limbo sich nicht vergnügt die Hände; doch er sah Davidson boshaft feixend an.

»Erst muss ich ihn zeichnen.«

Damit ergriff er das noch rot glühende Brandeisen und setzte die sonderbar geformte Spitze an Davidsons Schulter.

Und so blieb Davidson von seiner ersten Begegnung mit dem Sklavenhändler-Orang-Utan Limbo eines am deutlichsten im Gedächtnis: der Gestank des eigenen, verbrannten Fleischs in seiner Nase.

Wie Samt breitete sich das Abenddunkel über die Affenstadt, während die Monde aufgingen, und die Metropole verfiel in einen Zustand wohliger Schläfrigkeit. Die nahezu fieberhaften Aktivitäten des Tages waren zum Abschluss gelangt, aber es flitzten noch Schatten durch die Straßen. Da und dort klirrte leise Metall, wo Affen in voller Rüstung auf Streife durch die Gassen zogen.

In den vornehmeren Vierteln leuchtete Licht hinter den hohen Umfassungsmauern, die die Bewohner vor dem Drunter und Drüber der Straße schützten. Vor einem Wohnhaus baumelten im Garten reihenweise rote Laternen, die warme, rötliche Schatten auf die großflächigen Wandgehänge warfen, die schwach im Abendwind flatterten.

Unvermittelt durchbrach der Klang lauter Stimmen den beschaulichen Frieden des Gartens.

»Vater, ich bitte dich. Ich zahle mit meinem eigenen Geld.« Aris Stimme drang durchs Küchenfenster ins Freie.

Ari folgte ihrem Vater, Sandar, durch die Küche. Sein Gesicht zeigte einen gequälten Ausdruck. Mitten im Raum blieb Sandar stehen und wandte sich um.

»*Dein eigenes Geld* wird mich noch in Armut stürzen«, erwiderte er streng. »Krull, wo sind sie?«

Der Blick mehrerer Anwesender ruhte auf Sandar. Krull, ein großer Silberrücken, der inzwischen rasch ergraute, deutete ans andere Ende der Küche. Dort knieten Davidson und Daena auf dem Fußboden.

Beide boten mit ihrem verfilzten, wirren Haar und der zerfetzten Kleidung einen krassen Kontrast zu dem zweiten Paar Menschen, das neben ihnen kniete. Tival war ein Schwarzer mittleren Alters, Bon eine zierliche Chinesin. Sie zeichneten sich durch peinliche Reinlichkeit aus und trugen saubere, bodenlange Kleidungsstücke. Sie hielten den Kopf gesenkt, wagten es nicht, ihren Herrn und Meister anzusehen.

»Steht auf, wenn euer Herr erscheint«, brummte Krull, sich umdrehend.

Langsam richtete sich Davidson auf und wandte sich dem älteren Schimpansen zu. Daena dagegen starrte nur den Fußboden an und weigerte sich aufzustehen. Mit einer Geschwindigkeit, die seinem fortgeschrittenen Alter widersprach, fasste Krull zu und stellte sie rau auf die Beine.

Sandar ließ seine Bediensteten unbeachtet, sein gesamtes Interesse galt den zwei Neuzugängen. Nach einigen Augenblicken stöhnte er leise auf.

»Semos hilf ... Wilde Menschen unter meinem Dach ...«

Daenas Verhalten brachte Ari merklich in Verlegenheit, darum lenkte sie die Aufmerksamkeit ihres Vaters umgehend auf Davidson, der zumindest, wie es sich hier gehörte, in respektvoller Haltung vor ihm stand.

»Er macht auf mich einen ganz anderen Eindruck.«

Sandar sah Davidson an. Einen Moment später hob er skeptisch die Brauen.

»Inwiefern einen anderen Eindruck? Man kann ja kaum einen vom anderen unterscheiden.«

Davidson suchte Aris Blick, aber sie weigerte sich, ihn anzuschauen.

Bevor Ari antworten konnte, ertönte plötzlich von der Haupttreppe des Gebäudes Stimmengewirr zur Küchentür herein.

Sandar geriet vollends in Aufregung. Nervös wandte er sich der Treppe zu. »Meine Gäste sind da. Sorge dafür, dass sie die Wilden nicht zu sehen bekommen. *Vor allem* General Thade nicht.«

Er stapfte an seiner Tochter vorüber zur Tür. Ehe er die Küche verließ, blickte er sich noch einmal um. »Und ich empfehle dir dringend«, fügte er mit auffälliger Heftigkeit hinzu, »freundlich zu ihm zu sein.«

Ari fuhr herum, um sich ihm anzuschließen. »Vater«, rief sie. Doch er war schon fort.

Sandars und Aris im Patio gelegener Garten, in dem die Festessen stets stattfanden, schimmerte gemütlich im Schein der roten Laternen, ihr angenehmes Kerzenlicht vertiefte die Schatten zwischen den Bäumen und Blütenpflanzen. In der Mitte des Innenhofs stand eine lange, mit Blumengebinden geschmückte Tafel, die sich unter wahren Bergen herrlicher Früchte bog. Rings um den Tisch widmeten sich etliche Affen geruhsamer Plauderei.

Sandar eilte zum Hofeingang und tauschte dort die üblichen Begrüßungsberührungen mit dem Mitbürger und Senatskollegen Nado aus, einem älteren Orang-Utan, und begrüßte auch Nados neue Gemahlin, eine schöne Schimpansin, die eigentlich viel zu jung war für den gealterten Politiker.

»Guten Abend, Senator Nado.« Leicht drückte Sandar die Fingerspitzen der jungen Schimpansin. »Nova, du siehst heute wundervoll aus.«

Nova zierte sich. »Nein, mein Fell hat heute einen schlechten Tag.« Sie seufzte und strich sich kokett durch die üppige Gesichtsbehaarung.

Zärtlich schaute Nado sie an, dann wechselte er einen Blick mit Sandar und verdrehte die Augen. »Und dabei gibt sie ein Vermögen für alles aus, was sie zum Kämmen braucht.«

In stillschweigender männlicher Verschwörergesinnung grinste Sandar seinen Freund an.

Auf der anderen Seite des Tischs stand Ari in leisem Gespräch mit Leeta zusammen. Sie hatte ein wunderbar geschmücktes Kleid angezogen. Aber sie wirkte nicht nur dank des Kleids so edel. Ihr war eine angeborene Anmut zu Eigen, die durch Kleidung höchstens unterstrichen werden konnte. Damit befand sie sich im Gegensatz zu Leeta, die gleichfalls ein erlesenes Gewand trug, sich jedoch überreichlich mit viel zu großen Juwelen behangen hatte. Mit all den teuren Edelsteinen ähnelte sie einem festlich geschmückten Weihnachtsbaum.

Leeta sah Sandar Senator Nado und seine Gemahlin in den Garten führen. Sie schüttelte den Kopf.

»Thade ist ein mächtiger, starker Affe. Was könntest du mehr von einem Gatten verlangen?«

Ari stieß einen Seufzer aus. Darüber hatten sie schon oft gestritten. »Dass ich ihn achten kann ... und er mich achtet.«

Leeta beugte sich näher heran. »Du solltest es nicht damit übertreiben, die Unnahbare zu spielen. Wenn du Ja zu ihm sagst, wirst du zu jeder hochfeinen Zusammenkunft der Stadt eingeladen.« Offenbar empfand sie eine derartige Vorstellung als überaus verlockend.

»Wie viele Zusammenkünfte kann man denn besuchen?«, entgegnete Ari und fragte sich, welche Antwort Leeta wohl darauf einfallen mochte.

»Wie viele finden denn statt?«, lautete Leetas Gegenfrage.

Krull betrat den Garten und läutete eine kleine Gästeglocke. Mit weit ausgebreiteten Armen bat Sandar die Versammelten zu Tisch.

»Ich bitte euch alle, Platz zu nehmen.«

Tival und Bon warteten, jeder ein Tablett in Händen, vor der Küchentür – gleich zu Füßen der Treppe, die hinauf in den Garten führte –, als Krulls Glocke erscholl. Sofort erklommen sie mit den Tabletts die Stufen, um den Gästen die Speisen zu servieren.

Kaum waren sie nach oben entschwunden, sprang Davidson auf und zu einem der mit Läden verschlossenen Fenster. Er packte die schweren Läden und rüttelte daran, doch ließen sie sich nicht im Geringsten bewegen.

Als er sich umdrehte, sah er, dass Daena ihn stoischen Blicks beobachtete.

»Zum Teufel«, meinte er, »wie sind diese Affen bloß so geworden?«

Daena verstand seine Frage nicht. Ratlos forschte sie in seiner Miene.

»Wie sollen sie sonst sein?«

Davidson schnaubte verächtlich. »Sie müssten *mich* um eine Banane anbetteln.«

Durch diese Äußerung verwirrte er sie bloß umso stärker. Sie schüttelte leicht den Kopf, als ob etwas sie im Ohr kitzelte.

»Von welchem Stamm bist du?«, erkundigte sie sich schließlich.

Davidson schob das Kinn nach vorn. »Mein Stamm heißt ›Luftwaffe der Vereinigten Staaten von Amerika‹, und dorthin will ich zurückkehren.«

Die Treppe zum Innenhof knarrte, jemand Schwergewichtiges näherte sich der Küche. Gleich darauf kam Krull herein. Ein missfälliger Blick traf die zwei unliebsamen Neuen.

»Schnattert nicht herum, sondern erledigt eure Arbeit.«

Missgelaunt beobachtete er sie einen Moment lang, bis verschiedene Geräusche von der Treppe ihn an seine vordringlichen Pflichten erinnerten. Auf einer Anrichte stand eine Anzahl Tabletts voller zubereiteter Speisen. Krull nahm eines davon, wandte sich um und eilte hinaus.

Davidson wartete, bis der große Gorilla fort war, dann griff auch er sich ein Tablett, ging zur Tür und linste um die Ecke in Richtung Treppe.

Als Krull in den Garten zurückkehrte, hatte Sandar erreicht, dass alle Gäste an der Tafel saßen. Ari und Leeta hatten ihre Plätze einander gegenüber. Neben Leeta hatten Senator Nado und seine neue Gattin Platz genommen. Der Sitz an Aris Seite blieb frei.

»Wir sind gerade erst aus unserem Landhaus im Regenwald in die Stadt heimgekehrt«, hörte Krull Senator Nado erzählen, während er die Tafel umrundete und den Gästen die Speisen vorlegte.

»Und wie war's?«, erkundigte Sandar sich höflich.

Funkelnden Blicks lehnte sich Nova zu den beiden älteren Affen hinüber. *»Langweilig …«*

Über ihren Kopf hinweg wechselten Sandar und Nado einen Blick.

»Ich hab’s als sehr entspannend empfunden«, sagte Nado, »weit weg von der schnelllebigen Stadt zu sein.«

Es ließ sich nicht übersehen, dass Nova anderer Ansicht war. »Ich wäre gern ausgegangen. Aber man konnte dort ja nirgends hin. Es gab nur Bäume und Felsen.« Vorwurfsvoll musterte sie ihren Gemahl. »Und *du* hast bloß geschlafen.«

Krull umrundete die Tafel und bot jedem Gast von den Speisen des Tabletts an.

»Nun ja«, gab Nado zu, »ich kann’s nicht leugnen. Ein müder Geist wie ich braucht eben gelegentlich fernab aller Politik eine Ruhepause.«

Nado hob die Hand an Krulls Tablett, suchte sich einen Happen aus und nickte dem Gorilla dankend zu. Aufmerksam besah sich Sandar das auf dem Tablett vorhandene Angebot, bevor er ein besonders appetitliches Stück Obst auswählte.

Ari beugte sich an Leetas Ohr. »Schau dir den alten Narren an«, flüsterte sie. »Für sie hat er Frau und Kinder verlassen, und nun kann er nicht mithalten.«

Leeta erachtete andere Dinge als wichtiger. »Aber er ist steinreich«, wandte sie ein.

Nado berührte Sandars Hand, eine sachte, freundschaftliche Geste. »Früher, als wir noch jung waren, sind wir tagelang im Wald unterwegs gewesen. Heutzutage kann ich kaum noch auf einen Baum klettern.«

Sandar kaute, schluckte und nickte zum Zeichen der Zustimmung. »Eine herbe, aber unbestreitbare Wahrheit. Die Jugend fliegt nur so dahin. Und heute, da ich so viel zu tun habe, da fühle ich mich ausgelaugt … Aber ich träume noch in so mancher Nacht davon, mich durch die Wipfel zu schwingen …« Schwermütig stöhnte er auf. »Wie bin ich nur dermaßen schnell so alt geworden?«

Ihm antwortete eine Stimme aus den Schatten des Gartens. »Mit einer Tochter wie deiner müsste jeder Affe vorzeitig altern.«

Verdutzt wandten sich alle Anwesenden in die Richtung, aus

der die Stimme erklungen war, und sahen General Thade, gefolgt von Hauptmann Attar, den Hof betreten. Ari gab Leeta einen Rippenstoß, während sich Thade der Tafel näherte. »Schnell«, zischelte sie. »Tausch mit mir den Platz!«

Leeta schüttelte den Kopf. »Er kommt *deinetwegen*.«

Thade wartete darauf, dass Krull ihm den Sitz hervorrückte, doch der alte Gorilla tat nichts dergleichen. Sobald Attar darauf aufmerksam wurde, ergriff er den neben Ari stehenden Stuhl an der Rückenlehne und stellte ihn seinem Oberbefehlshaber zurecht. Thade dankte ihm mit einem Brummlaut und setzte sich ohne sonderliche Würde hin. An seiner anderen Seite nahm Attar Platz.

Und obwohl Sandars Tochter sich über die Ankunft der neuen Gäste deutlich weniger freute, als man es hätte erwarten können, blieb ihr Vater ein Musterbild der Gastfreundschaft.

»Du hast in meinem Haus lange nicht begrüßt werden dürfen«, stellte Sandar fest.

Ruckhaft nickte Thade. »Dafür muss ich mich entschuldigen, Senator. Ich habe zwischenzeitlich meinem Vater einen Besuch abgestattet.«

»Wie geht es meinem alten Freund?«

General Thade schüttelte den Kopf und seufzte.

»Leider schwinden seine Kräfte dahin. Ich wünschte, ich könnte mehr Zeit bei ihm zubringen, aber die Pflicht hält mich fern. Wir leben in sorgenvollen Zeiten. Menschen machen die Provinzen unsicher.«

Diese Bemerkung mochte Ari ihm nicht durchgehen lassen. »Weil unsere Städte ihnen den Lebensraum nehmen«, entgegnete sie funkelnden Blicks.

Thade sprach mit herablassendem Widerwillen. »Sie vermehren sich schnell, während wir durch den Überfluss faul werden. Zahlenmäßig sind sie uns schon im Verhältnis zehn zu eins überlegen.«

Nova mischte sich ein. »Kann der Senat sie nicht einfach alle sterilisieren lassen?«

»Die Kosten wären zu hoch«, antwortete Nado. »Allerdings höre ich immer von unseren Wissenschaftlern, dass schreckliche Krankheiten unter den Menschen wüten.«

»Welche Beweise gibt es dafür?«, fragte Ari in scharfem Ton dazwischen. »Das Heer verbrennt die Leichen, ehe sie untersucht werden können.« Ihr Blick fiel auf Sandar. »Vater …«, ging sie ihn um Rückhalt an.

Nun schenkte auch Thade seine volle Aufmerksamkeit dem Senator. Sandar schaute zwischen ihm und seiner Tochter hin und her, es bereitete ihm offensichtlich Unbehagen, zwischen den Fronten zu stehen. Ihm sträubten sich die Haare. Schließlich brachte er – allerdings nicht ohne mehrmaliges Stocken – eine Stellungnahme von ausgesprochen diplomatischer Feinfühligkeit zustande. »Es kann sein … dass der Senat bisweilen zu dem Eindruck gelangt … das Heer gehe ein klein wenig … zu weit.«

Thades Augen schienen zu Stein zu werden. »Hartes Vorgehen zum Schutz unserer Affen-Volksgemeinschaft kann unmöglich als verwerflich angesehen werden.«

Senator Nado hatte den Wortwechsel mit unübersehbar gemischten Gefühlen verfolgt. Nachdenklich hob er ein Stück Obst an den Mund, doch ehe er hineinbeißen konnte, zog eine raue Stimme die allgemeine Aufmerksamkeit auf sich.

Hauptmann Attars Gesicht nahm eine verklärte Miene an, während er mit geschlossenen Augen ein Gebet sprach.

»Wir danken dir, Semos, für die Früchte des Landes«, betete er mit tiefer, klangvoller Stimme und in andächtigem Ton. »Segne uns, Heiliger Vater, der du uns Affen nach deinem Bilde geschaffen hast. Beschleunige den Tag deiner Wiederkunft und beschere deinen Kindern Frieden. So sei es.«

Anschließend blieb Attar still und ohne die Augen zu öffnen sitzen und wartete ab. General Thades Blick schweifte herausfordernd durch die Runde, und rasch erfolgte die nachdrücklich im Chor gesprochene Wiederholung der Schlussformel. »So sei es.«

Attar schlug die Augen auf und merkte, dass Krull ihn musterte. Anscheinend empfand Attar den Blick des älteren Gorillas als unangenehm, denn er erwiderte ihn nicht, sondern schaute fort.

Ari starrte, tief in Gedanken, die Tafel entlang. Auch ihr waren jede Menge religiöser Glaubenssätze eingetrichtert worden. Sie wusste, dass sie das Streitgespräch nicht fortsetzen konnte, ohne sich den Vorwurf der Gotteslästerung gefallen lassen zu müssen. Wiederholte Male wurde ihr bewusst, dass General Thade sie von der Seite betrachtete, aber sie beachtete ihn nicht. Es sollte ein langer Abend werden.

In dem Foyer, das oberhalb der Treppe lag, die von der Küche aufwärts führte, stand Davidson, der ein ihm zur Verfügung gestelltes, ähnliches braunes Kleidungsstück wie Tival trug, mit einem Tablett in den Händen und lauschte mit halbem Ohr der Unterhaltung, die im Innenhof stattfand. Allerdings hatte er nicht die Absicht, sich bei den Gästen blicken zu lassen.

Es muss eine Möglichkeit zur Flucht geben, dachte er. *Es kommt nur darauf an, sie zu finden.*

Aber einer der Leibwächter Thades, die in allen Ecken lungerten, beendete Davidsons Überlegungen. Der hoch gewachsene Krieger sah ihn, stieß einen Knurrlaut aus und schubste ihn durch die Tür in den Innenhof. Davidson taumelte, fand jedoch das Gleichgewicht wieder und vertuschte den Zwischenfall, indem er zu der Tafel ging und das Essen servierte.

Thade blickte auf und sah Davidson. Eindeutig erinnerte er sich an ihre erste Begegnung, denn er zog die Lippen zu einem Zähneblecken zurück und entblößte dabei eine beträchtliche Zahl gelblicher Hauer.

»Was sucht dieses wilde Vieh hier im Haus?«, fragte er zornig.

Besorgt wechselte Ari einen Blick mit ihrem Vater, doch als sie merkte, dass er zu entgeistert war, um antworten zu können, ergriff sie selbst das Wort. »Er wird zum Domestiken ausgebildet«, sagte sie hastig.

Diese Auskunft verdross General Thade vollends.

»Solche Einfälle sind eine Gefahr für das Wohlergehen der Allgemeinheit. Man kann das Menschenproblem nicht mit Geld lösen. So etwas ist schon von der Regierung versucht worden, und das Ergebnis war nichts als eine Wohlfahrtsgesellschaft, die uns beinahe in den Ruin getrieben hat.«

Seine Stimme wurde immer lauter. Man konnte nicht überhören, dass er sich mit dem Thema bereits ausgiebig befasst hatte.

Allem Anschein nach galt das Gleiche für Attar, der neben Thade saß und unverzüglich in die gleiche Kerbe hieb.

»Die ganze Stadt hat dadurch ihr Gesicht verändert«, beschwerte sich der hünenhafte Gorilla.

Nun ließ auch Aris Freundin sie im Stich. Leeta beugte sich vor und beteiligte sich das erste Mal am Gespräch.

»Ich glaube«, sagte sie mit aller Entschiedenheit, »was die Vielfalt der Einwohnerschaft angeht, ist die Stadt jetzt an ihre Grenzen gelangt.« Ari warf ihr einen vorwurfsvollen Blick zu, doch Leeta kümmerte sich nicht darum.

Ari versuchte ihren Ärger zu bezähmen und hob einen Zipfel des wunderschön gestickten Schals an, den sie um die Schultern geschlungen hatte. Sie wandte sich den Gästen zu und zeigte das gelungene Tuch jedem Anwesenden.

»Dieser Schal ist von einem Menschen angefertigt worden.«

Bei ihrer Äußerung sah sie in Bons Richtung und lächelte der Chinesin zu. Bon fuhr kaum merklich zusammen und schaute nervös zur Seite.

»Kann man eine solche Leistung leugnen?«, fragte Ari mit eindringlicher Überzeugungskraft in der Stimme, während sie die Gäste der Reihe nach anblickte. »Ist es nicht klar zu erkennen, dass Menschen sich sehr wohl zu Höherem entwickeln können?«

Unbeeindruckt besah sich Thade den Schal voll unmissverständlichen Abscheus.

»Alle menschlichen ›Leistungen‹ finden mit dem Unterleib statt«, brummte der General.

Diese Bemerkung entlockte sämtlichen Gästen lautes Gelächter. Am lautesten lachte Sandar. Danach wandte sich Nado, noch von Erheiterung geschüttelt, an die Tochter des Gastgebers.

»Als Nächstes wirst du uns noch weismachen wollen, diese Geschöpfe hätten eine Seele.«

Aus den Augenwinkeln bemerkte Ari, dass der neue Domestik, der wilde Menschenmann, der ihr erst vor Stunden eine Speerspitze an den Hals gehalten hatte, sie erneut wachen Blicks beobachtete. An ihm war eindeutig irgendetwas Besonderes. Er unterschied sich von allen Menschen, die sie je gesehen hatte. Sie konnte nicht sagen, welche Empfindungen er eigentlich bei ihr auslöste. Eines stand jedenfalls fest: Sein ruhiger, durchdringender Blick begünstigte nicht unbedingt ihren inneren Frieden.

Sie sah schnell weg und nahm sich einen Moment Zeit, um sich innerlich zu sammeln. Dann erst ging sie auf Nados Vorhaltung ein.

»Natürlich haben sie eine Seele.«

Nun kehrte Attar aus seiner religiösen Versenkung zurück. Offenbar fühlte er sich durch Aris Behauptung schwer beleidigt, denn er setzte eine finstere Miene der Feindseligkeit auf, bevor er darauf antwortete. »Die Tochter des Senators scheut wohl nicht einmal die Gotteslästerung.«

Diese übel wollende, bedrohliche Unterstellung bewirkte ein schlagartiges Ersticken der Unterhaltung. Thade drehte den Kopf und sah Attar an. Das Schweigen dehnte sich aus. Plötzlich sprang Thade zu dem Wilden, packte ihn so gewaltsam an den Schultern, dass das Tablett auf den Boden fiel, drückte ihn rücklings auf die Tischkante, neigte den Kopf über das Gesicht des Menschen und stemmte ihm die Kiefer auseinander, starrte ihm tief in den Rachen, als gäbe es dort etwas zu entdecken.

»Sag mir«, knirschte der General, »sitzt irgendwo in dir eine Seele?«

Dann stieß er den Menschen angewidert von sich.

Von neuem fühlte Davidson aus seinem Innersten helle Wut emporkochen. Er zitterte, während er auf den Knien das verschüttete Essen vom Boden aufkratzte. Beim Zusammenschaben der verschmutzten Früchte ertasteten seine Finger eines der kleinen, Forken ähnlichen Esswerkzeuge, die die Affen als Gabel benutzten. Heimlich steckte er es sich unter die Kleidung.

Im nächsten Moment stieß Thade einen dumpfen Laut des Missmuts hervor und versetzte ihm, als wäre er ein ganz besonders scheußliches Exemplar, einen zusätzlichen Schubs.

Der General streckte die Hände vor sich aus.

»Schnell ein Handtuch«, sagte er.

Nahezu alle Anwesenden lachten über die Schmähung. Ari hingegen raffte mit zorniger Miene den schönen Schal um die Schultern und schob den Stuhl nach hinten.

»Ihr alle benehmt euch roh und gemein. Mir ist der Appetit vergangen.«

Sie stand auf, ohne sich um die plötzliche Verlegenheit zu scheren, die nun die Anwesenden zu befallen schien.

Was soll es eigentlich?, fragte sie sich im Geheimen. *Ich werde sie doch nie überzeugen können.*

Sie wandte sich ab und verließ stürmisch die Tafel.

Die Affen rings um die Tafel waren zu höflich oder zu peinlich berührt von dem Vorfall, um ihr nachzublicken. Davidson dagegen, die Stirn nachdenklich in Falten gelegt, schaute ihr nach, während er die restlichen Speisen auflas.

Schließlich warf Sandar General Thade einen bedeutungsvollen Blick zu und gab ihm mit einer Gebärde zu verstehen, dass er Ari folgen sollte.

Aris Schlafkammer war groß, aber behaglich ausgestattet. In Wandgestellen und auf Tischen gab es Hunderte von Gegenständen, die Menschen hergestellt hatten: farbenfrohe Tücher und Gehänge, bemalte Körbe aus Flechtwerk, fein verzierte, irdene Töpfe und geschnitzte Figuren mussten sich den vorhandenen Platz teilen. Neben dem Bett, über das eine offenbar gleichfalls von Menschenhand gewebte Überdecke gebreitet lag, stand eine Ikone Semos', die ihn zeigte, wie er, umgeben von goldenem Strahlenglanz, aus den Wolken herabschwebte.

Hinter dem Bett führte eine Tür auf einen Balkon, von dem man Ausblick in den Garten hatte. Köstlicher Duft reifer Früchte und frischer Blüten wehte zur offenen Tür herein.

Als Ari sich vorbeugte, um eine Kerze zu entzünden, die in einem überaus hübschen, von Menschen geblasenen Glaskerzenhalter stak, sträubten sich ihr unversehens die Nackenhaare. Sie verharrte einen Moment, dann verriet ihr ihre empfindliche Nase, wer da lautlos die Kammer betreten hatte.

»Mir fehlt der Sinn für diese feierlichen Abendessen«, brummelte Thade. »Ich bin nur deinetwegen hier.«

»Dann verschwendest du deine Zeit«, gab Ari ihm kurz angebunden Bescheid.

Während sie die Kerze entfachte, trat Thade geräuschlos hinter sie. Er strich mit den Fingern durch ihr Fell, seine regelmäßigen Bewegungen hielten ungefähr die Mitte zwischen Kämmen und Zärtlichkeit. Ari spürte, dass sie gegen ihren Willen darauf ansprach, und wurde dadurch auf sich selbst wütend. Die eigene Schwäche erbitterte sie.

Plötzlich packte Thade sie mit rauen Fäusten und zog sie dicht an sich. »Meine Gefühle haben sich nicht verändert«, krächzte er heiser. »Du weißt, wie viel du mir bedeutest.«

Von ihm nicht weniger angewidert, als sie über sich zornig war, schob sie ihn zurück.

»Du denkst nur an den Einfluss meines Vaters … Und an deine ehrgeizigen Bestrebungen.«

Thade bleckte die Zähne.

»Ich habe von dem Ärger erfahren, den du heute gestiftet hast. Ich hätte dich verhaften lassen können.«

Fest blickte Ari ihn an. »Was ich getan habe, war *richtig*. Ich würde es wieder tun.«

Bedächtig langten die großen Hände des Generals nach ihrem Hals. Verblüfft zuckte sie zusammen, als seine Finger behutsam den Schal von ihren Schultern nahmen. Vorsichtig ließ Thade den prächtigen Stoff durch die Hände gleiten.

Ari wandte sich ab, ging zum Bett und setzte sich. Sie faltete die Hände im Schoß und betrachtete das Muster der Überdecke, als wäre es das Interessanteste im ganzen Zimmer.

Mit einem Mal krallte Thade die Finger in das Tuch und zerknüllte es. Ganz offenkundig sah er ein, dass er sein Vorhaben – was immer er bei seinem Kommen im Sinn gehabt hatte – als gescheitert einstufen musste. Er machte auf dem Absatz kehrt und stapfte zur Tür, blieb dort jedoch ruckartig stehen. Ari konnte sich nicht des Eindrucks erwehren, dass seine Schultern bebten. Seine Stimme klang so leise und von Rührseligkeit erstickt, dass Ari ihr Gehör sehr anstrengen musste, um seine Worte verstehen zu können.

»Für Menschen bringst du so viel Gefühl auf ... Aber für mich kannst du nichts empfinden.«

Einen Moment später war er fort. Noch lange blickte Ari hinaus in die stille Nacht.

Vor Senator Sandars Haus lag die Straße beinahe leer da; nur Hauptmann Attar stand im Schatten mehrerer hoher Bäume und hielt die Zügel der Pferde, die er und General Thade ritten. Er schaute hoch – seine Ohren zuckten, und seine Augen spähten scharf durchs Zwielicht –, als auf einmal der General, in den Händen Aris Schal, aus dem Haus gestürmt kam.

An der Weise, wie sich der General zornigen Schritts näherte, Attars Hand die Zügel entriss und Anstalten machte aufzusitzen, war deutlich zu erkennen, dass er sich in höchst aufgebrachter Gemütsverfassung befand. Doch ehe er sich in den Sattel schwingen konnte, hob Attar rasch die Hand, berührte ihn am Ellbogen und hielt ihn zurück.

»Einen Augenblick, General.«

Thade war von solcher Wut beseelt, dass Attar nicht sicher

war, ob der General ihn überhaupt verstand, aber schließlich zeigte er eine Reaktion. Er betrachtete den farbenprächtigen Schal, den er in den Händen hielt, als ob dieser Anblick ihn überraschte.

»Es ist wichtig, General«, fügte Attar mit gedämpfter, aber fester Stimme hinzu.

General Thade nahm einen tiefen, zittrigen Atemzug und wirkte, als müsste er einen starken inneren Aufruhr bezwingen. Ausdruckslos schaute er Attar ins Gesicht.

»Worum geht's?«

Attar machte eine scharfe Handbewegung. Sie hörten ein leises Rascheln und sahen zwei Affenkrieger aus den finstersten Schatten der Bäume zum Vorschein und auf sie zukommen. Die Krieger wirkten merklich beunruhigt, sogar furchtsam, gleichzeitig jedoch sehr entschlossen. Sie nahmen vor ihrem Hauptmann und dem General markig Haltung an.

»Diese zwei meiner Krieger bestehen darauf, mit dir zu reden, General. Um was es geht, wollten sie mir nicht anvertrauen.«

General Thade musterte die beiden Krieger, dann wölbte er fragend die Brauen. Nach flüchtigem Zögern begann einer der Krieger zu sprechen.

Die Nacht schien weite, schwarze Schwingen über die Affenstadt gebreitet zu haben. In den ärmeren Vierteln herrschte längst tiefe Dunkelheit. Doch mittlerweile verflackerten und erloschen die Laternen und Kerzen auch in der besseren Nachbarschaft, als abendliche Feierlichkeiten und Abendessen endeten, und in kleinen, plaudernden Gruppen begab sich die Aristokratie ebenfalls zu Bett.

Und in den verschiedensten Ställen, Pferchen, Käfigen und Verschlägen überall in der ganzen Stadt wühlten sich menschliche Sklaven in die Strohmatten und aufgeschichteten Lumpen, die ihnen als Schlafstellen dienten, wimmerten leise vor sich hin, wenn Schrecknisse sie durchs Land der Träume hetzten.

In Senator Sandars Villa knallte neben der Küche Haushofmeister Krull, der alte Gorilla, die Tür des Käfigs zu, in dem die Sklaven seines Herrn hausten. Krull verspürte Beschwerden in den Knochen, die Füße taten ihm weh; und weil es während des Abendessens unerfreuliche Spannungen gegeben hatte, fühlte er sich noch müder als sonst. Er rüttelte am Schloss der Käfigtür, um sich davon zu überzeugen, dass er es sicher verriegelt hatte, dann drehte er sich um und trottete davon; für ihn war es eine Selbstverständlichkeit, Tival und Bon sowie die beiden neuen, noch wilden Sklaven über Nacht einzusperren.

Kaum hatte sich die Käfigtür geschlossen, rollte sich Bon auf ihrer auf dem Fußboden ausgelegten Decke zusammen. Davidson jedoch lauerte an der Käfigtür, bis oben auf der Treppe Krulls Schritte verklungen waren. Sobald er sicher war, dass der Gorilla das Untergeschoss endgültig verlassen hatte, griff er ins Unterhemd und holte die kleine Forke heraus, die er im Innenhof aus dem Obstmatsch geklaubt hatte. Er kauerte sich hin, kniff die Augen zusammen und sah sich im Düstern, so gut es ging, das Schloss an. Zwar musste er durch die Gitterstäbe greifen, um mit den Fingern die Vorderseite zu erreichen, aber es ließ sich machen. Anfangs hatte er erhebliche Schwierigkeiten, zumal ihm von der Stirn Schweiß in die Augen rann. Hinter ihm legte sich Tival, der schwarze Sklave, an seinen Schlafplatz und schloss die Augen, betontes Desinteresse an Davidsons Treiben zeigend.

Anders Daena. Die leidenschaftlichen Barbarinnenaugen weit aufgesperrt, um im Halbdunkel besser sehen zu können, schlich sie sich zu Davidson und beobachtete seine Bemühungen. Er bemerkte ihre Nähe, aber ließ sich davon, obwohl ihr erdhafter Moschusduft ihm stark in die Nase drang, nicht ablenken.

Senator Sandar sorgte sich anscheinend nicht sonderlich um die Möglichkeit, dass seine Haussklaven das Weite suchen könnten, denn schon nach wenigen Minuten des Stocherns hörte Davidson, als er dem Schloss mit der Forke einen etwas kräftigeren Ruck versetzte, den Mechanismus scharf knacken. Erleichtert atmete er auf und öffnete die Verriegelung. Im nächsten Moment schwang er die Käfigtür vollständig auf und betrat die Küche.

Leise folgte Daena ihm. Als Davidson sich nach dem Käfig umschaute, sah er, dass die zwei Sklaven sich nicht von der Stelle rührten. Allerdings hatten inzwischen beide die Augen offen und sahen ihn an. Besonders Bon wirkte, als ängstigte sie sich beinahe zu Tode. Davidson verstand ihr Zögern nicht. Bot er ihnen nicht die Gelegenheit, die Freiheit zu erringen? Konnten sie infolge der Gefangenschaft so tief gesunken sein, dass sie noch nicht einmal *versuchen* würden, die Flucht zu wagen?

Aus der Dunkelheit glänzten Bons Augen zu Davidson empor. »Menschen haben nachts Ausgangssperre.«

Fassungslos starrte Davidson sie an. Offenbar bewahrheiteten sich hinsichtlich dieser zwei Sklaven seine schlimmsten Befürchtungen. Tival vollführte auf seiner Decke Regungen des Unbehagens.

»Wenn man euch nachts auf der Straße antrifft ... werdet ihr ohne Aufschub getötet.«

Durch die Feigheit der beiden, die sich da auf dem Fußboden duckten, dermaßen angeekelt, dass er sich schämte, ein Mensch zu sein, trat Davidson vor den Käfig, und maß sie vernichtenden Blicks.

»Wenn ihr hier bleibt ... dann seid ihr längst tot.«

Schaudernd sah Bon ihn an. Tival jedoch nickte nach längerem Überlegen plötzlich, als hätte er eine Entscheidung gefällt. Mit einem Ächzlaut stand er auf und verließ, in der Miene einen Ausdruck der Unsicherheit, aber auch der Entschlossenheit, den Käfig. Bon blickte ihm nach; dann wich sie in den hintersten Winkel zurück und rollte sich noch enger als zuvor zusammen. Ihre leise Stimme wisperte geisterhaft aus dem Dunkel.

»Unsere Herrin ist immer gut zu uns gewesen.«

Daena kehrte zum Käfig zurück und schaute durch die offene Tür hinein. »Sie ist deine Feindin«, sagte sie.

Doch Bon schaffte es nicht, ihre lange, gründliche Erziehung zur Sklavin zu überwinden. Mit einem gedämpften Wimmern drückte sie sich in die Ecke und schielte zu Daena hoch, als fürchtete sie, die Barbarin könnte sich auf sie stürzen, um sie mit Haut und Haaren zu verschlingen.

Davidson schenkte dem Ganzen keine Beachtung. Er war viel zu sehr damit beschäftigt, Schranktüren zu öffnen, Schubladen zu durchwühlen, in Regalen und Behältnissen zu kramen, nach irgendetwas zu suchen, das eine tauglichere Waffe als das Gäbelchen abgab, mit dem er das Schloss der Käfigtür geknackt hatte. Endlich hatte er Erfolg. Er entdeckte ein langes, gefährlich aussehendes Messer.

Er verbarg das Messer unter dem Poncho und wandte sich an Daena. »Kannst du die Gegend wiederfinden, wo man uns gefangen genommen hat?«

Abwägend, als versuchte sie einzuschätzen, ob seine Entschlossenheit sich mit ihrer vergleichen ließ, betrachtete sie ihn. Offenbar fiel das Ergebnis zufrieden stellend aus, denn zu guter Letzt antwortete sie mit einem bedächtigen Nicken.

Allmählich verstärkte sich Davidsons Gefühl, dass die Zeit drängte. Jeden Moment konnte irgendwer aufkreuzen: Krull, einer von Thades Kriegern, vielleicht Thade selbst. Und was sollte er dann tun? Sich mit dem Küchenmesser gegen sie wehren? Er fasste Daena am Arm und zog sie in Richtung Küchentür. Sie folgte nur widerstrebend und entwand sich schließlich seinem Griff.

Davidson wandte sich um und hob die Brauen.

»Ich gehe nicht ohne meinen Vater«, erklärte Daena.

Aus Davidsons Sicht war die Sache ganz einfach. Das Schloss war geknackt, sie hatten den Käfig verlassen und sich eine provisorische Waffe angeeignet; und nun konnten sie schleunigst von hier verschwinden. Was war daran unlogisch? Wie konnte jemand auf die Idee kommen, es unnötig zu verkomplizieren?

Er schüttelte den Kopf. »Das ist zu gefährlich. Wir müssen sofort abhauen.«

Daena tat einen Schritt rückwärts, hob trotzig das Kinn, ihre

Augen blitzten. Davidson erkannte alle Anzeichen weiblicher Unverträglichkeit. Hätte er Daena nicht so dringend gebraucht, er hätte sie nun kurzerhand stehen lassen. Doch er konnte nicht auf ihre Unterstützung verzichten, darum blieb ihm keine andere Wahl, als sie umzustimmen.

»Daena, du hast keine Ahnung, wer ich eigentlich bin, oder woher ich stamme. Und würde ich's dir erzählen, könntest du's nicht kapieren. Aber ich kann euch helfen.«

Zur Antwort zeigte sie ihm buchstäblich die Zähne. Nach einem freundlichen Lächeln sah das Verziehen ihrer Lippen jedenfalls nicht aus.

»Dann musst du dir den Rückweg selbst suchen«, entgegnete sie.

Innerlich stöhnte Davidson auf, tat aber sein Bestes, um eine ausdruckslose Miene beizubehalten. Sich vor dieser Frau auch nur das kleinste Anzeichen von Schwäche anmerken zu lassen hätte nur nachteilige Folgen. Doch zur gleichen Zeit konnte er nicht bestreiten, dass er immer stärkere Bewunderung für sie empfand.

Verdammt, war das Weib *hart.*

Über dem finster-grünen Wald schwebten die Monde wie große, leuchtende Kugeln. Die harsche Helligkeit, die sie zwischen die Bäume verströmten, konnte nicht mit Tageslicht verglichen werden, aber sie genügte, um sich zurechtzufinden.

Vom Dschungelrand wehte Thade der Geruch des Morasts entgegen, deshalb ließ er sein Pferd vorsichtshalber langsamer traben. Hinter ihm bemühten sich die beiden Krieger ums Schritthalten. Als die drei Affen aus dem Wald gelangten, erreichten sie einen schmalen, teils felsigen, vorwiegend jedoch schlammigen Uferstreifen.

Thade lenkte das Pferd ans Wasser und spähte in die Umgebung; dann schaute er sich nach den zwei Kriegern um. Einer von ihnen deutete vage in die Richtung.

»Da. Hier haben wir's gesehen.«

Thade nickte und saß ab. »Und?«

Der andere Krieger trat vor. »Es war etwas, das vom Himmel stürzte.«

»Auf feurigen Schwingen«, ergänzte der erste Krieger die Aussage.

»Ein schrecklicher Donner dröhnte, und sogar der Untergrund hat gebebt«, behauptete der andere. »Ich dachte, wir würden sterben.«

Thade strebte an der Böschung entlang, und die beiden Krieger schlossen sich ihm eilends an.

»Seid ihr sicher, dass ihr nicht bloß geträumt habt?«

Die zwei Affen wechselten einen beruhigten Blick. Schließlich gab der erste Krieger dem General Antwort.

»Es war kein Traum, General. Sieh dort.«

Inzwischen hatten sie am Ufer eine gewisse Strecke zurückgelegt. Der Krieger betrachtete die Bäume, fand die gesuchte Stelle und zeigte sie dem General mit dem Finger.

Thade erblickte geborstene und verkohlte Baumstämme, die wie Gerippe ins Mondlicht ragten. Es schien, als hätte jemand den Wald mit einem Flammenschwert zerteilt.

Der General starrte auf die verwüsteten Bäume, dann wandte er sich um und schaute fieberhaft nachdenkend über das stille, vom Mondschein erhellte Gewässer. Ganz gleich, was da vom Himmel gekommen sein mochte, es musste riesig gewesen sein.

Ein langer Moment verstrich, bevor Thade ein Aufbrummen hören ließ und sich nachdenklich den zwei Kriegern zuwandte, die ihn mit unverhohlener Anspannung beobachteten.

»Wen habt ihr außer mir eingeweiht?«, fragte er in so ruhigem Tonfall, wie es ihm gegenwärtig gelang.

Zunächst mochte keiner der beiden Krieger so recht mit der Antwort herausrücken, doch zuletzt rang sich einer von ihnen dazu durch. »Niemanden, General«, sagte er. »Uns war klar, dass wir etwas so Bedeutsames ausschließlich euch melden durften.«

Langsam verzog Thade das Gesicht zu einem Schmunzeln.

Wer ihn kannte, wäre beim Anblick seiner Hauer wohl aus der Ruhe geraten, aber die zwei Krieger kannten ihn eigentlich kaum. Andernfalls hätten sie begriffen, was sein Schmunzeln besagte.

»Ihr habt genau richtig gehandelt«, beteuerte er beschwichtigend, als er die Hände auf ihre Schultern legte.

5. Kapitel

Eine große Menge von Blüten füllte die Schale und ließ sie in Schönheit erstrahlen. Plötzlich erschien eine Hand mit rötlichem Fell und langen Fingern über der Schale. Die Hand hielt einen steinernen Stößel. Langsam senkte sie den Stößel in die Schale und begann, die Blüten zu zermalmen. Ihr wonniger, nahezu berauschender Duft breitete sich in der Umgebung aus, seine zarten Wolken umwehten Limbo, der sich, während er die Blüten zerstampfte, wiederholte Male in einem hohen Spiegel betrachtete.

Sobald er die Blüten zu einer sämigen Maische zerkleinert hatte, beendete Limbo ihre Bearbeitung und beäugte nochmals sein Spiegelbild. Er hob den Kopf, blähte die Nasenflügel und schnupperte. Für sein Empfinden gab es an ihm nichts Ungewöhnliches zu riechen, aber irgendwie hatte er General Thades empfindsame Nase gekränkt, und es musste dagegen vorgebeugt werden, dass so etwas ein zweites Mal geschah.

Er seufzte, senkte den Blick in die Schale mit den zerquetschten Blüten; dann klaubte er eine Hand voll wohlriechenden Matschs heraus und schmierte sich damit unter den Armen und auf der Brust ein.

Die Masse haftete auf dem Fell reichlich schlecht. Bröckchen und Klümpchen fielen hinunter, doch einiges blieb an den richtigen Stellen kleben. Und Limbo musste zugeben, dass er nun … anders roch. In Gedanken bei Thade, schabte er noch eine Hand voll Brei aus der Schale und verrieb sie auf seinem Körper.

Im Grunde genommen gab sich Limbo gar nicht dem Selbstbetrug hin, der Duft von Regenbogenknospen und Morgenbläuchen könnte ihm seitens des Generals höhere Zuneigung eintragen. Er konnte tun, was er wollte, der General würde ihn niemals mögen. So wenig wie der Rest der zur Oberschicht gehörigen Affen. Nur weil er nun einmal war, was er war – nämlich Sklavenhändler –, blickten sie auf ihn herab, konnten sie ihn nicht ausstehen. Nicht auf Grund des Geruchs seiner Achselhöhlen rümpften sie über ihn ihre ach so feinen Nasen, sondern wegen seines Gewerbes.

Manchmal geriet er darüber in Wut. Wer waren sie eigentlich, dass sie auf ihn herabschauten, weil er sie mit dem belieferte, was sie brauchten? Wäre er nicht, wer kochte ihnen das Essen und setzte es ihnen vor, wer zöge ihre Fahrzeuge, säuberte ihre Kotgruben? Alle wünschten sie die Vorteile menschlicher Sklaven zu genießen, mit der Frage allerdings, woher sie kamen und wie sie in ihren Besitz gelangten, mochten sie sich nicht befassen.

Obwohl er es ausschließlich sich selbst eingestand, brachte er auf gewisse Weise Ari, Senator Sandars verrückter Tochter, widerwillige Hochachtung entgegen. Was die Natur der Menschen betraf, befand sie sich vollständig im Irrtum, doch wenigstens sah sie der Wahrheit ins Gesicht. *Sie* kannte die tatsächliche Herkunft der gepflegten, gut erzogenen Geschöpfe, die im Haus ihres Vaters Ordnung hielten. Und *weil* sie darüber Bescheid wusste, hasste sie ihn.

Letzten Endes jedoch war es Limbo nicht klar, ob er ihre ehrliche, bewusste Abneigung der gewohnheitsmäßigen Herablassung General Thades vorziehen sollte, zumal es einzuräumen galt, dass auch Thade wusste, woher die Sklaven stammten. In der Tat war es ja Thade, der ihm viele der Sklaven verschaffte, mit denen er Handel trieb. Und aus eben diesem Grund stand Limbo mitten in der Nacht vor dem Spiegel und verstrich sich Blütenbrei unter den Achselhöhlen.

Bisweilen war das Leben wirklich komisch.

Draußen im Hof lag im grob gezimmerten Männerpferch der alte Karubi auf dem Lehmboden, sein Kopf ruhte an Gunnars

Schulter. Gunnars Brustkorb hob und senkte sich, während er leise schnarchte; Karubi hingegen war hellwach. Die Schmerzen des verletzten Arms machten ihm das Einschlafen unmöglich.

Gegenüber sah er den jungen Birn, der gleichfalls noch wach war, durch das Gatter ruhelos zu dem schmalen Ausschnitt des Nachthimmels emporstarren, den man über dem Hof erkennen konnte.

Karubi beobachtete den Burschen; er bedauerte ihn, weil er schon in so jungen Jahren die Freiheit verloren hatte, doch gleichzeitig beneidete er ihn um seine Jugend und seine Kräfte.

Unversehens sprang Birn auf und lauschte hoch erhobenen Hauptes, zitterte fast vor Erregung.

Karubi lief es kalt über den Rücken. Dann hörte auch er es: ein kaum vernehmbares Scharren, als schliche jemand übers Dach des Pferches. Als die Geräusche deutlicher wurden, wurden auch andere Gefangene auf sie aufmerksam und regten sich; mit einem Wink mahnte Karubi sie zur Ruhe.

Zwei der kraftvollen Gorillas, die Limbo als Wärter dienten, schlurften unter einem Nachthimmel, an dem unzählige Sterne glitzerten, gemächlich an den Gattern entlang. Plötzlich blieb der eine Gorilla ruckartig stehen. Er drehte sich um und spähte wachsam zu den Dächern hinauf.

»Riechst du das?«, wandte er sich einen Augenblick später an den zweiten Gorilla.

Dieser widmete den Dachkanten lediglich einen flüchtigen Blick, dann stieß er ein gereiztes Aufbrummen aus. »Nun fang bloß nicht mit so was an. Unsere Schicht ist vorbei, und ich habe gewaltigen Hunger.«

Kurz lauschte der erste Gorilla, den diese Antwort nicht recht befriedigte, ein zweites Mal; doch schließlich zuckte er mit den Schultern. Behäbig trotteten die beiden Wachen davon.

Auf dem Dach bewegte sich an genau der Stelle, wohin der Gorilla geschaut hatte, ein Schatten. Ein neues, lauteres Geräusch drang, diesmal aus dem Hof, in den Männerpferch. Ein zweiter Schatten huschte vorüber, war durch die Latten sichtbar, blieb aber unkenntlich. Karubi richtete sich an der Rückwand auf, tastete mit dem heilen Arm umher und fand ein Stück Holz, das sich notfalls als Waffe verwenden ließ. Fest packte er es mit der Faust und machte sich, während er angestrengt in die Dunkelheit außerhalb des Pferches spähte, auf einen Überfall gefasst …

An einem Zwischenraum des Lattengitters erschien Daenas Gesicht. Ein Keuchen entfuhr Karubi, und er senkte den Knüttel. Zuerst starrte er das Gesicht entgeistert und voller Unglauben an, bis Daena ihm die Arme entgegenstreckte. Da torkelte er zu ihr, ergriff ihre Finger und küsste sie.

Beim Anblick seiner Tochter schossen Karubi Tränen der Freude in die Augen. Jemand ratterte am Zugang des Pferches. Er ließ von der Hand seiner Tochter ab, als durch die Latten das Ende eines Seils hereingeschoben wurde. Eilends hob er es auf und schob es in einigem Abstand zurück ins Freie …

Draußen knüpfte Davidson rasch beide Enden des Seils um eine Holzstange. Er überprüfte die Festigkeit der Knoten, dann fing er an, die Stange zu drehen, bis sich das Seil straffte, wodurch er bald beträchtliche Zugkraft auf die hölzernen Latten des Pfercheingangs ausübte. Immer strammer spannte sich das Seil … Und endlich barsten mehrere Latten mit einem scharfen Krachen, bei dem sämtliche Gefangenen vor Schreck erstarrten.

Davidson verharrte einige Sekunden lang in völliger Reglosigkeit, während sein Herz zum Zerspringen wummerte, und lauschte derart angestrengt, dass er Ohrensausen bekam. Aber keine Alarmrufe erschollen, keine Füße stampften hastig näher, man hörte weder Speere, Schwerter noch Keulen ihre blutige Arbeit verrichten.

Keine Gorillas.

Langsam wagte er auszuatmen. Noch hatten sie eine Chance.

Daena und Tival schlüpften an ihm vorbei zum Eingang und schwangen ihn vorsichtig auf. Zuerst eilte der junge Birn heraus, seine Augen funkelten vor Aufregung. Ihm folgte dichtauf

Gunnar, die Miene hart und wachsam, die Fäuste geballt. Als Letzter verließ Karubi das Gefängnis, hielt sich den verletzten Arm, konnte sich kaum noch herausschleppen.

Kaum erblickte Daena ihren Vater, eilte sie zu ihm.

»Du bist verwundet …«

Sehr behutsam, um seinen Arm zu schonen, schloss Karubi seine Tochter in eine herzliche Umarmung. Daena klammerte sich an ihn, bis er sie schließlich, indem er die Arme senkte, von sich schob.

»Wie hast du fliehen können?«, erkundigte er sich mit unterdrückter Stimme.

Daena zögerte; dann drehte sie sich langsam um und schaute Davidson an. Karubis Augen folgten der Richtung ihres Blicks, er unterzog Davidson einer sorgfältigen Musterung, als hätte er ein Stück Fleisch vor sich, das er zu kaufen erwog. Allmählich jedoch wurde, fast gegen seinen Willen, seine argwöhnische Miene weicher, als gefiele ihm, was er sah.

»Wer bist du?«, fragte er.

Davidson zuckte mit den Schultern. »Nur jemand, der ganz schnell verduften will.«

Gunnar, dessen muskulöser Gestalt man noch immer verkrampfte Anspannung anmerkte, betrachtete Tival, Senator Sandars schwarzen Haussklaven, mit einem Ausdruck der Überraschung und der Abneigung auf dem groben Gesicht.

Mit hochgezogenen Brauen forschte Davidson in Gunnars Miene.

Der Mann verzog die Lippen. »Das ist einer ihrer Hausmenschen. Er bildet sich ein, er wäre was Besseres als wir.« Missmutig schubste er Tival. »Er hält sich für ’n halben Affen.«

Davidson enthielt sich jeder Äußerung. Allmählich hatte er die Nase voll. Erst bot er zwei Sklaven in Senator Sandars Haus die Freiheit, und einer erwies sich als zu feige, um die Flucht zu wagen. Dann riskierte er seinen Kopf, um Leute, die er kaum kannte, aus Käfigen zu befreien, und schon zeichnete sich neuer Verdruss ab.

Er heftete den Blick auf Daena. »Du hast versprochen, mir den Rückweg zu zeigen.«

Voller Interesse verfolgte Karubi diesen Wortwechsel, dann schaute er seine Tochter fragend an. Sie sah erst Davidson an, dann ihren Vater.

»Wir kehren zusammen heim«, sagte Karubi mit Nachdruck.

Wenig später kletterte Davidson in der Nachbarschaft des Handelshofs auf das Dach eines Gebäudes. Es folgten Karubi und Daena, anschließend der Rest. Alle schlichen zügig, aber in geduckter Haltung vorwärts, weil ihnen schmerzhaft bewusst war, dass man sie gegen den von den Monden stark erhellten Himmel gut erkennen konnte. Es brauchte nur irgendein Affe zu den Sternen hochsehen, und es war aus. Davidson verspürte keine Sehnsucht nach einem Wiedersehen mit Attar oder General Thade, und er bezweifelte, dass seine Begleiter sonderlich neugierig waren zu erfahren, wie Limbo einen Haufen entlaufener und wieder eingefangener Sklaven bestrafte.

Während sie über die Dächer schlichen, merkte niemand von ihnen, dass sich auf einem niedrigeren Dach – geradewegs in der Richtung, die sie nahmen – in typischer Teenager-Manier vier jugendliche Affen um einen Krug versammelt hatten, um einen nächtlichen Absacker zu schlürfen.

Fahrig setzte einer der Affen einen Finger an die vom Saufen fast tauben Lippen. »Scht!«, zischte er. »Ich hör was.«

Erschrocken glotzten seine Freunde ihn an. Trotz volltrunkenen Zustands versuchte ein zweiter Affe, der etwas paranoider war als die anderen, blitzartig aufzuspringen.

»Bestimmt meine Mutter. Versteckt das Ding!«

Der dritte Affe grabschte sich das Gefäß und wankte zur Dachkante, suchte ein Versteck. Er prallte, mit schier aus dem Kopf quellenden Augen, in fassungsloser Verblüffung zurück, als er plötzlich Davidson gegenüberstand. Obwohl der junge Affe betrunken war, besann er sich schnell und wollte sich auf den Menschen stürzen, der ihm jedoch geschickt auswich.

Infolge des Alkohols, der sein Gehirn umnebelte, verlor der Affe das Gleichgewicht und wumste der Länge nach aufs Dach. Der Lärm schreckte seine Freunde auf.

Davidson sah den Affen stürzen, wirbelte herum und rammte den Fuß gegen eine Mansardentür. Die Tür flog auf, und Davidson floh ins Haus, hastete eine schmale Stiege hinab, die anderen Flüchtlinge folgten. Hinter ihnen heulten die jugendlichen Affen vor Wut, brüllten Alarmruf um Alarmruf.

Hals über Kopf drängten sich die in Panik geratenen Menschen die Treppe hinab, unten zerstreuten sie sich in wilder Unordnung. Davidson setzte sich aus dem Gewirr ab, hielt sich rechts und krachte durch eine Tür in ein Schlafzimmer.

Nova, Senator Nados blutjunge neue Gattin, fuhr im Bett empor, machte große Augen und bedeckte ihren Oberkörper. Neben ihr schnarchte Nado, der offenbar in so tiefem Schlaf lag, dass nicht einmal lauter Krawall ihn weckte.

Davidson beachtete das Paar nur so lange, bis er sich davon überzeugt hatte, dass es keine Gefahr verkörperte, dann trat er eine weitere Tür ein und gelangte in ein zweites Schlafzimmer.

Dort nahm eine greise Äffin, ihren Kahlkopf entblößend, soeben die Perücke ab. Gerade als sie sie auf eine Affenbüste setzen wollte, stürmte Davidson ungebremst durchs Zimmer und kippte die Büste um.

Mit einem Satz hechtete er durch ein Fenster, rollte sich auf einem Balkon ab und sprang über die Brüstung, barst durch ein Dachfenster und setzte die Flucht fort.

Im Gebäude herrschte ein schlimmes Chaos. Wie in ärgster Raserei rannten Menschen umher, prallten mit entsetzten Affen zusammen, deren Zahl stetig wuchs und die sich bemühten, die Entflohenen zu umzingeln.

In einem Zimmer weinte eine kleine Äffin leise vor sich hin, ohne etwas von dem Durcheinander zu merken, während sie ihr neues Schoßtierchen zum Schlafen in den beengten Käfig sperrte. Genau in dem Moment, als sie dem zierlichen, zitternden

Menschenmädchen vorsichtig einen Gutenachtkuss geben wollte, polterten Davidson und Karubi, dicht gefolgt von Daena, ins Zimmer.

Die zwei Männer nahmen die kleine Äffin und das ebenso kleine Mädchen kaum zur Kenntnis, Daena dagegen sehr wohl. Sie war dabei gewesen, als General Thade das Kind durch Attar den Armen der Mutter entreißen und seiner Nichte als nettes Geschenk überreichen ließ.

Wie glühende Kohle brannte Zorn in Daenas Brust, und doch gelang es ihr, beinahe rücksichtsvoll zu verfahren, als sie das Affenkind beiseite schob, in den Käfig griff und sich das Mädchen auf die Arme hob. Als sie sich abwandte, um sich erneut ihrem Vater und Davidson anzuschließen, öffnete die Äffin weit den Mund, fletschte Reihen winziger, spitzer Zähne und stieß ein schrilles, kindliches Aufheulen der Erbitterung aus. Davon ließ Daena sich allerdings nicht beeindrucken, und so war es wohl auch besser. Hätte sie die Äffin noch einmal anfassen müssen, wäre es ihr vielleicht unmöglich gewesen, sich zu beherrschen, und sie hätte der Kleinen das Genick gebrochen, als wäre sie nur eine Ratte.

Ganz in der Nähe schabte Limbo sich mit trübseliger Miene sorgsam halb getrocknete Flecken zermalmter Blüten vom zuvor sauberen Fell, da ertönte aus dem Freien das Gebrüll zahlreicher aufgebrachter Gorillas. Er wandte sich um, und als das Geschrei anschwoll, klappte ihm der Kiefer auf.

Großer Semos, dachte er, während er zum Fenster schaukelte, *was ist denn* jetzt *los?*

Ein paar Straßen von dem Haus entfernt, wo Limbo voller Sorge aus dem Fenster guckte, ritt Attar in Windeseile an der Spitze eines Trupps bewaffneter Affen in Richtung der Villen, aus deren Umgebung man nächtliche Gräueltaten eines Rudels wilder Menschen gemeldet hatte. Die wenigen Bürger, die sich noch auf den Straßen aufhielten, gingen der Rotte grimmiger, vor Wut schnaubender Gorillas und Schimpansen in aller Hast aus dem Weg. Innerhalb von Augenblicken dröhnte die Schar vorüber und entschwand um die nächste Ecke, nur das Straßenpflaster hallte noch vom Donnern der Pferdehufe wider.

An einem Haus schwang sich ein Paar menschlicher Beine über die Dachrinne. Einen Moment lang blieb Davidson sitzen, dann sprang er hinunter, seine Gliedmaßen federten auf der gepflasterten Straße die Wucht der Landung ab. Nach ihm hockte sich Daena an die Dachkante und reichte ihm das kleine Mädchen herab, das sie aus dem Käfig gerettet hatte. Davidson schaute nach oben und nickte, stellte sich bereit. Daena holte Atem und ließ das Kind fallen. Wie ein Stein fiel es senkrecht in Davidsons Arme. Er gab eine Stöhnen der Erleichterung von sich und lächelte ihr in die großen, blauen Augen.

Gleich darauf stand auch Daena auf der Straße, und in rascher Folge sprangen Gunnar, dann Birn und schließlich Tival gleichfalls vom Dach. Dicht scharten sie sich zu einem Grüppchen zusammen und blickten hinauf zu Karubi, der an nur einem Arm baumelte, aber versuchte, sich auch mit dem anderen Halt zu verschaffen. Fast gelang es ihm, doch fehlte im entscheidenden Augenblick ein Fingerbreit, und er rutschte ab. Schmerzhaft prallte er aufs harte Pflaster und blieb zusammengekrümmt und vor sich hinröchelnd liegen.

Daena eilte zu ihm, kniete nieder und hob ihn an. Er blickte ihr ins Gesicht, atmete mühsam; Schweiß glänzte auf seiner Stirn.

»Lasst mich zurück …«, ächzte Karubi.

Seine Tochter schüttelte den Kopf. »Kommt nicht in Frage.«

Karubis Zunge leckte über seine trockenen, aufgeplatzten Lippen. »Ich bin müde …« Er verstummte. Atem pfiff in seine Lungen. Tränen traten in Daenas Augen. »Einfach zu alt«, flüsterte ihr Vater. »Alte Männer werden ängstlich …«

Davidson stand dabei und hörte zu. Sobald Karubi schwieg, schaute er ihm fest in die Augen. »Mag sein, dass du alt und schwächlich bist«, sagte er. »Aber die Zeit, in der man Ängstlichkeit kennt, hast du ja wohl hinter dir.«

Karubi sah seine Tochter an, dann wieder Davidson. Ein zweites Mal trafen sich ihre Blicke. Zwischen den beiden Männern geschah etwas Unsichtbares, aber unerhört Wichtiges. Langsam hob Karubi den unversehrten Arm.

Davidson fasste seine Hand und stellte den alten Krieger mit Daenas Hilfe auf die Beine. Daena stützte ihn, indem sie sich seinen Arm um die kräftige Schulter schlang. Sie musterte Davidson mit einer recht merkwürdigen, undeutbaren Miene. Davidson nickte Karubi zu.

Von der anderen Straßenseite hallte Gunnars dunkle Stimme durch die vom Mondschein aufgehellte Stille.

»Affen!«

Davidson fuhr herum und zog blitzschnell das Küchenmesser aus dem Unterhemd. Aus den Schatten lösten sich zwei verwaschene Umrisse. Ein großer Gorilla und ... Die kleinere Gestalt war ein Schimpanse. Davidson nahm eine kampfbereite Haltung ein und merkte, dass Daena und Karubi das Gleiche taten. Auch Gunnar zeigte alle Bereitschaft, sich mit den Affen anzulegen.

Mit denen werden wir fertig, dachte Davidson. *Das heißt, vielleicht ...*

Die beiden Affen durchquerten eine helle Stelle der Straße, und da konnte Davidson mit einem Mal ihre Gesichtszüge unterscheiden.

Der Gorilla war Krull, der in Senator Sandars Haus etwas Ähnliches wie ein Butler war; die Schimpansin war Ari, die Tochter des Senators.

Davidson streckte die Hand aus, um Gunnar von einem Angriff abzuhalten. Allerdings hatte er noch das Messer in der Faust, und Krull sah es. Der große Affe reagierte mit einer für sein Alter erstaunlichen Behändigkeit. Seine dicken Finger umschlossen Davidsons Hand und drehten sie ruckartig, und schon war Davidson entwaffnet.

Währenddessen ergriff Ari das Wort. Ihr Tonfall bezeugte Verstörung, man hörte ihren Worten sowohl Verärgerung wie auch Sorge an.

»Ihr habt Glück, dass wir euch gefunden haben, bevor euch Hauptmann Attars *Krieger* aufspüren konnten. Kommt mit mir zurück ins Haus. Ich kann mit ihnen verhandeln.«

Gemeinsam mit Daena humpelte Karubi herbei. Daenas Miene spiegelte kalte Feindseligkeit wider. Sie blickte Ari ins Gesicht.

»Ich kenne die Art«, hielt sie der Schimpansin verächtlich vor, »wie Affen *verhandeln.*«

Ari presste die Lippen zusammen. Hinter ihrem Rücken erschien eine weitere Gestalt und verharrte ängstlich in gebeugter Haltung: Aris Dienerin Bon, die kleine Chinesin. Sobald sie sah, dass Tival sie anstarrte, senkte sie rasch den Kopf – ob aus Scham oder Furcht hätte Davidson nicht sagen können. Und es interessierte ihn auch nicht mehr. Bon hatte ihre Entscheidung gefällt. Nun sollte sie auch die Konsequenzen tragen.

Er wandte sich in eindringlichem Tonfall an Ari.

»Gibt es noch einen anderen Weg aus der Stadt?«

Ari begann zu antworten, überlegte es sich jedoch anders, sah Krull an, danach wieder Davidson. Sie wusste etwas, aber zog es vor, es für sich zu behalten. Davidson sah es in ihrem Blick. Auch Krull wusste Bescheid. Er trat dicht neben Ari und maß Davidson mit verachtender Miene. »Lass dich nicht mit diesen Menschen ein«, knurrte er Ari zu.

Davidson ignorierte ihn und rückte an Ari heran, bis er unmittelbar vor ihr stand. Er merkte ihr an, dass er sie nervös machte. Das war gut so. Irgendwie musste er sie für sich einnehmen, und wenn sie verunsichert war, konnte das dabei nur von Vorteil sein.

»Weshalb hast du mich gerettet?«, fragte er barsch. »Warum hast du dir diese Mühe gemacht?«

Seine Fragen brachten sie noch stärker aus der Fassung, ganz davon zu schweigen, dass Krull nun die Lippen zurückzog und ein Maul voll langer Zähne entblößte. Davidson befürchtete, dass nur noch wenig fehlte, bis der Gorilla ausrastete. Aber darüber konnte er sich später Gedanken machen.

Einen Moment lang blieb Ari sprachlos. »Ich … ich weiß es nicht«, lautete schließlich ihre nachdenkliche Antwort. »Du bist ein sehr ungewöhnlicher Mensch.«

Freudlos grinste Davidson. »Du ahnst gar nicht, wie ungewöhnlich. Komm mit, und ich zeige dir etwas, das dein gesamtes Weltbild auf den Kopf stellt.«

Daena hatte der Unterhaltung mit wachsendem Missmut gelauscht. Nun konnte sie ihren Ärger nicht mehr unterdrücken.

»Du glaubst also«, schnauzte sie Davidson giftigen Blicks an, »dass dieser Affe dich versteht, aber ich es nicht kann?!«

Wieso erwischt es immer mich?, dachte Davidson. Aber er durfte gegenwärtig keine Zeit mit Daena und ihrer Eifersucht vergeuden – falls es sich überhaupt darum handelte. Er sah Ari an, dass sie gründlich überlegte, und begann zu hoffen, dass er sie überzeugt hatte. Noch waren ringsum die Straßen leer, aber das markerschütternde Gebrüll der Affen-Patrouillen, die die Stadt durchsuchten, kam immer näher.

Zu guter Letzt traf Ari nach längerem inneren Ringen einen Entschluss.

»Als ich klein war«, sagte sie, »habe ich einen Weg gefunden, um mich durch die Mauer aus der Stadt zu schleichen, an Orte, wo niemand mich finden konnte. Dort kann ich euch hinführen.«

Krulls Betroffenheit und Besorgnis erreichten ihren Höhepunkt. Er schaute seiner Herrin in die Augen. »Wenn man dich dabei ertappt«, gab er geradezu flehentlich zu bedenken, »wird es deinem Vater unmöglich sein, dich zu schützen.«

Doch Aris Entscheidung stand fest. »Du weißt, was die Krieger mit ihnen anstellen würden.«

An Krulls Mienenspiel erkannte Davidson, dass es den Gorilla kalt ließe, würden in der Stadt sämtliche Menschen von Attars Kriegern zu Hackfleisch verarbeitet, aber Ari war seine

Herrin. Der große Gorilla griff auf das letzte, nach seinem Verständnis wohl beste Argument zurück. »Dein Vater hat es nicht erlaubt.«

Ari zuckte zusammen. Offenkundig verfehlte diese Vorhaltung Krulls nicht ganz ihre Wirkung; dennoch erwies sie sich als nicht wirksam genug. Trotzig hob sie das Kinn. »Er hat's auch nicht verboten.«

Damit war der alte Gorilla am Ende seiner Weisheit. Sein Leben lang hatte er im Dienste des Senators gestanden, und er respektierte ihn; doch wie es bei gealterten Dienern oft der Fall war, gehörte seine besondere Zuneigung dessen Tochter.

Er wandte sich um und betrachtete das Häuflein Menschen, als hoffte er, die Erde würde sich plötzlich auftun und sie verschlingen. Offensichtlich sollte jedoch nichts Derartiges geschehen. Er brummte, als er das kleine Mädchen sah, das Daena aus dem Gewahrsam von Thades Nichte befreit hatte und das sich jetzt an Daenas Hand klammerte, als wäre sie ihr letzter Rettungsanker.

»Das Menschenkind kann den Weg nicht überleben.«

Aris Blick streifte das Kind, dann schaute sie sich über die Schulter nach Bon um.

»Meine Dienerin wird es im Haus verstecken.«

Ari griff nach der Hand der Kleinen, aber Daena entzog ihr das Kind. Gleichgültig, wie notwendig es sein mochte, sie konnte sich nicht dazu durchringen, ein menschliches Kind der Obhut von Affen anzuvertrauen.

Im ersten Moment befürchtete Davidson eine neue Konfrontation, während Daena die Schimpansin und Krull Daena anstarrte. Aber da trat Karubi zu seiner Tochter, fasste das Mädchen selbst bei der Hand und zog die Kleine behutsam mit sich. Er überließ das Kind Ari, nickte ihr zu und wich zurück.

Eilends entfernte sich Bon mit dem Kind und verschwand in den Schatten. Ari und Davidson wechselten einen Blick. Gleich darauf lief Ari, hinter sich Davidson und die übrigen Menschen, die Straße hinab.

Einige Zeit später. Die Gasse war lang und eng, finster von Schatten, an beiden Seiten gesäumt von hohen Häusern; leise tappten Schritte durch die Dunkelheit.

Karubi schleppte sich dahin, so gut er noch dazu fähig war; der verwundete Arm hing ihm schlaff von der Schulter, der Schmerz furchte sich seinen schweißigen Gesichtszügen ein. Seine Augen huschten hin und her, hielten alles ringsum unter Beobachtung. Er war ein alter Mann. Durch Unachtsamkeit oder Dummheit hatte er nicht so alt werden können. Für seine außerordentlich wachsamen, in der Wildnis geschärften Sinne glich die Stadt einem riesigen, atmenden Lebewesen. Licht und Schatten, Geräusche und Gerüche. Die Luft trug ihm Mitteilungen zu.

Weithin gellte eine Art von allgegenwärtigem Geheul, als hätte die Stadt selbst die Verfolgung aufgenommen. Ihm war vollauf klar, dass diese Empfindung durchaus nicht weit von der Wirklichkeit entfernt war: Es mussten Hunderte von Affenkriegern sein, die jede Örtlichkeit durchsuchten, die ein Versteck für Menschen abgeben könnte. Wenn sie nicht bald aus der Stadt gelangten, ließ es sich nicht vermeiden, dass sie wieder in Gefangenschaft gerieten.

Er spähte Ari nach, der Schimpansin, die mit Davidson vorauslief. Die Leute legten ihr Leben in die Hand dieser zwei Fremden, weil er gezeigt hatte, dass er ihnen vertraute. Aber wenn er sich nun irrte? Er war alt, er hatte schon früher Fehler begangen. Und es kam so sehr darauf an, dass er dieses Mal Recht behielt …

Allen voran eilten Davidson und Ari um eine Ecke und in eine weitere, ebenfalls freie Straße. Davidson hatte das Gefühl, durch ein ausgedehntes, leeres Mausoleum zu rennen und in der Ferne Geister klagen zu hören.

Er wusste, dass sie sich so gut wie keinen Schnitzer erlauben durften. Sie befanden sich in einer von Affen für Affen errichteten Stadt, in der es dementsprechend überall von Affen wimmelte. Eine Gruppe so genannter wilder Menschen, die sich in den Straßen umhertrieb, konnte unmöglich lange unbemerkt bleiben. Es grenzte an ein Wunder, dass noch keine der zahlreichen Patrouillen, die durch die Stadt streiften, sie erspäht hatte.

Und genau in der Sekunde, als ihm diese bedrückende Erkenntnis durch den Kopf ging, bogen mehrere große, dunkle Gestalten um die nächste Ecke, stoben die Straße herunter auf sie zu.

Die Menschen rannten auseinander. Krull packte Ari und zog sie in den Schatten einer Pforte, und Davidson sprang ihnen nach. Doch es war zu spät …

An der Spitze seiner Krieger erkannte Hauptmann Attar die gertenschlanke Erscheinung Aris, die ihm so vertraut war wie der eigene Handteller, auf Anhieb. Der Anblick einer aristokratischen Äffin, der Tochter eines Senators, die sich mit einer Horde gotteslästerlicher Geschöpfe verbündete – ihnen vielleicht sogar Beistand leistete –, stürzte ihn beinahe in einen Anfall von Tobsucht. Er brüllte so laut, dass die Erde zu erzittern schien, und stürmte in höchster Verbitterung vorwärts, und seine zornigen Krieger folgten ihm mit der Gewalt eines unaufhaltsamen Sturmwinds.

Um die Mauer des Torbogens lugte Krull in die Richtung des Albtraums, der da heranstampfte. »Sie haben uns gesehen.«

Etwas Schlimmeres war gegenwärtig überhaupt nicht vorstellbar.

Daena und Karubi schlüpften unter den Torbogen, gerade als Krull seinen verzweifelten Warnruf ausstieß. Die Kriegerin stützte ihren Vater, der nun gleichfalls den Affenkriegern entgegenspähte. Sein Gesicht nahm einen seltsamen Ausdruck an, der teils Schicksalsergebenheit, teils ein Lächeln umfasste, vor allem jedoch Entschlossenheit. Leicht legte er seiner Tochter die Hand auf die Schulter.

»Beeil dich«, raunte er.

Irgendwie verstand sie nur anhand der zwei kurzen Wörter, welche Absicht er hegte. Stolz, Furcht, Zorn, Ergebenheit erstickten ihre Stimme, als sie ihm antwortete:

»*Nein,* Vater …«

Seine Augen leuchteten, als er mit den Fingerspitzen ihre Wange streichelte. »Sei unbesorgt«, flüsterte er. »Ich werde bei dir sein … So wie immer.«

Damit entwand er sich flink wie ein Aal ihrem Griff und sprang auf die Straße. Als Einzelner stellte er sich, während der letzte Aufschrei seiner Tochter ihm an die Ohren drang, einer ganzen Schar schwer bewaffneter, vor Wut schäumender Affen zum Kampf …

»Vater!«

Er lächelte vor sich hin, während er ihnen den Weg vertrat. Sein Untergang war gewiss, das wusste er, aber er hatte ohnehin nie damit gerechnet, ewig zu leben. Und wenn er dadurch, dass er seinen Leib auf den Kriegsaltar warf, seine Tochter und die anderen Menschen retten konnte, dann war es das Opfer wert. Außerdem hatte er nie den Wunsch verspürt, ein siecher Greis zu werden. Viel besser war es, die Welt so zu verlassen, wie er gelebt hatte, nämlich als Mann, als starker, tapferer Krieger, in der Faust eine Waffe, die unter den Feinden Tod und Verderben säte.

Bei diesem Gedanken vollführte er im Laufen einen kurzen Schlenker zur Straßenseite. Seine Hände waren leer, aber er hatte noch scharfe Augen, darum war ihm eine langstielige Stangenaxt aufgefallen, die neben einer Haustür lehnte. Wenn er es mit einem Haufen bewaffneter Gorillas und Schimpansen aufnahm, hätte er es vorzugsweise aus einigem Abstand getan, mit einem guten, starken Bogen und einem Köcher voller Pfeile. Doch er befand sich in keinem derartigen Vorteil. Immerhin fühlte sich die Axt in seinen Fäusten, denen ein letztes Mal jugendliche Kräfte zuzufließen schienen, schwer und mörderisch an.

Und so geschah es leichten Herzens, dass er mitten auf der

Straße Attars wilden Ansturm erwartete. Er packte die Stangenaxt mit aller Kraft und zielte auf den Schädel des vordersten Gorillas, die Beine gespreizt, um der Wucht des absehbaren Zusammenpralls standhalten zu können.

Was folgte, verlief zwar nicht ganz so, wie er es sich vorgestellt hatte, jedoch bereitete es ihm auch keine besondere Überraschung. Er hatte diesen Gorilla namens Attar schon mehrmals beobachtet, er kannte ihn und wusste, was er über Menschen dachte. Und daher drehte sich Karubi, als der riesige, gepanzerte Gorilla ihn nicht einfach zu überrennen versuchte, sondern stattdessen im letzten Augenblick auswich, zur Seite, um trotzdem einen Schlag mit der Axt nach ihm auszuführen.

Mich schlichtweg totzutrampeln, ist ihm vermutlich zu langweilig, schlussfolgerte Karubi. *Mir soll es recht sein. Vielleicht kann ich ihn überrumpeln, bevor er merkt, dass er es mit jemand anderem als bloß einem täppischen alten Rauschebart zu tun hat …*

Attar wandte den Blick der blutunterlaufenen Augen nicht von Karubi, während er die Arme weit ausbreitete und ihn zu umkreisen begann. Karubi drehte sich mit ihm und behielt ihn seinerseits im Auge.

Beiläufig nahm er wahr, dass die übrigen Affenkrieger einen Kreis um sie bildeten, um ihrem Befehlshaber bei seinem kleinen Gerangel mit dem wilden Menschen zuzuschauen.

Umso besser, dachte Karubi. *Dadurch erhalten die anderen einen größeren Vorsprung …*

Doch die Verachtung, die Attar ihm zeigte, indem er es ablehnte, das Schwert zu zücken und einen ernsthaften Kampf mit ihm auszutragen – als wäre die Klinge zu kostbar, um sie mit Menschenblut zu besudeln –, reizte Karubi zuletzt in unverkraftbarem Maße. Er griff den Gorilla an, mit der Axtspitze nach Attars Kehle stoßend.

Attar war, daran bestand kein Zweifel, ein höchst geübter Krieger, schnell wie der Blitz und stark wie fünf erwachsene Männer. Seine Rechte schoss vor und schlug die Stangenaxt beiseite, als wäre sie nicht schwerer oder gefährlicher als eine Mücke.

Die heftige Gewalt des Schlages schleuderte Karubi fast die Waffe aus den Händen. Er selbst wurde dadurch halb herumgerissen, sodass er seinem Gegner die ungeschützte Körperseite darbot und ihm den Gegenangriff ermöglichte. Das Nächste, was der alte Krieger wahrnahm, war, dass unten plötzlich oben und oben unten zu sein schien, als er durch die Luft wirbelte, und die Stangenaxt ihm wie ein Spielzeug aus den gefühllosen Fingern flog.

Er prallte mit furchtbarer Wucht aufs Straßenpflaster und fühlte an seinem Rückgrat etwas knacken, dann wurde rund um ihn alles verschwommen und schien in weite Ferne zu rücken. Als er wieder zur Besinnung kam, hatte er in den Ohren ein Klingen, und weißliche Sterne gaukelten durch sein Blickfeld. Endlich verblasste das Geflimmer, er sah Attar neben sich stehen und auf ihn herabblicken. Auch die restlichen Affenkrieger hatten sich um ihn versammelt. Nochmals verspürte er ein Gefühl des Triumphes, weil es ihm gelungen war, seinen Gefährten die Flucht zu ermöglichen.

Eine bemerkenswerte Ruhe durchströmte ihn. Er empfand keine Furcht, während er dem Affen in die hämische Miene schaute, nur immer tiefere Gelassenheit, ein Gefühl des Friedens.

Anscheinend hatte Attar etwas anderes erwartet. Er runzelte die Stirn. Unsicher neigte er den Kopf erst zur einen, dann zur anderen Seite.

»Warum zitterst du nicht vor mir?«, fragte er schließlich.

In diesen Augenblicken war Karubi jede Furcht fremd. Stattdessen erfüllte ihn ein wahrer Rausch der Freiheit, der seinem Gemüt Verzückung einflößte, einer Freiheit, die wohl anbricht, wenn das Dasein alles Vorherige überwindet, sogar das Leben selbst, und am Ende in etwas Höherem seine Krönung findet. Auch wenn der Tod damit einhergeht, ist doch alle Furcht für immer erloschen.

Der Fremde, erkannte Karubi nun, hatte Recht gehabt.

Seine aufgesprungenen, blutigen Lippen verzogen sich gemächlich zu einem Lächeln, und als er Attar antwortete, tat er es mit kräftiger, deutlicher Stimme.

»Die Furcht liegt hinter mir«, sagte Karubi.

Nur fünf Worte sprach er, aber auf Attar übten sie eine erkennbare Wirkung aus. Sein Schädel ruckte rückwärts, tief furchte er die Stirn, seine Augen weiteten sich, als sähe er diesen auf dem Boden ausgestreckten Menschen das erste Mal …

Alle zum Denken fähigen Lebewesen erkennen Tapferkeit auch bei anderen Geschöpfen an, weil sie eine Eigenschaft ist, die sie über die Stufe des Tieres erhebt, auf eine höhere Ebene. Ein Krieger schätzte nichts höher als Tapferkeit, und als Krieger sah sich Attar jetzt bewundernswerter Tapferkeit gegenüber, wenngleich er sie bei einem Wesen beobachtete, bei dem er diese Tugend nicht vermutet hätte.

Dieser Menschenmann, den er bisher für ein seelenloses Tier gehalten hatte, raubte ihm die Fassung. Ratlos hob er die Arme, ließ sie wieder sinken. Entgeisterung verunsicherte sein wüstes Feixen, es wich langsam und verschwand bald vollends aus seiner Miene. Er hatte sich mit dem Gefühl an die Verfolgung der entflohenen Menschen gemacht, ein paar Käfer zertreten, Ungeziefer ausrotten zu müssen; doch was ihm hier ins Gesicht blickte, war zwar besiegt, aber so tapfer, mutig und kühn wie ein Affenkrieger. Dieser zerschlagene, verdreckte, tätowierte *Mensch,* der so heiter-gelassen zu ihm auflächelte, stand wirklich und wahrhaftig *keinem Affen* nach.

Tief in Attars Affenseele wankten Überzeugungen und stürzten zusammen, veränderten ihn für immer. Und während er Karubis Blick erwiderte, gewann Attar die Erkenntnis, dass künftig nichts mehr so sein würde wie zuvor …

Das Donnern eisenbeschlagener Hufe dröhnte übers Straßenpflaster. Ein schweißiger Hengst bäumte sich auf, sprengte den Kreis der gebannten Affenkrieger, und auf dem Schauplatz des Geschehens erschien ein vor Wut kochender General Thade.

Mit einem Satz sprang der Schimpanse vom Ross, seine Rüstung gleißte weißlich-golden im Mondschein. Attar taumelte vor dem General zurück, als Thade, in dessen Faust ein Schwert wie eine Flamme glomm, zu dem Hingestreckten stürzte.

Das Licht der aufgestiegenen Monde warf Schatten an die Mauern, in denen ein Bild tanzte. Ein Schwert wurde in die Höhe geschwungen, nach unten gestoßen, noch einmal gehoben.

Ein schrecklicher Schrei zerriss die Nacht.

In anderen Schatten liefen die entwichenen Menschen um ihr Leben, vergrößerten den Abstand zu den Verfolgern. Sie hörten Karubis letzten Schrei. Daena fuhr herum, sie kannte die Stimme und die Ursache des Schreis, mörderischer Zorn sprühte aus ihren Augen. Aber hinter ihr ragte Krulls breite Gestalt empor und verwehrte ihr die Umkehr, als wäre er eine unüberwindbare Mauer. Ihre wütenden Faustschläge prasselten so zwecklos wie Regentropfen auf seinen Brustkasten. Endlich packte der große, alte Gorilla sie mit eisenhartem Griff und gab sie in Davidsons Obhut, und nach einem langen Moment beruhigte sich Daena.

In dieser Hinsicht durfte sich Davidson jedoch kein Verdienst anrechnen. Es lag an dem Todesschrei selbst. Keine Furcht hatte daraus geklungen, keine Hoffnungslosigkeit, nicht einmal Schmerz.

Der Schrei war der Abschiedsgruß ihres Vaters gewesen, und nach Überwindung des ersten Grauens hatte sie ihn verstanden. Kein Heulen der Verzweiflung hatte er ausgestoßen, sondern einen Triumphschrei.

Thade übersah den befremdlichen Blick, den ihm Attar zuwarf, während er die Affenkrieger fort von der Stelle scheuchte, wo der tote Mensch, bespritzt mit Blut, auf den Steinen lag. Er hatte keine Zeit für sonderbare Blicke oder sonst irgendetwas, das ihn von seinen Pflichten als General ablenken könnte. Irgendwo in seinem Innern beschlich ihn eine Ahnung, dass ihm etwas Bedeutsames entgangen war; aber um Ahnungen hatte er sich noch nie gekümmert.

Er wandte sich an den Hauptmann. »Wo stecken die anderen Menschen?«

Inzwischen hatten sie das Ende der Straße erreicht. Attar sah sich um, dann deutete er mit dem Zeigefinger. »Dort entlang sind sie geflüchtet. Weit können sie noch nicht sein.«

Er gab einen abgehackten Wink, und die Affenkrieger schwärmten von neuem aus, suchten rings um die stillen Häuser, im Finstern unter den Bäumen und unter offenen Torbogen.

Mitten auf einer Kreuzung blieb Attar stehen, hob den Kopf und schnupperte hinaus in die Nacht. Er schnupperte ein zweites Mal, dann sah er sich unschlüssig nach allen Seiten um.

Nichts. Überhaupt nichts.

Er blickte Thade ins Gesicht. »Sie sind verschwunden.«

Ein Brummen des Unmuts grollte aus der Kehle des Generals. »Besetzt die Stadtmauer!«, brüllte er. »Bewacht sämtliche Tore!« Er verstummte und überlegte; eiskalter Vorsatz sprach aus seiner Stimme, während er die nächsten Befehle erteilte. »Wenn ihr sie findet, bringt sie alle um, nur den Unruhestifter lasst am Leben. Bevor er stirbt, muss ich mit ihm reden.«

Attar zögerte. Ungeachtet dessen, was er eben mit dem Menschenmann erlebt hatte, sah er keine Gründe, um Einwände gegen die Anweisungen des Generals zu erheben. Mochten die Menschen Wanzen oder Könige sein, sie mussten sterben. Aber es gab noch eine Angelegenheit, die er mit dem General zu besprechen hatte, eine Sache, die Thades Laune bestimmt nicht bessern würde, sobald er davon erfuhr. Doch er durfte sie nicht verschweigen. Man mochte Attar manches nachsagen, in einer Beziehung jedoch verhielt er sich stets tadellos: Nie scheute er die Pflichterfüllung. Dazu war er nicht einmal für einen General bereit. Er schöpfte tief Atem. »General …«, wandte er sich an Thade.

General Thade schaute ihn an.

»Die Tochter des Senators befindet sich bei den Menschen.«

Thade riss die Augen auf. Plötzlich wirkte er, als hätte er einen Tritt in den Leib erhalten. Er öffnete den Mund, schloss ihn dann wieder. »Sie ist von ihnen verschleppt worden?«, brachte er endlich in gedehntem Ton heraus.

Attar schüttelte den Kopf. »Sie hilft ihnen. Ich habe es selbst gesehen.«

Auf Thades Gesicht spiegelte sich der Widerstreit seiner Gefühle wider. Unwillkürlich bedauerte Attar seinen Vorgesetzten. Er wusste von dem engen Verhältnis, in dem die Schimpansin und der General einmal gestanden und welche Gründe es zerrüttet hatten. In welch üble Klemme General Thade nun geriet! Die Äffin, die er geliebt hatte, machte gemeinsame Sache mit einem Rudel wilder Tiere und sich – im wahrsten Sinne des Wortes – auf der Straße, vor aller Welt, der Gotteslästerung schuldig … Die Qual in Thades Miene schlug Attar gehörig auf den Magen. Aber was könnte er tun? Als Krieger blieb ihm keine Wahl, als seinem Vorgesetzten stets die Wahrheit zu sagen. Was Thade mit diesen Kenntnissen anfing, musste er entscheiden. Dennoch dankte Attar im Stillen Semos dafür, dass nicht er sich in dieser Lage befand und im Zusammenhang damit keine Entscheidungen treffen musste.

Endlich stammelte Thade eine Antwort. »Zweifellos unter Zwang«, sagte er. »Sie ist eingeschüchtert worden.« Nun klang seine Stimme wieder fester, als wäre er sich dessen sicher. Attar verstand nicht so richtig, ob Thade ihm oder sich selbst etwas einreden wollte. Im letzteren Fall hatte er anscheinend Erfolg, denn Thade nickte knapp. »Ich werde dem Senat persönlich«, fügte er in fast hochtrabendem Ton hinzu, »über den Vorfall Bericht erstatten.«

Während sich Attar noch vorzustellen versuchte, welchen Sinn eine solche Berichterstattung haben sollte, breitete sich auf Thades düsterer Miene ein Lächeln aus. »Dann wird man sich im Senat auf die Brust trommeln und mich um Hilfe ersuchen.«

Nun musterte Attar den General beinahe ehrfürchtig. Ja, so

ein Vorgehen mochte sich durchaus bewähren: die traurige Geschichte einer Senatorentochter – einer Äffin ihres Standes! –, die von einer Bande schmutziger Menschen entführt und misshandelt wurde. Und jeder konnte das nächste Opfer sein. Nur wenn sie Thade gaben, was er verlangte, was er brauchte, hatte er die Möglichkeit, ihnen Schutz zu gewährleisten.

Jetzt begriff Attar, wieso er lediglich Hauptmann war, Thade dagegen ein hoch gestellter General.

Thades Plan war ebenso listig wie herzlos.

Darum musste er gelingen.

In vollkommenem Einverständnis nickten die beiden Affen einander zu.

»Ohne dich, General, ist der Senat nur ein Haufen Schwächlinge«, stellte Attar fest. *Und nun werden die Senatoren auch noch zu Feiglingen erniedrigt …*

Mit Nachdruck nickte Thade. Was die Senatoren waren, scherte ihn nicht. Er wusste es. Ihn interessierte nur, wozu sie ihm verhelfen konnten.

»Ist auch der alte Silberrücken dabei?«

Attar seufzte. Ihn verdross die Auskunft, die er geben musste. Er kannte Krull seit vielen Jahren, seit der Zeit, als er im Heer ein unerfahrener Neuling gewesen war und Krulls Befehlsgewalt unterstanden hatte. Attar konnte nachvollziehen, wie fürchterlich die Entscheidung, die Krull zu fällen gehabt hatte – die Wahl zwischen dem Senator und seiner Tochter –, ihn innerlich zerrissen haben musste. Doch er glaubte zu verstehen, weshalb Krull bei Ari geblieben war, diesen und keinen anderen Entschluss gefällt hatte. Diese verdammte Schimpansin! Ihr Vater liebte sie. Krull liebte sie. Sogar von Thade wurde sie geliebt. Aber wen liebte *sie?*

Wildes Vieh. Tiere. Den scheußlichsten, sündhaftesten Abschaum, den man sich nur ausmalen konnte.

Armer Krull. Aber der General forderte eine Antwort, und er musste sich an die Wahrheit halten. »Jawohl, General.«

Der General starrte ihn an. Auch er kannte Krull seit langem.

Thade musste klar sein, welche Empfindungen Attar insgeheim bewegten. »Kann ich unterstellen«, fragte der General in nahezu beschwörendem Ton, »dass du trotzdem keine Bedenken hast?«

Gequält, aber ohne mit der Wimper zu zucken, erwiderte Attar seinen Blick. »Gewiss, General. Von nun an ist er ein Verbrecher.«

Zufrieden mit der Antwort nickte Thade und wandte sich ab. Attar jedoch dachte an den getöteten Menschen, an Ari und Krull – und an Thade –, und noch für längere Zeit stand Trübsinn in seiner Miene.

Von der flachen Hügelkuppe aus hatten Zeit, Wind und Wasser die Abhänge aus erstarrter Lava zerfurcht wie die grauen Wangen einer Greisin. Die urzeitliche Glut war längst erloschen, doch das einstige Gefältel des Magmas war noch erhalten, lag still unter den im Sinken begriffenen Monden und dem Glitzern der Sterne.

Am Fuß der Anhöhe stand über einer Zisterne ein Brunnenhaus, das aussah, als wäre es so alt wie die Felsen, auf denen man es erbaut hatte. Der Mörtel zwischen den Steinen war verwittert, und nur ihr eigenes Gewicht hielt sie noch an Ort und Stelle. Das Brunnenhaus lehnte am Hang und verkörperte die letzte Erinnerung an eine Zeit, in der noch Affen in dieser Gegend gelebt, mit der Hand Kübel voller Wasser aus dem Brunnen gezogen, damit ihre Äcker bewässert und ihren Durst gestillt hatten.

Zwar wirkte das verfallene Bauwerk so leer und verlassen wie unter den Monden die Berge, doch zumindest hatte einmal irgendwer Vorsorge getroffen, um Unfälle zu verhüten. Der Zugang war mit einer abschreckend schweren, zwei Affenfäuste dicken Holzpforte verschlossen worden. Leichte Abwinde hatten von den Hügeln der Umgebung Lavastaub herabgeweht, der inzwischen auf den Balken eine dicke Schicht bildete. Diese Ablagerung war seit Jahren, vielleicht seit Jahrzehnten, unberührt geblieben.

Nun jedoch rumste etwas aus dem *Innern* des Brunnenhauses gegen die Pforte, der Staub stob empor und schwebte durch die Luft. In der Nähe fühlte sich ein Vogel durch das ungewohnte Geräusch gestört, stieß einen Krächzer aus und flatterte fort. Überstürzt suchten kleine Krabbeltiere Deckung.

Dann ertönten gedämpfte Stimmen. Ein zweiter Schlag erschütterte das Holz. Das Ergebnis bestand jedoch lediglich aus einer zweiten Wolke aus Lavastaub, die von dem Holz aufwirbelte.

Einen Augenblick lang blieb es ruhig, und der Staub sank herab. Da erscholl plötzlich ein dunkles, kehliges Knurren, dem ein furchtbarer Knall folgte, und die dicken Balken flogen kreuz und quer aus dem Gemäuer.

Krull zwängte sich, die gewaltigen Fäuste geballt, aus dem Brunnenhaus ins Freie, von seinen breiten Schultern rutschten Balken, als wären sie nur Strohhalme.

Er trat hinaus ins Mondlicht, wartete geduldig, während nach ihm die Menschen, die japsend nach Luft schnappten, aus der Ruine stolperten.

Während sie hustend und keuchend um Atem rangen, verließ als Letzte Ari das verfallene Gebäude. Als sie sich umdrehte und in die Richtung der Affenstadt schaute, die in der blauschwarzen Ferne im Schlummer lag, ging Krull rasch zu ihr.

Der alte Gorilla hatte ihren Blick bemerkt und wusste, was sie dachte. Sachte senkte er eine Hand auf ihre Schulter. »Noch können wir umkehren«, meinte er leise.

Sie wandte nicht den Blick von der jetzt fernen Stadt, in der sie sämtliche Jahre ihres Lebens zugebracht hatte. Aber sie schüttelte in versonnener Traurigkeit den Kopf. »Nein«, widersprach sie im Flüsterton. »Wir können's nicht.«

6. Kapitel

Es dauerte eine Weile, bis alle in dem zusammengewürfelten Haufen Flüchtiger zur Besinnung kamen und begriffen, dass sie zumindest bis auf weiteres nichts mehr von den Verfolgern zu befürchten hatten. Nach und nach jedoch dämmerte ihnen, dass sie sich vorerst in Sicherheit befanden.

Die Luft war kalt und klar. Aus der Dunkelheit unter dem Laubdach des Dschungels, der fast bis an die Grenze der Lavahänge wuchs, war das Fiepen kleiner Nachttiere zu hören.

Stumm wölbte sich der schimmernde Nachthimmel über das Land, während die Entkommenen – jeder und jede auf seine beziehungsweise ihre Weise – über die im Laufe der vergangenen Stunden erlebten Wendungen nachdachte. Manche hatten mehr Anlass zum Grübeln als andere.

Daena stand schweigsam ein wenig abseits, der offensichtliche Kummer, den ihr der Tod ihres Vaters bereitete, umgab sie wie eine unsichtbare Mauer. Sie hielt den Kopf gesenkt. Auf ihren staubigen Wangen glitzerten Tränenrinnsale.

Ari bemerkte Daenas Verfassung, und in Gedanken daran, wie ihr zu Mute wäre, hätte ihr Vater ein so scheußliches Ende genommen, näherte sie sich der Barbarin. Als sie sie erreichte, hob Daena den Blick und sah sie an.

»Dein Vater war ein mutiger Mensch«, sagte Ari halblaut.

Aus Daenas Augen blitzte Wut, während sie Ari anstarrte. Nun zögerte die Äffin, denn sie erkannte, dass die Menschenfrau zu aufgewühlt war, um die Ehrlichkeit in Aris tröstenden Worten erkennen zu können.

Doch nicht einmal Ari erwartete, was als Nächstes geschah.

Ein weicher, erstickter Laut drang aus Daenas Kehle, sie bog die Finger zu spitzen Klauen und sprang Ari wie eine Furie ins Gesicht.

Wahrscheinlich war es gerechtfertigt, Ari als friedfertige Äffin zu betrachten, aber dadurch änderte sich nichts an der Tatsache, dass Schimpansen im Allgemeinen um die Hälfte schneller als Menschen sind und ihre natürliche Körperkraft das Zwei- bis Fünffache der Kräfte eines Menschen betragen konnte. Daena war gar nicht dazu fähig, ihr irgendetwas anzuhaben. Aris langer Arm zuckte vorwärts, die flache Hand traf Daenas Schläfe. Der Hieb warf Daena zur Seite wie einen schlaffen Sack, sie brach zusammen und blieb verdreht liegen.

Krull und die Menschen gingen eilends dazwischen, um die beiden Gegnerinnen zu trennen, doch der alte Gorilla sorgte sich eindeutig weniger um Daena als darum, Ari gegen eine etwaige Vergeltung seitens der Menschen zu schützen. Er stellte sich zwischen seine Herrin und den Rest der Gruppe und stieß einen Warnschrei aus.

Davidson fasste Daena an den Schultern und half ihr aufzustehen. Noch leicht benommen schüttelte sie den Kopf. »Lass … mich los …!«, knirschte sie durch zusammengebissene Zähne.

Er glaubte zu wissen, was sie vorhatte, und weil er der Meinung war, dass die Gruppe momentan einen zugespitzten Konflikt zwischen der Äffin und Daena am allerwenigsten gebrauchen konnte, versuchte er sie festzuhalten. Genauso gut hätte er es sich jedoch in den Kopf setzen können, einen Panter an die Leine zu nehmen. Ein Ruck, dann ein zweiter, und sie hatte sich aus seinem Griff befreit. Er streckte die Hand nach ihr aus, aber nun lief sie fort, entfernte sich in kraftvollen, weiten Sätzen, und ehe er etwas sagen oder tun konnte, befand sie sich am Waldrand und verschwand zwischen den Bäumen.

Während er ihr nachblickte, sank Davidsons Mut.

Und wie soll ich nun *den Rückweg finden?*, fragte er sich.

Wie ein Tier auf der Flucht durchbrach Daena das verwucherte Unterholz, obwohl Dornen und Disteln ihr die Kleidung aufrissen und die Haut zerkratzten. Die körperliche Anstrengung war ihr ebenso willkommen wie der Schmerz, denn darüber konnte sie – wenigstens für kurze Zeit – alles andere vergessen. Vor allem die schreckliche Trauer, die sie zu überwältigen drohte.

Karubi!, dachte sie während des Laufens. *Vater ...*

Die Wörter kreisten unablässig durch ihr Bewusstsein, bis sie zu einem ununterbrochenen Kreischen der Gram verschmolzen, und gleichzeitig sah sie Bilder durch ihren Kopf huschen, als würde darin eines der bei den Affen gebräuchlichen Kartenspiele ausgelegt. Die Eindrücke verschwanden so schnell, wie sie auftauchten: Sie saß als kleines Mädchen auf Karubis Knie, seine Arme umschlangen ihre Schultern. Er zeigte ihr bunte Vögel auf den Bäumen und nannte ihre Namen. An einem heißen Sommertag, in einer Zeit, als sie die Veränderungen ihres Körpers, der den Übergang vom Kind zur Frau durchlief, zu begreifen versuchte, schlenderte sie mit ihm an einem großflächigen Gewässer entlang ... Wie verständnisvoll und freundlich er, trotz seines sichtlichen Unbehagens, mit ihr gesprochen hatte.

Und wie stark er stets gewesen war, wie verwegen.

»Wir sind *Menschen*«, hatte er ihr hundertmal mit vor Erregung bebender Stimme eingeschärft, »keine Sklaven oder Tiere. Die Affen hören auf Semos, ihren bösen Gott, der ihren Ohren und Seelen Lügen einflüstert, nichts als Lügen. Vergiss niemals, geliebte Tochter, die Wahrheit: Stärker und schneller als wir mögen die Affen sein, aber deshalb sind sie nichts Besseres. Nur anders sind sie. Aber wir alle, sie genauso wie wir, schauen des Nachts zu den Sternen auf und träumen ...«

Jetzt war er tot. Sein Todesschrei hallte in ihrem Gehör und ihrem Herzen nach. Sie ahnte, dass sie ihn noch an ihrem eigenen Todestag hören würde, und das empfand sie als gut so. Denn wenn sie ihn nicht vergaß, blieb er ihr immerzu gegenwärtig und erinnerte sie daran, was es bedeutete, ein Mensch zu sein.

Sie wusste, er hatte die Affen gefürchtet. Welcher vernünftige Mensch hätte vor ihnen keine Furcht gehabt? Doch er hatte sich sein Leben lang gegen die Unterdrücker gewehrt, und am Ende, im Angesicht des Todes, war seine Furcht von ihm überwunden worden. In den Tod war er so gegangen, wie er sich stets gesehen hatte: als Mensch, der bis zum Schluss kämpfte.

Und er hatte sie gerettet. Damit hatte er ein kostbares Geschenk gemacht. Im Sterben hatte er ihr und den anderen Entflohenen das Leben wiedergegeben, und wenn es nur für eine kurze Zeitspanne sein sollte. Sie hatte eine ernste Verantwortung übernommen, sah sich vor einer großen Herausforderung. Wollte sie dieser Aufgabe gerecht werden – und dazu war sie fest entschlossen –, durfte sie keine Rücksicht auf eine niederträchtige, arglistige Äffin nehmen; und auch nicht auf einen Fremden, der zwar aussah wie ein Mensch, jedoch hinter der herkömmlichen Gestalt aus Fleisch und Blut, so spürte sie, etwas völlig anderes war, etwas Furcht einflößendes und Unbekanntes.

Allmählich verringerte sie, nachdem die Anstrengung des Laufens die Unerträglichkeit ihrer Wut und Trauer gemildert hatte, die Geschwindigkeit. Nun konnte sie hören, dass jemand ihr nachsetzte, mehrere Verfolger näher kamen. Der Erste war der Fremde, er holte zügig auf. Daena erkannte ihn an seinem Verhalten. Er wusste nicht, wie man sich im Wald bewegen musste, darum trampelte er durchs Unterholz wie eine große Kuh. Oder wie ein Gorilla.

Auch die Schimpansin war nicht mehr weit hinter Daena. Mit Schimpansen kannte sie sich aus. Sie wusste, dass Ari, wenn sie es wollte, sie einholen konnte. Dennoch hielt sich die Äffin zurück, blieb bei ihrem großen Gorilladiener.

Auf was hatte sie es abgesehen? Warum war sie hier?

Es ergab einfach keinen Sinn. Die Äffin war die Tochter eines Senators, eines reichen, einflussreichen Affenführers, hatte von Geburt an nichts als Bequemlichkeit und Wohlstand kennen gelernt, vielleicht sogar selbst schon Macht ausgekostet. Aus welchem Grund sollte sie das alles aufs Spiel setzen – das Wagnis eingehen, alles zu verlieren –, um Wesen zu helfen, die in ihrer Affenwelt ausschließlich Geringschätzung genossen?

Dahinter musste eine List stecken, lautete ihre erste Schlussfolgerung; und doch gingen ihre Überlegungen weiter. Immerhin war die Äffin bei ihnen, eilte so wie sie durch den Wald. Und sie hatte mindestens zweimal zu ihrer Rettung beigetragen, einmal, als sie sie aus dem Gefängnis des Sklavenhändlers gekauft, ein zweites Mal auf der Straße, indem sie ihnen den Weg aus der Stadt gewiesen hatte.

Daena war so sehr in ihre wirren Gedanken vertieft, dass es eine Weile dauerte, bis ihr, als sie ein raues, heiseres Schnaufen hörte, endlich klar wurde, dass es sich um ihre eigenen Atemzüge handelte. Außerdem hatte sie mittlerweile Seitenstechen.

Sie sollte besser langsamer laufen, die anderen aufholen lassen. Davidson, der Fremdling – was für ein Name für einen Mann! –, war der Ansicht, sie hätte ihm versprochen, ihn zu der Stätte zu führen, an die er wollte. Das hatte sie ihrer Meinung nach nicht getan, trotzdem entschied sie, ihn dennoch hinzubringen. Er unterschied sich von jedem anderen Menschen, den sie kannte. Und sie spürte in ihm eine Kraft und Entschlossenheit, die darauf hindeuteten, dass er ihr ebenbürtig sein könnte. Er musste Geheimnisse haben. Und falls seine Geheimnisse ihrem Stamm nützlich waren, dann würde sie sie ihm entlocken.

So viel schuldete sie Karubi. Das und noch mehr.

Wenn Davidson der richtige Mann war, um sie bei der Begleichung ihrer Schuld zu unterstützen, sollte er ihr willkommen sein.

Von nahezu nichts als seiner Willenskraft angespornt, rannte Davidson durch den Urwald. An Bord der *Oberon* hatte er geglaubt, in ziemlich guter Form zu sein. Aber im Vergleich zu dem, was er während der vergangenen Tage durchgestanden hatte – gar nicht davon zu reden, was einige Affen mit ihm angestellt hatten –, ähnelte eine Stunde auf dem Heimtrainer eher einem erholsamen Nickerchen.

Allerdings war es nicht so, als hätte er eine Wahl gehabt. Er war hier ein Fremder, und die hiesigen, sehr dichten Wälder, in denen es weder Wege noch Pfade gab, waren völlig anders als die vergleichsweise gepflegten, sauber gestutzten Nationalparks, die er als Jugendlicher zum Radfahren und Zelten besucht hatte. Ohne Daena, die ihm den Rückweg zur Absturzstelle zeigen konnte, standen seine Aussichten, die Raumkapsel zu finden, fast gleich null, und wenn er ehrlich mit sich sein wollte, musste er eingestehen, dass er allein keine Chance hatte, den Ort seiner Bruchlandung jemals zu erreichen.

Und er *musste* die Raumkapsel finden. Ohne sie war er hilflos wie ein Kind. Gewiss, er verfügte über höhere technische und wissenschaftliche Kenntnisse, von denen die menschlichen Barbaren, die hier lebten, keinen blassen Schimmer hatten, und nach allem, was er gesehen hatte, war er in dieser Hinsicht auch den Affen überlegen. General Thade war nur ein Schwertschwinger. Was mochte er wohl für Augen machen, wenn er sich vor der Mündung eines vollautomatischen, mit Laserzielvorrichtung ausgerüsteten Sturmgewehrs sah?

Eine Zeit lang schwelgte Davidson in dieser Vorstellung, weil sie ein weitaus angenehmeres Bild abgab als der leidige Sachverhalt, dass er eben *kein* Sturmgewehr zur Hand hatte. Er hatte nicht einmal eine Taschenlampe oder ein Zündholzheftchen. Nur auf sich selbst, seine Stiefel sowie eine Garnitur Pilotenunterwäsche der Luftwaffe der Vereinigten Staaten von Amerika konnte er zurückgreifen. Zu dumm, dass er den Pilotenanzug abgestreift hatte. In den Taschen befanden sich diverse Utensilien, die ihm jetzt ganz nützlich gewesen wären. So nützlich, dass es sich gelohnt hätte, deswegen zu ertrinken, waren sie allerdings auch wieder nicht …

Verflucht noch mal, die Frau musste zur Hälfte ein Kaninchen sein! Wollte sie denn *niemals* langsamer laufen?

Aus seiner Warte war sie, als sie in den Dschungel rannte, nicht allein gewesen. Sie hatte seine letzte, viel versprechendste Hoffnung, mit ihr gemeinsam diesen vertrackten Schlamassel durchstehen zu können, mit sich genommen, und dieser Umstand hatte seinen Beinen gewissermaßen Flügel verliehen.

Inzwischen jedoch fühlten die Beine sich wie Betonklötze an, und seine Lungen brannten, als hätte ihm jemand Schwefelsäure in die Gurgel gegossen.

Als er endlich der Tatsache ins Auge sehen musste, nicht mehr weiterlaufen zu können, sah er sie plötzlich vor sich: ein Schimmern blonden Haars im dunklen Grün des Dschungels. Einen Moment später erspähte er sie nochmals, dann erhaschte er einen Blick auf goldbraune, geschmeidige, geschwinde Schenkel.

Vielleicht verlangsamte sie ihr Tempo zu guter Letzt doch noch. Diese Eventualität beflügelte ihn von neuem, und er fand noch einmal genügend Kraft zum Weiterrennen. Ja, sie verlangsamte ganz eindeutig. Und sie wusste, dass er ihr folgte, denn sie warf einen kurzen Blick über die Schulter.

Man hätte nicht unbedingt behaupten können, dass sie lächelte, doch wenigstens schaute sie nicht mehr drein, als hätte sie Lust, im Umkreis von 20 Kilometern alles und jeden zu ermorden. Und wenn sie endlich hielt, vielleicht ein wenig Atem schöpfte, die anderen aufholen ließ, damit endlich alle verschnaufen konnten …

Dann würde sich möglicherweise doch noch alles zum Guten wenden.

Im Gesträuch hinter seinem Rücken raschelte etwas. Das Geknister hielt an und begleitete Davidson bei seinem Vorankeuchen. Er riskierte einen kurzen Blick nach hinten und sah den jungen Birn, der mühelos durch den Wald flitzte, ohne dass es seine Atmung sonderlich beschleunigt hätte, und ihm zugrinste. Er hatte wieder diesen Ausdruck in den Augen, als wäre Davidson das Faszinierendste, was er je im Leben erblickt hatte.

Heldenverehrung, erkannte Davidson mürrisch. Dabei fühlte er sich kein bisschen wie ein Held, und er konnte auch nicht im Geringsten verstehen, weshalb ein Jugendlicher mit dem schmuddeligen Abenteurergesicht eines Waldbewohners ausgerechnet in ihm eine Heldengestalt sehen sollte.

Nichts als unsinnige, lästige Problemchen. Grundsätzlich hegte er keine Abneigung gegen den Jungen – eigentlich hatte er überhaupt keine feste Meinung von ihm, da er ihn kaum kannte –, aber wie sollte er gegenwärtig Zeit für solchen Kinderkram haben?

Da sauste unvermutet Ari an ihm vorüber, als stünde er auf der Stelle. Davidson hob gerade rechtzeitig den Blick, um zu sehen, dass sie sich nach ihm umschaute. Auch sie musste anscheinend nicht mehr Kraft aufwenden, als sie für einen Morgenspaziergang brauchte. Verdammte Affen! Er empfand es einfach als ungerecht, dass sie so erheblich stärker waren als Menschen, und dass sie obendrein eine Äffin war, verstimmte ihn zusätzlich. Allmählich kam es ihm so vor, als ob sämtliche weiblichen Geschöpfe weit und breit, Frauen ebenso wie Äffinnen, dazu fähig waren, ihn im Laufen mühelos abzuhängen.

Er gab auf. Wenn Daena tatsächlich wünschte, ihn im Dreck liegen zu sehen, dann musste es eben so kommen, und er hatte nicht vor, sich noch länger dagegen zu sträuben. Außerdem musste er nun aus freiem Willen Halt machen, oder es würde geschehen, weil er aus vollständiger Entkräftung schlichtweg auf die Schnauze fiel.

Davidson taumelte, blieb stehen, beugte sich vornüber, stützte die Hände auf die Knie und hatte während der nachfolgenden Augenblicke das Empfinden, aus seinen Lungen und dem Herzen eine völlig neue Art von Geräuschen und zudem auf seiner Haut eine ganz neue Sammlung von Blutergüssen, Schrammen und Abschürfungen kennen zu lernen. Etwas später merkte er, dass auch alle anderen das Laufen eingestellt hatten. Vielleicht war er hier *doch nicht* der einzige Schlappschwanz.

Ari lief zu ihm zurück; sie atmete nahezu normal. Während sich die Gruppe sammelte, verschwand Tival zwischen den Bäumen und kehrte nach kurzem mit frisch gepflückten Früchten und Wasser wieder zurück. Schnurstracks ging er zu Ari und bot ihr davon an.

Selbst Daena verzichtete inzwischen darauf, die Marathonläuferin zu spielen. Davidson sah sie am Rande der Gruppe stehen; sie hatte die Arme auf der Brust verschränkt und eine feindselige Miene aufgesetzt. Ausnahmsweise galt ihr böser Blick einmal nicht ihm.

Gunnar schlurfte zu Daena, die voller Hass beobachtete, dass der menschliche Bedienstete sich um das Wohlergehen seiner Herrin kümmerte.

»Sieh nur«, murrte Gunnar, »wie er sie verwöhnt.«

Ari blickte auf und schaute hinüber; dann wandte sie sich an Tival, schüttelte den Kopf und winkte ab.

»Ich brauche nichts«, versicherte sie.

Grimmig musterte Daena sie. »Affen sind immer zufrieden, solange sie Menschen haben, die ihnen zu Diensten sind.«

Ari hob den Kopf und presste die Lippen aufeinander, während Davidson den Rückschluss zog, dass sie und Daena sich voraussichtlich niemals vertragen würden. Daraus konnte ein Problem werden, aber momentan war es ratsam, sich mit Dringenderem zu befassen.

Mittlerweile war er wieder einigermaßen bei Atem und glaubte, trotz der angewachsenen Zahl blauer Flecken und sonstiger leichter Blessuren noch ein paar Kilometer zurücklegen zu können. Er stapfte mitten durch die Gruppe und sah sich, so gut es sich im nächtlichen Dunkel machen ließ, in der Richtung um, aus der sie gekommen waren; leider konnte er nur wenig erkennen. Irgendetwas gönnte ihm keine Ruhe, er hatte das beunruhigende Gefühl, dass ihn jemand aus dem Verborgenen beobachtete.

Er entdeckte keine konkreten Hinweise, aber jeder Soldat lernte – vor allem, wenn Gefahr drohte – seinen Instinkten zu vertrauen. Seines Erachtens musste ihre jetzige Situation als durchaus gefährlich eingestuft werden.

»Marschieren wir weiter«, sagte er barsch, nachdem er die Gruppe zusammengerufen hatte.

Es forderte ihm schroffe Rücksichtslosigkeit ab, über die Erschöpfung hinwegzusehen, die man zum Beispiel Tival anmerkte. Dagegen warf Birn ihm einen glubschäugigen Blick der Bewunderung zu, der besagte, dass er ihm, falls nötig, noch 150 Kilometer weit zu folgen bereit war, und Daena entblößte auf eine Weise die Zähne, die andeutete, dass sie mit Vergnügen wandern würde, bis er tot umfiel. Und dass er sich über Aris und Krulls Kondition nicht den Kopf zu zermartern brauchte, wusste er längst.

Schließlich setzten sie den Weg fort. Daena lief in maßvollem Tempo voraus. Gerade schloss Davidson sich ihr an, da packte Krull ihn am Arm. Der alte Gorilla mochte im Ergrauen begriffen und sein breiter Rücken inzwischen ein wenig gebeugt sein, doch seine Faust zeigte noch keinerlei Anzeichen der Schwäche.

»Sollte sich all das als menschliche Hinterlist herausstellen«, knurrte er Davidson an, »stirbst du von meiner Hand.«

Dergleichen hatte sich Davidson schon gedacht; aber er äußerte sich dazu nicht. Stattdessen nickte er lediglich und folgte den anderen; Krull zögerte kurz, dann kam er ihm nach.

Gleich darauf regte sich etwas in den Schatten. Für einen flüchtigen Moment glänzte im nachlassenden Licht der Monde ein Paar gelber Augen. Die Augen hatten einen wilden, boshaften Blick.

In diesen Augen stand Gier.

Nachdem Davidson und die anderen sich entfernt hatten, huschte das Paar Augen aus dem Dunkel zwischen die Bäume, um die Verfolgung aufzunehmen.

Als beide Sonnen beinahe gleichzeitig am Horizont erschienen, brach die Morgendämmerung an, warfen ihre Strahlen ein unglaubliches Gespinst sich überschneidender Schatten durch den Wald. Davidson hatte die zwei Monde als hinreichend aufdringlich empfunden. Aber der Anblick zweier Sonnen, deren Färbung geringfügig voneinander abwich, schien diese Welt geradezu in die bizarre Szenerie eines Fantasy-Computerspiels zu verwandeln.

Gegenwärtig verursachte das Laufen ihm keine Schwierigkeiten, er latschte am schlickigen Ufer eines ausgedehnten, ruhigen Gewässers entlang, auf dessen Fläche winzige Wellen und Kräuselungen im Schein der aufgehenden Sonnen glitzerten. Er hätte nicht behaupten können, dass er diese Gegend kannte, aber manches kam ihm so vor: der düstere Dschungel mit den hohen Bäumen auf der linken, der stahlblaue Glanz des Wasserspiegels auf der rechten Seite.

Er wusste, dass er nach allem, was geschehen war – der Prügel, die er bezogen, den Verletzungen, die er erlitten, der Nacht, in deren Verlauf er einen unwegsamen Urwald durchquert hatte –, eigentlich todmüde hätte sein müssen. Aber er fühlte sich wohl, befand sich sogar in einer gewissen Hochstimmung. Ein Gemisch aus Adrenalin und Hoffnung trieb ihn an.

Inzwischen hatte er die Führung übernommen. Hinter ihm zog – oder wankte und schwankte – seine Begleitung, eine gemischte Gruppe ermatteter Menschen und Affen, längs des Sees entlang.

Endlich erspähte er, wonach er schon die ganze Zeit lang Ausschau hielt, und blieb ruckartig stehen. Er schaute sich um, sah die anderen langsamer werden und verharren, während sie Mienen der Überraschung und Ehrfürchtigkeit aufsetzten, und manche sogar den Mund.

Ein Abschnitt des Dschungels sah aus, als wäre er durch ein gewaltiges Flammenschwert zerteilt worden. Etwas hatte das laubreiche Blätterdach weggesengt. Nur eine lange Reihe hoher Baumstämme, die jetzt kahl und verkohlt in den Himmel emporragten, war noch vorhanden und führte direkt zum See.

Auch Davidson starrte die Stätte der Vernichtung an, als erblicke er sie das erste Mal. Er erinnerte sich an den grässlichen Sturzflug und an das Gefühl, zu erfrieren, bevor er schließlich dachte, vor Hitze umkommen zu müssen. Und nun, da er diese breite, rußschwarze Schneise sah, wunderte es ihn insgeheim, dass er überhaupt noch am Leben war. Er zeigte auf sie, während die Gruppe sich um ihn scharte.

»Hier bin ich durchgeflogen ...«

Aus großen Augen betrachteten die Menschen die schwere Verwüstung, ihre Mienen spiegelten Verwirrung wider. Außerdem merkte Davidson ihnen zunehmendes, mit Furcht vermischtes Unbehagen an. Ari und Krull, die einer höheren Zivilisation entstammten, wirkten im Wesentlichen ratlos, als könnten sie sich nichts vorstellen, was derartige Schäden verursachte.

Schließlich trat Ari vor. Vorwurfsvoll deutete sie auf die verbrannten Bäume. »*Du* hast das angerichtet?«

Davidson zuckte mit den Schultern. »Die Heckdüsen ...«

Da sah er Aris Gesichtsausdruck und vergegenwärtigte sich, was er gesagt hatte. Sie wusste über Triebwerksdüsen, die Waldbrände verursachen konnten, so viel wie er über eine Welt mit zwei Monden und zwei Sonnen, auf der Affen die Herrschaft ausübten.

Es fiel ihm schwer, der Schimpansin nicht ins Gesicht zu lachen, zumal er mittlerweile seine Aufregung kaum noch bezähmen konnte. Er sah, dass Birn ihn aus weit aufgerissenen Augen angaffte, und begriff, seine erneuerte Hoffnung nährte auch die Hoffnungen des Jungen.

Gunnar wandte sich – noch missmutiger als sonst – an Daena. Sein Unbehagen war offensichtlich.

»Die Affenkrieger werden uns auf den Fersen sein. Noch können wir es schaffen, uns in die Berge zu flüchten.«

Es stand außer Frage, dass ihn die geheimnisvolle Brandschädigung des Dschungels und Davidsons scheinbar verrückte Reden gleichermaßen wenig interessierten. Aber Daena hörte ihm kaum zu. Sie trat zum nächststehenden Baum und berührte, Verdatterung in der Miene, die verbrannte Rinde mit den Fingern.

»Ich verstehe das nicht«, sagte sie. »Du bist vom Himmel gefallen?«

Davidson grinste ihr zu und nickte. »Mein Arsch stand in Flammen, das kannst du mir glauben«, versetzte er zur Antwort.

Krull erwies sich als so unzufrieden mit der Lage wie Gunnar, und Davidsons schwerlich aufschlussreiche Darstellung seiner Ankunft vom Himmel flößte ihm anscheinend äußerste Skepsis ein. Der Blick, den er Ari zuwarf, war eindeutig.

»Ich bin sicher«, meinte Ari aufmunternd, als sie Krulls Blick bemerkte, »dass er uns beizeiten alles glaubwürdig erklären wird.«

Verächtlich brummte Krull. »Wie kann jemand etwas erklären, was es gar nicht gibt?«

Allmählich war Davidson es leid, sich arrogantes Gefasel aus dem Maul einer Horde dahergelaufener Affen anzuhören. Krull trieb es zu weit. »Ich will dir sagen, was es nicht gibt«, schnauzte er dem breitschultrigen Gorilla ins Gesicht. »So was wie dich. Sprechende PAVIANE.« Mit dem Arm machte er eine ausladende Geste. »Diese ganze Scheißgegend.«

An mehreren Menschen vorbei sprang Krull auf Davidson zu, packte ihn an der Kehle und drückte ihn rückwärts nieder. »Wir sind Affen, keine Paviane«, knurrte der Gorilla. »Paviane stehen tiefer als wir Affen. Knapp über den Menschen.«

Nach einem Moment feindseligen Schweigens ließ Krull von Davidson ab. Dieser rappelte sich auf, streifte den verbrannten Abschnitt des Dschungels mit einem Blick und kehrte dem Waldrand den Rücken zu. Er spähte hinaus aufs Gewässer, versuchte zu schätzen, indem er sich von den kahl gesengten Wipfeln eine Gerade hinunter auf den Wasserspiegel dachte, wo die Raumkapsel gesunken sein musste. Weiter draußen hatte das Wasser die dunkelblaue Farbe großer Tiefe, aber längs der Böschung war es allem Anschein nach flach und schlammig.

Während er noch Klarheit über die eigentliche Absturzstelle zu erlangen versuchte, watete er in die Untiefen unmittelbar am Ufer. Ari wollte ihm folgen, aber Krull fasste sie an der Schulter und hielt sie zurück. Davidson bemerkte es. »Was ist denn?«, fragte er.

Ari betrachtete das Nass. »Affen können nicht schwimmen«, sagte sie. »Wir ertrinken in tiefem Wasser.«

Inzwischen hatte sich Daena genähert. »Das ist der Grund«, meinte sie gehässig, »weshalb wir jeden Tag um Regen beten.«

Im ersten Moment glaubte Davidson, zwischen ihr und Ari bräche ein neuer Streit aus, doch zum Glück ließ Daena es bei diesem Seitenhieb bewenden. Erleichtert wandte er sich ab und strebte, bis zu den Fußknöcheln im Wasser, am See entlang. Nach einigen Augenblicken schloss Ari sich ihm an.

Inzwischen leuchteten beide Sonnen hell über dem Horizont, ihre Strahlen gleißten blendend grell auf den Fluten. Davidson beschirmte die Augen mit der Hand und blinzelte auf die Wasserfläche hinaus, versuchte ein zweites Mal zu erspähen, was vorhin seine Aufmerksamkeit erregt hatte.

Es dauerte ein Weilchen, aber dann sah er es: In einigem Abstand vom Ufer schillerten die Überbleibsel eines regenbogenbunten Ölflecks auf dem Wasser. Er zeigte darauf.

»*Dort* bin ich hineingestürzt.«

Ehe irgendwer mehr tun konnte, als hinzuschauen, vollführte er einen Hechtsprung in den See und verschwand unterm Wasserspiegel.

Die auf der Böschung Zurückgebliebenen fügten sich ins Warten und hatten bald das Gefühl, lange warten zu müssen. Niemand hatte viel zu sagen. Keiner von ihnen, weder Mensch noch Affe, konnte sich vorstellen, wovon Davidson geredet hatte. Was waren Heckdüsen?

Birn ging bis dicht an den Rand des trüben Uferwassers und starrte hinüber zu der Stelle, wo er Davidson zuletzt gesehen hatte.

Allem Anschein nach verspürte Ari die stärkste Nervosität. »Wie lange kann denn ein Mensch unter Wasser den Atem anhalten?«, murmelte sie schließlich.

Birn sah Daena an. In seinen Augen stand die stumme Frage: Ist Davidson in Gefahr?

Daena gab ihm keine Antwort. Aber plötzlich lief sie ins Wasser und tauchte ebenfalls unter. Ari beobachtete, wie die Menschenfrau mit mehreren kräftigen Beinstößen im See verschwand und bewunderte Daenas Anmut. Sie mochte dreimal so stark wie die Menschenfrau sein; im Wasser allerdings wäre sie ihr unterlegen.

Mit kraftvollen Schwimmbewegungen tauchte Daena in die Tiefe, doch erwies sich das Schwimmen in diesem Gewässer als recht schwierige Angelegenheit. Die Pflanzen, von denen man auf dem Wasserspiegel nur die Spitzen sah, hatten unter Wasser die Ausmaße junger Bäume, und zudem wuchsen dazwischen ausgedehnte Gestrüppe aus Schilf. Endlich zwängte sie sich durch ein besonders verwuchertes Dickicht und gelangte in freies Wasser.

Fast hätte sie nach Luft geschnappt, obwohl es unter diesen Umständen unzweifelhaft ein Fehler gewesen wäre, aber sie besann sich noch rechtzeitig. Für eine Frau, die von Geburt an in einer Gesellschaft gelebt hatte, in der das Pferd als das beste Beförderungsmittel galt, war der Anblick des Luftfahrzeugs, in dem Davidson vom Himmel gekommen sein wollte, das Erstaunlichste, was sie je gesehen hatte.

Als sie aus dem Schilfgewucher schwamm, war sie fast genau über dem Gefährt ins tiefere Wasser gelangt. Mit mehreren kraftvollen Schwimmstößen näherte sie sich der rechten Seite der Kapsel, wagte sich nahe genug, um mit der Hand über das versengte Erz des Äußeren zu streichen. Voller Verwunderung betastete sie mit den Fingern die Außenhülle, versuchte die aufgemalten, rätselhaften Zeichen zu deuten: USAF besagte ihr gar nichts, es sah aus wie die Strichmännlein, die man manchmal an den Wänden uralter Höhlen entdeckte. Eine andere Darstellung erinnerte sie undeutlich an etwas ziemlich Vertrautes.

Plötzlich brodelte eine Wolke von Luftblasen aus dem fremdartigen Gefährt, gefolgt von Davidson, der eine Eisenkiste unter den Arm geklemmt hatte, als wäre sie das Kostbarste auf der Welt. Er sah sie, lächelte und wies mit einer ruckartigen Kopfbewegung hinauf zur Oberfläche, dann schwamm er aufwärts.

Daena folgte ihm, aber nach einer kurzen Strecke trieben ihr unversehens aus dem Schlamm zwei grauenhafte Umrisse entgegen und versperrten ihr den Weg. Sie erschrak, begriff jedoch, dass die beiden vom Wasser aufgequollenen Affenleichen keine Gefahr verkörperten. Irgendwer oder irgendetwas hatte die zwei Affenkrieger in Stücke gehackt. Weder sie noch Davidson hatten die leiseste Ahnung, wer die Affen waren beziehungsweise, wie sie hierhin gekommen waren; doch General Thade hätte die beiden Soldaten erkannt, denn schließlich war er derjenige, der sie, ein paar hundert Meter den Strand hinauf, mit seinem Schwert zum Schweigen gebracht hatte.

Davidson zog Daena von dem schaurigen Fund fort, und wenige Augenblicke später durchbrachen sie die Wasseroberfläche. Gemeinsam schwammen sie zurück zum Ufer. Während sie durch die Untiefen zum Strand wateten, sah Davidson, dass Krull ihm verdrossen entgegenstarrte. Er grinste.

»Ihr geht wohl nie ins Wasser, hm?«

Krull bleckte die Zähne, kehrte Davidson dann aber, als dieser die Kiste abstellte, schlichtweg den Rücken zu. Wie nahezu alles an Bord der *Oberon*, das zur offiziellen Ausrüstung zählte, trug auch der Behälter das Emblem des Raumschiffs auf dem Deckel.

Einen Moment lang betrachtete Davidson die Kiste. Dann schüttelte er den Kopf und hob den Blick.

»Wie kommt es, dass da unten zwei tote Affen sind?«

Alle Mitglieder der Gruppe starrten ihn an; mehrere tuschelten untereinander. Verärgert trat Krull vor. »Es weiß noch jemand von deiner Ankunft«, sagte der Gorilla.

Davidson zuckte mit den Schultern. Da er jetzt hatte, was er wollte, musste er sich über Affen, mochten sie tot oder lebendig sein, keine Gedanken mehr machen. Er kniete nieder, öffnete die Verschlüsse des Behälters und klappte ihn auf, durchsuchte den Inhalt und fand kurz darauf, was er brauchte, nämlich ein kleines Funkpeilgerät, dessen Aussehen einem Laptop ähnelte.

Keiner der Einheimischen, die Menschen so wenig wie die Affen, verstand mit diesem Gegenstand etwas anzufangen, und Davidson verspürte gegenwärtig keine Lust, ihnen Erklärungen zu geben. Er entfernte sich ein paar Schritte weit von der Gruppe, sah sich die Bäume, den Himmel und den See an und überlegte, welches die günstigste Abstrahlrichtung und wo ein optimales Funkfenster sein könnte. Sobald er eine Stelle gefunden hatte, die er für die wahrscheinlich vorteilhafteste hielt, setzte er das Peilgerät ab, schaltete es ein und wartete, während es den Betrieb aufnahm. Er drückte sich im Geiste die Daumen, bis zu guter Letzt auf dem kleinen Bildschirm digitale Anzeigen erschienen.

Gott sei Dank, dachte er, *das Wasser hat keine Defekte verursacht ...*

Während er sich mit dem Funkpeilgerät beschäftigte, näherte sich Birn zaghaft der Kiste, hockte sich davor und lugte hinein. Es dauerte nicht lange, bis seine Neugierde die Oberhand gewann und er dem Behältnis Gegenstände entnahm. Als Erstes hielt er einen Kompass in der Hand. Er hob ihn ans Licht, schüttelte ihn, sah die Nadel kreisen und schließlich verharren. Er gab den Kompass Daena, griff weitere Male in die Kiste und holte in rascher Folge immer neue Dinge heraus: eine Leuchtpistole, eine Packung Fertiggerichte, eine Thermodecke, ein hoch belastbares Kunststoffseil, einen Erste-Hilfe-Kasten ...

Alle diese Gegenstände stießen bei der Gruppe auf erhebliches Interesse, weil sie den Errungenschaften der hiesigen Zivilisation um mehrere Jahrhunderte voraus waren; sie gingen von Hand zu Hand, entlockten den Betrachtern Gegrummel und riefen Mienen der Ratlosigkeit hervor. Zwar blieben sie unbegreiflich, aber die Tatsache, dass Davidson sie hatte und offenbar wusste, was sie bedeuteten, tat nun einiges, um seine wilden Behauptungen zu untermauern.

Die Packung mit der Fertignahrung gelangte zum Schluss in die Hände Gunnars, der mit einer Mischung aus Neugier und

Argwohn die Umhüllung aus glatter Plastikfolie beäugte. Daraus konnte man ihm schwerlich einen Vorwurf machen, denn von der Gründung einer Plastikindustrie trennte mindestens noch ein Jahrhundert diese Welt.

Nachdem er sich die Packungsbeschriftung angesehen hatte, ohne sie deuten zu können (Sie lautete: *Verzehrfertige Mahlzeit – Inhalt: Brathähnchen Gemüsemix Reis Soße Pudding.),* verlor er daran den Spaß und befasste sich stattdessen mit der Verpackung. Er schabte und zupfte daran, und nach kurzem kam ihm der Gedanke, dass sich diese dünne Hülle einfach aufreißen ließ. Sie erwies sich als widerstandsfähiger, als er es erwartet hatte, doch schaffte er es endlich mit einem kräftigen Ruck, sie zu zerfetzen. Etliche längliche, braune Brocken schockgefrorenen Luftwaffen-Hähnchenkleins fielen zu Boden.

Warum packt jemand kleine Kotklumpen in einen so fein gewirkten Beutel?, fragte sich Gunnar. *Ein ganz absonderliches Volk muss das sein …*

Plötzlich schrak er zusammen, als er ein Geräusch hörte, das es auf dieser Welt noch nie zu hören gegeben hatte: das durchdringende elektronische Zirpen einer digitalisierten Funkfrequenz aus einem zuverlässig rauschgefilterten Hochleistungslautsprecher.

»Was ist das?«, fragte Ari.

Belustigt hob Davidson den Blick. »Man nennt's Funkpeilgerät. Es ist eine Art von Funkgerät und stellt eine Verbindung zu meinem Raumschiff her, sodass ich die Leute an Bord erreichen kann.«

Ari sperrte die Augen auf; sie betrachtete den Apparat, als könnte er auf einmal Flügel spreizen und sie attackieren.

»Es kann sprechen?«

Davidson nickte. »Gewissermaßen. Über Funkwellen.«

Anhand der Weise, wie die Umstehenden Davidson und den Apparat anschauten, war klar, dass der Begriff »Funkwellen« nicht zur Beseitigung der allgemeinen Ratlosigkeit beitrug. Davidson stieß einen Seufzer aus. »Wir alle werden von unsichtbarer Energie umströmt«, fügte er hinzu.

Aber offenbar hatte auch die Vorstellung allgegenwärtiger Energie bislang weder im Dasein der Affen noch der Menschen Fuß gefasst.

»Das ist Hexerei«, knurrte Krull und starrte das Gerät bedrohlich an.

Davidson winkte ab, versuchte ihn zu beschwichtigen. »Keine Hexerei, sondern Wissenschaft. Ich muss nur noch ein bisschen Affentheater betreiben.«

Ob sie den Witz mitkriegen?

Ari und Krull sahen sich an. *Vielleicht*, schlussfolgerte Davidson.

Ein hoher, unschöner Dauerton, das elektronische Gegenstück einer Alarmsirene, gellte durch die Luft. Er überraschte jeden ringsum, sogar Davidson, der doch gehofft hatte, ihn zu hören. Alle zuckten zurück wie erschrockene Häschen. Die zwei Affen bedeckten ihre Ohren. Auch Davidson fuhr zusammen, allerdings aus anderen Gründen.

»Kontakt!«, schrie er und schwang triumphierend die Fäuste.

Birn hatte sich näher geschlichen und linste Davidson scheu über die Schulter, um einen Blick auf das geheimnisvolle, fremdartige Ding zu riskieren. Was man auf dem Monitor sah – und für ihn wohl schwerlich einen Sinn ergab –, war ein bunter Strich, der ununterbrochen nach da und dort sprang. Wenn der Strich gewisse Stellen berührte, leuchteten jedes Mal zwei winzige Pünktchen auf, aber erloschen schon im nächsten Augenblick.

»O Mann«, rief Davidson. »Sie sind bereits da.« Mit zitternder Hand deutete er auf den geringen Abstand zwischen den zwei Leuchtpünktchen.

Ari trat näher; vor Staunen stand ihr der Mund offen. Auch Daena traute sich heran; ihre Miene spiegelte gegensätzliche Empfindungen wider. Ihr Blick streifte Ari, ehe sie Davidson anschaute. »Dann solltest du sie wohl«, sagte sie, »vor den Affen warnen.«

Ungläubig sah Davidson ihr ins Gesicht, bevor er ein Prusten von sich gab. »Es wäre angebrachter, die Affen vor *ihnen* zu warnen. Von nun an haben hier *wir* alles in der Hand. Nun sind wir die Zweihundertfünfzig-Kilo-Gorillas.«

Langsam schloss Ari den Mund. Davidson bemerkte, dass sie ihn aus schmalen Lidern beobachtete, als hätte sie ihn nie zuvor gesehen.

»Es ist an der Zeit«, meinte sie, »dass du uns die Wahrheit sagst. *Wer bist du?*«

Davidson erwiderte ihren Blick, straffte sich, rückte die Schultern gerade und richtete sich zu voller Körpergröße auf.

»Ich bin Captain Leo Davidson vom Raumschiff *Oberon* der Vereinigten Staaten von Amerika. Ich stamme aus einer Galaxis, die wir Milchstraße nennen. Von einem Planeten, der in unserem Sonnensystem Erde heißt.«

Der Ausdruck in Birns Augen steigerte sich von der bisherigen Heldenverehrung zu etwas, das sehr stark auf Anbetung hinauslief. »Ist das weit fort?«, erkundigte er sich leise.

Davidson zeigte in den Himmel. »Weiter fort als jeder Stern, den du nachts dort oben sehen kannst.«

Birn zwinkerte. Er war ein kluger Bursche und bemühte sich, Davidsons Auskünfte nachzuvollziehen, sie zu einem ihm verständlichen Gesamtbild zu vereinen. Man sah ihm eindeutig an, dass es ihm nicht gelang; doch ebenso offensichtlich war, er würde seine Bestrebungen niemals aufgeben.

Nach ihrem Gesichtsausdruck zu urteilen, war es für Ari ebenso schwierig wie für den Jungen, Davidsons Worte zu verstehen, aber eine Auswirkung ließ sich ihrer Miene ganz deutlich ablesen: Leo Davidson beflügelte ihr Vorstellungsvermögen, inspirierte sie vielleicht sogar zu neuen Träumen.

»Eure Affen erlauben euch zu fliegen?«, fragte der arme, völlig verwirrte Tival schüchtern.

»Unsere Affen leben in Zoos«, entgegnete Davidson geringschätzig. »Sie tun, was *wir* sagen.«

Damit nahm er das Peilgerät und klappte es zu.

»Ich stufe diese Gegend als feindliches Gebiet ein. Also bleiben mir genau sechsunddreißig Stunden Zeit, um ein Treffen mit meinen Kameraden zustande zu bringen.« Er verstummte und blickte verträumt in die Ferne. »Dann hat dieser Albtraum für mich ein Ende.«

Sichtlich beunruhigt schob Gunnar mürrisch den fassungslosen Tival beiseite. »Und was wird aus uns? Wohin gehen wir?«

Offenkundig beschäftigte diese Frage alle Beteiligten. Aber niemand wusste eine Antwort. Davidson nicht, und ebenso wenig Ari. Niemand ...

Aus den Bäumen schwang sich eine dunkle, rötliche Gestalt herab und sprang Gunnar an, umschloss seine Gliedmaßen wie eine mit Pelz besetzte Zwangsjacke.

»Du gehst nirgends hin«, knurrte Limbo in Gunnars Ohr. *»Er gehört noch immer mir«,* keckerte der Orang-Utan, als er Aris unverhohlenes Entsetzen bemerkte.

Gunnar war ein harter, starker Mann, und zudem überragte er, was die reine Körpergröße betraf, den Sklavenhändler. Außerdem unterstützten Panik, Furcht und das Adrenalin der Wut seinen wilden Widerstand. Kein normaler Mensch hätte ihn festhalten können, aber Limbo behielt ihn im Griff, als wäre er ein wehrloses Kleinkind.

Einige Sekunden lang ließ er Gunnar sich winden, dann holte er aus und versetzte ihm einen brutalen Schlag gegen die Schläfe, der ihm alle Kraft raubte. Gunnar erlahmte, ihm knickten die Knie ein. Limbo schenkte dem Rest der Gruppe so wenig Beachtung, als stünde er daheim in seinem Hof, während er Fußschellen zückte und sie Gunnar anlegte, auf diese Weise einer Flucht vorbeugte.

Mit erhobener Hand stapfte Ari zu dem Orang-Utan. »Das ist ungeheuerlich! *Hör auf!*«

Limbo schaute sie nur kurz an, aber er fletschte die Zähne. »Von *dir* habe ich genug.«

Als Erster überwand Birn den anfänglichen Schrecken. Schnell und Haken schlagend wie ein Hase rannte er zum Waldrand, doch kaum hatte er die Bäume erreicht, griff aus dem Geäst ein langer Arm herab und erhaschte ihn, riss ihn in die Höhe. Man konnte noch seine Beine wie in Raserei zappeln sehen. Nun zeigten sich die im dichten, grünen Blätterdach verteilten Affen.

Zwei Gorillas stürmten aus dem Unterholz auf die Gruppe zu. Die Menschen schrien vor Furcht und zerstreuten sich in alle Richtungen.

Davidson setzte sich gelassen neben das aus der versunkenen Raumkapsel geborgene Funkpeilgerät und sah sich das Chaos an. Obwohl Limbos Affen lediglich eine Hand voll waren, schienen sie überall zu sein, verfolgten die Menschen, holten sie ohne sonderliche Mühe ein und warfen sie zu Boden. Rufe des Zorns und Gebrüll der Pein schollen durch die Luft, vermischten sich mit dem Brummeln und Grunzen der Zufriedenheit, das man von Limbos Gorillas hören konnte, wenn sie einen Entflohenen wieder gefangen nahmen.

Limbo rang mit Birn, versuchte auch ihm Ketten anzulegen, aber der Junge war schlüpfrig wie ein Aal und drosch wie ein Wahnsinniger um sich, sodass Limbos größere Körperkräfte ihm wenig nutzten.

»Halt *still!*«, schnaufte Limbo. »Ich tu dir nichts. Ich verderbe doch nicht meine Handelsware.« Sein Tonfall stellte klar, dass er sich nichts Dümmeres denken konnte, als einem Sklaven unwiderruflichen Schaden zuzufügen und dadurch den Gewinn zu schmälern.

Birn jedoch bekam, während Limbo noch auf ihn einschwatzte, einen Arm frei und schlug ihm aus unmittelbarer Nähe die Faust mitten ins Gesicht. Der Orang-Utan reagierte sofort und ohne nachzudenken. Er knurrte und drosch dem Jungen den Handrücken auf die Backe, verursachte einen Bluterguss, der rasch anschwoll.

»Für dich mach ich eine Ausnahme«, kollerte der Affe.

Davidson, der ruhig zuschaute, sah Limbo ausholen, um dem halb betäubten jungen Burschen einen zweiten Hieb zu verpassen. Er langte in die Metallkiste, suchte einen Moment lang darin und brachte schließlich eine kompakte, graue Faustfeuerwaffe zum Vorschein. Nachdem er über dem Griff der Waffe an einer Schaltvorrichtung eine kleine Adjustierung vorgenommen hatte, legte er den Finger auf den Abzug.

Es gelang Birn, dem zweiten Schlag des Orang-Utans auszuweichen, jedoch ausschließlich durch Reflex. Der Bursche war zu benommen, um sich dem Sklavenhändler vollends entziehen zu können, und das war offensichtlich auch Limbo klar. Er grinste, als er die Faust ballte und ein drittes Mal ausholte ...

Ein Knall ertönte, der einem Donnerschlag ähnelte, aber schärfer klang. Einen derartigen Knall hatte man auf dieser Welt noch nie gehört. Über Limbos Kopf zerbarst ein dicker Ast, hölzerne Bruchstücke und Splitter hagelten auf den Affen herab.

Alle ringsum erstarrten. Langsam hob Limbo den Blick, um nachzusehen, was passiert war, und sah den gezackten Aststumpf. Als er anschließend den Blick auf Davidson heftete, quollen ihm fast die Augen aus den Höhlen.

Davidson schmunzelte knapp und nickte, zeigte ihm die Waffe.

»Du siehst«, sagte er in verhaltenem Ton, »was ich mit dem Ast gemacht habe.«

Völlig konsterniert stierte Limbo glotzäugig zwischen dem scheinbar so harmlosen Gegenstand in Davidsons Faust und der gleich über seinem Kopf von eben diesem Ding angerichteten Zerstörung hin und her. Seine Untergebenen begriffen schneller, was die Stunde geschlagen hatte.

Immer war er seinen Leuten ein Vorbild gewesen. Sie waren ihm so treu, wie er sich gegen die restliche Welt als ehrlich erwies. Daher ließen sie von den Menschen ab und verschwanden noch schneller im Dschungel, als sie daraus hervorgestürzt waren; Limbos scharfe Ohren hörten das Rascheln ihres gemeinsamen Rückzugs leiser werden und am Ende verstummen. Er wusste, was das bedeutete.

Gerne hätte er sich seinen Untergebenen angeschlossen, aber dieser rätselhafte, ihn wütend machende Mensch musterte ihn noch immer spöttischen, herausfordernden Blicks, als würde es ihm ein großes Vergnügen sein, einen Sklavenhändler zum Laufen zu bringen – und dann noch einmal seine Waffe zu erproben, um zu sehen, wie groß das Loch war, das sie in einen Orang-Utan riss …

Mit äußerster Vorsicht erwiderte Limbo den Blick des Menschen und lächelte, achtete dabei darauf, nicht etwa seine eindrucksvollen Hauer zu entblößen. Er streckte den Arm nach dem jungen Menschen aus und half ihm beim Aufstehen, klopfte ihm sachte Sand vom Körper. »Dir ist nichts zugestoßen«, sagte er. »Du bist unverletzt. Du bist ja jung …«

Er wandte sich an den bewaffneten Menschen. »Diese Jungtiere«, fügte er hoffnungsvoll hinzu, »stehen gleich wieder auf den Beinen.«

Der Mensch hob das Kinn ein wenig und die Waffe etwas deutlicher an. Sie zeigte geradewegs auf Limbos Brust.

»Keinen Mucks«, sagte der Mensch in einem Ton, der eigentlich einem ungezogenen Hund gebührte.

Limbo hatte nie einen Hund gehalten, aber den Tonfall kannte er gut genug. Er selbst hatte ihn schon gegenüber Menschen angeschlagen. Sein Gesicht nahm einen Ausdruck blöden Grinsens an, während er langsam auf die Knie sank und die Hände über den Kopf reckte.

Daena eilte zu Davidson und blickte ihm in höchster Erregung ins Gesicht. Was gerade vorgefallen war, verstand sie nicht so recht, aber sie sah, wer die Oberhand hatte. Und sie sah das weiße, zersplitterte Holz des Aststumpfs über Limbos Kopf.

»Töte ihn!«, schrie sie und zeigte, damit jeder Irrtum, wen sie meinte, ausgeschlossen blieb, auf den Sklavenhändler.

Gunnar torkelte herbei, obwohl die Fußschellen ihn behinderten. »Sklavenhändler!«, brüllte er dem knienden Affen ins Gesicht.

Mit beachtlicher Wucht trat er den Orang-Utan in den Rücken, ging dann einen Schritt weit auf Abstand, um noch gewaltsamer zutreten zu können. Doch bevor er seine Absicht verwirklichen konnte, sprang Ari zwischen ihn und den Großaffen, um ihn vor Gunnars Rache zu schützen.

»Wenn du ihn tötest«, hielt sie ihm hitzig vor, »erniedrigst du dich, weil du dich mit ihm auf eine Stufe stellst.«

Ernsten Blicks äugte Limbo sie an. »*Ganz genau …*«, stimmte er ihr eifrig zu. Er sah erst Gunnar, dann Daena und schließlich Davidson an. »Sie ist eine sehr kluge Äffin. Wisst ihr, ich habe gehört … was sie über Affen und Menschen zu sagen hat …«

Er verstummte, versuchte sich verzweifelt daran zu erinnern, was für gotteslästerliche, vollkommen schwachsinnige Sprüche von der verrückten Senatorentochter bei den vielen Malen, die sie ihm schon das Leben versauert hatte, von sich gegeben worden waren; an seinen Ärger entsann er sich gut, weniger klar dagegen an Einzelheiten ihrer hirnverbrannten Reden. Angesichts dieser Ungerechtigkeit sank sein Mut. Wie hätte er denn ahnen sollen, dass irgendwann einmal sein Leben davon abhängen könnte, sich das Geschwafel einer Irren zu merken?

Ratlos stammelte er drauflos, da war es ihm, als erinnerte er sich an ein paar Äußerungen. Hatte sie sie ihm ins Gesicht geschrien, oder war es jemand anderes Übergeschnapptes gewesen? Wahrscheinlich würde sich diese Frage bald klären.

»Verschieden, aber *gleich«*, plapperte er. »Äh … *Jeder für sich …«* Er zwinkerte. »Hieß es nicht so? Gleich wie's war, ich stimme *vollständig* zu.«

Nichts als Totenstille belohnte seine durch und durch unaufrichtige Ansprache.

Limbo blinzelte nochmals. Nicht eben das Ergebnis, das er sich erhofft hatte … Vielleicht ließ unter Druck seine Begabung nach, glaubhaft zu lügen. Aber zumindest machten die zwei wilden Menschen keine Anstalten mehr, ihn zu misshandeln, und der hässliche, so beispiellos rebellische Mensch, der ihn ähnlich anschaute, wie Limbo gelegentlich einen Wurm im Obst betrachtete, hatte ihm bisher nicht den Bauch zum Zerplatzen gebracht.

Noch nicht.

Die alles entscheidende Frage lautete: *Wie* dumm waren diese Menschen? Nach Limbos Erfahrungen reichlich dumm. Aber war der Rebell so beschränkt wie die anderen? Einmal hatte er ihn schon übertölpeln können. Vielleicht gelang es ein zweites Mal …

Er setzte sein gutmütigstes Lächeln auf, das er sonst nur für Menschenkinder erübrigte, wenn er sie, bevor man ihnen das Brandzeichen aufdrückte, zu beruhigen versuchte, stand wacklig auf und näherte sich, die Arme weiterhin in die Höhe gestreckt, dem bewaffneten Menschenmann.

»Können wir uns nicht aussöhnen?«, fragte Limbo in kläglichem Ton, während er sorgsam beachtete, in welchem Maße sich der Abstand verringerte. Es *konnte* gelingen. Zumindest duldete der Narr seine Annäherung.

Ohne den Blick von der geheimnisvollen Waffe zu wenden, stellte sich Limbo auf Angriff ein, spannte in seinem rechten Bein die Muskeln, stellte sich im Geiste schon das blitzschnelle Zupacken vor, mit dem er dem Menschenmann das Ding zu entwinden gedachte.

Doch das Bein hatte kaum gezuckt, da vollführte der Mensch eine kaum merkliche Bewegung eines Fingers, und mit einem Donnern entstand dicht vor Limbos rechtem Großzeh im Untergrund ein Loch von der halben Größe eines Schimpansengrabs. Rauch quoll aus der Grube.

»Denk dir 'n neuen Trick aus«, riet ihm der Mensch.

7. Kapitel

»Nimm sie ihm ab«, forderte Davidson Limbo auf, auf die Fußschellen an Gunnars Knöcheln deutend.

Vor Entsetzen konnte Limbo kaum den Blick von der qualmenden Grube wenden, die fast sein rechtes Bein verschlungen hätte, doch die Forderung schreckte ihn aus der durch den Schrecken verursachten Lähmung. Eben hatte er hinsichtlich des Menschen noch Unklarheiten gehabt; nun jedoch hatte es damit ein Ende. Wer der Menschenmann auch war, gleich woher er stammte: Er war das gefährlichste Geschöpf, das Limbo je erblickt hatte. Und es gab nichts Wirksameres als die Furcht vor dem nahen Tod, um die Einsichtsfähigkeit eines Affen zu schärfen.

Eilig gehorchte Limbo. Es dauerte nicht lange, den entflohenen Sklaven von den Ketten zu befreien, der sich sofort aus seiner Reichweite begab und ihn mit derartiger Erbitterung anstarrte, als hätte er starkes Verlangen, seine Rippen nochmals mit Fußtritten zu misshandeln. Allmählich ahnte Limbo, dass diese Menschen ihn *wirklich überhaupt nicht* ausstehen konnten. Und wenn es sich so verhielt, empfahl es sich für ihn dringend, sich aus ihrer Umgebung abzusetzen.

Langsam bewegte er sich, unablässig krampfhaft lächelnd, in die Richtung des Waldrands und versuchte dabei so harmlos wie möglich auszusehen.

»Nun, dann kann ich wohl gehen … Ich ziehe meines Weges …«

Anklagend wies Daena mit dem Finger auf ihn. »Er wird die anderen Affen auf unsere Fährte führen«, rief sie.

Misstrauisch musterte Davidson Limbo. »Wenn es so ist«, sagte er, »bleibt er als Gast bei uns.«

Er hob die Fußschellen auf und warf sie Birn zu, der sie mit breitem Grinsen auffing. Anschließend lief er zu Limbo und ließ die Schellen um seine Handgelenke zuschnappen. Als ergäbe er sich in sein Schicksal, verzichtete Limbo auf Gegenwehr. Er war ein Affe mit Sinn für das Machbare. Gegenwärtig hatten seine ehemaligen Sklaven ihn in Ketten gelegt, aber wenigstens war er nicht in einem rauchenden Erdloch verschwunden.

Aber natürlich nahmen die Ketten ihm nichts von seiner eingefleischten Arglistigkeit. »Autsch!«, stieß er hervor und äugte Birn flehentlich an. »Die Dinger tun weh ...«

Der Junge grinste nur, als wäre er der Meinung, die Schellen verursachten Limbo *zu geringe* Beschwerden ...

Plötzlich raschelte es über Davidson in den Bäumen, ein dicker Arm mit dichtem, grauem Fell fuhr herab, und Finger, die Stahltrossen glichen, umklammerten seine Hand. Davidson vollführte einen Satz rückwärts, rieb sich das Handgelenk, während Krull aus dem Geäst herabsprang, rückwärts einen Purzelbaum schlug und gleich wieder auf den Beinen stand. Krull hob die Schusswaffe, die sich jetzt in seinem Besitz befand, ans Gesicht und sah sie sich neugierig an.

»Zum Teufel, was soll denn das?«, brauste Davidson auf.

Krull fuchtelte mit der Waffe. »Du könntest diese Donnerwaffe gegen mich benutzen. Deshalb kann ich nicht dulden, dass du so etwas hast.«

Davidson öffnete den Mund, doch bevor er etwas sagen konnte, wandte sich Aris riesiger Beschützer zur Seite, hob den muskelbepackten Arm und ließ die Waffe mit fürchterlicher Gewalt auf einen Stein niederkrachen. Insgesamt musste er die High-Tech-Waffe dreimal auf den Stein hauen, um sie zu zerstören, aber zum Schluss hatte sie nur noch Schrottwert.

Geschockt starrte Davidson den Gorilla an; er konnte kaum glauben, was er gerade gesehen hatte. Plötzlich stand Ari vor ihm. »Wer denkt sich denn so ein schreckliches Werkzeug aus?«, fragte sie.

»Dieses ›schreckliche Werkzeug‹ sollte mir das Leben retten!«, schrie Davidson ihr ins Gesicht.

Ari rümpfte die Nase. »Ohne so was sind wir besser dran.«

Natürlich, dachte Davidson. *Ihr Affen seid teils größer, alle aber stärker und schneller als unsereins. Sicherlich seid ihr besser dran. Im Wilden Westen haben die Cowboys ihren Colt wahrhaftig nicht ohne Grund als »Gleichmacher« bezeichnet.*

Daena hatte wieder einmal einen Anlass, um der Schimpansin zu widersprechen. »Von ›wir‹ kann hier ja wohl keine Rede sein«, stellte sie ihren Standpunkt klar.

Die Äffin missverstand sie. »Warum musst du so schwierig sein?«, fragte sie kummervoll.

Daena schnaubte. »Du meinst, warum ich mich nicht wie eine Sklavin verhalte?«

Den Kopf schüttelnd, lenkte Ari ein. »So hab ich's keineswegs gemeint.«

Doch Daena ließ nicht locker, und Ari wollte nicht das Gesicht verlieren; folglich gerieten die beiden abermals in lauten Streit. Davidson beobachtete, dass Krull einen letzten Blick auf die zertrümmerte Waffe in seiner Faust warf, anschließend mit den Schultern zuckte und die nutzlosen Stücke ins Gebüsch schleuderte.

Davidson hätte ihn frohen Herzens ermorden können, obwohl dadurch kein einziges Problem gelöst worden wäre. Aber er brauchte für seine Verbitterung irgendein Ventil, sonst traf ihn möglicherweise noch der Schlag.

Er wirbelte zu den beiden Kontrahentinnen herum, deren Auseinandersetzung mit jedem Augenblick lautstarker und wütender verlief.

»Haltet das Maul!«, brüllte er und maß sie abwechselnd bitterbösen Blicks. »Das gilt für beide Spezies …«

Widerwillig kehrten Ari und Daena einander den Rücken zu; die eine wirkte so gekränkt wie die andere.

»Du kannst den Affen nicht trauen«, murmelte Daena nach kurzem Schweigen.

Zutiefst verstimmt musterte Davidson sie. Er hatte die Nase voll. Von Ari, von ihr, von *allem.*

»Weißt du, wem ich traue?«, fragte er schließlich.

Kaum merklich schüttelte Daena den Kopf: Nein.

»Mir«, schnauzte Davidson.

Er nahm das Funkpeilgerät an sich, klemmte es unter den Arm und stapfte davon.

Die Affenstadt glich einem aufgescheuchten Ameisenhügel. Überall schwärmten Affenkrieger aller Art umher, in Paaren, in Gruppen, auch in größeren Abteilungen. Von all dem Durcheinander in Aufregung versetzt, guckten junge Affen von Dächern herab oder baumelten an Fenstern. Sämtliche Affenfrauen hielten sich von den Straßen fern, während ihre Männer grimmigen Gesichts in der Nähe der Häuser blieben, um sie zu bewachen. Die Gerüchte über die Flucht der wilden Menschen und hinter vorgehaltener Hand erzählter, angeblich von den Flüchtigen verübte Gräueltaten hatten die ganze Stadt stark aufgebracht, ihre Bewohner in äußersten, nahezu panikartigen Schrecken versetzt.

Senator Sandar, der Jahre älter als noch vor wenigen Tagen aussah, schritt mit General Thade, der eine finstere Miene zur Schau trug, durch eine Hauptstraße. Offensichtlich marterte furchtbarer Gram Sandar, sein Gesicht hatte tiefe Sorgenfalten, und gequält rang er pausenlos die Hände.

»Hätte ich je geglaubt, dass Menschen dazu fähig sind, meine Tochter zu verschleppen …« Vor Kummer versagte Sandars Stimme; er verstummte.

Thades düsteres Gesicht schien zu einem dauerhaften Zähnefletschen erstarrt zu sein. »Peinige dich nicht mit Selbstvorwürfen, Senator«, sagte er, Sandar einen Seitenblick zuwerfend. »Deine Familie hat mehr als jeder andere für die Menschen mitfühlendes Verständnis zu erübrigen versucht.« Er blieb stehen und beobachtete das Chaos, das in der Stadt herrschte. »Und sieh dir an, wie man es euch gelohnt hat.«

Sandars Schultern bebten. Im Vergleich zu Thades überheblicher Erscheinung wirkte er inzwischen schlaff und schwächlich, beinahe hinfällig. Er wandte sich dem General zu, hob ihm verzweifelt die Hände entgegen, als wollte er ihn anbetteln. »Kannst du meine Tochter finden?«, fragte er mit flehentlicher Inständigkeit.

Thade betrachtete ihn nachdenklich. »Wenn ich freie Hand erhalte«, antwortete er.

Anscheinend hatte der Senator als Antwort etwas Ähnliches wie eine tröstliche Floskel erwartet, daher runzelte er nun, da ihm nach und nach die Bedeutung dessen klar wurde, was er gehört hatte, die Stirn.

»Was verlangst du?« Seine Stimme zitterte.

Ruckartig wandte sich ihm der General zu. In Thades Augen glänzte Verwegenheit, ja nahezu Besessenheit.

»Der Senat soll das Kriegsrecht ausrufen. Ich brauche die uneingeschränkte Vollmacht, die Menschen auszurotten und die Welt ein für alle Mal von dieser Plage zu befreien.«

Sandars ineinander verklammerte Finger glichen einem Klumpen ruheloser Würmer. Er zögerte mit seiner Entgegnung. Selbstverständlich war ihm völlig klar, was für einen erschreckend anmaßenden Anspruch der General erhob.

Thade spürte die Unsicherheit des Senators und beschloss, sie zu seinen Gunsten zu nutzen.

»Jetzt ist nicht der richtige Zeitpunkt, um kleinmütig und unentschlossen zu sein.« Er trat geradezu aufdringlich dicht vor den Senator, um ihn unter Druck zu setzen.

»Ich bin der Einzige, der dir deine Tochter heimbringen kann ... Und zwar lebend.«

Thade wartete auf die Entscheidung des auf diese Weise nahezu überwältigend bedrängten Senators. Sandar wich ein wenig zurück: Er konnte dem anderen Affen nicht in die Augen sehen. Stattdessen schweifte sein Blick über die Stadt; er sah den Aufruhr, den eine bloße Hand voll wilder Menschen ausgelöst hatte. Selbst das hätte ihn unter anderen Umständen vielleicht nicht beeindruckt, doch eine Zumutung ging ihm wohl zu weit: Diese Bestien hatten seine Tochter entführt. Letzten Endes liebte er sie mehr als alles andere. Sie war ihm wichtiger als Recht, sogar wichtiger als Mitgefühl.

Dennoch konnte er sich schlussendlich nicht dazu durchringen, das Todesurteil laut auszusprechen. Vielmehr schaute er dem General wortlos in die Augen und nickte.

Daraufhin drehte sich Senator Sandar mit einem Ruck um – offenbar wühlte die Tragweite dessen, was er soeben getan hatte, sein Gemüt tief auf – und eilte davon; darum sah er nicht das grausame Lächeln des Triumphs, das sich langsam, während Thade ihm nachblickte, in der Miene des Generals ausbreitete.

Noch immer sah Thade, einen verträumten, grauenhaften Ausdruck der Vorfreude auf dem Gesicht, Sandar nach, da näherte sich forschen Schritts Hauptmann Attar. Thade nickte dem Gorilla zu.

»Sie befinden sich nicht mehr in der Stadt«, meldete Attar. Allem Anschein nach war er enttäuscht, aber nicht überrascht.

Thade stieß ein Brummen aus. »Wir unterschätzen diesen Menschen«, sagte er in Gedanken an das Vieh, in dessen Fratze er voller Hohn nach Anzeichen für das Vorhandensein einer Seele gesucht hatte.

Dabei hatte er nichts als den gewohnten Stumpfsinn zu erkennen geglaubt, wie man ihn bei solchen Wesen für gewöhnlich antraf. Aber vielleicht hatte er etwas übersehen …

Er fällte einen Entschluss. »Ich werde ihn eigenhändig unschädlich machen.«

Attar nahm Haltung an, doch der General wandte sich schon ab und stellte den Fuß in den Steigbügel seines Pferds. Gerade schwang er sich in den Sattel, da sprengte im Galopp ein anderer Reiter herbei und zügelte sein Reittier vor Thade.

Der Ankömmling war ein alter Affe, der ein dunkles Gewand trug und eine von Besorgnis trübselige Miene hatte. Thade kannte ihn von Kindesbeinen an; schon sein Leben lang diente er seinem Vater.

Der alte Affe lehnte sich im Sattel zu Thade herüber. »Dein Vater schickt mich zu dir, General«, sagte er leise und schnell. »Du sollst ihn schleunigst aufsuchen.«

Unwillkürlich krallte Thade die Fäuste um die Zügel, ehe er sie sinken ließ; er empfand Erschütterung. Die Nachricht bedeutete nichts Unerwartetes. Sein Vater war seit längerem gebrechlich. Einst war er der Gewaltigste von allen gewesen, doch auch die stärksten Affen erlagen irgendwann dem unablässigen Nagen und Zehren der Zeit.

Warum jetzt?, bäumte Thade sich innerlich auf. *Konnte er nicht warten? Bei Semos, verflucht sei diese unglückliche Fügung!* Doch im nächsten Augenblick grauste es ihm vor seinen respektlosen Gedanken, und er verscheuchte sie. Natürlich musste er seinen Vater nun aufsuchen. Schließlich war er kein viehischer Mensch, der seinen Vater allein auf der Straße sterben ließ, so wie die hellhaarige Barbarin es getan hatte ...

Er nahm sich zusammen und winkte Attar heran. »Verständige die Außenposten. Die flüchtigen Menschen dürfen nicht entwischen.«

Attar nahm Haltung an. »Versteht sich von selbst, General«, gab er zur Antwort.

Höchst aufmerksam forschte der General in der Miene seines Untergebenen und überlegte, wie viel er ihm anvertrauen durfte. »Von meinem Vater abgesehen«, erklärte Thade bedächtig, »bist du derjenige, dem ich am meisten vertraue. Du bis es, auf den ich mich am meisten verlasse. Wir sind nicht einfach zwei Krieger – General und Hauptmann –, sondern Freunde.« Kurz schwieg er. »Ich verlasse mich auf dich ...«, stellte er, um jeden Zweifel auszuräumen, noch einmal klar.

Tief gerührt durch das große Vertrauen seines Generals, nickte Attar. Bis ins Mark war er ein harter Affenkrieger, doch er kannte General Thade seit langem und begriff zumindest manches von dem, was seinen Befehlshaber umtrieb. Er hegte keine Bedenken gegen die Absichten, die Thade bezüglich des wilden Menschen hatte, den sie bei Senator Sandars Abendessen gesehen hatten. Hauptmann Attar war ein frommer Gläubiger, und Semos hatte die Affen über alle übrigen Geschöpfe erhoben. Wilde Tiere zu fangen oder zu töten, die für Affen eine Gefahr verkörperten, war weder eine Sünde noch ein Verbrechen, sondern schlichtweg eine Pflicht. Und Attar war ein pflichtbewusster Affe.

In dem Raum herrschte eine Dunkelheit wie auf der Sohle eines Bergwerksschachts, und die Luft war fast ebenso stickig wie unter Tage. Es roch nach Schweiß, Alter und Siechtum. Die Fenster hatte man mit so schweren, dichten Vorhängen verhangen, als hätte man die Kammer vorzeitig in eine Gruft umgestalten wollen. Neben dem bescheidenen Holzbett flackerte unstet eine einzelne Kerze. Nur das gedämpfte Röcheln mühsamer, gequälter Atemzüge durchdrang die Stille.

Auf dem Bett lag ein greiser Affe, dessen ausgedünntes, grauweißes Fell bewirkte, dass er einem Geist ähnelte. Er war derart ausgemergelt und bleich, dass man hätte meinen können, seine Gestalt müsste im nächsten Augenblick verblassen und verwehen.

Thade näherte sich der Bettstatt mit gemischten Gefühlen: Er empfand Mitleid und Trauer um ihn, der einmal so von Kraft gestrotzt hatte und den jetzt nur noch ein Schritt vom Grab trennte. Es schmerzte Thade, seinen Vater in diesem Zustand zu sehen – zu sehen, was aus ihm geworden war –, doch er schuldete ihm diesen Besuch, diesen letzten Dienst, und er gedachte seine Pflicht zu erfüllen. Er tat *immer* seine Pflicht.

Der steinalte Affe bemerkte seine Ankunft nicht. In stummer Trauer trat Thade zum Bett und beugte sich vor, strich dem Greis zärtlich das strähnige, leblose Haar aus dem fahlen Gesicht.

»Vater …?«, äußerte er halblaut.

Langsam schlug der todgeweihte Affe die Augen auf. Früher waren sie scharf und klar gewesen; jetzt jedoch narbig von den milchigen Flecken fortgeschrittenen Erblindens. Er erkannte seinen Sohn zunächst an Geruch, Stimme und der Art der Berührung, danach erst mit Hilfe des nahezu erloschenen Augenlichts. Aber unzweifelhaft erkannte er ihn; und er lächelte.

»Mir bleibt nur noch wenig Zeit.« Er lächelte ein wenig breiter. Möglicherweise belustigte es ihn, diesen offenkundigen Sachverhalt auszusprechen. »Erzähle mir von dem Menschen, der dir so viel Verdruss bereitet.«

Eigentlich hatte Thade überhaupt keine Lust, über Menschen zu reden. In Gegenwart seines sterbenden Vaters war ihm selbst diese Sorge nicht wichtig. Er hob die Hand zu einem knappen Wink, um den Fall mit einer Geste abzutun.

»Wir werden ihn bald wieder einfangen. Er ist nur ein geringes Ärgernis.«

»Du verschweigst mir etwas.« Geringfügig weiteten sich die Augen des Alten. »Du glaubst, er ist nicht von unserer Welt.«

Unwillkürlich fuhr Thade vor Verblüffung zusammen. Woher wusste sein Vater darüber Bescheid? Er befand sich doch schon seit Wochen in dieser schlechten Verfassung und hatte, um Gespräche zu führen, niemanden um sich als alte Diener und gelegentlich seinen Sohn.

»Ist er allein gekommen?«, fragte sein Vater.

Thade nickte. »Ja.«

Sein Vater ächzte ein Aufstöhnen hervor. »Andere werden folgen, um ihn zu suchen.«

Thade las in seiner Miene. »Woher willst du das wissen?«

Auf dem Sterbebett mühte sein Vater sich mit einer Reihe unruhiger Bewegungen ab. Offenbar überlegte er angestrengt, wie er, was er zu sagen beabsichtigte, am besten in Worte fassen könnte. Es bereitete ihm erhebliche Schwierigkeiten, aber am Ende wusste er es.

»Ich muss dir etwas erzählen, bevor ich sterbe. Etwas, das ich von meinem Vater erfahren habe, das er von seinem Vater gehört hat. Aus uralten Zeiten – bis zurück zu Semos – ist es durch unser Geschlecht weitererzählt worden.«

Er hatte mit vergleichsweise kräftiger Stimme begonnen, doch während des Sprechens versagte sie rasch, und schon nach wenigen Worten musste Thade das Ohr auf Handbreite hinab zu den Lippen seines Vaters senken, um ihn noch verstehen zu können.

»In der Zeit vor unserer Zeit«, sagte Thades Vater ganz langsam, »waren wir die Sklaven und die Menschen unsere Herren.«

Betroffen prallte Thade zurück. Angesichts der unvorstellbaren Folgerungen, die sich aus dieser Enthüllung, wäre sie wahr, ergeben müssten, geriet sein Verstand ins Wanken.

»Ausgeschlossen«, rief er.

Bedächtig streckte der greise Affe, als höbe ein Gespenst den Finger zur Warnung vor einem drohenden Verhängnis, eine klapperdürre Hand aus. Sein zittriger Finger deutete auf eine versiegelte Urne, die am anderen Ende der Kammer stand. Die Urne befand sich dort, solange sich Thade zurückerinnern konnte. Sein Vater hatte selten ein Wort über sie verloren, aber jedem im Haus war klar gewesen, dass dieser Gegenstand höchste Achtung genoss. Stets hatte Thade angenommen, dass das Gefäß im Glauben seines Vaters – bei gewissen Riten – eine Bedeutung hätte. Für diese Annahme hatte er nie eine Bestätigung erhalten, doch nun fragte er sich, ob er damit vielleicht Recht gehabt hatte.

»Zerbrich sie«, befahl sein Vater in ausdruckslosem Ton.

Ein sonderbarer, halb erwartungsvoller Schauder durchrieselte Thade, während er die Kammer durchmaß, die Urne vom Tisch nahm und auf dem Fußboden zerschmetterte.

Sein Vater beobachtete ihn. Thade ging in die Knie, schob die Scherben zur Seite und hob langsam ein Stück verrosteten Eisens ans Kerzenlicht.

In völliger Verwirrung betrachtete Thade den Gegenstand. Er konnte sich nicht vorstellen, weshalb sein Vater diesen Brocken für so wichtig hielt. Es war wirklich nicht mehr als ein merkwürdig beschaffener Klumpen rostigen Eisens, nicht einmal groß genug, um es als Keule zu verwenden.

Thade wusste nicht einmal, wie er diesen Gegenstand nennen sollte. Er warf seinem Vater einen Blick stummer Fragestellung zu.

»Was du in der Hand hältst, ist eine Schusswaffe. Es ist ein Beweisstück ihrer Macht. Ihrer Erfindungsgabe. Ihrer Schaffenskraft. Dagegen ist unsere Stärke gering.«

Voller Staunen und mit einem gewissen Unbehagen drehte Thade das sonderbare Ding in den Händen hin und her, sah es sich genauer an. Die genannte Bezeichnung sagte ihm nichts. Er konnte die Furcht und den Schrecken, die der Gegenstand seinem Vater einflößten, nicht richtig begreifen.

Nun sprach sein Vater wieder mit kräftigerer Stimme, als versuchte er den Wahrheitsgehalt seiner Angaben durch bloße Lautstärke unter Beweis zu stellen.

»Diese Waffe hat die Macht von tausend Spießen«, warnte der Greis.

Doch seine Entschlossenheit und die Anstrengung erregten ihn und verursachten ihm Beschwerden. Mit verzerrtem Gesicht kämpfte er gegen einen Schwächeanfall an, und mit nahezu überäffischer Mühe behielt er die Oberhand und setzte seine Erläuterungen fort.

»Ich ermahne dich, hör auf meine Worte ... Ihr Einfallsreichtum geht Hand in Hand mit Grausamkeit. Kein anderes Geschöpf ist derartig hinterlistig und gewalttätig. Du musst den Menschen schnell finden. Er darf nicht nach Calima gelangen.«

Durch diese Worte noch gründlicher verwirrt, starrte Thade seinem Vater ungläubig ins Gesicht.

»Zu den vorzeitlichen Ruinen? Aber dort gibt's doch nichts außer ein paar alten Höhlenmalereien.«

Sein Vater schüttelte den Kopf. »Calima verbirgt das Geheimnis unseres wahren Ursprungs.« Die Anstrengung überforderte ihn; er stieß einen leisen, kehligen Schmerzenslaut aus.

Thade eilte zu ihm. Noch durchschaute er nicht genau, was

für ein großes Geheimnis dort verborgen sein sollte oder in welchem Zusammenhang der Menschenmann damit stehen könnte; aber er wusste, was sein Vater jetzt zu hören wünschte.

»Ich werde ihn aufhalten, Vater.«

Doch der Greis verstand ihn kaum noch. Er hatte seine geringen restlichen Kräfte erschöpft und sank nun zurück aufs Kissen. Seine letzten Worte kamen als kaum vernehmliches Flüstern über die Lippen.

»Dieser Menschenmann hat die anderen Menschen schon mit seinen Gedanken angesteckt«, röchelte er. In seiner Kehle rasselte der Tod. »Mögen sie alle in der Hölle schmoren …«

Seine Hände erschlafften. In den Höhlen verdrehten sich die Augen. Hilflos sah Thade zu, während ihm die Tränen kamen. Behutsam senkte er die Fingerspitzen auf die Lider seines Vaters und schloss ihm die Augen zum letzten Mal. Dann straffte er sich, drehte sich dem Nachttisch zu und blies die Kerze aus, hüllte die Kammer in vollständige Finsternis.

Er empfand das Löschen der Kerze als die einzig angebrachte Handlung, die er hier noch vollziehen konnte.

Nach der zermürbenden Hitze des Dschungeltieflands sowie den Sümpfen und Mooren, in denen leise Schmatzgeräusche jeden Schritt begleiteten, bedeutete das Überwechseln ins Bergland für Davidson und seine Begleiter – für die Menschen stärker als für die Affen – eine willkommene Erleichterung. Allerdings waren sie nun schon seit langem unterwegs, ohne viel Nahrung oder Erholung gehabt zu haben, und inzwischen waren alle erschöpft, sogar der kraftvolle Krull. Und nach dem anfänglichen Aufatmen darüber, sich nun nicht mehr Schritt für Schritt durch nahezu undurchdringliches Unterholz zwängen oder durch tückischen Morast stapfen zu müssen, entmutigte es umso mehr, dass die Berge – schon die vorgelagerten Hügel – sich für Affen und Menschen gleichermaßen als unwirtliche Gegend herausstellten, ihnen neue, andere Hindernisse in den Weg legten.

Als sie in höhere Bereiche gelangten, wurde es kühler, jedoch gab es wenig oder kaum Schutz gegen die brennend heiße Sonne. Nackte, weiche Haut, die an das freundliche, grünliche Licht der Wälder gewohnt war, erlitt im harschen, unerbittlichen Sonnenschein, der die Felsen erhitzte, rasch schmerzhaften Sonnenbrand.

Schlimmer war jedoch die zunehmende Steilheit des Geländes, bis man nicht mehr von Wandern, sondern von Klettern sprechen musste. Damit kamen die Affen besser zurecht, weil sie vier Gliedmaßen hatten, um sich am Fels Halt zu verschaffen. Doch waren Affen von der Natur zum Leben im Wald bestimmt worden; vor allem Krull bereitete es erhebliche Mühe, sein beachtliches Körpergewicht über Schwindel erregende Grate zu schwingen, wo seine Hände oder Füße jeden Augenblick abzurutschen drohten.

Die Schimpansin mit ihrer kleineren Gestalt und ihrer im Verhältnis zur Körpergröße außerordentlichen Kraft hatte es leichter. Ähnliches galt für Limbo, den Sklavenhändler, aber er hatte Schwierigkeiten mit den Fußschellen, über die er sich folglich fast ununterbrochen beklagte. Die Menschen kraxelten aufwärts, so gut es ging, klammerten sich ans Gestein und zogen sich an Felsen hoch. Der junge Birn, der nicht nur fliegengewichtig und kleiner war als die anderen, sondern zudem über die Vorzüge jugendlicher Beweglichkeit und Belastbarkeit verfügte, kam besser als der gesamte Rest voran, ausgenommen Ari und Limbo.

Als die Mittagshitze kurz bevorstand, doch sich nirgends eine Möglichkeit abzeichnete, um vor der Gluthitze Schutz zu suchen, die den Himmel in einen weißlichen Schmelzofen zu verwandeln schien, veranlasste Davidson die Gruppe auf einem schmalen Streifen vergleichsweise ebenen Untergrunds zu einer Rast. Schweiß brannte ihm in den geröteten Augen.

Alle setzten oder kauerten sich hin, waren froh über die Verschnaufpause, die es ihnen erlaubte, Atem zu schöpfen und die ermüdeten Gliedmaßen auszuruhen. Krull und Tival suchten die Nähe ihrer Herrin und boten ihr aus dem Beutel, den Krull auf der Schulter trug, einen Becher Wasser an.

Ari nickte dankend und nahm das Wasser entgegen, aber trank es nicht. Stattdessen kam sie zu Davidson und reichte ihm den Becher. In ihren Augen stand ein Blick, der … *Was* für ein Blick?, überlegte Davidson. Was drückte dieser Blick aus? Nervös erkannte er: *Sie empfindet mehr als Freundschaft.*

Diese Entdeckung brachte ihn ziemlich aus der Ruhe. Wäre Ari eine menschliche Frau gewesen, hätte er die Entwicklung verstehen können und gewusst, wie er damit umgehen musste. Doch sie war eine Äffin, und das bedeutete für ihn – unabhängig davon, wie gescheit, gebildet oder mitfühlend sie sein mochte –, dass sie zu den *Tieren* zählte. Und Menschen pflegten im Allgemeinen mit Tieren keine engen Beziehungen der Art, wie Menschen sie miteinander eingingen …

Widerwillig nahm er den Becher, trank einen einzigen Schluck und gab Ari das Trinkgefäß zurück. Ari wirkte enttäuscht, als hätte sie mehr erwartet, aber was, das konnte Davidson sich beim besten Willen nicht vorstellen.

Sicherlich erwartet sie doch nicht von mir …

Auch diesen Gedanken konnte er nicht einmal zu Ende denken. Was *könnte* sie denn von ihm erwarten?

Da bemerkte er, dass Daena einige Schritte entfernt ihn und Ari stumm mit bitterböser Miene beobachtete. Ari sah es gleichfalls und brachte ihr das Wasser. Daena blickte auf die Schimpansin herab, als mutete sie ihr den letzten Dreck zu, schob den Becher von sich und stapfte ungehalten davon.

Prachtvoll, dachte Davidson. *Vielleicht sollte ich hoffen, dass die beiden sich gegenseitig abmurksen.*

Ihm war klar, weshalb Daena die Affen hasste. Wer wäre in ihrer Situation zu etwas anderem fähig? Vor ihren Augen war ihr Vater auf dem kalten Straßenpflaster der Affenstadt einen scheußlichen Tod gestorben, von rohen Affenkriegern ermordet worden. Allerdings schien ihre Feindschaft zu Ari noch einen tieferen Grund zu haben, und bei Davidson verstärkte sich der

Verdacht, dass sich der Konflikt um ihn drehte. Der bloße Gedanke verursachte ihm Kopfweh und schlug ihm auf den Magen. Weiber!

Nicht dass sich Daena ihm gegenüber wie eine Verliebte verhalten hätte. Vorwiegend sah sie ihn an, als würde sie ihm den Schädel ebenso gern wie den Affen eindreschen. Bestünde die Gefahr, dass er längere Zeit in Gegenwart Daenas und der Schimpansin zubringen müsste, ließe es sich wohl kaum vermeiden, gegen ihren andauernden Zwist einzuschreiten. Aber sobald sie an dem Ort namens Calima eintrafen – von dort kam das Funksignal –, konnte er sich verabschieden und hatte die ganzen Unannehmlichkeiten hinter sich. Es hatte keinen Sinn, aus einer Maus einen Elefanten zu machen. Eine Weile konnte er das Gezänk ertragen, denn *länger* als eine Weile musste es zum Glück nicht sein.

Als sie den Aufstieg fortsetzten, fand sich Ari, als wäre es völlig natürlich, an seiner Seite ein. Die kurze Pause hatte Davidson neue Kräfte verliehen, aber so putzmunter wie die Schimpansin war er längst nicht.

Sie strotzte geradezu von Energie und schnatterte ihm, während sie Felsen erklommen, aufgeregt und ohne Pause ins Ohr.

»Ich weiß so viele Fragen, die ich dir stellen möchte«, sagte sie.

Davidson sah sie an und hob die Schultern. »Konzentrier dich aufs Laufen«, gab er zur Antwort.

Ari überhörte den Verweis, als hätte er kein Wort gesprochen. »Was ist dieser Zoo, den du erwähnt hast? Den Begriff kenne ich nicht.«

Sicher nicht, dachte Davidson. *In deiner Welt nennt man so etwas wohl Menschenstall ...*

Vielleicht war es die Erinnerung an den kurzen, aber dennoch abscheulichen Aufenthalt im Sklavenkäfig, die ihn nun doch zu einer groben Entgegnung bewog.

»Im Zoo befinden sich bei uns die letzten überlebenden Affen«, sagte er.

Wie stets befand sich Krull gleich hinter Ari, und als er Davidsons Äußerung hörte, stieß er unwillkürlich ein grimmiges Brummen aus. Ari zwinkerte.

Krull näherte sich und stierte Davidson ins Gesicht. *Warum glotzen mich immer alle so an?*, fragte sich Davidson. Wahrscheinlich trauten seine Zuhörer, sobald er den Mund aufmachte, ihren Ohren nicht.

»Und was ist aus den anderen geworden?«, knurrte der Gorilla in bedrohlichem Tonfall.

Davidson seufzte. »Sie sind ausgestorben … Weil wir ihre Wälder gefällt haben. Den Rest haben wir zu unserer Belustigung in Käfige gesperrt … Oder sie sind bei wissenschaftlichen Experimenten ums Leben gekommen.«

Seht zu, wie ihr diese Banane verdauen könnt …

Ari prallte zurück, Entsetzen und Abscheu ließen sie erstarren.

»Wie *grauenvoll!*«

Davidson schielte zu ihr hinüber. Es wäre sinnlos, zusätzlichen Streit anzufachen. Ari hatte ihm nichts getan. Wenigstens nicht mit Absicht.

»Mit unseresgleichen stellen wir noch Schlimmeres an«, gestand Davidson.

Es dauerte einen Moment, bis Ari diese Äußerung verstanden hatte, und anschließend sah Davidson ihr an, dass sie darüber noch empörter war, sich umso verwirrter fühlte.

»Ich begreife es nicht«, sagte sie langsam. »Du scheinst über eine hohe Intelligenz zu verfügen …« Ihre Stimme verklang.

»Ja, wir sind ziemlich gerissen. Und je schlauer wir werden, umso gefährlicher geht es auf unserer Welt zu.«

Seltsam. So hatte er die heimischen Verhältnisse noch nie betrachtet. Also stimmte es: Reisen bildete.

Doch allem Anschein nach war Ari fest entschlossen, aus allem, was er sagte, letzten Endes wohlwollende Rückschlüsse zu ziehen. »Du bist vernünftig. Ich hab's dir sofort angesehen. So viel Verstand ist bei einem männlichen Wesen eine seltene Eigenschaft.«

Davidson dachte an Thade und Attar, an den herzlosen, arglistigen Limbo. Nicht zu reden von dem Gorilla, dessen Atem ständig seine rechte Schulter streifte. Und an seinen Commander an Bord der *Oberon*, das bornierte Schweinsgesicht Kapitän Vasich. Nun ja, angesichts solcher Prachtexemplare des männlichen Geschlechts konnte man gegen Aris Einschätzung wohl kaum ernste Einwände erheben.

Krull hingegen teilte Aris Meinung nicht. Offenbar konnte er es noch immer nicht begreifen. Die Zustände, die Davidson schilderte, erschienen ihm vermutlich dermaßen unfassbar und *fremd*, dass er sie sich nicht einmal in der Fantasie ausmalen konnte.

»Weshalb erheben eure Affen gegen die Weise, wie ihr sie behandelt, keinen Einspruch?«, fragte er barsch.

Wenn du wüsstest, dachte Davidson. »Bei uns können die Affen nicht sprechen«, erteilte er dem Gorilla Auskunft.

Nun zeigte sich auch Ari schwer von Begriff. »Vielleicht möchten sie wegen der schlechten Behandlung, die sie bei euch erleiden müssen, nicht mit euch reden«, mutmaßte sie allen Ernstes.

Limbo hatte sich genähert und den letzten Teil der Unterhaltung aufgeschnappt. Seine Ketten klirrten, als wäre er ein Schlossgespenst. Nicht nur kapierte er nicht, dass es eine Welt geben sollte, die nicht von Affen beherrscht wurde, sondern ganz offensichtlich war ihm seine Begriffsstutzigkeit auch noch völlig egal. Sein höhnisches Schnauben verriet unmissverständlich, dass er Davidsons Darstellungen als Hirngespinste ansah.

»Affen in Käfigen«, murmelte er sardonisch. »Also *wirklich* …«

Daena hingegen konnte sich anscheinend so etwas, auch wenn sie es vielleicht nicht für gänzlich glaubhaft hielt, sehr gut vorstellen.

»Das klingt für mich nach einem Paradies«, rief sie dazwischen.

Birn, der wie üblich stumm grinste, befand sich ebenfalls in der Nähe und beobachtete Davidson, wie es inzwischen seine Gewohnheit war, mit einem Ausdruck der Heldenverehrung in den Augen. Davidson lächelte dem Jungen zu. Warum eigentlich nicht? Birns Bewunderung mochte ein wenig peinlich sein, aber wenigstens brachte der Bursche nicht die halbe Zeit damit zu, ihm das Leben zu vermiesen.

Die unerwartete Beachtung überraschte Birn, sodass er errötete, den Kopf einzog und dann, als ob Davidsons öffentliche Freundlichkeit sein Gemüt überforderte, der Gruppe geschwind vorauseilte.

Das Terrain, das schon seit längerem gefährlich steil und steinig war, gewann nun eine geradezu abweisende Beschaffenheit, als die Gruppe eine fast senkrechte Steilwand erreichte.

Davidson hob die Hand und ließ halten; er wollte zunächst einmal sehen, wie Birn das Hindernis meisterte.

Der Junge erkletterte die Felswand beinahe so geschickt wie ein Affe, doch konnte man nicht übersehen, dass selbst er sich ziemlich abmühen musste. Kleineres Gestein und Geröll rutschte und schrammte während des Kletterns hinter ihm abwärts. Zwar hatte es den Anschein, als ob sich der Jugendliche nicht fürchtete, trotzdem stockte Davidson beim Zuschauen der Atem.

Schließlich erreichte Birn hoch oben ein Felssims, über dessen Rand er von unten nicht blicken konnte. Blindlings und sich auf sein Glück verlassend, kletterte er mit tastenden Fingern weiter. Als er sich zu der Felskante emporstemmte und eine Hand über sie schob, griffen seine Finger plötzlich in etwas Pelziges.

Verdutzt zog er sich so weit hoch, dass er auf das Felssims schauen konnte – und merkte, dass er sich am Fuß des riesigsten Gorillas festhielt, den er je gesehen hatte. Die baumdicken Arme weit gespreizt, stierte der Affe mit einem Maul voller Hauer auf ihn herab, die so lang wie Schwerter zu sein schienen. Birn riss die Hand zurück, als hätte er versehentlich an ein rot glühendes Brandeisen gefasst, fuchtelte mit den Armen und stürzte kopfüber den steilen Abhang hinab, dabei von Felsen zu Felsen polternd.

Als er am Fuß der Felswand ausrollte, hatten der Schrecken über den Anblick des Gorillas und das wiederholte Aufschlagen auf dem Gestein ihm erheblich die Sinne verwirrt. Unwillkürlich leistete er Gegenwehr, als Arme nach ihm schnappten, um seinen Aufprall abzufangen – bis er merkte, es waren Davidsons Arme.

Davidson spähte das Kliff hinauf, dann senkte er den Blick auf Birn und schüttelte den Kopf. »Sie sind nicht echt«, sagte er.

Und sobald sich Birns Sicht geklärt hatte und er genauer hinschauen konnte, sah er selbst, dass es stimmte. Überall auf dem Felssims standen solche falschen Gorillas, Dutzende von riesenhaften, zwölf bis fünfzehn Fuß hohen, äffischen Vogelscheuchen.

Ihre Körper bestanden aus inzwischen verwitterten Bündeln zusammengeschnürter Äste; auf ähnliche Weise waren wuchtige Schultern und unglaublich lange Arme hergestellt worden. Um diese Gerüste hatte man Felle und mittlerweile stark verrottete Tücher gehüllt, die bedrohlich im Gebirgswind wallten. Rostige Rüstungen bedeckten Bauch und Brust, auf den Totenschädeln ähnlichen Köpfen saßen verrostete Helme mit Furcht erregenden Kämmen. Der Wind sorgte an diesen gleichzeitig gewaltigen und wackeligen Gebilden für ständige Bewegung und täuschte Lebendigsein vor.

Durchschaute man erst einmal, was diese Gestalten waren, jagten sie keinen solchen Schrecken mehr ein; jedenfalls nicht für sich besehen. Aber warum man sie da aufgebaut hatte, welcher Zweck sich dahinter verbarg – das war eine andere Frage …

Auch Daena blickte, während sie sich zu Davidson gesellte, mit sorgenvoller Miene hinauf zu der Reihe hölzerner Gestalten.

»Die Affen stellen solche Scheuchen an Gebieten auf, die wir nicht betreten dürfen«, erklärte sie ihm. »Eine derartige Grenze zu überschreiten bedeutet den sicheren Tod.«

Davidson dachte darüber nach, welche Arbeit es gewesen sein musste, sämtliche erforderlichen Materialien auf das Kliff zu schaffen, sie zusammenzubauen und die Pseudogorillas aufzustellen.

»Was liegt denn so Wichtiges hinter dem Berg?«, fragte er.

Krull wusste die Antwort. »Dahinter gelangt man zu den uralten Ruinen von Calima«, entgegnete er mit Unheil verkündender Stimme.

Mit der Davidson allerdings nichts anfangen konnte. »Calima …?«, wiederholte er langsam.

Auch Ari hatte ein paar Angaben beizutragen. »In unseren Heiligen Schriften steht«, sagte sie, »dass die Schöpfung in Calima ihren Ursprung nahm. Dort soll in der Zeit vor der Zeit der Allmächtige dem ersten Affen, Semos, das Leben eingehaucht haben …«

Krull nickte. »Und dort soll es eines Tages geschehen, dass Semos zu uns zurückkehrt.«

Er redet, als ob er nicht nur daran glaubt, sondern Semos' Rückkehr sogar herbeisehnt, dachte Davidson. *Aber wer bin ich, dass ich darüber ein Urteil fällen dürfte? Schließlich kennen wir auf der Erde ähnliche Religionen …*

»Natürlich bewerten die gebildetsten Affen solche Heilserwartungen lediglich als Märchen«, sagte Ari. »Als Gleichnisse, mit deren Hilfe wir unsere Abkunft zu verstehen versuchen. Ich bezweifle, dass es Semos jemals gegeben hat.«

Während sie da unterhalb der Reihe affenähnlicher Erscheinungen stand, die im Wind schwankten und wankten, als ginge von ihnen eine tatsächliche Bedrohung aus, und solch aufgeklärte Worte sprach, klangen ihre Äußerungen gleichermaßen verstandesbetont wie besorgt.

»Seine *Nachkommen* sind kein Märchen«, meinte Daena, ohne den Blick von den Affennachahmungen zu wenden. »Sie gibt es wirklich.«

Wohin *diese* Diskussion führen musste, darüber gab es für Davidson keinen Zweifel, deshalb beschloss er, ihr ein Ende zu setzen. Er machte sich ans Ersteigen der Steilwand, nahm dabei denselben Weg wie zuvor Birn, bis er die Felskante erreichte; oben überquerte er, nur einen neugierigen Blick um sich werfend, die durch die Affengestalten markierte, todverheißende Grenze.

Krull schubste Limbo, um ihn zum Gehen zu bewegen. Der Orang-Utan linste hinauf zu Davidson, dann sah er gereizt Krull an.

»Will er denn *ewig* weiter?«

Selbst wenn dem so sein sollte, war es Krull egal. Er gab Limbo kurzerhand einen zweiten Schubs, und der Aufstieg wurde fortgesetzt.

Auch die übrigen Mitglieder der Gruppe überwanden die steile Schräge des Abhangs, so gut es die Einzelnen schafften, bis sie schließlich allesamt vor der Reihe der Affengruppen versammelt standen. Nun bereitete die Vorstellung, die Grenze zu überschreiten, ihnen doch ziemliche Angst.

Birn spähte Davidson nach, der sich weiter entfernte und schon einigen Abstand zwischen sich und die unechten Affen gebracht hatte. Er fuhr sich mit der Zunge über die Lippen und holte tief Atem. Plötzlich kniff er die Lider zusammen und rannte los. Kaum hatte er die Grenze passiert, öffnete er die Augen und lief in Davidsons Richtung, bis er ihn eingeholt hatte.

Daena mochte ihren Mut nicht von einem unreifen Kerlchen in den Schatten stellen lassen. Sie folgte fast augenblicklich, und nach ihr bezwang endlich auch der gesamte Rest der Gruppe seine Furcht und schloss sich an.

Der Höhenkamm erstreckte sich nur wenige hundert Meter hinter der Reihe der Affen. Als Erste erreichten ihn Davidson und Birn. Davidson duckte sich, ehe er ihn erklomm, um nicht am dunstigen Abendhimmel ein Ziel für einen Affen abzugeben, der zufällig mit Pfeil und Bogen durch die Gegend streifen mochte.

Vorsichtig schlich Davidson den Grat hinauf, bis er über ihn hinwegschauen konnte, ohne mehr als den Kopf über die höchste Stelle zu heben. Er merkte, dass Birn an seine Seite kam, und winkte ihn zurück.

Davidsons Blick fiel in ein schmales Tal zwischen zwei hohen Berggipfeln und auf den Fluss, der vor Urzeiten das Tal aus dem Fels gewaschen hatte. Die Talsohle glich einer einladenden Weide, leuchtete in der klaren Helligkeit der Gebirgslandschaft grün wie Smaragd.

Das Tal wäre ein wunderbarer Ort gewesen, die richtige Umgebung für die dringend benötigte, ausgiebige Rast, hätte nicht längs des Flusses eine Vielzahl farbenfroher Zelte gestanden.

Nach Davidsons Maßstäben sahen die Zelte eher putzig aus. In ihrem staubigen Rosenrot, auf dem man blaue Muster sah, durch ihre hohen Spitzdächer und die mit Fähnchen geschmückten Zeltpfosten erinnerten sie ihn an kleine Zirkuszelte. Irgendwie jedoch mochte beim Anblick der in Rüstungen gehüllten Schwergewichte von Affen, die dort ihre gleichfalls gepanzerten Schlachtrösser pflegten, Mahlzeiten verzehrten oder ihre Waffen schärften – oder sonstige Tätigkeiten verrichteten, die Soldaten im Feldlager erledigten –, keine richtige Zirkusatmosphäre aufkommen. Auch die Gorillas, die wachen Blicks, die Waffen griffbereit, auf dem Pass patrouillierten, der hinab ins Tal verlief, erregten keinesfalls den Eindruck, als wären sie gegen Zucker zu possierlichen Kunststückchen bereit.

Während sich seine Begleiter um ihn scharten, achtete Davidson sorgsam darauf, dass die Gruppe hinter den Felsen in Deckung blieb. Die Affen dort unten sahen nicht aus, als hätten sie allzu gute Laune, und Davidson bezweifelte, dass seine eigenen Leute nach Tagen des Flüchtens, Versteckens und Kletterns sich noch wehren konnten, sollten erneut Affen eine Hatz auf sie veranstalten. Aber genau das war höchstwahrscheinlich der Grund, weshalb sie da im Tal campierten.

Nicht zum ersten Mal wünschte Davidson insgeheim Krull die

Pest an den Hals, weil er die Waffe demoliert hatte, mit der es ihm möglich gewesen wäre, sogar über ein ganzes Heerlager von Affen die Oberhand zu gewinnen. Es mochte gut und schön sein, selbstgerecht auf schreckliche Waffen zu schimpfen, wie Ari es getan hatte, aber ob man nun ein modernes, hochgradig brisantes Explosivgeschoss oder einen veralteten Bronzespieß in die Brust bekam, spielte unterm Strich keine Rolle, denn tot war tot. Und die Affen hatten leider viel mehr Spieße als er zur Hand.

Allerdings hatte Davidson auch ein gewisses Verständnis für Krull. Er hatte erkannt, dass die Waffe für ihn und möglicherweise auch für seine Herrin eine Gefahr verkörperte, also hatte er – für seine Begriffe – eine durchaus nahe liegende Vorsichtsmaßnahme getroffen. Zwar verständlich, aber außerordentlich ärgerlich. Nun hatte es jedoch keinen Sinn mehr, sich nachträglich immer wieder darüber aufzuregen.

Nachdenklich kratzte sich Davidson am Kinn, während er über die Felsen hinunter zu dem Lager spähte. Die Affen hatten ihre Pferde in einem großen, auf natürliche Weise durch Steine umgrenzten Gehege zusammengetrieben, das zwischen dem eigentlichen Lagerplatz und Davidsons Standort lag.

Hmm. Vielleicht bot sich dadurch eine Chance …

Neben ihm erschien Daena und sah vorsichtig hinab. *»Ungeheuer!«*, fauchte sie.

Davidson drehte den Kopf und blickte sie an.

»Wovon redest du?«

»Ich habe gehört«, antwortete Gunnar an Daenas Stelle, »dass die Affen ihre Pferde mit Menschenfleisch füttern.«

Auch Tival wusste zu dem Gespräch ein wenig absurdes Hörensagen beizutragen.

»Und ich habe gehört«, sagte er, »dass sie vom Geist großer Affen-Feldherren besessen sein sollen.«

Ungläubig musterte Davidson die beiden. Seinesgleichen mochten sie zwar sein, sie waren ohne jeden Zweifel Menschen, aber so primitiv wie … Nun ja, wie Affen. Oder gar primitiver. Er seufzte.

»Es sind bloß gewöhnliche Pferde. Sie tun, was man von ihnen verlangt.«

Wenigstens hoffte er, dass es sich so verhielt. Seit er zuletzt mit Pferden zu tun gehabt hatte, war eine Menge Zeit verstrichen, doch soweit er sich erinnerte, hatten diese Tiere bisweilen ihren eigenen Kopf.

Gunnar blieb der alte, sauertöpfische Pessimist. »Wir sollten versuchen, den Fluss woanders zu überqueren.« Er schaute umher und zuckte mit den Schultern. »In den Bergen.«

Nachdrücklich schüttelte Davidson den Kopf. Er musste das Resultat seiner Peilung berücksichtigen und konnte nicht einfach ziellos durchs Land wandern.

»Dafür habe ich keine Zeit. Wir müssen mitten durch die Affen und dann über den Fluss.«

Er wandte sich ab und entfernte sich vom Höhenkamm, ohne darauf zu achten, ob die anderen ihm folgten. Er wusste, dass sie es tun würden. Wohin hätten sie sonst gehen können?

Ari und Krull wechselten einen sorgenvollen Blick, während sie sich ihm anschlossen. Limbos Stimmung dagegen hatte sich wieder gebessert.

»Wo sollen wir deine Überbleibsel verscharren?«, keckerte er Davidson halblaut nach. Dann kicherte er niederträchtig vor sich hin.

8. Kapitel

Lebhafter, bitterkalter Wind blies aus der entfernten Talenge herauf und wehte flussaufwärts ins Affenlager, ließ die Fahnen flattern und versetzte die Zeltwände in scharfes Knattern.

In ganz ähnlicher Weise, wie es schon Soldaten aller Zeiten und Orte getan hatten, rückten die Affenkrieger zum Schutz gegen das widerwärtige Wetter dicht zusammen, waren darüber froh, etwas zu essen zu haben und rings um ein knisterndes Lagerfeuer im Trockenen und Warmen zu hocken.

Und ebenso ähnlich sahen sie sich, wenn ihre grundlegenden Bedürfnisse befriedigt waren, dem Problem aller Garnisonen gegenüber, die eine unbestimmte Zeitspanne mit einem ungewissen Auftrag verbringen mussten: Sie hatten Langeweile.

Allerdings war Langeweile – wenigstens aus der Sicht des Soldaten – besser als die Alternative, zumal das Militär (oder jedenfalls der einfache Landser) schon vor langer Zeit ein probates Gegenmittel gefunden hatte.

Einer der Affen, die ums Feuer saßen, legte eine Spielkarte ab. Das Kartenspiel war schon ziemlich verschlissen, doch die Abbildungen von Affen in alter Kleidung, die man auf den einzelnen Karten sehen konnte, ließen sich noch recht gut unterscheiden.

»Semos lächelt mir«, rief der Affe begeistert, wenngleich zum Verdruss seiner Kameraden. »Ich habe wieder gewonnen.«

Er stieß ein Keckern des Triumphs aus und streckte die langen Arme aus, um den Einsatz einzustreichen. Doch einer der Mitspieler, ein stets übel gelaunter Zeitgenosse, fiel ihm mit der Faust in den Arm und verhinderte es.

»Du gewinnst zu häufig«, knurrte der Affe. »Was hast du im Ärmel versteckt?«

Dem Verdächtigten stellte sich das Nackenfell auf. Im ersten Augenblick hatte es den Anschein, als würde eine Prügelei ausbrechen, doch der Gewinner sah ein, nachdem er den Blick hastig durch die Runde hatte huschen lassen, dass er bei einer Auseinandersetzung den Kürzeren ziehen würde.

Er entspannte sich etwas und streckte dem Nörgler die Arme entgegen. Der andere Affe schob ihm den Ärmel hoch und enthüllte nichts als ein dickes, haariges Handgelenk. Das Gleiche geschah, als er unter dem zweiten Ärmel nachsah.

Der Gewinner schnitt das selbstzufriedene Gesicht eines fälschlich Beschuldigten und machte ein zweites Mal Anstalten, sich den Einsatz anzueignen; doch auch diesmal hielt der andere Affenkrieger ihn zurück, ehe er den Gewinn an sich nehmen konnte.

»Ich will *alles* sehen«, knurrte er und heftete seinen grimmigen Blick auf die Füße des Verdächtigten.

Der Spieler mit der Gewinnsträhne erstarrte, aber ihm blieb keine Wahl, als nachzugeben; der argwöhnische Affe krempelte ihm das rechte Hosenbein hoch.

Erneut ohne Ergebnis.

Anschließend griff er nach dem anderen Bein, und sein Mitspieler zuckte zusammen. Der Affe verzog das Gesicht zu einem bösartigen Feixen. Er langte unter das linke Hosenbein, tastete einen Augenblick lang das Bein ab; und plötzlich wurde sein Grinsen breiter und noch gemeiner.

Er schob das Hosenbein in die Höhe und entblößte den linken Fuß des vorgeblichen Gewinners – und die Spielkarte, die der Angeklagte noch fest in den langen, greiffähigen Zehen hielt.

»Betrüger!«, kreischte er.

Er drosch dem Falschspieler den Handrücken mit solcher Wucht ins Gesicht, dass dieser heftig auf den Rücken prallte. Der Fall war völlig klar. Auch die anderen Spieler stürzten sich auf den glücklosen Affen, traten, würgten und schlugen ihn.

Der Vorfall hätte für den Falschspieler ein böses Ende nehmen können, wären seine Gegner nicht durch einen herrischen Knurrlaut von oben bei ihren Gewalttätigkeiten unterbrochen worden.

Sie drehten sich um und sahen hoch; dann quollen ihnen fast die Augen aus dem Kopf.

Keine zehn Schritte entfernt, blickte Hauptmann Attar von seinem riesenhaften Schlachtross auf sie herab, als wären sie die erbärmlichsten Krieger, die er je zu Gesicht bekommen hatte.

Die Soldaten stierten ihn an, als wäre unversehens ihr schlimmster Albtraum Wirklichkeit geworden. Und weit waren sie damit nicht von der Wahrheit entfernt. Die Mehrheit kannte den Hauptmann. Und allen, denen er unbekannt war, sagten die Rangabzeichen, die an den gepanzerten Schultern prunkten, deutlich genug, mit wem sie es zu tun hatten. Sogar mehr: Jeder bemerkte auf Anhieb die eiserne Strenge, die ihn als hohen Befehlshaber auszeichnete, obwohl der Staub, der sich beim Reiten auf seiner Gestalt angesammelt hatte, ihn zum Teil wie grauer Rauch umwallte und den Eindruck der Härte und Unerbittlichkeit ein wenig minderte.

Der Hauptmann trieb sein Ross auf die verlegenen Streithähne zu, saß ab und verstreute mit einem Fußtritt das Kartenspiel ums Lagerfeuer. »Wer hat hier das Kommando?«, schnauzte er.

Die Affen guckten einander an. Keiner hatte es eilig mit einer Antwort. Mit so hochrangigen Anführern hatten sie nur selten Umgang. Dagegen hatten sie mit ihrem Bannerführer ständig zu tun, und er merkte sich die Verfehlungen seiner Untergebenen sehr genau.

Zu ihrem Glück bewahrte das Erscheinen des Bannerführers, der eilends aus dem Zelt stolperte und sein Wams zuknüpfte, sie vor dem Wagnis missverständlicher Erklärungen.

»Ich, Hauptmann«, stammelte er, während er seine Kleidung in Ordnung brachte und halbherzig Habachthaltung annahm.

Der Blick, den Attar ihm zuwarf, drückte noch tiefere, grimmigere Verachtung als der Blick aus, mit dem er die einfachen Krieger gestraft hatte. Attar war – im Gegensatz zu einigen Senatoren, die er kannte – kein Weichling. Sein Leben lang hatte er an der Waffe Dienst getan und war selbst einmal, vor langer Zeit, ein Affenkrieger untersten Ranges gewesen. Erlaubten solche Soldaten sich nicht gelegentlich eine Schlägerei, zumal wenn man sie in so abgelegene Gegenden schickte, wäre er überrascht und müsste sich fragen, ob sie vielleicht zu Schlappschwänzen geworden waren.

Dagegen sah er keine Entschuldigung für das Versagen dieses unfähigen, nichtswürdigen Bannerführers, der jetzt vor ihm stand und schlotterte. Gewöhnliche Krieger waren schlichte Kerle. Aber die Leute, die sie befehligten, mussten ein Vorbild abgeben.

»Mir ist nicht mitgeteilt worden, Hauptmann«, stotterte der Bannerführer einfältig, »dass du kommst …«

Tatsächlich nicht?, dachte Attar säuerlich. *Und hätte man mich angekündigt, wäre wohl das ganze Lager, statt dass ich einer solchen Schlamperei begegne, in erstklassiger Verfassung, was?*

Einige Augenblicke lang überlegte er, dass er, falls das, was er hier sah, bezeichnend für den Zustand des Heers war, wirklich mehr Zeit unter den Kriegern zubringen und öfter Heerschau halten sollte. Doch er verschob eine endgültige Entscheidung. Heute musste er fettere Ratten ausmerzen – aufsässige Menschen, um genau zu sein.

Dennoch konnte es nicht schaden, diesen schmählichen Lumpen so ins Schwitzen zu bringen, dass er ein bisschen von dem Fett verlor, das Attar unter seinem Fell schwabbeln sah …

»Dieses Feldlager ist eine Schande für das Heer!«, donnerte Attars Stimme.

Der Bannerführer zuckte zusammen, als hätte Attar ihn mit der Reitpeitsche ins Gesicht geschlagen. Man merkte ihm an, dass die Furcht vor Degradierung oder gar Einkerkerung ihn packte. Attar stand, wie er selbst wusste, nicht in dem Ruf, ein nachsichtiger Befehlshaber zu sein. Daher musste der Bannerführer sogar damit rechnen, unbarmherzig aus dem Heer verstoßen zu werden, und ihm fuhr ein dementsprechender Schrecken in die Glieder.

Benommen glotzte er Attar an und wartete auf den vernichtenden Urteilsspruch; doch nachdem er seinen nichtsnutzigen Unterführer für ein längeres Weilchen voller Verachtung gemustert hatte, stieß der Hauptmann lediglich ein Schnauben aus.

Er überließ die Zügel einem Krieger und stapfte auf seinen eingeschüchterten Untergebenen zu. »Mehrere Menschen sind geflohen«, knurrte Attar.

Der Bannerführer witterte eine Gelegenheit, um die Scharte auszuwetzen, riss sich zusammen und richtete sich forsch zu ganzer Körpergröße auf. »Wenn sie in der hiesigen Gegend aufkreuzen«, versicherte er mit so viel Glaubwürdigkeit, wie er aufbringen konnte, »werde ich sie *zermalmen.*«

Attar traute es ihm durchaus zu, zumindest so lange dieser Trottel sich ausschließlich mit gewöhnlichen Menschen befassen musste; allerdings galt es, ein paar heikle Nebensachen zu beachten. Mit heiklen Nebensachen gab sich Attar ungern ab, jedoch stand er nun einmal vor der Herausforderung, die Angelegenheit geschickt anzupacken, und das hieß, ihre Lösung so durchzuführen, dass dieser schwachköpfige Bannerführer sie nicht vermasseln konnte. Gegenwärtig mochte General Thade ja wütend auf Ari sein, doch es war einmal etwas zwischen den beiden gewesen, und Attar wusste sehr gut, wie wechselhaft Gefühle sein konnten.

Er trat an die Seite des Bannerführers und zeigte sich nun ein wenig freundlicher. Fürs Erste hatte er dem Halunken genügend Angst eingejagt. Als Nächstes musste er ihn wieder ein wenig aufrichten, damit er seine Pflicht erfüllte.

»Mit diesen Menschen hat es etwas Besonderes auf sich«, sagte er in vertraulichem Ton. »Sie sind gemeinsam mit Affen unterwegs.«

Der Bannerführer stutzte. Er wusste mit einer derart lächerlichen Aussage nichts anzufangen, trotzdem spürte er ein solches Unbehagen, dass er ein verunsichertes Lachen ausstieß.

Ruckartig straffte sich Attar. »Du findest das zum Lachen, Bannerführer?«

Sein Tonfall ließ keinen Zweifel daran, dass ein elender Wurm vom Schlage des Bannerführers gut daran täte, lieber *nichts* als lachhaft zu empfinden, was sein Befehlshaber ihm zu erklären die Güte hatte.

In der Tat bezeugte das Verhalten des Bannerführers, dass er Attar nicht deutlicher verstanden hätte, wäre die unausgesprochene Empfehlung auf einen Bogen Papier geschrieben und ihm auf die Stirn genagelt worden.

Der Bannerführer erbleichte. »Natürlich nicht, Hauptmann.«

Zufrieden mit der Antwort, wandte sich Attar ab und schaute sich im Feldlager um. Dann schweifte sein Blick über die benachbarten Berge.

»Ich übernehme den Befehl über das Lager«, sagte er barsch. »Ich werde *selbst* dafür sorgen, dass deine Krieger vorbereitet sind.«

Umso größer ist die Verantwortung, die du trägst, du Sohn einer vergessenen Mutter, dachte der Bannerführer, während Attar sich in Richtung des Zelts entfernte. *Falls diese Sache, gleich was sie von uns verlangen mag, misslingt, dann darfst du auch dafür die Verantwortung übernehmen.*

Er spie aus und folgte dem Befehlshaber zum Zelt.

In den hoch gelegenen Gebirgstälern war die Luft des Nachts kalt, rein und still; die Sterne glichen Dornen aus Licht, die den Samt des Firmaments zerschrammten.

Die beiden Monde zogen wie verirrte, leuchtende Billardkugeln über den Horizont. Noch immer konnte Davidson sich nicht an die Existenz zweier Monde gewöhnen.

Jetzt jedoch, während er nahe des natürlichen Steingeheges, in dem die Affen ihre Pferde abgestellt hatten, im Gras kauerte, war er froh über das helle, klare Licht, weniger auf Grund der Helligkeit an sich, sondern wegen der Schatten, die es warf, die nämlich so groß waren, dass die vollzählige Gruppe sich darin verbergen konnte.

Die kristallklare Gebirgsluft verstärkte den Schall. Davidson hörte aus dem Lager das gedämpfte Gemurmel etlicher Affenstimmen, das Klirren und Klappern von Gabeln und Tellern sowie gelegentlich ein lautes Hervorgrölen rauen Gelächters.

Gut. Sollten die Affen sich auf die Nachtruhe einstellen. Je größer der Überraschungseffekt, umso aussichtsreicher war ihre Chance, dass der verrückte Plan tatsächlich gelang.

Er hob die Hand und streichelte sanft den anmutig geschwungenen Hals des großen, grauschwarzen Hengstes, den er aus dem Gehege geholt hatte. Glücklicherweise fühlten sich die Affen so sicher, dass sie es für überflüssig hielten, die Pferde zu bewachen. Und warum sollten sie auch? Das Lager stand nur ein paar Schritte entfernt, und so viel sie wussten, würden sie es, wenn es Auseinandersetzungen geben sollte, nur mit Menschen zu tun bekommen.

Inzwischen befand sich Davidson lange genug hier, um begriffen zu haben, dass eine Schar wilder Menschen die Affen nicht stärker beunruhigte, als ihn ein Ausbruch von Klammeraffen aus dem Zoo nervös gemacht hätte. Dergleichen war vielleicht ärgerlich, aber nicht gefährlich.

Dann wollen wir einmal sehen, ob wir sie eines Besseren belehren können, dachte Davidson. *Allerdings ohne dass jemand von uns, wenn es sich vermeiden lässt, ums Leben kommt …*

Das mochte leichter gesagt als getan sein. Wenn er die Affen hörte, konnten umgekehrt die Affen es hören, falls die Gruppe, während sie die benötigten Pferde stahl, irgendwelche verdächtigen Geräusche erzeugte. Daena und Ari fauchten sich – selbst jetzt! – schon wieder gegenseitig an. Was für eine Entlastung es wäre, die beiden k.o. zu schlagen, in getrennte Säcke zu stecken und kurzerhand auf dem Erdboden nach Calima zu schleifen.

Doch falls er so etwas mit Ari versuchte, würde Krull *ihm* den Schädel eindreschen, und wagte er einen solchen Versuch bei Daena, hatte er voraussichtlich Gunnar am Hals.

Er betrachtete das Pferd; der Hengst nahm das Streicheln glasäugigen Blicks zur Kenntnis. Das Tier wirkte relativ ruhig, obwohl Davidson ihm anmerkte, dass es den Geruch so vieler Menschen, der ihm aus der Umgebung in die Nüstern drang, als leicht unheimlich empfand.

Ein letztes Mal tätschelte er dem Hengst den Hals, dann verschaffte er sich Halt an der langen, fließenden Mähne, zog sich daran hinauf und schwang sich auf den bloßen Rücken des Tiers.

Das Pferd erschrak ein wenig, tat ein paar Tänzelschritte, aber zu Davidsons Erleichterung scheute es nicht. Er wartete, bis er die Gewissheit hatte, dass es ruhig blieb, dann schaute er in den Kreis der Gesichter hinab, die ihn voller Staunen anstarrten. Für diese Menschen war es so befremdlich, jemanden ihresgleichen auf einem Pferderücken zu erblicken, wie es ihn befremdete, Affen reiten zu sehen.

»Wer ist der Nächste?«, fragte Davidson.

Der Weise zufolge, wie sie ein paar Rückwärtsschritte vollführten und anschließend den Boden zu ihren Füßen betrachteten, wollte niemand als Nächster an der Reihe sein.

Davidson zuckte mit den Schultern. Schließlich hatte er – streng genommen – keinen von ihnen aufgefordert, ihn zu begleiten.

»Dann müssen wir uns wohl hier voneinander verabschieden«, meinte er halblaut.

Diese Äußerung genügte, um Ari zögerlich vortreten zu lassen. Sie sah Davidson an, dann spähte sie unsicher in das Gehege, in dem still die übrigen Pferde standen.

»Du kannst nicht mitgehen«, höhnte Daena. »Du hast Angst vor Wasser.«

Verärgert drehte sich Ari um. »Du kannst nicht mitgehen«, zischte sie zurück, »weil du dich vor Pferden fürchtest.«

Wundervoll, dachte Davidson.

Er beugte sich vor, hielt sich an der Mähne des Reittiers fest und lenkte es mit leichtem Druck der Schenkel zwischen Daena und die Schimpansin, um der neuen Konfrontation ein Ende zu bereiten.

»Du willst reiten?« Er blickte hinab in Daenas Miene. »Du brauchst dich nur an der Mähne festzuhalten.«

Danach wandte er sich an Ari. »Du möchtest den Fluss überqueren?« Er tätschelte den Hals des Hengstes. »Pferde sind großartige Schwimmer. Ein Pferd bringt dich hinüber.«

Lautlos wie ein Geist schlüpfte Krull aus dem Schatten. Er sprach in gemäßigter Lautstärke, aber Davidson verstand jedes Wort.

»Du nimmst an, dass die Krieger dich nicht in Stücke hauen werden.« Kurz schwieg Krull. »Ich habe Thades gewaltigsten Krieger in das Lager reiten sehen«, fügte er dann hinzu.

Verblüfft über den gedämpften Ton, den Krull angeschlagen hatte, musterte Davidson den Gorilla.

»Das klingt ja«, entgegnete er halb im Scherz, »als ob du dich von ihm einschüchtern lässt.«

Doch wie stets ließ sich Krull keine Spur von Humor anmerken – falls er überhaupt Humor hatte.

»So ist es«, antwortete er unumwunden. »Ich selbst habe ihn zum Krieger ausgebildet.«

Prachtvoll, dachte Davidson. *Eine neue Enthüllung meines lieben Freundes Krull und noch eine Schwarzmalerei. Genau was wir brauchen.*

Auch Limbo zeigte sich beeindruckt. Er keckerte ein albernes Kichern hervor. »Nun denn, viel Glück«, plapperte er, »ich wünsche einen fröhlichen Ritt. Ich kann, wie jeder sieht, kein Pferd besteigen, wenn's also recht ist …«

Er rasselte mit den Ketten und zeigte sie hoffnungsvoll vor, indem er die Arme anhob.

Davidson überraschte alle übrigen Beteiligten – sogar sich selbst –, als er den Schlüssel der Fußschellen aus dem Unterhemd holte, sich in Limbos Richtung beugte und ihm den Schlüssel zuwarf.

Daena war geschockt. »Du lässt ihn *frei?!*«

Mit dumpfem Klimpern fielen Limbos Fesseln auf den Boden. Der Orang-Utan seufzte und rieb sich mit offenkundiger Genugtuung die Handgelenke, bevor er Davidson anblickte.

»Nein«, antwortete Davidson auf Daenas Frage. »Er kommt mit.«

Limbo machte einen Satz rückwärts und schüttelte energisch den Kopf. »Das ist *völlig* ausgeschlossen ...«

Ari fiel ihm ins Wort. »Und solltest du es unterwegs wagen, Reißaus zu nehmen, erzähle ich Thade, dass wir dich bestochen haben, damit du uns bei der Flucht hilfst.«

Fassungslos äugte Limbo sie an. Offenbar nahm er ihre Drohung ernst. Er wusste, dass sie einflussreiche Affen hinter sich hatte, nicht nur ihren Vater, sondern auch den General. Und vor Thade hatte der Orang-Utan gehörigen Respekt.

»Ich werd's leugnen«, gab er unverblümt zur Antwort.

Da jedoch bleckte Krull ihm über die Schulter seiner Herrin ein böses Grinsen ins Gesicht. »Die Bestechungssumme war sehr hoch ...«

Damit saß Limbo in der Falle. Er verstand nicht, wie er in diese Klemme geraten war; er hatte doch nur versucht, sein rechtmäßiges Eigentum zurückzuerlangen, wie es jeder vernünftige, halbwegs gescheite Affe getan hätte, und jetzt befand er sich mitten in der Nacht in entlegenen Bergen, wo andere, angeblich ehrbare Affen ihn mit falschen Anschuldigungen erpressten ... Es war einfach nicht gerecht.

Limbo explodierte. *»Das Vorhaben ist doch reiner Selbstmord! Ihr wollt durch ein Heerlager reiten? So etwas kann sich doch bloß ein Mensch ausdenken!«*

Leo Davidson war vollkommen klar, dass der Affe dies nicht als Kompliment gemeint hatte. Aber die hilflose Erbitterung des erzürnten Orang-Utans hatte etwas eindeutig Komisches an sich.

Er grinste dem Sklavenhändler zu. »Gedankenfreiheit ist das erste Menschenrecht«, gab er ihm zur Antwort.

Dann langte er in das Gehäuse des Funkpeilgeräts, das er keine Sekunde lang aus seinem Gewahrsam gelassen hatte, und entnahm eine Leuchtpistole.

Das Zelt des Bannerführers, das Attar vorübergehend für sich in Beschlag genommen hatte, war im Innern beengt und düster, und zudem durchwallten dicke, bläuliche Wolken von Räucherwerkqualm die Luft.

In dieser Trübnis flackerten schwach ein paar Kerzen und erhellten das Muster des kleinen Teppichs, auf dem Attar kniete. Fortwährend bewegten sich seine Hände durch den Rauch, verteilten ihn aufwärts, stellten sicher, dass er gemächlich zu der kleinen Ikone Semos' emporquoll, des ersten Affen.

Attar verbeugte sich vor dem Bild mit einer förmlichen Feierlichkeit, die an der Tiefe und Echtheit seines Glaubens und seiner Überzeugung keinerlei Zweifel ließ. Der Hauptmann war allein; er hatte ausdrücklich befohlen, aus keinem, wirklich überhaupt keinem Grund während des Gebets gestört werden zu dürfen.

Umso stärker empörte es ihn, als ein erst scharfes, danach immer dunkleres *Wuuusch!* seine stille Andacht unterbrach. Unmittelbar danach gleißte eine derartig grelle Helligkeit durch die Zeltwand, dass er im ersten Augenblick glaubte, aus irgendeinem unbegreiflichen Grund wären inmitten der Nacht die Sonnen aufgegangen.

Er rappelte sich hoch, sein Herz hämmerte, als er das Schwert packte, dann lief er zum Zelt hinaus und sah, dass im Lager vollkommener Wirrwarr ausgebrochen war.

Erschrockene Krieger drängten sich zusammen, zeigten in den Nachthimmel, stöhnten und schrien vor Angst. Hoch oben verströmte ein riesiger, grellweißer Stern unter leisem Zischen blendend weiße Lichtschwaden auf sie herab.

Während Attar zu dem Stern hinaufblinzelte, gleichzeitig das

Durcheinander überblickend, wandte er den Kopf zur Seite und spitzte die Ohren. Sein ausgezeichnetes Gehör hatte nämlich ein Geräusch wahrgenommen, das anscheinend sonst noch niemandem aufgefallen war: das Donnern von Hufschlag auf Erde.

Was das zischende Licht am Himmel bedeutete, begriff er nicht, aber er *wusste,* was der Hufschlag zu besagen hatte. Er wandte sich in die Richtung, aus der sich die Hufe näherten, und sah seine schlimmste Befürchtung bestätigt.

Aus den Schatten der von Steinen gesäumten Pferdeweide sprengten die offenbar in Aufregung versetzten Tiere heran. Das war schon schlimm genug, aber außerdem saßen auf ihnen Reiter.

Menschen!

Der Menschenmann, nach dem man am dringendsten fahndete, der Mensch, den zu finden und zu fangen der General ihn beauftragt hatte, ritt auf einem schnaubenden Hengst voran. Dichtauf folgten ihm zwei andere wilde Menschen, das Menschenweib, dessen Vater Attar bezwungen hatte und der anschließend durch Thade getötet worden war, und ein männlicher Jungmensch, den Attar nicht kannte.

Dahinter bot sich ein noch bestürzenderer Anblick: Weitere Menschen zu Pferd, aber auch Ari, Senator Sandars Tochter, und der Gorilla Krull, bei dem Attar in vergangenen Zeiten seine Erziehung zum Krieger genossen hatte. Letzter war der Sklavenhändler Limbo, der sich, auf dem Gesicht einen Ausdruck blanken Entsetzens, ums liebe Leben an das Pferd krallte.

Bei diesem Haufen Krull zu sehen bereitete dem Hauptmann die größte und zudem unliebsamste Überraschung. Sollte *er* freiwillig zu den Menschen übergelaufen sein …

Endlich rissen kriegerische Zucht und Erfahrung, erworben dank der gnadenlosen Unterweisung durch eben jenen Affen, der ihn nun niederzureiten drohte, Attar aus seiner Trance. Er ging mit gewohnter Entschiedenheit vor, obwohl er im Augenblick kaum mehr tun konnte, als sich einen Eindruck vom Ausmaß des angerichteten Unheils zu verschaffen.

Die Menschen hatten den Rest der Pferde freigelassen, die sich daraufhin der wüsten Reiterschar angeschlossen hatten, wilden Blicks schnaubten und um sich traten, alles niedertrampelten, was das Pech hatte, ihnen vor die Hufe zu geraten. Krieger sprangen nach allen Seiten auseinander, oder die eigenen Reittiere zerstampften sie, wenn sie zu langsam auswichen, zu blutigem Brei.

Die Reiter heulten und johlten und erhöhten damit den Lärm und die Verwirrung. Von Pferden gerammte Zelte brachen zusammen. Hufe zertraten Lagerfeuer, sodass Funken stoben, aufgeschichtete Waffen wurden erst verstreut, dann unter dem unausweichlichen Ansturm der Vierbeiner zerstört.

Fast so schnell, wie die Schar erschienen war, preschte sie durch das Lager und auf der anderen Seite davon. Attar konnte sich nur umdrehen und ihr nachschauen, während er vor Wut kochte, weil er sich so leicht hatte überrumpeln lassen.

Er sah, dass der letzte Reiter, der Sklavenhändler, sein Pferd zu wenden versuchte. Man brauchte nichts vom Reiten zu verstehen, um zu erkennen, dass der Orang-Utan Probleme hatte. Er hatte kaum Einfluss auf das Tier, nur mit Mühe war es ihm gelungen, es geringfügig zu verlangsamen und zum Umdrehen in die allgemeine Richtung des Lagerplatzes zu bewegen.

Die Krieger erwiesen sich als tüchtiger, als Attar es nach der Begegnung mit ihrem Bannerführer vermutet hatte. Obwohl sie durch die Plötzlichkeit und Wildheit des Überfalls zunächst einmal aus der Fassung gebracht worden waren, rissen sich die Soldaten nun zusammen und griffen zu den Waffen.

Attar sah eine Rotte mit Feuerschleudern Bewaffneter vorübereilen, den Reitern nachsetzen, obgleich diese rasch Abstand gewannen, und schon Augenblicke später eilte ein Haufen Speerträger ihnen nach.

Der Sklavenhändler versuchte, sein Pferd zu den Kriegern zu lenken, allerdings ohne großen Erfolg. Attar lief auf ihn zu. Er hörte die panisch schrille Stimme des Orang-Utans zetern.

»Zu Hilfe, zu Hilfe! Tut mir nichts! Ich stehe auf eurer Seite.«

Aber die erzürnten Krieger glaubten ihm nicht. Plötzlich sausten durch die Luft etliche Brandkugeln, dem Sklavenhändler entgegen. Ein Geschoss streifte seinen Arm, hinterließ eine rauchende Stelle und warf ihn beinahe vom Pferd. Dann gelangten die Speerträger in Reichweite und ergänzten den Kugelhagel um einen Schwarm nach Limbo geworfener Speere.

Das völlig verwirrte Pferd des Sklavenhändlers hatte inzwischen gehalten, tänzelte umher, trabte mal da-, mal dorthin und wusste anscheinend nicht, wie es sich, ohnehin geplagt von einem Reiter, der gewaltsam, aber ohne einen für das Tier erkennbaren Sinn, an seiner Mähne zerrte, gegenüber der zweifachen Bedrohung durch Brandkugeln und schreiende Speerwerfer verhalten sollte.

Limbo kreischte vor Verzweiflung, als er sein Verhängnis bevorstehen sah.

Ich hätte es ahnen sollen, dachte er schluchzend. *Was ich auch anpacke, es misslingt …*

Hinter sich hörte er Hufschlag, und als er sich umwandte, sah er mit rasender Schnelligkeit Davidson auf sich zureiten. Der große, grauschwarze Hengst wirkte wild, doch Davidson beherrschte ihn mühelos. Er sprengte dicht an Limbo vorbei, aber beim Vorüberreiten gab er dem Pferd des Orang-Utans einen laut klatschenden Klaps auf die Flanke.

Das genügte, um das Tier erneut in Bewegung zu setzen, es trat aus, schnaubte und folgte Davidson.

Um seine Dreistigkeit und Unverschämtheit zu krönen, ritt Davidson an einer zertrampelten Feuerstelle vorbei, beugte sich hinab, raffte einen brennenden Ast an sich und schleuderte ihn auf eines der halb zusammengesackten Zelte. Nur wenige Augenblicke später griff das Feuer, angefacht vom stetigen Wind, wie im Flug um sich, der Brand erfasste das gesamte Lager. Ein Affe rannte aus einem Zelt und schrie gellend vor Schmerz, weil sein Fell in Flammen stand.

Davidson warf nur einen Blick über die Schulter auf das Chaos, das er hinter sich ließ – das er *verursacht* hatte (der Gedanke an die gelungene Rache bereitete ihm ein wohlig-warmes Gefühl in der Brust) –, dann ritt er in hartem Tempo auf den Fluss zu.

Rasch holte er Limbo ein, der sich an sein Tier klammerte und von ihm durchgeschüttelt wurde wie eine Marionette, und überholte ihn. Vor ihnen strömte der Fluss. Im Flackern des Flammenscheins, der vom brennenden Lager herüberleuchtete, sah Davidson die schemenhaften Gestalten seiner Begleiter, die trotz ihrer verzweifelten Bemühungen kaum dazu imstande waren, ihre Reittiere zu bändigen, von einer größeren Anzahl reiterloser Pferde umwimmelt werden.

Er galoppierte mitten durch das Gewirr und hielt das Tier erst am Flussufer an. Im Mond- und Sternenschein sowie im Lodern des Feuers, deren Mischung ganz eigentümliche Lichtverhältnisse ergab, flossen die Fluten des tiefen, breiten Gewässers mit kalter, schwerfälliger Majestät dahin.

Davidson sah, dass Ari, Krull und Limbo das vorbeirauschende Wasser voll offener Furcht betrachteten. Den Menschen war immer noch nicht wohl dabei, tatsächlich auf *Pferden* zu reiten, doch immerhin merkte man ihnen an, dass ihr Unbehagen allmählich schwand. Davidson grinste. Vermutlich erleichterte es sie, dass noch keiner von ihnen von seinem Gaul gestürzt war und keines der Ungeheuer jemanden gefressen hatte.

Am Lagerplatz versuchten die Affenkrieger die verworrene Lage wieder in den Griff zu bekommen, und zwar unter der Führung einer eindrucksvollen Erscheinung, die Davidson kannte: General Thades Günstling, des Gorillas mit Namen Attar.

Trotz der chaotischen Situation im Lager behielt der Gorilla allem Anschein nach vollauf den Überblick. Schon waren mehrere Häuflein Krieger von ihm zu einer kleinen, aber ernst zu nehmenden Streitmacht zusammengefasst worden, und nun setzte er sich an ihre Spitze, feuerte sie zu einem Sturmlauf zum Fluss an.

Plötzlich flog aus den Reihen der Affenkrieger in hohem Bogen eine Salve Brandkugeln durch die Luft, und obwohl sie ihr Ziel verfehlten – sie flogen nicht weit genug –, konnte Davidson absehen, dass es dabei bestimmt nicht blieb. Eindeutig war die Zeit zum Rückzug reif …

Er machte kehrt, ritt zu den aufgescheuchten Pferden und konfusen Reitern und schwang den Arm über dem Kopf, um ihre Aufmerksamkeit auf sich zu ziehen.

»Treibt eure Pferde in den Fluss!«, brüllte er, wendete erneut und galoppierte noch einmal, dieses Mal allen voran, auf das Gewässer zu.

Daena hörte seinen Ruf und trat ihrem Pferd mit unbändiger Freude die Fersen gegen die Rippen. Eine Kraftfülle entfaltend, die ihr einen Schauder des Entzückens verursachte, sprang das Tier vorwärts. Wieso hatte sie nur jemals solche Furcht vor diesen Tieren gehabt? In Wahrheit hätte man meinen können, sie wären eigens *geschaffen* worden, damit auf ihnen Menschen ritten.

Wieder ist eine von den Affen verbreitete Lüge widerlegt, dachte sie verbittert, während ihr Pferd die Böschung hinablief und sich ohne zu zögern ins Wasser stürzte, unter Geschnaube immer weiter hinaus in die eiskalten Fluten vordrang. Für einen flüchtigen Augenblick erwachte Daenas alte Furcht noch ein letztes Mal, als das Pferd, sobald das Wasser zu tief war, um noch die Füße auf Grund setzen zu können, ins Schaukeln geriet; aber dann fing es zu schwimmen an, trug Daenas Gewicht ohne Mühe, seine starken Muskeln bewegten sich mit schönster Gleichmäßigkeit. Und schließlich hatten sie den Fluss durchquert, das Tier prustete und warf den Kopf hin und her, während es den festen Boden des anderen Ufers erklomm.

Birn verspürte ein ähnliches Aufwallen der Erregung, als er kräftig an der Mähne seines Pferdes zerrte, sich dabei vorbeugte und ihm anfeuernde Rufe zwischen die zuckenden Ohren johlte. Es gehorchte fast unverzüglich, drehte sich und folgte Daena ins Wasser.

Birns Grinsen verbreiterte sich, bis es fast von Ohr zu Ohr reichte. Er hatte überhaupt keine Furcht mehr, sondern fragte sich, ob er das Pferd wohl behalten durfte. In ganz kurzer Zeit hatte er das gewaltige Tier lieb gewonnen.

Tival erlebte keine so bemerkenswerten Augenblicke. Vielmehr war er nahezu außer sich vor Grauen, und hätte er es irgendwie vermeiden können, auf einem dieser dämonischen Wesen zu reiten, er hätte es unterlassen. Aber der fremde Irre ließ ihm keine Wahl, und jetzt, da wütende Schimpansen und Gorillas mit Brandkugeln und Spießen heranstürmten, sah er noch weniger eine andere Möglichkeit, als auf dem Pferd zu bleiben und zu reiten, so schnell es laufen konnte. Tatsächlich hatte er nun in gar keiner Hinsicht noch irgendeine Wahl.

Er bebte am ganz Leib, krallte die Finger dermaßen gewaltsam in die Mähne des Tiers, als wollte er ihm die Haare mitsamt den Wurzeln ausreißen, schloss die Augen und schrie aus vollem Hals, sobald sein Pferd den übrigen Reitern ins Wasser folgte.

Krull hielt sich am Schluss der Schar. Für ihn hatte das Pferd nichts Erschreckendes an sich. Diese Tiere ritt er schon sein Leben lang. Er war in das Gehege geschlichen, um sich eines auszusuchen. Wegen seines beachtlichen Körpergewichts war er zu schwer für die meisten Pferde und konnte von durchschnittlichen Tieren nur für kurze Frist getragen werden. Darum hatte er sich ein wahrhaft riesiges Tier genommen, das größte von allen. Es machte einen starken, verlässlichen Eindruck.

Während seiner Zeit als Krieger hatte er schon auf Pferden Flüsse durchquert. Dabei hatte er sich allerdings nie allzu wohl in seiner Haut gefühlt, und deshalb freute er sich auch jetzt nicht darauf.

Vielleicht lag es an dieser Anspannung, dass er für wenige Augenblicke vergaß, woraus seine eigentliche Pflicht bestand. Als er endlich tief Atem holte, die stämmigen Schenkel um die Flanken des Tiers schloss und es mit den Fersen antrieb, blickte er sich nicht um, überzeugte sich nicht davon, dass seine Herrin das Gleiche tat. Und als er sein Versäumnis bemerkte, befand er sich schon mitten im Fluss, saß auf einem schwimmenden Pferd, das er nicht wenden konnte …

Ari hatte, was Pferde betraf, keinen von Krulls Vorteilen. Weder war sie eine erfahrene Reiterin, noch kannte sie sich – abgesehen davon, dass sie Wasser fürchtete – mit tiefen Gewässern aus. Und jetzt saß sie ratlos auf einem ihr gänzlich unvertrauten Tier und sah der Aussicht entgegen, auf seinem Rücken irgendwie einen breiten Fluss durchqueren zu müssen, dessen Fluten sie vor Entsetzen fast um den Verstand brachten.

Also zögerte sie unschlüssig, versuchte Mut zu fassen, die hinderliche Panik zu bezwingen, um so handeln zu können, wie sie es zu ihrer Rettung tun musste. Sie war so sehr auf ihre missliche Lage konzentriert, dass sie gar nicht merkte, wie schnell sich vom Lagerplatz die durch Attar angeführten Krieger näherten.

Attar dagegen erspähte sie dank der gleichen Begabung, durch die ein Wolf stets das schwächste aller in Frage kommenden Beutetiere erkennt, das mögliche Opfer, das man von der Herde trennen, oder das kranke, abgesonderte Tier, das nicht fliehen konnte. Nicht dass er über den Anblick erfreut gewesen wäre. Mit dieser Äffin hatte er in ihrem Haus das Brot gebrochen, er kannte ihre Familie, er achtete den hohen Rang ihres Vaters; und am schlimmsten war, dass sein oberster Befehlshaber, General Thade, ihr noch immer Gefühle entgegenbrachte, wie gemischt sie inzwischen auch sein mochten.

Letzten Endes jedoch blieb das alles für ihn ohne Belang. In seinem Innersten war er ein ergebener Diener des Affenreiches und der Welt, die Semos, der Vater aller Affen, erschaffen hatte, und er kannte die Pflicht, die er den Affenstämmen und Semos schuldete. Sich nur vorzustellen, Affen und Menschen könnten einander gleichgestellt sein, war abscheulich.

Deshalb gab es für ihn kein Zögern.

Irgendwo in dem Durcheinander hatte er eine Bola an sich genommen. Nun wirbelte er sie über dem Kopf. Die von der Bewegung gestrafften Stränge mit den Steinen an den Enden erzeugten, indem er sie immer schneller kreisen ließ, ein gespenstisches Surren. Attar schleuderte die Bola in die Richtung Aris und ihres unsicheren, scheuen Pferds.

Die Bola traf das Tier mitten in einem Tänzelschritt und wickelte sich fest wie Ketten um die Vorderbeine, sodass es vornüber zusammenbrach, und mit ihm kam Ari zu Fall. Sie flog über den Hals des Pferds, schlug hart auf und rollte noch ein Stück weit über den Erdboden.

Davidson hatte am Ufer gewartet, um sicher sein zu können, dass die Gruppe vollzählig über den Fluss gelangte. Aber obwohl er versuchte, inmitten des Zwielichts alles und jeden im Auge zu behalten, übersah auch er – so wie Krull – einiges von dem, was sich ringsum ereignete. Er sah Ari erst eine Sekunde, bevor Attar sie mit der Bola erwischte.

Genau wie der Gorilla zögerte er nicht, sondern riss das Pferd herum und galoppierte in rücksichtslosem Tempo zu der gestürzten Schimpansin – und damit der Horde wutentbrannter, gut bewaffneter Affenkrieger entgegen.

Auf der anderen Seite des Flusses brandeten die Pferde – mit oder ohne Reiter – ans Ufer, dass das Wasser nur so spritzte und erklommen die Böschung. Als Einziger verlor Krull, zweifellos der beste Reiter des Haufens, den Halt, weil sein Pferd mit den Vorderhufen im Schlick ausglitt, halb fiel, halb sprang er vom Rücken des Tiers. Sofort rappelte er sich hoch, hielt nach seiner Herrin Ausschau und erkannte, was er schon befürchtet hatte: Sie war nicht über den Fluss gelangt. Er wandte sich um und lief hinab ans Wasser, blieb dort machtlos stehen.

Ari befand sich noch an dem Ufer, das sie verlassen hatten.

Krull konnte sie recht gut sehen. Aus irgendeinem Grund saß sie nicht mehr auf dem Pferd, sondern floh zu Fuß in Richtung einiger Felsen, die in kurzer Entfernung von der Stelle, wo die Schar ins Wasser geritten war, das Flussufer überragten.

Eine Rotte Affenkrieger unter der Führung seines ehemaligen Schülers Attar setzte ihr nach. Vor Zorn und Erbitterung bebte Krull von Kopf bis Fuß. Er war *hier,* sie *drüben,* und er *konnte ihr nicht zu Hilfe eilen!*

Attar! Bekäme er ihn nur in die Fäuste, er würde ihm das Rückgrat wie einen Zweig brechen. Doch er konnte nicht eingreifen, also warf er den Kopf in den Nacken und stieß ein Brüllen aus.

Am anderen Ufer hörte Attar den Schrei, stutzte und hob den Kopf. Seine Augen begegneten dem grimmigen Blick seines alten Mentors, und da zögerte er unwillkürlich einen kurzen Moment.

Dieser kurze Moment genügte Ari, um die Felsen zu erreichen und sich hinaufzuschwingen.

Auch Davidson sah es und hetzte sein Pferd vor den Affen auf die Felserhebung zu. Allerdings war ihm klar, dass er mit dem Tier nicht in diese Felsen reiten konnte. Schon nach ein, zwei Schritten würde es sich ein Bein brechen.

Mit aller Kraft ruckte er an der Mähne, zerrte dem grauschwarzen Hengst den Kopf nach hinten und brachte ihn zum Stehen. Er sprang ab, rannte zu den Felsen und kletterte hinauf zu Ari.

Sie hatte einen gewissen Vorsprung, schwang sich auf der Flucht vor dem Schrecklichen, das ihr drohte, in heller Panik von Fels zu Fels. Es kostete Davidson beträchtliche Mühe, sie einzuholen. Er ergriff ihre Hand, unmittelbar bevor sie die Spitze der felsigen Anhöhe erreichten, die sich über das dunkle Band des Flusses erhob.

Blindlings wollte sie sich Davidsons Griff entziehen, bis sie ihn erkannte und sich ein wenig beruhigte. Unten gelangten Attar und die anderen Affenkrieger zum Fuß der Felsenhöhe und kletterten unverzüglich herauf, laut grölend und Drohungen rufend.

Davidson zog Ari an die Felskante. Um Aris Augäpfel bildeten sich weiße Ringe, als sie hinunter auf das blickte, was sie am stärksten fürchtete. Davidson spürte, dass ihre Muskeln sich verkrampften, bis sie hart waren wie Stahlfedern.

Er beugte sich an ihr Ohr. »Du musst schwimmen«, sagte er so freundlich, wie die Lage es gestattete, aber gleichzeitig mit allem Nachdruck.

Ari schüttelte den Kopf. *»Ich kann nicht!«*, heulte sie.

Davidson hörte lockere Steine poltern. Er fuhr herum und sah Attar schon dicht unterhalb der Felsspitze. Unaufhaltsam und mit vor Entschlossenheit geröteten Augen näherte sich der Gorilla.

»Ich lasse dich nicht los«, versprach Davidson der Schimpansin. Dann sprang er und riss sie mit sich – genau in dem Moment, als Attar und mehrere andere Affen die Anhöhe erreichten.

Davidson und Ari fielen in die Tiefe, schlugen mit einem Klatschen aufs Wasser, das laut durch die Nacht hallte, und versanken in den schwarzen, kalten Fluten.

Angestrengt rang Attar um Atem, als er an der Felskante angekommen war und seine Beute im Wasser verschwinden sah.

Einige Krieger schleuderten den beiden Brandkugeln nach, ohne dass es einen Zweck gehabt hätte. Attar lohnte es ihnen mit einem angewiderten Knurren.

Auch gut. Sollte der Fluss sie verschlingen.

Erschüttert bis ins Mark stand Krull am Flussufer und sah das Pferd seiner Herrin – das Tier, das er selbst für sie ausgesucht hatte – ohne sie das Gewässer verlassen. Er schaute dem Pferd nach, das fortpreschte, dann wandte er sich wieder dem Fluss zu und spähte auf das Wasser. Gleich darauf kam Limbo in Sicht, noch immer klammerte sich der Orang-Utan mit zu Klauen gekrümmten Fingern an die Mähne seines Tiers. Krull bemerkte, dass der Sklavenhändler das Pferd so wenig lenkte, wie er die Bahn der zwei Monde am Nachthimmel hätte beeinflussen können. Aber das Tier bedurfte keiner Lenkung. Prustend und schnaubend, folgte es Aris Pferd ans Ufer und trug seinen glücklosen Reiter aus den Fluten an Land.

Kaum erkannte Limbo, dass er sich auf dem Trockenen befand, ließ er sich mit einem lauten Aufstöhnen der Erleichterung vom Pferd plumpsen, offensichtlich heilfroh darüber, dass er nur klatschnass geworden war, ansonsten jedoch keinen Schaden erlitten hatte, und einen Fluss zwischen sich und den Kriegern zu haben, die ihn zu rösten beabsichtigten.

Er betrachtete den verbrannten Fleck in seinem Fell, wimmerte und leckte sich die Wunde. Einige Augenblicke lang beobachtete Krull angeekelt sein memmenhaftes Verhalten, dann wandte er sich erneut dem Fluss zu und verdrängte Limbo vollkommen aus seinem Bewusstsein.

Hinter Krull näherte sich Gunnar dem Sklavenhändler mit den Ketten, die Limbo vor der Flussüberquerung getragen hatte. Limbo schaute auf, sah ihn und winkte ab.

»Nein, nein, warte ... Das ist nicht mehr nötig.«

Voller Abneigung maß Gunnar seinen vormaligen Peiniger finsteren Blicks. Er hatte nicht vor, sich von ihm aufhalten zu lassen.

»Wer sagt das?«, fragte er, gespenstisch mit den Ketten rasselnd.

Limbo hob den Arm und deutete auf die Affenkrieger, die am anderen Flussufer wütend schrien.

»Frag *sie!* Sie wollten mich umbringen ...«

Er sah sich die Verletzung an, berührte sie zaghaft und winselte.

»... als wäre ich bloß ein elender, dreckiger ...« Dem Sklavenhändler fiel kein passender Vergleich ein.

Daena musterte ihn mit einem harten Ausdruck in den Augen.

»Ein elender, dreckiger Mensch?«, meinte sie.

Mit finsterem Gesicht klirrte Gunnar ein zweites Mal mit den Ketten.

»Er ist ein Feigling und Lügner!«, brauste er auf und trat noch einen Schritt näher.

Limbo hob den Kopf und starrte die zwei Menschen an. Bis vor kurzem hatte er in ihnen und allen ihrer Art nichts anderes als Vieh gesehen, das man mit Brandmalen kennzeichnete und verkaufte, oder dem man Kunststückchen beibrachte. Nur Tiere, deren einziger Daseinsgrund, soweit es ihn betraf, die Möglichkeit war, mit ihnen Gewinn zu erzielen. Und er hatte im Laufe der Jahre aus dem Menschenhandel Gewinne eingestrichen, sogar riesige Gewinne.

Doch als er drüben, am anderen Ufer, Attar erblickt hatte, war klar gewesen, dass der Hauptmann auch ihn gesehen hatte. Und sobald Attar seinem teuflischen General darüber Meldung erstattete, war es mit Limbos einträglichem Sklavenhandel aus.

Wäre das alles gewesen, hätte er vielleicht noch eine gewisse Aussicht gehabt, mit dem Leben davonzukommen, aber er war zu schlau, um einem derartigen Selbstbetrug zu erliegen. Für Affen wie Attar und Thade blieb es einerlei, *wie* es ihn in die Gesellschaft dieser Bande wilder Menschen verschlagen hatte, für sie zählte nur, *dass* er sich bei ihnen befand.

Er hatte beobachtet, wie Attar eine Bola nach Ari geschleudert hatte, die immerhin die Tochter eines Senators war; und wenn der Gorilla so etwas mit *ihr* anstellte, was mochte er dann erst *ihm* antun?

Wahrscheinlich hängte er ihn am nächsten Baum auf und ließ ihm die Därme bis auf die Zehen baumeln.

Es war alles zu viel. Nach seinen Maßstäben, nach allem, was er je gewusst oder gelernt hatte, müsste er eigentlich davon ausgehen können, im Leben alles gut und richtig gemacht zu haben.

Aber die Wahrheit lautete: Er hatte sich geirrt. Diese Tatsache ließ sich nicht mehr leugnen. Sich getäuscht hinsichtlich der Lehren, die er geglaubt hatte, geirrt bezüglich dieser Wesen, die in Wirklichkeit keine Tiere waren; in allem war er Irrtümern erlegen.

Sein letzter Rest Auflehnung schmolz dahin. Er äugte zu seinen zwei Peinigern auf, die ihm mit der Kette auf den Pelz rückten, denselben Fußschellen, die er zuvor benutzt hatte, um den Menschenmann ein zweites Mal gefangen zu nehmen.

»Bitte habt Erbarmen«, flehte er leise. »Ich kann doch nirgends mehr hin …«

Auf Daena und Gunnar übte sein Flehen keine Wirkung aus. Unversehens trat jedoch Tival dazwischen, blieb vor dem Orang-Utan stehen, beugte sich vor und half ihm aufzustehen.

»Dann gehörst du jetzt zu uns«, sagte Tival und blickte dabei Daena gelassen ins Gesicht.

Verärgert drehte Gunnar sich weg. Sein Blick schweifte durch die kleine Runde abgerissener Gestalten.

»Wir sind die Einzigen, die's geschafft haben. Wir sollten unter unseresgleichen zusammenhalten.«

Verbittert sah er Daena an, als erwartete er, dass sie eine Entscheidung fällte. Verblüfft erwiderte sie seinen Blick. Ja, so war es wohl: Da Davidson verschwunden war – man konnte ihn nirgendwo mehr sehen, und zu Daenas Genugtuung auch diese verfluchte Schimpansin nicht –, ging die Führung an sie über. Und für ihr Empfinden war es geradezu unzumutbar, widersprach es ihrem gesamten Verstand, einem Affen wie Limbo – einem Sklavenhändler – zu erlauben, sich ihnen anzuschließen.

Doch war sie klug und einfühlsam genug, um zu begreifen, dass Limbo, um allen Ernstes um Aufnahme in ihr Häuflein zu bitten, eine gewaltige innere Wandlung durchgemacht haben musste.

Aber er war ein Affe und zudem Sklavenhändler. Mit unvergesslicher Deutlichkeit – schonungslos wie ein Brandmal – hatte sich ihrem Gedächtnis der Anblick der ausdruckslosen Hoffnungslosigkeit im Gesicht der Mutter eingeprägt, deren Töchterchen, als wäre sie nur ein namenloses Vieh, der kleinen Verwandten General Thades geschenkt worden war … Als *Schoßtierchen.*

Daena betrachtete Limbo, dessen Gesichtszüge während des nahezu aussichtslosen Flehens einen weichen Ausdruck angenommen hatten, dann Gunnar, dessen Miene hart war von Hass und Rachgier. Sie wusste nicht, wie sie entscheiden sollte. Sie wusste es schlicht und einfach nicht. Früher hatte ihr Vater derlei Entscheidungen getroffen. Jetzt lastete die Verantwortung auf ihren Schultern; und sie wusste nicht, welchen Entschluss sie fällen sollte.

Während sie noch mit sich rang, erschien Krulls gewaltige Gestalt in dem kleinen Kreis; der Gorilla verharrte stumm und beobachtete sie, Gunnar und Limbo. Im Gegensatz zu Letzterem konnte man Krull keinerlei Unterwürfigkeit anmerken, und sie bezweifelte, dass der alte, mit Narben übersäte Gorilla jemals so tief sinken würde. Doch auch Krull interessierte es allem Anschein nach, welche Entscheidung sie treffen würde, als wäre er der Meinung, dass sich daraus Auswirkungen ergeben würden, die sie selbst noch gar nicht absah.

Was hätte mein Vater getan?, fragte sie sich. Und zu ihrer eigenen Überraschung lautete ihr nächster Gedanke: *Was würde Davidson tun?*

Sie wusste es nicht. Beide waren fort, aber sie war da und musste einen Entschluss fassen. Vielleicht ließ es sich nicht vermeiden, dass sie sich an die Grundsätze und Regeln hielt, die ihr ganzes bisheriges Leben hindurch gegolten hatten. Affen waren schlecht. Affen waren Feinde. Menschen und Affen vertrugen sich nicht und konnten sich niemals anfreunden. So war es stets gewesen, und so sollte es immer bleiben. Für alle Zeiten.

Daena schaute dem erwartungsvollen Gorilla in die Augen. »Es hat keinen Sinn«, sagte sie kummervoll. »Es wird sich nie etwas ändern.«

Krull schwieg und regte sich nicht von der Stelle, aber Daena spürte, dass ihn eine Traurigkeit befiel, die sich durchaus mit ihrer Niedergeschlagenheit messen konnte. Diese Wahrnehmung berührte sie auf seltsame und unbehagliche Weise; bevor sie jedoch dazu Gelegenheit fand, eingehender in sich hineinzuhorchen und darüber nachzudenken, lief eine blasse Gestalt vorbei und hastete hinab zur Böschung.

Birn.

Daena und die anderen rannten ihm nach und sahen, sobald sie mit ihm gemeinsam am Flussufer eintrafen, Davidson aus dem Wasser wanken, auf dem Rücken Ari, die sich mit aller Kraft an seine Schultern klammerte.

Birn war noch jung, seine Überzeugungen, Vorurteile und Gewohnheiten hatten sich bisher nicht vollends gefestigt, waren noch nicht durch ein Leben voller Misshandlungen und Furcht mit Bitterkeit vermischt. Darum rührte der Anblick des Paars in seinem Herzen, während er beiden – Mann und Schimpansin – aus dem Wasser half, an andere Saiten, als es bei dem Rest der Fall war.

Er *wusste,* wie es auf der Welt aussah – und angeblich sein musste –, dass Menschen auf der einen, Affen auf der anderen Seite standen. Doch dieses Wissen hatte sich bei ihm nicht – noch nicht – zu jener sturen Geistesblindheit, wie sie die älteren Gruppenmitglieder zeigten, verhärtet, die nichts anderes gelten ließ.

Mit eigenen Augen sah er, dass Davidson und Ari sich nun gegenseitig stützten, sich halfen, sich nicht nur wie Ebenbürtige, sondern tatsächlich wie Gleichberechtigte behandelten, und obwohl es zu allem im Widerspruch stand, worüber er Gewissheit zu haben glaubte, war ihm der Gedanke, dass es anders werden, anders sein könnte, nicht unvorstellbar. Vielleicht war es möglich, dass beide, Affen *und* Menschen, sich änderten, die seit Anbeginn der Zeit bestehende Erzfeindschaft aufgaben und als Gleichgestellte zusammenlebten …

Und schließlich war Davidson der erschöpften Schimpansin auch noch beim Hinsetzen behilflich, ehe auch er sich auf den Erdboden hockte und erst einmal ausgiebig Atem holte.

Krull, der ein schlechtes Gewissen hatte, weil er von Aris Seite gewichen war, kam zu ihr, kniete nieder und ergriff ihre Hände.

Sie schaute ihm ins Gesicht. Er kannte Ari, seit sie in der Wiege gelegen hatte, und es bedurfte zwischen ihnen keiner Worte. Stumm streichelte sie ihm das Fell, als er, vielleicht um Tränen zu verbergen, den Kopf neigte. Sie konnte nachvollziehen, wie ihm zu Mute gewesen sein musste, und tat nun für ihn, was er im Verlauf ihres Lebens schon so oft für sie getan hatte: Sie tröstete ihn.

Die Leute sammelten sich um Davidson. In Birns jugendlichen Augen las Daena nichts als Jubel. Er freute sich, weil sein Held überlebt hatte. Andere allerdings …

Ihnen sah man Erleichterung an. Das schmerzte Daena ein wenig. Sie waren froh, weil Davidson wieder da, dass er noch am Leben war, weil …

Daena musste sich der Schlussfolgerung stellen, und wenn auch nur insgeheim: weil sie ihn für einen besseren Anführer hielten. Weil er ein Mann war. Weil er eine Kiste voller Wunderwerkzeuge hatte.

Wer kannte den *wahren* Grund? Es mochte sein, dass alle diese Umstände zu ihrer Einstellung beitrugen. Eine Tatsache blieb jedoch bestehen: Einige der Menschen, in denen sie seit jeher *ihren* Stamm gesehen hatte, wollten sich lieber von diesem hergelaufenen, undurchschaubaren Fremdling als von Karubis Tochter führen lassen.

O ja, das tat weh.

Gar nicht zu reden von …

Sie stapfte zu ihm, schob die Umstehenden beiseite und besah sich Davidsons Schultern aus der Nähe. Blut war in die zerfetzten Überreste seines Hemds gesickert. Die Schimpansin hatte Krallen und mit ihnen Spuren auf seiner Haut hinterlassen.

Nur aus Furcht?, fragte sich Daena. *Oder aus dem gleichen Grund, aus dem der Sklavenhändler seine Ware brandmarkte, nämlich um sie als Besitz zu kennzeichnen?*

»Sie hat dich verletzt«, sagte sie zu Davidson.

Davidson blickte ihr ins Gesicht. Er hatte etwas in ihrem Ton wahrgenommen, von dem er aber nicht genau wusste, was es bedeutete. Er fühlte sich müde bis in die Knochen, troff vor Nässe und fror, und nicht nur dadurch, sondern auch infolge der überhöhten Adrenalinausschüttung fing er an zu zittern. Das geringe Maß an Kräften, über das er noch verfügte, erachtete er als zu wertvoll, um sie mit dem Versuch zu vergeuden, die Verschlingungen in Daenas verdrehtem Geist zu entwirren.

»Sie hat sich gut festgehalten«, gab er zur Antwort.

Daena stieß etwas aus, das sich sehr wohl mit einem Knurren vergleichen ließ, klatschte ein Bündel feuchter Blätter auf die Kratzer, knetete das Grünzeug mit starken Fingern und rieb es in die Wunden.

»Ja, gewiss«, äußerte Daena. »Ich habe gesehen, wie sie dich angafft …«

Mittlerweile war Davidson ziemlich benommen, doch diese Bemerkung konnte er unmöglich überhören. Er zwinkerte, drehte den Kopf und sah Daena über die Schulter an. Ihre Miene wirkte so normal, als hätte sie gerade festgestellt, dass morgens die Sonne aufgeht.

Er blinzelte ein zweites Mal. »Sie ist 'n Schimpanse …«

»Eine *Schimpansin*«, berichtigte ihn Daena.

Ungefähr in diesem Augenblick spürte Davidson, was für eine Kraft sie in den Fingern hatte. Sie massierte seine Schultern derartig energisch, als hätte sie vor, die Schulterblätter von der Wirbelsäule zu lösen.

»Au …!«

Geringschätzig rümpfte Daena die Nase und verstärkte den Druck. »Das sind Goma-Blätter.«

Es fühlte sich an, als würde sie sämtliche harmlosen Kratzer, die Ari ihm beigebracht hatte, weit aufreißen und Salzsäure hineingießen.

»Und die sollen helfen?«, erkundigte sich Davidson in kläglichem Tonfall.

Nun arbeitete Daena mit vollem Körpereinsatz. Sie stemmte sich auf Davidsons Schultern wie ein Bäcker beim Teigkneten. Wie ein *herkulischer* Bäcker ...

»Erst wird dein Leib kribbeln«, erklärte Daena nahezu verträumt.

Davidson wand sich in ihren Fäusten.

»Danach wird's dir ein bisschen schwindelig ...«

Schwindelig? Gütiger Himmel, ihm war schon *längst* schwindelig. Wahrscheinlich weil ihre Heilbehandlung eher dem Versuch ähnelte, ihn zu erwürgen.

Verwirrt schaute er sie an.

»Und falls dir nicht am ganzen Körper ein Fell wächst ... bist du geheilt.«

Grob kniff sie ihn ein letztes Mal in die Schultern und wandte sich mit einem Auflachen ab.

Als er merkte, dass sie mit ihm einen derben Scherz trieb, fiel ihm die Kinnlade runter, und er machte ein langes Gesicht. Die Tatsache, dass die Umstehenden gleichfalls schallend lachten, erlaubte an dieser späten Erkenntnis keinen Zweifel.

Ihm wurden die Wangen unnatürlich heiß, aber er blickte Daena fest in die Augen. Sie hörte auf zu lachen und erwiderte spöttisch seinen Blick, doch ihr Gesichtsausdruck wandelte sich leicht. Ihre Miene spiegelte nun Trotz und gleichzeitig fast sanftmütige Nachgiebigkeit wider. Davidsons innere Hitze wurde stärker, und nicht ausschließlich auf Grund seiner Verlegenheit.

Was es auch sein mochte, das zwischen ihnen geschah, offenbar gingen davon unmissverständliche Zeichen aus; unzweideutig auch für eine Schimpansin.

Ari hatte mit Krull zusammengehockt und mit ihm ein leises Gespräch geführt, aber nun sprang sie auf und eilte zu Davidson.

»Attar und seine Krieger dürften irgendwo flussabwärts eine Furt finden. Wir sollten aufbrechen.«

Davidson rappelte sich stöhnend hoch. Daena und Ari wechselten harte Blicke tiefer Feindschaft.

»*Du* hast dich ja *schnell* erholt«, sagte Daena mit von Sarkasmus triefender Stimme zu der Äffin.

Tival kam zu Davidson gelaufen und winkte aufgeregt, um seine Aufmerksamkeit zu erregen. Sobald er sie hatte, deutete er auf die oberste Kante der Felswände, die an dieser Seite das Tal säumten.

Wegen des unzulänglichen Lichts erwies es sich als außerordentlich schwierig, etwas zu erkennen, aber Davidson kniff angestrengt die Lider zusammen und erspähte endlich, was Tival meinte: zwei mit komplizierten Stammestätowierungen verzierte Männergesichter, die sie von dort oben beobachteten.

Sobald die Fremden bemerkten, dass Davidson sie gesehen hatte, verschwanden sie. Davidson wartete eine Zeit lang ab, doch als sie sich nicht mehr zeigten, ließ er die Pferde holen.

Es war höchste Zeit, um nach Calima zu reiten.

9. Kapitel

In der Affenstadt war die durch die Flucht der wilden Menschen verursachte, nahezu panikartige Aufregung inzwischen etwas verebbt, doch pochte ihr Herz jetzt in dunklerem, ernsterem Takt. Die Stadt erbebte unter dem unheilvollen Klang der Kriegstrommeln.

Wie stets in solchen Zeiten hielten sich die Bürger den Straßen weitgehend fern, die Mütter blieben daheim und betreuten die Kinder, während die männlichen Affen sich entweder selbst kampfbereit machten oder anderen Affen nach Kräften bei den Vorbereitungen halfen.

Den Brennpunkt all dieser Kriegsvorbereitungen gab ein großer Platz in der Stadtmitte ab, ein von Zeughäusern gesäumter Sammelplatz, an dem auch die Kommandostelle der Führer des wachsenden Heers stand. Seit Tagen sammelten sich die Krieger, kamen von den näher gelegenen Außenposten in die Stadt geritten, oder sie kramten, wie es bei zahlreichen ergrauten Altkriegern der Fall war, Rüstung und Waffen aus halb vergessenen, staubigen Truhen hervor, legten sie an und stellten sich ein weiteres Mal der Aufgabe, die Heimatstadt zu verteidigen. Wäre Krull in der Stadt gewesen und hätte er noch gewusst, auf wessen Seite er eigentlich stehen sollte, ohne Zweifel wäre auch er in die Reihen des Heers zurückgekehrt, vielleicht sogar als hoher, General Thade beinahe gleichrangiger Heerführer – vorausgesetzt allerdings, er hätte seinen alten Zwist mit dem General beilegen können.

Aber Krull war nicht da, deshalb stand Attar unter dem eindrucksvollen Eingangsportal der Kommandostelle und schaute auf den Sammelplatz, auf dem sich schon Hunderte von Kriegern in Reih und Glied aufgestellt hatten; und mit jedem Augenblick trafen mehr ein.

Sein Blick schweifte noch über die Heerscharen, da betrat Thade das Gebäude, sah ihn und zog ihn beiseite, um unter vier Augen mit ihm zu sprechen.

»Wo ist er?«, wollte Thade erfahren.

Attar brachte es nicht fertig, seinem Oberbefehlshaber ins Gesicht zu sehen. Er empfand überwältigend tiefe Scham, weil er an dem vergleichsweise leichten Auftrag gescheitert war, eine Hand voll barbarischer Menschen einzufangen.

»Die Flüchtigen haben den Fluss überquert«, gab er schließlich Auskunft.

Thades Stimme stockte, falls überhaupt, nur kaum merklich, obwohl er so überrascht war, dass Fassungslosigkeit ihm die Kehle zuschnürte. »Du hast sie nicht aufgehalten?« Ungläubig starrte er Attar an.

Attar zögerte mit der Antwort. Verbittert erinnerte er sich an die lächerliche Schlappe, die er in dem Berglager erlitten, die Art und Weise, wie der Wilde ihn überlistet hatte. Er war nicht nur entwischt, sondern hatte außerdem das Lager zerstört und die Pferde der Krieger fortgetrieben.

Die Pferde. Das war das Unglaubliche an dem ganzen Vorfall.

»Sie sind auf Pferden geritten«, gestand er dem General.

Thade schwieg, las nur in Attars Miene. Attar wusste, dass böse Blicke bei manchen Heerführern nichts zu bedeuten hatten und man sich um sie nicht zu scheren brauchte. Bei Thade jedoch konnte ein stummer Blick der Ungnade das Ende einer Laufbahn ankündigen – oder sogar Schlimmeres, nämlich den Tod.

»Pferde?«, wiederholte Thade nach einer Weile mit gepresster Stimme.

Attar seufzte. »Ja, General. Auf *unseren* Pferden.«

Auch dieses Mal schwieg Thade, aber diesmal wurde Attar tatsächlich mulmig zu Mute, denn das Schweigen ähnelte der

Stille unmittelbar nach einem Blitzschlag, bevor der Donner dröhnt, oder dem Augenblick der vollkommenen Ruhe, ehe ein Sturmwind hereinbricht …

Attar wandte sich um, doch Thade war von seiner Seite verschwunden.

Er hatte einen mit Wandgehängen geschmückten Saal betreten, in dessen Mitte wie ein Schneesturm aus Kristallen ein großer Kerzenleuchter an der Decke hing.

Thade *raste* mit weiten Sätzen durch den Saal, sprang die Wand an und erklomm sie, die Senkrechte konnte ihn nicht abschrecken, seine zu Klauen gekrümmten Finger und Zehen glichen wahren Kletterhaken. Er erstieg das Wandgehänge, als wäre er eine Spinne im Netz, erreichte die Decke und vollführte einen Sprung.

Ein Zittern befiel Attar, als Thades weiter Sprung mit einem Klirren und Klimpern im Kerzenleuchter endete. Mit einer Hand baumelte Thade an dem Leuchter, rings um ihn klingelte und schellte Glas, während er das Schwert zückte.

Noch immer hatte er keinen Laut von sich gegeben, und auch jetzt, während er die überaus scharfe Klinge seiner Waffe durch die Seilaufhängung des Kerzenleuchters hieb, sie so säuberlich durchtrennte wie ein Henker den Hals eines Verurteilten, blieben seine Lippen stumm.

Hunderte Kerzen erbebten, als sich der ganze Leuchter von der Decke löste. Mitsamt Thade, dessen Schwert wie ein Giftzahn schimmerte, stürzte er herab und zerkrachte in der Saalmitte, Kerzen zerbrachen, Glas zersplitterte, dann ging das viele Wachs in Flammen auf, ein großer Feuerball leuchtete.

Aus der Glut kam, kaum angesengt, Thade zum Vorschein, wirkte ganz so, als nähme er das Ergebnis seines ungezügelten Wutanfalls gar nicht wahr.

Er verließ das Gebäude, strebte zu seinem Pferd und saß behände auf, wartete anschließend in völliger Gelassenheit, bis Attar sich ihm mit der gleichen, achtsamen Vorsicht näherte wie einer zischenden Brandkugel.

Der einzige Hinweis auf das, was Thade vorhin getan hatte, waren die zwei, drei tiefen Atemzüge, die seine Brust dehnten, als Attar zu ihm trat. Sobald Attar vor ihm Haltung angenommen hatte, beugte sich Thade herab und schaute dem entgeisterten Hauptmann in die Augen.

»Vergib mir. Ich zürne dir nicht. Mein Vater ist gestorben ...«

Attar wusste schon Bescheid, aber er und Thade hatten darüber noch kein Wort verloren. Und nun fühlte er mit dem General. Er reckte sich zu ihm hinauf, und die beiden Affen umarmten sich, fanden einer Trost in der Kraft des anderen, Kraft auch in der gemeinsamen Hingabe an die ehernen Gebote der Pflicht. Sie waren Krieger, aber das hieß keineswegs, dass sie nicht auch Affen sein durften.

»Einst war er ein großer Führer«, sagte Attar heiser. »Deine Familie stammt geradewegs von Semos ab.« Seine Stimme gewann an Stärke, verwandelte sich in ein Sprachrohr all dessen, das ihnen beiden am teuersten und am wichtigsten war: Pflichttreue, Affentum, Ehre, Freundschaft und Semos.

»Nun ist für dich die Stunde da«, rief Attar donnernd, *»um die Führung zu übernehmen.«*

Die zwei Krieger blickten einander an. Hinter ihnen, im Saal des Hauptquartiers, knisterte das Feuer. Vor ihnen entbrannte allmählich eine andere Art von Glut, ein Feuer in den Herzen der auf dem Sammelplatz angetretenen Krieger, die schon kampflüstern die Zähne fletschten, deren Waffen und Rüstungen leise klirrten.

Thade nickte.

»Das Heer soll sich ordnen«, lautete seine Antwort.

Attar drehte sich um und stapfte auf den Platz. In der vordersten Reihe standen seine Unterführer und warteten auf die Befehle des Generals.

»Feldmäßige Aufstellung einnehmen!«, brüllte Attar, die wilde, überbrodelnde Erregung verspürend, die jeder echte Krieger empfand, wenn man schließlich zum Schwert griff, endlich Blut fließen sollte.

»Zum Abmarsch fertig machen! *Stoßt in die Posaunen!*«

Prompt erschollen die Posaunen mit solcher Gewaltigkeit, dass ihm das Blut nur so durch die Adern zu schäumen schien und ihm gleichzeitig ein eisiger Schauder des Entzückens über den Rücken rann. Immer gellender ertönte der Ruf der Posaunen, während Attars Unterführer zwischen den Kriegern umhereilten, sie zu Rotten, Bannern, Scharen und Haufen ordneten.

Die Stadt wurde aufmerksam, als der langsame, schwere Marschtritt des Affenheers regelmäßige Schwingungen durch Stein und Bein sandte. In voller Einmütigkeit zogen die Krieger mit tadellosem Gleichschritt aus den Mauern ins Feld: Schimpansen in Kettenhemden, auf den Köpfen glänzende Spitzhelme; schwergewichtige Gorillas in behäbiger Anmut, die niedrige Stirn geschützt durch Bronzehelme in der Größe von Waschschüsseln, die wuchtigen Leiber bewehrt mit eisernen Brustpanzern, auf denen goldene Ziselierungen glitzerten und die ein Mensch nicht heben, geschweige denn am Körper hätte tragen können.

Trommelklang übertönte das Dröhnen der Füße und das schrille Jaulen der Sackpfeifen, ein Wummern wie von tausend Herzschlägen, Trommelwirbel, die sich in die Seele hämmerten.

In den Wohnhäusern der Stadt lauschten Mütter, Kinder und Alte geduckt und still, voller Unbehagen, auf den kriegerischen Lärm. Die männlichen Jungaffen hingegen drängten sich auf den Dächern und jubelten dem ausrückenden Heer zu, überschütteten die Krieger mit Blumen, die wie bunte Schneeflocken auf sie hinabwehten.

Das Affenheer, ein scheinbar endloser Strom von Erz, Fell und urwüchsiger Kraft, verließ im Schein Tausender entzündeter Fackeln die Stadt durch das Haupttor; das Herzblut der Bewohner, begleitet vom Klang der Posaunen, Trommeln und des Jubels, schickte sich an, die Stadt zu schützen, begab sich auf den Weg, um den Feind zu schlagen, zu bezwingen und zu vernichten.

An der Spitze des gewaltigen Heerzugs ritt General Thade, die gewundenen Goldverzierungen seines Brustpanzers glommen wie glühende Kohlen. Glommen wie seine Augen.

Thade war sehr zufrieden.

Tod allen Menschen!

Von weitem glich das Lagerfeuer lediglich einem einzelnen Lichtpünktchen inmitten der ausgedehnten Hochebene. Fortwährend wogte der Wind über flache Höhenzüge aus Fels und Staub, blies rund um die Feuerstelle die Asche empor, erzeugte kleine Wirbel, die nach flüchtigem Stieben verwehten.

Zu trostloser Nachtstunde scharten sich Menschen und Affen in öder Umgebung um das Feuer und bewahrten überwiegend Schweigen; entweder waren sie vor Erschöpfung abgestumpft, oder das Grübeln über die Ungewissheit der Zukunft machte sie sprachlos.

Am schweigsamsten blieb Krull, der zusammengekauert dicht am Feuer saß und verschleierten Blicks in die Flammen starrte. In der Faust hatte er einen dünnen Ast, mit dem er ab und zu die Glut schürte; ansonsten jedoch verhielt er sich so lebhaft, als wäre er ein mit Fell umhüllter Felsklotz.

Aber plötzlich stieß er ein gedämpftes Brummen aus, stand auf und entfernte sich an den Rand des kleinen Lagerplatzes; dort bezog er als Wächter Aufstellung, spähte hinaus in die Nacht.

Davidson und Ari beobachteten den Gorilla.

»Er wird bis zum Morgen Wache halten«, sagte Ari leise.

Davidson nickte. Er kannte diesen Typ von Soldat. Auch das war eine der häufig verblüffenden Übereinstimmungen zwischen Affen und Menschen. Anscheinend waren Soldaten sich eben immer und überall ähnlich, ganz egal ob ihre Häute nackt oder mit Fell bedeckt waren.

»Keine Frage, man sieht ihm an, dass er gedient hat«, antwortete Davidson.

Ari veränderte geringfügig ihre Haltung, um so sitzen zu

können, dass ihre zahlreichen Schrammen und Blutergüsse ihr keine Beschwerden verursachten. Davidson konnte sich vorstellen, was sie zu leiden hatte. Auch sein Körper fühlte sich an, als wäre er unter eine Straßenwalze geraten.

»Einst war er Heerführer«, erklärte Ari. »Bis er sich gegen General Thade gestellt hat. Nachdem Thade seiner Laufbahn ein vorzeitiges Ende bereitet hatte, ist er von meinem Vater bei uns aufgenommen worden.«

Davidson gab ein Brummeln von sich, lehnte sich zurück und hob den Blick in den Nachthimmel, fragte sich, welchen Ursprung die Meinungsverschiedenheit zwischen Thade und Krull wohl gehabt haben mochte. Lautlos gleißten die Gestirne; falls Sternbilder sichtbar waren, kannte er keines davon. Früher war er Pilot gewesen, doch selbst in einer Zeit, in der die Flugzeuge praktisch automatisch denken und fliegen konnten, mussten angehende Piloten noch die Sternbilder in- und auswendig lernen. Doch das Firmament, das er über sich sah, war ihm ein Rätsel. Wieder einmal wurde ihm bewusst, wie weit fort von daheim er sich befand.

Diese beiläufigen Gedanken trübten seine Stimmung merklich, darum widmete er seine Aufmerksamkeit wieder weltlicheren Angelegenheiten. Selbstverständlich war das Lager nur ein Provisorium, umfasste nichts als ein Feuerchen und eine Anzahl darum versammelter Leute. Wie üblich hielten sich die Menschen getrennt von den Affen und bildeten in einigem Abstand von der Stelle, wo Limbo lag und vorhin auch Krull gehockt hatte, eine kleine, eng zusammengerückte Traube Sitzender und Liegender. Daena, Gunnar, Birn und auch Tival, dessen menschliche Eigenheiten sich nach und nach gegen sein gewohntes, Ari schuldiges Pflichtbewusstsein durchsetzten, wirkten auf den ersten Blick wie die Ballung einer gegen alle Affen gerichteten Abneigung und Geringschätzung.

Und doch konnte Davidson in der Mauer der Vorurteile erste Risse erkennen. Tival verursachte es sichtlich ein schlechtes Gewissen, dass er seine Herrin vernachlässigte, und Birn warf Davidson immer wieder sehnsüchtige Blicke zu, als säße er lieber neben ihm, selbst wenn es gleichzeitig bedeutet hätte, neben der Schimpansin sitzen zu müssen. Auch in Daena ging irgendetwas vor, aber was, das wusste Davidson gegenwärtig noch nicht zu sagen. Allerdings glaubte er, dass es eher mit weiblichen Denkmustern als mit irgendwelchen Fragen einer etwaigen Solidarität zwischen Affen und Menschen im Zusammenhang stand.

Nur Gunnar, aus dessen Miene nie das trotzige Brüten wich, schwelgte anscheinend noch in der Selbstgefälligkeit puren Affenhasses.

Gütiger Himmel, was für miserable Verhältnisse hier herrschen, dachte Davidson. Als einzige erfreuliche Aussicht betrachtete er es, dass alles, was sich hier abspielte, überhaupt nicht sein Problem war, denn sobald er zum Sendeort des anderen Peilgeräts vordrang, dessen Echo er unverändert mit dem eigenen Gerät empfing, konnte er dorthin zurückkehren, wohin er gehörte, durfte diese Welt, auf der alles Kopf stand, wo er sich in abwegigen Verstrickungen zu verfangen drohte, endgültig sich selbst überlassen.

Ari bemerkte seine Blickrichtung und erriet möglicherweise ein paar seiner Überlegungen.

Mit einer Kopfbewegung wies sie hinüber zu den Menschen. »Sie glauben, dass du sie rettest«, sagte sie. »Aber nach dem morgigen Tag, wenn du deine Freunde gefunden hast, sehen wir dich nie wieder.«

Davidson entging nicht, wie sie vom »sie« zum »wir« wechselte.

Aber was zum Teufel das nun wieder zu bedeuten hatte, auch damit brauchte er sich in Kürze nicht mehr zu befassen.

»Genau das versuche ich denen ja schon die ganze Zeit begreiflich zu machen. Ich habe ihnen nie irgendwas versprochen.«

Ari guckte zum Himmel. »Nein, du bist einfach von den Sternen gefallen.« Sie traf diese Feststellung, als müsste er sich dafür entschuldigen.

Dazu kam Davidson keine Antwort in den Sinn, also sagte er nichts. Nach einem Moment des Schweigens brach Ari ein Stückchen der Nahrung ab, die Krull und die anderen am Abend gesammelt hatten, steckte es behutsam in den Mund und kaute bedächtig. Ein Krümel blieb an ihrer Lippe kleben; sie hielt inne und wischte ihn sorgsam fort.

Auf der anderen Seite des Lagerfeuers beobachtete Daena die Äffin aus dem Augenwinkel. Auch die Menschen aßen etwas, aber es gab einen augenfälligen Unterschied. Es verdutzte Daena, bisher nicht darauf aufmerksam geworden zu sein. Im Hocken fassten Gunnar und Birn mit beiden Händen zu, stopften sich bis an den Rand Essen in den Mund, grunzten und schnauften wüst bei ihren gierigen Bemühungen, Futter den Rachen hinabzuschlingen.

So wie ich es tu, dachte Daena überrascht. Während sie Ari verstohlen beobachtete, wischte sie sich mit dem Handrücken Speisereste von den Lippen. Die Äffin hatte ein so gemessenes Verhalten, vollführte so sparsame Bewegungen. Sie fraß nicht wie ein hungriges Tier. Und ebenso wenig Davidson, erkannte Daena.

Versonnen betrachtete sie den Brocken, an dem sie bislang geknabbert hatte. Schließlich benutzte sie die rechte Hand, um ein mundgerechtes Stück abzubrechen. Sie schob es in den Mund und zwang sich zu gemächlichem Kauen.

Nicht übel …

Sie kam sich dabei fast … anmutig vor.

Tival hatte ihr zugeschaut. Er schmunzelte ein wenig.

»Es liegt nicht daran, wie sie isst. Es gefällt ihm, wie sie denkt.«

Daena errötete. Sie legte das Essen weg, stand mit einem Ruck auf, wandte sich schroff ab und entfernte sich im Laufschritt ins Dunkel der Nacht …

Gunnar sah Tival an und grinste verdrossen. Auch Birn hatte Daena beobachtet, aber er wusste nicht, was ihr Verhalten zu bedeuten hatte. Irgendwelcher Weiberkram, vermutete er. Und obwohl er Frauen nicht uninteressant fand, drehte sich sein gesamtes Denken fast vollständig um Davidson und Träume von Ruhm. Noch nie hatte er einen so mutigen, einfallsreichen und mitreißenden Menschen wie diesen Fremden gekannt, der von sich behauptete, von den Sternen zu stammen. Er sah sich Seite an Seite mit Davidson schreiten, in der Faust ein gewaltiges Schwert (oder vielleicht eine jener Donnerwaffen, von denen der Gorilla Krull eine zerschlagen hatte) und Affen niedermetzeln – die Schwärmerei eines Jugendlichen, aber das erste Mal hatte er Träume, die in überhaupt irgendeine Zukunft wiesen.

In der Ebene rannte Daena geradeaus, bis sie nicht nur den Lagerplatz, sondern auch ihre Verlegenheit hinter sich hatte. Das gedämpfte Gurgeln eines Gewässers erregte ihre Aufmerksamkeit, und sie lief langsamer.

Ein paar Schritte entfernt sprudelte ein kleiner Quell aus den Felsen. Sie näherte sich der Quelle, betrachtete das bescheidene, noch kraftlose Rinnsal und dachte angestrengt nach. Sie sah umher, um sicherzugehen, dass sie allein war.

Dann holte sie ein kleines Tuch hervor und tauchte es ins Wasser. Sie streifte rasch die Kleidung ab und reinigte ihren von getrocknetem Schweiß speckigen Körper.

Wenngleich die folgenden zwei Tage und Nächte in der Hochebene kühl waren – fast frostig –, brannte die Sonne beim mittäglichen Höchststand nahezu mit der Hitze eines Hochofens herab. Deshalb hatte Davidson einige Änderungen veranlasst.

Sobald die Temperatur tagsüber unerträglich wurde, schlugen sie im Schatten ihr Lager auf, kümmerten sich um die Pferde und ließen sie ausruhen; erst am Abend setzte man den Weg fort.

Soweit Davidson es anhand grober Schätzung und der wenigen Angaben, die er von Affen und Menschen erhalten hatte, bestimmen konnte, mussten sein Ziel und der Ort namens Calima dicht zusammenliegen, falls nicht sogar an ein und derselben Stelle. Und sollten seine Berechnungen richtig sein, war heute der Tag, an dem sie das Ziel erreichen mussten.

Der altbewährte Adrenalinstoß der Hoffnung drängte ihn vorwärts, und jeder neue Höhenkamm sah für ihn aus, als könnte er der letzte sein, der ihn von seinem Ziel trennte.

Sobald die Morgensonne die steinig-sandige Ebene erwärmte, erhob sich jedes Mal ein Schleier aus Staub und verdunstendem Tau in die Luft und beeinträchtigte die Sicht, wenn Davidson auf eine Anhöhe trabte und über die schier endlose, gewellte Landschaft vorzeitlicher Felsen blickte.

Er ließ sein Pferd halten und spähte in die Ferne, seine Augen mit der Hand beschirmend. Dort gab es etwas, das dem Aussehen nach keine Felsformation sein konnte …

Hinter ihm erschien Krull, bemerkte die Richtung, in die Davidson schaute, und stieß einen Brummlaut aus.

»Calima«, sagte er.

Davidson sprang vom Pferd, unbezähmbare Erregung pulste durch seine Adern. Er starrte in den Dunst, dann kauerte er sich nieder und klappte seine Kiste auf; es dauerte einen Moment, das Peilgerät herauszukramen und in Betrieb zu nehmen, doch als es endlich so weit war, hörte er, wie üblich, Keuchlaute des Staunens von den technisch Unwissenden, die ihn umringten.

Erneut oszillierte unter Davidsons wachsamen Augen der Peilstrich über den kleinen Monitor. Wieder erschienen die zwei Blinkpunkte, und das Piepsen, das die Peilung begleitete, klang diesmal so laut wie noch nie. Am Anfang war zwischen den Punkten ein deutlicher Abstand zu sehen gewesen. Jetzt blinkten sie so dicht zusammen, dass sie fast wie ein einzelner Leuchtpunkt wirkten, und das Gepiepse war zu einem nahezu ununterbrochenen Zwitschern geworden.

Er hob den Blick.

Verdammt noch mal, wäre nicht dieser blöde Dunst, könnte ich sie wahrscheinlich schon sehen …

Davidson konnte sich nicht mehr zurückhalten. Seit er auf diesen Planeten verschlagen worden war, hatte er auf diesen Moment gewartet, dafür *gekämpft.* Jetzt war es fast so weit, und er schaffte es nicht mehr, geduldig zu sein.

Er klemmte sich das Peilgerät unter den Arm, sprang zurück aufs Pferd, trat ihm die Fersen in die Flanken und ritt in vollem Galopp nach Calima.

Der Wind fuhr ihm durchs Haar, während er dahinsprengte und unterwegs immer wieder einen Blick auf den Monitor warf. Je weiter er ritt, desto näher rückten die zwei Punkte zusammen.

Aus dem Peilgerät drang jetzt ein pausenloses, schrilles Pfeifen, als wäre die Anlage ebenso aufgeregt wie er. Nach und nach lichtete sich der Nebelschleier vor Davidsons Augen, und er erreichte das Ende seiner Odyssee.

Vor ihm lag Calima …

Stumm. Kalt. Leer.

Heftig brachte er den Hengst zum Stehen, sprang ab und wartete auf die Ankunft seiner Begleiter. Das Donnern ihres Hufschlags glich einem Echo seines rasend wummernden Herzens.

Er betrachtete Calimas trostlose Szenerie, versuchte den Tsunami der Verzweiflung, der alle seine Hoffnungen fortzuschwemmen drohte, in Schach zu halten. Unentwegt heulte das Peilgerät, ein zusammenhängendes elektronisches Jaulen gellte heraus, das ihm so laut erschien, als könnte man damit Tote wecken.

Und genau das wäre erforderlich, dachte Davidson. *Das ist keine Stadt. Es ist ein Friedhof.*

Und wo war die Raumkapsel seiner Kameraden?

Er hob das Peilgerät in Brusthöhe und starrte auf den Monitor. Den Anzeigen zufolge *musste* hier eine Raumkapsel sein. Oder wenigstens *irgendetwas* von Bord der *Oberon,* das entsprechende Identifikationssignale ausstrahlte. Ein Irrtum war ausgeschlossen. In diesem technologisch der Steinzeit angehörenden Höllenloch von einem Planeten existierte nichts, was derartige Impulse hätte imitieren können. Davidson war kein

Funkexperte, doch er wusste, dass man solche Signale digital verschlüsselte, um zu verhindern, dass bei der Identifizierung Fehler auftraten. Selbst wenn diese Affen die Elektrizität entdeckt und eine Art von primitivem Sender gebaut hätten, wären sie zweifelsfrei noch um Jahrhunderte von den Computerkenntnissen getrennt, die sie bräuchten, um derlei Impulse zu verschlüsseln.

Nein, wenn das Peilgerät Funksignale auffing, *mussten* es die Impulse sein, auf die der Apparat hinwies: Identifikationssignale der *Oberon.* Es gab gar keine andere Möglichkeit.

Aber er sah *keine Raumkapsel.* Davidsons Blick schweifte über Calimas Ruinen. Vielleicht war die Kapsel außerhalb der Stadt gelandet, wo er sie gegenwärtig noch nicht sehen konnte …

Die anderen holten ihn ein, offensichtlich verwundert, weil er so plötzlich angehalten hatte. Alle blickten umher, suchten nach einem Grund, doch sahen sie in dieser weiten Einöde nichts als Calima.

Davidson hielt ratlos das Peilgerät an die Brust und starrte auf den Monitor, als könnte er die Raumkapsel der *Oberon* durch bloße *Willenskraft* sichtbar machen. Noch immer lärmte der Apparat wie ein Wecker, der sich nicht mehr abschalten lässt. Davidson schüttelte den Kasten. Der starrsinnige digitale Rechner teilte ihm hartnäckig und so laut er konnte mit, dass sich hier irgendwo eine *Raumkapsel* befinden musste.

Aber *wo?*

Als Erster begriff Gunnar – vielleicht auf Grund seines eingefleischten, unausrottbaren Pessimismus – die genaue Bedeutung dessen, was in Davidsons Miene geschrieben stand.

Anfangs musterte er ihn ungläubig, dann voller Verärgerung. »Sie sind nicht da«, sagte er halblaut.

Als Davidson nichts entgegnete, war dies den Umstehenden Antwort genug. Jeder von ihnen hatte mit Davidsons Geschichte Hoffnungen oder Träume verknüpft. Und nun, da sie aus seinen erschlafften Gesichtszügen unmissverständliche Enttäuschung ablasen, verschlug die Bestürzung auch ihnen die Sprache.

Gunnars Miene verfärbte sich, als er sich die Konsequenzen verdeutlichte, zusehends bläulich-rot. Plötzlich verlor er die Beherrschung.

»Sie waren nie da!«, brauste er auf.

Daena schob sich zwischen ihn und Davidson, ihr Gesicht spiegelte tiefe Betroffenheit wider. Ihre Stimme zitterte, als sie sich an ihn wandte.

»Aber du hast gesagt … dass sie gekommen sind, um dich zu holen.« Man hätte meinen können, sie wäre ein Kind, dem man zum Geburtstag ein lang ersehntes Spielzeug versprochen, aber dann doch nicht geschenkt hatte.

Ari, Krull und Limbo, die wie gewöhnlich getrennt von den Menschen ritten, beobachteten Davidson, ohne ein Wort zu sagen. Auf einmal reckte Limbo den Kopf empor und schnupperte mit höhnischer Übertriebenheit in der Luft.

»Ich kenne diesen Geruch.« Er schnupperte ein zweites Mal. »Ja, richtig … Es bedeutet großes Verhängnis.«

Davidson, den die Bitternis zu überwältigen drohte, drehte sich ruckartig um und lief in einen steinernen Zugang, der ins Innere Calimas führte, Semos' Ruinenstadt, die jetzt, auch als Stadt seiner gestorbenen Hoffnung bezeichnet werden musste.

Calima war eine seltsame Stätte. Die gleichmäßige Anordnung der brüchigen Steintürme hatte etwas absonderlich Vertrautes an sich – sie neigten alle in dieselbe Richtung –, aber Davidson fiel nicht ein, an was sie ihn erinnerten.

Der Stein rings um die Ruinen hatte Spalten und Verwerfungen, als hätten in diesem Gebiet vor Zeiten vulkanische Kräfte ihr zerstörerisches Werk verrichtet. Doch das alles nahm Davidson nur nebenbei wahr. Im Wesentlichen konzentrierte er sich nach wie vor ganz auf das Peilgerät, das ihm durch unvermindertes Piepen beteuerte, *hier* und sonst nirgends auf diesem Planeten würden Identifikationssignale der *Oberon* abgestrahlt.

Noch hatte er nichts entdeckt. Aber er hatte den Apparat so umgeschaltet, dass die Lautstärke zwischen der eigenen Position und den Koordinaten der mysteriösen Impulse variierte und es als grober Richtungsfinder fungieren konnte.

Durch dieses Verfahren gelangte er schließlich an einen Höhleneingang. Das Peilgerät in den Händen, verharrte er, versuchte mit den Augen die Finsternis des Hohlraums zu durchdringen. Falls er die Anzeigen richtig verstand, dann besagten sie, dass der Sender irgendwo *im Innern* dieser Höhle sein musste.

Davidson atmete tief ein, rückte die Schultern gerade und betrat den Zugang. Er geriet in einen dunklen Gang mit steinernen Wänden.

Schon nach kurzer Strecke musste er langsamer gehen. Der Fußboden stellte sich als tückisch heraus, und obwohl aus dem Freien ein wenig Sonnenlicht eindrang, blieb es düster und trüb. Auch der schwache Glanz, den der Monitor des Peilgeräts verströmte, änderte daran kaum etwas.

Unvermittelt nahm der Höhlengang in einer Kurve einen steilen abwärtigen Verlauf, eine Merkwürdigkeit, die Davidson Anlass zum Nachdenken gegeben hätte, wäre ihm danach zu Mute gewesen, Zeit damit zu verschwenden. Natürlich entstandene unterirdische Höhlen wurden zumeist durch fließendes Wasser geschaffen, und Wasser grub sich nicht an irgendeiner Stelle plötzlich einen nahezu senkrechten Schacht …

Doch Davidson bemerkte es kaum. Mit Leib und Seele konzentrierte er sich auf den Monitor des Peilgeräts und die rätselhaften Mitteilungen, die es mit immer lauterem Heulen untermalte. Wie eigenartig es auch schien, offenbar ortete das Gerät, was es anpeilen sollte, hier unten; oder wenigstens ergaben die Messungen dieses Resultat.

Inmitten lockeren Gerölls, kleinen Lawinen aus Steinen, die ihn nach unten begleiteten, stieg Davidson abwärts. Unten strauchelte er kurz, und während er sich Staub vom Körper klopfte, hörte er gedämpftes Gemurmel – hauptsächlich Verwünschungen und Murren – sowie weiteres Nachrutschen von

Gestein, die bestätigten, dass die anderen ihm in die Höhle folgten.

Ihm war es egal. Sie interessierten ihn nicht mehr. Er achtete nicht auf die Geräusche, die sie verursachten, sondern drang immer tiefer in die Hohlräume vor, bis er merkte, dass sich der Gang zu einer größeren Kammer erweiterte, in der seine Schritte leise Echos erzeugten.

Schmerzhaft stieß sein Fuß gegen einen halb im Boden versunkenen Gegenstand. Als er den Blick senkte, sah er etwas Rundes, das in der Helligkeit des Monitors weißlich glänzte. Es kam ihm irgendwie bekannt vor …

Davidson kniete sich hin und wühlte rund um den Gegenstand im Dreck, bis er ihn freigelegt hatte. Er richtete sich auf, wischte Schmutz und Steinchen von dem Fund, bis er einem Totenschädel in die leeren Augenhöhlen blickte.

Dem Schädel eines Menschen.

Das Zwielicht schien sich um ihn zu drehen, als zöge ihm jemand den Teppich unter den Füßen weg, alles was er zu wissen glaubte, verpuffte im Handumdrehen, und mit einem Mal stand er an einem Abgrund völliger Ratlosigkeit.

Ein *menschlicher* Schädel? Aber das war doch unmöglich …

Vollkommen perplex ließ er den Schädel fallen und schaute sich langsam in der Kammer um. Jetzt erkannte er, was er sah, weil er wusste, auf was er achten musste: die Rippen eines teils begrabenen Brustkorbs, einen Beckenknochen, verschiedene sonstige Knochen, und in einem Winkel ragte eine Knochenhand aus dem Untergrund.

Ausschließlich menschliche Knochen.

Er hatte sich gar nicht so sehr getäuscht, als er Calima beim ersten Anblick als Friedhof empfand; allerdings hätte er nicht einmal in den wildesten Albträumen vermutet, es könnte ein *Menschenfriedhof* sein.

Im fahlen Lichtschein des Monitors wurden die Wände der Kammer allmählich für seine Augen sichtbar, und wieder hatte er den widersinnigen, absurden Eindruck der *Vertrautheit.*

Déjà vu. Der innerste Kern seines Wesens wollte ihm weismachen: *Hier bist du schon einmal gewesen.*

Doch das stimmte nicht. Er war *noch nie* hier gewesen. Was war los? Zum ersten Mal befürchtete er, er könnte drauf und dran sein, den Verstand zu verlieren.

Da zog ein altbekanntes Muster seinen Blick an. Er wankte zur nächsten Wand, hob einen Stein auf und hieb wie ein Besessener auf den weichen Fels ein. Steinbröckchen und Felssplitter hagelten umher.

Unter dem Fels verbarg sich irgendetwas.

Schließlich erzeugte der Stein ein anderes Geräusch, ein hohles Dröhnen, als prallte er von einem völlig anderen Material ab. Eine Art von Metall?

Er schmiss den Stein beiseite und zerrte an den gelockerten Steinschichten, riss mit den bloßen Händen große Platten heraus. Stück um Stück kam das Muster, das er vorher lediglich als diffusen Umriss im abgelagerten Kalkstein gesehen hatte, zum Vorschein.

Sein Unterbewusstsein hatte es längst erkannt, doch weigerte sich sein Verstand zu akzeptieren, dass es tatsächlich das sein musste, was er da sah – bis er mit einem letzten, kraftvollen Ruck eine breite Steinplatte abriss und sein Bewusstsein unmöglich noch leugnen konnte, was sein Gemüt schon ahnte.

Das Muster. O ja, er *kannte* das Muster. Wie sollte er es nicht kennen? Er hatte es noch vor wenigen Tagen vor Augen gehabt.

Es war das großflächige Emblem der *Oberon,* die symbolische Wiedergabe des Raumschiffs. Und es war keine Kopie, sondern exakt dieselbe Darstellung, die er an Bord des Raumschiffs neben dem Eingang zur Steuerbrücke an der Wand gesehen hatte.

Davidson wurde schwindelig. Er stieß ein unterdrücktes Wimmern aus. »Nein ... nein ...«

Aber was er sah, blieb vorhanden, war keine Halluzination, sondern harte, kalte, dauerhaftem Stahl aufgebrannte Realität. Und während er das Emblem noch in ungläubigem Entsetzen anstarrte, entdeckte sein Unbewusstes, indem es wissbegierig in den entlegeneren Bereichen des Gedächtnisses kramte, eine weitere schreckliche, eigentlich unerklärliche Einzelheit, zeigte sie seinem geschockten Verstand zur Bewertung vor.

Langsam entblößte er seinen Oberarm und betrachtete das Brandzeichen, das ihm Limbos Untergebene in die Haut gesengt hatten. Inzwischen war die Kruste teilweise abgeplatzt, sodass man das Hellrosa verheilten Narbengewebes sah, aber der Umriss ließ sich deutlich erkennen. *Deutlich genug …*

Das Brandzeichen war ein Abbild des Emblems. Keine genaue Nachahmung, doch die Ähnlichkeit konnte nicht bestritten werden. Es zeigte lediglich einen Teil der Markierung der *Oberon,* aber über seine Abkunft konnten keinerlei Zweifel bestehen.

Denn das Hoheitsabzeichen der *Oberon* hatte keinen ausschließlich dekorativen Zweck. Jedes Raumschiff der Flotte hatte eine besondere Markierung, die von einem Computer als Unikat konzipiert worden war und zur visuellen Identifizierung des jeweiligen Raumschiffs diente. Dass die Bewohner eines Affenplaneten sich durch Zufall ein auch nur zum Teil ähnliches Zeichen ausgedacht haben könnten, war … Es war ganz einfach ausgeschlossen.

So wie alles andere.

Für einen langen Moment verweigerte Davidsons Gehirn schlichtweg jede weitere Einschätzung der Situation. Als er wieder klar denken konnte, war er mehr oder weniger der Alte, aber fühlte sich kein bisschen wohler.

Doch die Wirklichkeit wahrzunehmen war besser, als starr vor einem Symbol an der Wand zu stehen und stumm wahnsinnig zu werden.

Er wandte sich ab, kehrte dem Emblem den Rücken zu. Nun sah er seine Umgebung mit anderen Augen, und ihm kam *alles* bekannt vor.

Er wusste sogar, wohin er als Nächstes gehen musste.

Die Affenkäfige fand er genau dort, wo sie seiner Erinnerung zufolge sein mussten. Natürlich nicht mehr im Originalzustand, sodass es noch einmal einigen Abklopfens bedurfte, um sie klar erkennen zu können, aber sie waren da, bedeckt von einer dicken Schicht Kalkstein; und darunter lagen Eisenstangen, die tausend Jahre lang hatten blank und sauber bleiben sollen, aber rostig waren, ganz und gar korrodiert.

An einer anderen Wand zeichnete sich schwach ein teils noch leserliches Hinweisschild ab. Vor nicht allzu langer Zeit hatte Davidson es in einwandfreiem Zustand gesehen – im Tierlabor, während er die Hand Perikles' gehalten hatte, des vertrauensvollen Schimpansenpiloten.

Der Text des Schilds hatte gelautet: VORSICHT! ABTEILUNG LEBENDE TIERE (MENSCHENAFFEN). Deutlich lesbar war der Schriftzug gewesen. Inzwischen jedoch, nach wer weiß wie vielen Jahren, war ein Teil der Buchstaben unleserlich geworden, hatte das allmähliche Anwachsen des Steins ihre Konturen unkenntlich gemacht.

Nur wenige Buchstaben waren erhalten geblieben. Gemeinsam ergaben sie ein ganz anderes Wort: C ... A ... L ... I ... M ... A.

Calima. Die Stadt des ersten Affen. Für die Affen die Stadt des Schöpfers, die Stadt Semos'.

Davidson mochte nicht an die Konsequenzen seiner Entdeckung denken; er lehnte es geradezu ab, darüber nachzudenken, bevor er den Rest gesehen, sich vergewissert hatte, dass seine Hoffnungen so tot und unbrauchbar waren wie das Wrack, in dem er stand.

Er verließ die Höhle, die vorher das Tierlabor gewesen war, und kehrte zu dem Emblem zurück, das er aus dem Kalkstein gehauen und gekratzt hatte. In der Nähe sah er eine größere, glatte Steinfläche, unter der er – schwach zwar, aber unverkennbar – bekannte Umrisse erkannte.

Davidson fand, was er suchte, schlug die Kalksteinkruste ab und legte den Steuerbrücken-Öffnungsmechanismus der *Oberon* frei; einschließlich des Scanners, mit dem sich Befugte Zutritt hatten verschaffen können.

Er zitterte, während er die Hand in die Abtastermulde senkte und wartete.

Nichts geschah. Gedehnt ließ er den angestauten Atem aus der Brust entweichen. Wieso sollte denn etwas geschehen? Gewiss, die *Oberon* war einmal für eine extrem lange Lebens- und Betriebsdauer konstruiert, aus geradezu unvorstellbar haltbaren Stahllegierungen gebaut worden, und ihre Energie hatte sie aus einer Quelle bezogen, der bewegliche Teile völlig fehlten und die normalerweise Jahrtausende hindurch genutzt werden konnte ... *Aber wie viel Zeit war seitdem verstrichen?*

Anscheinend zu viel.

Plötzlich erscholl in der Höhle ein tiefes Summen, als ob ein seit Urzeiten schlafender, tief unter der Erde versteckter Riese grummelig aus dem Schlummer erwachte. Davidson kannte das Geräusch.

Er spürte Spannung in sich aufsteigen, einen Druck, als stemmten sich verborgene Kräfte gegen unsichtbare Ketten. Dann ertönte ein scharfes Krachen, die dünne Steinschicht der Wand erbebte, zerbarst und fiel ab und enthüllte die breite Panzerglastür der Steuerbrücke. Hinter dem Panzerglas erglommen Lichter.

Dann rollte die Tür zur Seite. Ein Schwall abgestandener, miefiger Luft, vermischt mit Staub, wehte Davidson ins Gesicht. Überall wallte der vielleicht seit Jahrhunderten unberührt gebliebene Staub in kleinen Wölkchen empor.

Hustend und keuchend, tappte Leo Davidson, Captain der Luftwaffe der Vereinigten Staaten von Amerika, halb geblendet durch den beißenden Staub, auf die Steuerbrücke des Raumschiffs, das er vor nur wenigen Tagen so mutig und hoffnungsvoll verlassen hatte.

Hinter ihm durchquerten Daena und Ari, die sich zum ersten Mal nicht stritten, vorsichtig die Höhle, sich dem Helligkeitsschein nähernd, der aus einem anderen Hohlraum drang. Beide hatten an der Wand das teilweise freigelegte Zeichen bemerkt, aber kein Wort darüber verloren. Ari wusste, dass es das Wahrzeichen Semos' war, und Daena hasste alles, was damit zusammenhing.

Sie betraten die große, erleuchtete Höhle und sahen mitten darin Davidson stehen, der stumm, tief in Gedanken, vor sich hinstarrte. Er wirkte so versteinert wie alles ringsum.

Ari und Daena schauten sich um, begriffen jedoch nichts von dem, was sie sahen. Dennoch ahnten sie, dass es für Davidson von höchster Bedeutung sein musste.

Als Erste wagte Daena ihn anzusprechen. Zaghaft trat sie zu ihm, zögerte einen Augenblick lang. »Was ist diese Stätte?«, fragte sie schließlich.

Davidson zuckte zusammen. Offenbar hatte er ihre Ankunft nicht wahrgenommen. Er schüttelte den Kopf, als wäre selbst er völlig ratlos. »Es ist mein *Raumschiff*«, gab er zur Antwort.

Damit wusste Ari nichts anzufangen. Affen fürchteten das Wasser, deshalb zählte Schiffbau nicht zu ihren bevorzugten Interessen. Und im Übrigen hatten die wenigen Beschreibungen von Schiffen, die Ari je gehört hatte – überwiegend roh zusammengezimmerte Flöße –, keinerlei Ähnlichkeit mit dieser erstaunlichen, ganz ungewöhnlich beschaffenen Räumlichkeit.

»Aber diese Ruinen sind doch Tausende von Jahren alt«, entgegnete sie und beobachtete mit gewisser Besorgnis, dass in Davidsons Augen ein wilder, halb krankhafter Glanz schillerte.

Er lachte, riss sich dann jedoch zusammen, ehe es in ein irres Kichern ausarten konnte. »Ich bin noch vor ein paar Tagen hier gewesen.«

Ari und Daena wussten nicht, was sie mit dieser Antwort anfangen sollten, doch Davidson war nicht in der richtigen Stimmung, um ihnen die Situation zu erklären. Er verstand sie ja selbst nicht. Allerdings hatten die wenigen Minuten intensiven Nachdenkens vor dem Erscheinen der beiden ihm eine gewisse Ahnung beschert …

Die er jedoch Angehörigen einer Kultur, bei der man Karren,

vor die man Menschen spannte, als den Gipfel des technischen Leistungsvermögens einstufte, kaum würde begreiflich machen können. Er seufzte und ließ es bei ihrer Unwissenheit bewenden, wandte sich ab und schlurfte zu den Hauptsteuerpulten. Die Steuerbrücke war hauptsächlich Kapitän Vasichs Domäne gewesen, aber als Pilot kannte sich Davidson mit ihren Kontrollen ebenso aus wie mit dem Rest der *Oberon* und ihren Raumkapseln.

Staub und eine dünne Schicht erdiger Ablagerungen bedeckten die Tasten, aber hier war kein Kalkstein gewachsen. Daher bedurfte es nur weniger Augenblicke des Abstaubens und Wischens, bis Davidson im Prinzip bedienbare Anlagen vor sich hatte. Das Raumschiff mochte Tausende von Jahren alt sein, aber die Reflexe, die Davidson als Pilot erworben hatte, bewährten sich noch immer. Seine Finger flitzten mit einer Behändigkeit über die Tastatur, als wäre er Pianist, und betätigten in komplizierter Reihenfolge eine Anzahl von Tasten.

Die Kontrollen nahmen den Betrieb auf, und über ihnen erhellten sich die lediglich verstaubten Bildschirme. Davidson drückte eine Taste und heftete den Blick auf eine der Bildflächen.

Eine Zeile heller digitaler Ziffern steigerte sich zu einer immer höheren Zahl, bis sie schließlich stoppte: 5021.946.

Fünftausendeinundzwanzig, dachte Davidson. Dreitausend Jahre. Jedenfalls hatte man damals noch Qualitätsprodukte herzustellen verstanden …

Nun gut. Strom war da, und er hatte funktionstüchtige Kontrollen. *Dann wollen wir mal sehen, was sonst noch da ist.*

Nochmals tippte er mit geübten Bewegungen auf Tasten und hörte Ari und Daena vor Schreck nach Luft schnappen, als Segment um Segment die Beleuchtung der Steuerbrücke aufflammte. Seine Lippen zuckten. Den Sonnenschein ausgenommen, war es sicherlich das hellste Licht, das sie je gesehen hatten, auf jeden Fall in einem geschlossenen Raum. Die Beleuchtung bestand aus Tausend-Watt-Leuchtkörpern, die den Zweck hatten, auf der Steuerbrücke eine Helligkeit wie in einem Operationssaal zu erzeugen; und in weiterem Sinne war sie ja etwas Ähnliches wie ein Operationssaal.

Nachdem Davidson das Licht eingeschaltet hatte, zögerte er einen Moment lang, bevor er sich dem nächsten Pult zuwandte. Für das, was er nun beabsichtigte, brauchte er die Bordcomputer, erheblich kompliziertere und empfindlichere Apparaturen als die einfachen Rechner, die solche Geräte wie digitale Bildschirme und automatische Uhren steuerten.

Es gab nur ein Mittel, um herauszufinden, ob sie noch funktionierten ...

Er tippte andere Tasten, dann streckte er den Arm aus und kippte den roten Hauptbetriebsschalter des Raumschiffs zur Gänze nach vorn. Sofort erhellte sich der Großbildschirm, die Bordcomputer liefen an, griffen auf die Daten der Instrumente zu, suchten nach Funkfrequenzen. Davidson sah eine größere Version des Peilstrichs über die Bildfläche huschen und den Leuchtpunkt eines einzelnen Echos blinken.

Seufzend drehte er sich zu Ari und Daena um, die aus aufgerissenen Augen zuschauten. »Das hat mein Peilgerät geortet. Die *Oberon.*« Er vollführte eine Gebärde, die besagte: *Diesen Ort. Das hier.*

Er langte nach der Abdeckung einer Kontrollvorrichtung und klappte sie auf, aktivierte die darunter befindlichen Tastaturen und tippte Codes ein.

Ari trat näher, anscheinend hatte sie ihre Bestürzung wenigstens zum Teil überwunden. Nun legte sie zunehmende, lebhafte Neugierde an den Tag. »Was tust du da?«, fragte sie.

Diesmal sah Davidson sich nicht um. »Ich greife auf die Datenspeicher zu«, murmelte er. »Jedes Raumschiff führt ein visuelles Logbuch.«

Daena würde nicht zulassen, dass sich Ari in den Vordergrund drängte, obwohl sie nicht so recht wusste, was sie zu alldem sagen sollte. *Irgendetwas* würde ihr schon einfallen. »Ich verstehe das nicht«, gab sie zu.

Davidson tat ihre Ahnungslosigkeit mit einem Achselzucken ab. »Es gibt der Raumschiffsbesatzung die Möglichkeit, die Erlebnisse während des Flugs aufzuzeichnen.«

Ohne Zweifel verstand Ari nicht besser als Daena, was er tat, aber immerhin stellte sie geistreichere Fragen.

»Wird es funktionieren?«, wollte sie von ihm wissen.

Gute Frage, dachte Davidson. Er versuchte, ihr eine möglichst verständliche Antwort zu geben.

»Das Raumschiff verfügt als Energiequelle über einen Nuklearreaktor, dessen Halbwertszeit für die Ewigkeit reicht.«

Für ihn war damit alles klar, aber Begriffe wie »Energiequelle«, »Nuklearreaktor« und »Halbwertszeit« hatten für Daena und Ari naturgemäß keinerlei Bedeutung. Sie konnten sie nur zur Kenntnis nehmen und vielleicht so tun, als könnten sie sich darunter etwas vorstellen.

Das Logbuch jedes USAF-Raumschiffs hatte selbstverständlich die Klassifikation STRENG GEHEIM, deshalb kostete es Davidson einiges Ausprobieren, bis er den richtigen Code fand, um es zu öffnen. Er wusste, dass die Bordcomputer danach erst einmal eine Zeit lang brauchten – vorausgesetzt, dass noch alle Elektroniken einwandfrei funktionierten –, um den Inhalt des Logbuchs zu sortieren, bevor sie die angeforderten Ausschnitte darstellen konnten. Diese Wartezeit überbrückte er, indem er den digitalen Großbildschirm abstaubte.

Soeben war er damit fertig geworden, da drang ein mit Statik untermischtes Summen aus dem Monitor, und gleichzeitig blitzte blendend grelles Licht hervor. Davidson kniff die Lider zusammen, aber nicht schnell genug, um zu vermeiden, dass ihm ein Nachbild aus weißen Sternen vor den geschlossenen Augen tanzte, und er fragte sich, ob er möglicherweise einen Kurzschluss verursacht hatte. Aber sobald er die Augen aufschlug, hatte sich die Bildschirmhelligkeit normalisiert, und es sah so aus, als ließe der Monitor sich benutzen.

Davidson setzte sich an die Kontrollen und stöberte, den Bildschirm im Auge behaltend, in zeitlicher Rückwärtssuche nach aufschlussreichen Aufzeichnungen. Währenddessen bewegte sich auch das Chronometer mit der Datums- und Uhrzeitanzeige am Unterrand der Bildfläche und zeigte immer niedrigere Jahreszahlen an. Zur gleichen Zeit flackerte ein Gewirr zerstückelter Bildfolgen über die Bildfläche, wechselte oft mit Darstellungen rein binären Ziffernsalats, die Davidson als schlechtes Zeichen bewertete. Solche Störungen durften eigentlich nicht auftreten, sodass er sich fragte, wie zuverlässig das Logbuch nach so vielen Jahren wohl noch sein mochte.

Plötzlich erblickte er Commander Vasichs Gesicht, aber es sah anders aus, als er es im Gedächtnis hatte. Auffällige Brandnarben hatten die Gesichtszüge des Raumschiffkapitäns entstellt, und außerdem wirkte er wesentlich älter. Die Narben zerfurchten seine Haut wie Regenwürmer die Erde.

Unvermittelt konnte man auf der Steuerbrücke seine Stimme hören. Sie klang zittrig und schwach, als läge er bereits auf dem Sterbebett.

»Wir befanden uns auf der Suche nach einem in einem elektromagnetischen Sturm verschwundenen Piloten«, flüsterte Vasich.

Die Brauen gehoben, schaute Davidson die Schimpansin und Daena an, dann zeigte er auf sich selbst.

»Als wir glaubten, ihn jeden Moment zu finden, kam es zu Ausfällen unserer Ortungsinstrumente«, sagte Vasich, ehe sein Abbild in neuer audiovisueller Statik zerfiel.

»Sie konnten mich nicht finden«, erklärte Davidson. »Ich bin nämlich vorwärts durch die Zeit geschleudert worden.«

Auf dem Großbildschirm erschien wieder Vasich, sprach diesmal offenbar zu einem späteren Zeitpunkt. »Seit der Bruchlandung haben wir keine einzige Funkverbindung mehr zustande gebracht. Dieser Planet ist unbekannt und unbewohnt.« Er hustete. »Wir versuchen aus der Lage das Beste zu machen. Die Affen, die wir an Bord hatten, sind uns eine große Hilfe. Sie sind stärker und schlauer, als wir's uns ursprünglich vorgestellt haben ...«

Davidson erinnerte sich an Perikles und seine Tüte Kekse. *Miese Piloten sind sie wahrscheinlich trotzdem geblieben,* dachte er.

Das Bild verschwand, von neuem flimmerte Statik, begleitet von sonderbaren Heultönen, über den Monitor. Davidson tippte auf die Tasten, suchte nach unbeschädigten Fragmenten des Logbuchs.

Er arbeitete beharrlich weiter, trotzdem hatte er lange Zeit kein Glück. Doch dann traf er ins Schwarze. Auf dem Bildschirm zeigte sich plötzlich Lieutenant Colonel Grace Alexanders Gesicht.

Ihre Erscheinung schockierte Davidson so sehr, dass er sie sprachlos anstarrte. Vasich hatte übel genug ausgesehen, doch diese Frau, die er – obwohl er wusste, was vorgefallen war – als jugendliche, lebensfrohe Person in Erinnerung hatte, im Alter geschrumpft und verdorrt zu sehen, war viel zu gespenstisch, als dass er sich damit hätte auseinander setzen können.

Ihr langes Haar war stumpf und silbergrau geworden, Müdigkeit machte ihre Augen trüb und ausdruckslos. Dennoch merkte man ihr noch Reste ihrer einstigen Entschiedenheit an, resolut und trotzig schaute sie in die Kamera. Die Mikrofone übertrugen aus dem Hintergrund unheimliche Geräusche, eine Art fortgesetzten, wuchtigen Dröhnens, als versuchte etwas Großes und Schweres sich gewaltsam Zutritt in ihre Kabine zu verschaffen.

»Alle anderen sind in die Berge geflohen«, sagte sie mit vor Anspannung rauer, heiserer Stimme. »Die Affen sind außer Rand und Band. Ein Männchen namens Semos, das ich selber aufgepäppelt habe, hat die Führung des Rudels übernommen. Semos ist brutal bis zum Extrem.«

Ihr drohte die Stimme zu versagen.

»Wir haben ein paar Waffen, aber ich weiß nicht, wie lange wir uns noch halten können ...«

Über die Schulter warf sie einen Blick auf etwas außerhalb des Aufnahmebereichs der Kamera. Das Dröhnen wurde immer lauter. Einen Moment lang schaute Alexander zur Seite, dann blickte sie wieder in die Kamera.

»Vielleicht habe ich die Wahrheit erkannt, als sie noch jung waren, aber wollte sie nicht eingestehen. Wir haben sie zu gründlich unterrichtet. Sie sind hervorragende Schüler …«

Sie unterbrach sich mitten im Satz, als hinter ihr ein gewaltiges Krachen ertönte. Ihr Gesicht verzerrte sich zu einem Ausdruck des Entsetzens. Sie hob den Arm, um sich zu schützen, als vier Affen in den Aufnahmebereich sprangen und sie überwältigten. Mit einem Mal glotzte der größte Affe – Semos, mutmaßte Davidson – direkt ins Objektiv. Er bleckte die Hauer zu einem bösartigen Knurren. Als Letztes sah Davidson eine große Affenpranke nach der Kamera schnappen und alles verdunkeln …

Dann folgte nichts mehr. Nur noch Statik.

Eine Weile wartete Davidson noch, um sicher sein zu können, dass es keine späteren Aufzeichnungen gab, aber in seinem Herzen wusste er, dass keine vorhanden waren: Er hatte nicht den letzten, sondern den ersten Sieg Semos' gesehen. Der Schüler hatte die Lehrerin in der grausamsten Art und Weise abgelöst und sich bei dieser Gelegenheit zum Gott erhoben.

Davidson fragte sich, ob sie Alexander, nachdem sie von ihnen getötet worden war, verzehrt hatten. Der bloße Gedanke ließ ihn schaudern.

Schließlich langte er nach den Kontrollen und schaltete die Statik ab. Er wünschte sich, genauso leicht die Erinnerung an das, was er gerade gesehen hatte, verschwinden lassen zu können.

10. Kapitel

Auf der Steuerbrücke waren nur gedämpfte Geräusche zu hören, während Ari und Daena zu verstehen versuchten, was sie auf dem Bildschirm gesehen hatten.

Unterdessen schaute Davidson auf dem Monitor das Mannschaftsverzeichnis durch, bis er seinen Namen fand und das Rollen der Liste stoppte.

Captain Leo Davidson. Vermisst. Auf Dienstflug verschollen.

Er wusste nicht, ob er lachen oder weinen sollte, neigte allerdings eher zum Lachen. Er war nicht verschollen. *Sie* waren verschollen …

Dennoch merkte er, dass ihm die Augen brannten. Teils um seiner Kameraden, sogar Vasichs willen; teils um seiner selbst willen. Denn in einer ganz wesentlichen Hinsicht war er tatsächlich ein Verschollener. Gewiss, er lebte, aber wie er jetzt wusste, war er auf einer Welt gestrandet, von der er sich noch vor kurzer Zeit nicht hätte träumen lassen.

Ich bin da, dachte er. *Ich weiß bloß nicht* wo …

Allem Anschein nach spürte Ari seine Stimmung, denn sie kniete sich neben ihn.

Davidson blickte zu ihr runter. »Eine Bruchlandung. Alle sind umgekommen. Sie sind tot, weil sie nach mir gesucht haben.«

Damit sprach er eine bittere Wahrheit aus, aber er hatte die Wahrheit, mochte sie auch schmerzlich sein, nie gescheut.

Aris Augen glänzten ihn an. »Aber wir verdanken dir unser Leben.«

Was er darauf entgegnen sollte, wusste Davidson nicht, denn

was er gegenwärtig empfand – nämlich den Wunsch, diesen Planeten niemals betreten zu haben –, hätte sie vermutlich gekränkt. Stattdessen wandte er sich ab und fummelte sinnlos an den Kontrollen. Eine der digitalen Skalen erregte seine Aufmerksamkeit.

Er stutzte und las die Messwerte ab. Konnte es sein, dass …

»Da ist noch eine kleine Reserve in einem der Brennstäbe …«, nuschelte er vor sich hin; nun huschten seine Finger wieder in konkreter Absicht über die Tasten.

Daena, die ihn beobachtete, sah ihm die Veränderung an. »Du suchst einen Weg«, meinte sie unvermittelt, »um uns zu verlassen.«

Davidson hob den Blick, schaute sich auf der Steuerbrücke um. Es stimmte: Er hatte Heimweh.

»Ich bin seit Jahrtausenden nicht mehr daheim gewesen«, antwortete er mit leiser Stimme.

Davidson, Ari und Daena kehrten aus der Tiefe ans dunstigweiche Tageslicht Calimas zurück. Wenig später kamen auch die anderen wieder ins Freie, mit Mienen, die unterschiedliche Grade der Verwirrung, des Entsetzens oder einfach der Beklommenheit widerspiegelten.

Calima war keine große Stadt. Eigentlich war es streng genommen gar keine Stadt. Seit Davidson wusste, was hier wirklich lag, betrachtete er die Ruinen mit anderen Augen. Bei den bizarr geneigten Türmen handelte es sich um die Triebwerksdüsen der *Oberon,* verschrammt von Sengspuren und bedeckt mit den felsigen Ablagerungen von mehreren tausend Jahren. Offenkundig hatten die ersten Affen unter ihrem Anführer Semos, vermutlich nachdem die letzten Überlebenden im Innern des Raumschiffs von ihnen massakriert worden waren, hier einige primitive Hütten gebaut. Und im Laufe späterer Zeiten hatten wohl auch ihre Nachfahren – beziehungsweise Semos' Nacheiferer und Anhänger, nachdem das Wissen um seine wahre Herkunft verblasst war und er als Gott galt – da und dort ein paar bescheidene Gebäude errichtet. Aber übersah man einmal sämtliche religiösen Aspekte, war Calima nichts anderes als eine seit langem vergessene Absturzstelle.

Während er ziellos aus dem Schatten der riesigen Triebwerksdüsen schlenderte, musste Davidson fast lachen. Die Affen hatten nicht die geringste Ahnung, was sich wirklich hier verbarg. Ein funktionierender Atomreaktor war vorhanden. Sie hatten in ihrem Reich Elektrizität, Funk, wahrscheinlich moderne Waffen, die Bordbibliothek und vermutlich noch hundert sonstige Errungenschaften, an die er noch nicht einmal gedacht hatte. Falls die Affen jemals begriffen, was Calima in Wirklichkeit war und es in der richtigen Weise erforschten, konnten sie voraussichtlich innerhalb weniger Jahrhunderte eine ausgesprochen hochtechnologische Zivilisation entwickeln, vielleicht sogar in einer kürzeren Zeitspanne. Natürlich würde er es nicht mehr erleben ...

Eine Depression durchbrach seinen geistigen Schutzschild. Es gab für ihn keine Rettung. Seine möglichen Retter waren seit nahezu hundert Generationen tot und zu Staub zerfallen, er war allein auf einem Planeten gestrandet, den menschenfeindliche Affen despotisch beherrschten. Unter solchen Umständen eine schöne Zukunft zu erwarten fiel ihm reichlich schwer.

In seinem Gegrübel bemerkte er die Fremden nicht, bis er fast über sie stolperte, als sie in einem weiten, lockeren Kreis rund um Calima aus den Dunstschwaden traten.

Davidson blieb stehen und starrte sie stumpf an; er war kaum noch dazu fähig, Überraschung zu verspüren. Die Fremden hielten gleichfalls und starrten zurück.

Menschen. In großer Zahl. Männer, Frauen, Kinder. Die meisten Männer hatten die Art von Stammestätowierung, die er schon kannte. Diese Tätowierungen umfassten, so begriff Davidson jetzt, Elemente des Identifikationsemblems der *Oberon.* Das Erbe der überlebenden Besatzungsmitglieder hatte sich weithin ausgebreitet, doch die Menschen wussten nicht mehr darüber Bescheid.

Viele von ihnen, Frauen ebenso wie Männer, trugen auf dem Rücken große Bündel. Die Männer führten Waffen mit sich: handgefertigte Spieße und Speere mit steinernen oder im Feuer gehärteten Spitzen, Keulen, Steindolche und ein paar Stücke geschärften Metalls wer weiß welchen Ursprungs.

Den Ruinen am weitesten genähert hatten sich zwei Männer, die er schon einmal gesehen hatte, nämlich als sie an dem Fluss, wo sich zu der Zeit das Lager der Affenkrieger befunden hatte, über einen Felsgrat spähten. Dieses Mal liefen sie nicht vor ihm fort. Im Gegenteil, sie standen wie angewurzelt da, während zu Dutzenden immer mehr Menschen aus dem Dunst kamen und sich zu ihnen gesellten.

Inzwischen hatten sich Davidsons Leute um ihn geschart, und ausnahmsweise war er darüber recht froh. Mutterseelenallein im Mittelpunkt des Interesses einer Hundertschaft Barbaren zu stehen, deren Absichten er nicht kannte, war keine Sache nach seinem Geschmack.

»Zum Teufel, wer sind diese Leute?«, erkundigte er sich über die Schulter.

Tival trat zu ihm. »Deine Geschichte breitete sich durch alle Dörfer aus. Die Menschen wollen den Mann sehen, der den Affen die Stirn bietet.«

Sobald Davidson die Bedeutung dieser Auskunft klar wurde, befiel ihn mit einem Mal eine nahezu unerträgliche Mattigkeit.

»Schickt sie zurück«, sagte er.

»›Zurück?‹«, wiederholte Daena empört. »Sie haben ihr Zuhause verlassen, um sich dir anzuschließen.«

Na prächtig, dachte Davidson. Er sah immer mehr Menschen eintreffen. Viele Menschen. Hunderte. Alle hielten ihn wohl für ihren Heilsbringer. Ihren menschlichen Semos.

Ich bin kein Gott, hätte er sie am liebsten angeschrien. *Semos war auch kein Gott. Er war bloß ein ausgerissener Affe, und ich bin nur ein gestrandeter Raumpilot.*

Aber selbst Erlöser und Götter, die ausschließlich in den Augen ihrer Verehrer existierten, konnten in der Realität ihre Auswirkungen haben. Und Davidson erkannte an den Augen dieser Menschen, was sie von ihm dachten …

So dauerte es nicht lange, bis kam, was kommen musste: Man jubelte ihm zu, während er durch die buntscheckige Menge schritt, die Leute drängten sich zu ihm, berührten voller Staunen seine fremdartige Kleidung. Er fühlte sich eingeengt, ihre Bewunderung bedrückte ihn, ihre Hoffnungen, die sie ihm als gewaltige Bürde auf die Schultern legten, verursachte ihm Beklemmungen. Doch er konnte sich ihnen nicht entziehen. Wenn er für immer auf dem hiesigen Planeten bleiben musste, dann gehörte er zu diesem Volk. Und er *hatte* einige Kenntnisse, mit denen er ihnen voraus war und deren wichtigste lautete: Affen zeichneten sich gegenüber Menschen durch keine natürliche Überlegenheit aus. Vielleicht war es an der Zeit, dass er diese Leute darüber aufklärte.

Limbo zwängte sich durch das Gewimmel, hielt sich hinter Davidson und plapperte schnell auf ihn ein. »Sieh zu, ob du deine Himmelsfreunde überreden kannst, mich aufzunehmen. Egal, wohin das hier führt, ich bin aus dem Geschäft.«

Welche Himmelsfreunde?, hätte Davidson ihn gern angeschnauzt, aber gab sich damit zufrieden, den Orang-Utan stehen zu lassen und sich unter die Menschen zu mischen. Vorerst hatte er genug von Affen, vor allem von wenig überzeugend bekehrten Ex-Sklavenhändlern mit schnellen Füßen und noch schnellerer Zunge.

Auch Ari zeigte sich an seiner Seite und bereitete ihm damit etwas Sorge. Diese Menschen mochten die erniedrigtsten und eingeschüchtertsten Gestalten sein, die er je erblickt hatte, aber momentan waren sie den Affen zahlenmäßig im Verhältnis fünfzig zu eins überlegen. Und er bezweifelte, dass sie eine Verwendung für Affen hatten, jedenfalls für lebende Affen. Die Mehrzahl warf Ari missfällige Blicke zu, aber niemand verstieg sich zu offener Feindseligkeit.

Bis jetzt nicht, dachte Davidson.

Ari erweckte den Anschein, nichts davon zu merken, und blieb in seiner Nähe, staunend über die Freude, die sie den Mienen der Menschen ablas.

Da näherte sich ein bekanntes Gesicht. Eine kleine Frau asiatischer Herkunft schob zögerlich ein kleines, blondes Mädchen nach vorn. Davidson musterte sie, versuchte sich zu erinnern. Bon lautete ihr Name. Aris Dienerin. Und das Mädchen war das Kind, das sie bei Thades Nichte aus dem Käfig geholt hatten. Das *Schoßtierchen.*

Ari eilte zu ihr, und beide, Menschenfrau und Äffin, umarmten sich, brachen im nächsten Moment plötzlich in Tränen aus. Die Kleine versteckte sich scheu und ängstlich hinter Bon, doch Ari ging in die Knie und lockte sie hervor. Sie nahm das Mädchen auf den Arm und drückte es; und nach einem Weilchen entkrampfte sich das Kind und lächelte sie an.

Davidson war gerührt. *Das ist wohl so ziemlich das Hoffnungsvollste, was ich heute gesehen habe,* dachte er. Doch schon drängten sich ihm wieder düstere Gedanken auf: Er bezweifelte, dass General Thade seiner Meinung war.

In der Abenddämmerung stand Davidson auf dem höchsten Punkt der Felsen, die Calimas Ebene umgaben und betrachtete den aufregendsten Sonnenuntergang, den er je hatte erleben dürfen. Auf Grund der permanenten Diesigkeit des Tals und der klaren Bergluft darüber verfärbte das Sinken der Doppelsonne den dunkelnden Himmel mit blut- und goldroten Schlieren.

Es hätte ein Moment des Friedens und der Entspannung sein können, doch Davidson hatte tiefe Sorgenfalten im Gesicht. Das unten bei der Ruinenstadt aufgeschlagene Lager wuchs unablässig, weil stets noch mehr wilde Menschen zur Heiligen Stadt der Affen und dem mächtigen Helden strömten, der dort auf sie warten sollte. Zahlreiche Feuer waren entfacht worden und verstärkten den Dunst, doch selbst hier auf der Höhe konnte Davidson das entfernte, gedämpfte Raunen ihrer Gespräche hören, das wie das geisterhafte Plätschern eines fernen Meers klang.

Sie glaubten, so wusste Davidson, bei ihm das Heil zu finden. Aber nach allem, was er sah, verwandelten sie sich in das größte militärische Ziel des Planeten.

Und was sollte er *dagegen* tun?

In der Weite der Ebene, dort wo die Schatten sich mit der Nacht vereinten, ritt schweigsam Birn durch die Finsternis, und auch ihn befiel Sorge. Nicht die gleiche Sorge, die Davidson quälte, denn Birn verspürte unvermindert begeistertes, jugendliches Vertrauen zu dem Fremden. Aber sein scharfes Gehör war auf ein unheimliches Dröhnen aufmerksam geworden, das zwar noch weit, weit entfernt klang, doch sich näherte.

In der Umgebung ragte eine Kette vom Wind abgeflachter Hügel aus der Ebene empor. Birn trieb das Pferd an und galoppierte ohne Unterbrechung, bis er auf den Höhenrücken gelangte.

Von diesem Standort aus lag der Horizont in weiter Ferne, sodass er ihn im abendlichen Zwielicht wahrscheinlich gar nicht gesehen hätte, wäre er nicht von flackernden Lichtern gesäumt gewesen. Hunderte von Fackeln, schlussfolgerte Birn. Es war nicht schwer zu erraten, wer da in so ordentlichen Reihen Fackeln durchs Abenddunkel trug, und man brauchte kein Geistesriese zu sein, um zu erkennen, dass das ferne, dumpfe Rumoren, das er hörte, nichts anderes war als das Wummern von Kriegstrommeln.

Für kurze Zeit beobachtete Birn den Horizont, dann griff er seinem Pferd in die Mähne, wendete es und galoppierte, während ihm der Wind das Haar zauste, zurück nach Calima.

Davidson war von der Felsenhöhe an seinen Lagerplatz in den Ruinen Calimas zurückgekehrt, als Birn angeritten kam, sein Pferd anhielt und absprang. Außer Atem lief er schnurstracks zu Davidson. *»Ich habe sie gesehen«*, rief er erregt.

Bevor Davidson etwas erwidern konnte, hob Krull den Blick ins Gesicht des Jungen. »Wie viele?«, knurrte der Gorilla.

Weit breitete Birn die Arme aus. »Sie waren zu sehen, so weit ich gucken konnte.«

Überrascht wölbte Krull die dichten Brauen. Er überlegte einen Moment lang, ehe er sich an Davidson wandte. »Thade hat sämtliche Heerhaufen aufgeboten«, meinte er. »Das heißt, der Senat hat vor ihm klein beigegeben. Er ist niemandem mehr verantwortlich.«

Davidson brauchte nicht erst in einem Handbuch militärischer Strategien nachzuschlagen, um zu verstehen, was *das* bedeutete. Er blickte Daena an, die besorgt zugehört hatte.

»Schick die Leute fort«, sagte er zu ihr. »Sie sollen sich in den Bergen verstecken, solange sie noch die Chance haben.«

Daena schüttelte den Kopf. »Sie würden nicht auf mich hören.«

Davidson wollte widersprechen, unterließ es dann aber. Wahrscheinlich hatte sie Recht. Die meisten dieser Leute kannten sie gar nicht. Weshalb sollten sie auf sie hören? Es gab nur eine Person, der sie gehorchen würden …

»Na schön«, brummelte er. »Wenn sie gekommen sind, um mir zu folgen, dann sollen sie mir gefälligst folgen.«

Bald hatte sich unter den Menschen, die bei Calima lagerten, herumgesprochen, dass der fremde Mann die Absicht hatte, zu ihnen zu sprechen. Weil sich zudem rasend schnell das Gerücht verbreitete, ein gewaltiges Affenheer marschierte heran und könnte jeden Moment eintreffen, hatten sich die Leute bereits versammelt, als Davidson heranritt und das Wort an sie richtete.

Sie begrüßten sein Erscheinen mit neuem Jubel, bis er sie durch eine Handbewegung zum Schweigen brachte.

»Es droht eine Schlacht, die wir nicht gewinnen können«, rief Davidson. Er deutete auf die Berggipfel, die die Ebene umgrenzten. »Verteilt euch und sucht Zuflucht im Gebirge! Ich lenke den Feind von euch ab. Ich bin es, den sie wollen.«

Ein leises Gemurmel der Furcht raunte durch die Menschenmenge. Männer blickten zu ihm auf, schüttelten die Fäuste.

»Vorwärts!«, befahl Davidson und lenkte das Pferd vom Lager fort.

Er ritt mehrere hundert Meter weit, bevor er merkte, dass er allein war. Niemand folgte ihm. Er wendete sein Pferd, schaute sich um und sah Daena und die gesamte übrige Menge noch am selben Fleck stehen und ihm nachblicken.

Davidson konnte nicht anders, er machte kehrt und ritt zurück, trabte zu Daena, hielt das Pferd an und saß ab.

»Die Leute verstehen die Situation nicht richtig«, erklärte er. »Es ist aus. *Vorbei.* Es kommt keine Hilfe vom Himmel.«

Daenas Augen leuchteten. Sie hob die Hand und streichelte seine Wange.

»*Du* bist gekommen ...«, antwortete sie leise.

Dann küsste sie ihn.

Auch nach Anbruch der Dunkelheit blieb es in der Ebene diesig. Der Dunst schwebte wie ein getrübter Spiegel über dem ausgedehnten Lager des Affenheers, in dem sich die düstere Glut von tausend Lagerfeuern brach.

Nahe des Lagerrands schlich eine große Gestalt durch die unsteten Schatten auf Attar zu, der dort stand und stumm in die Ebene blickte.

Plötzlich hob Attar den Kopf. Er hatte bemerkt, dass sich ihm jemand näherte. »Halt!«, schnauzte er.

Keine Antwort.

Unwillkürlich spannte Attar kampfbereit die Muskeln, riss die Augen auf und blähte die Nasenflügel. Jeden Sinn strengte er, während sich sein Nackenfell sträubte, bis zum Äußersten an. Kein Zweifel ... Da war jemand.

»Komm her und zeige dich!«

Der Schemen verharrte, kam noch näher und entpuppte sich als ein Gorilla, der sogar noch größer war als Attar.

Krull.

Ungläubig starrte Attar seinen alten Lehrmeister an. »Du wagst es«, kollerte er, »dich hier sehen zu lassen?«

Krull spreizte die Hände. »Es war nicht meine Entscheidung.«

Er trat beiseite und enthüllte, wer hinter ihm stand. Attars Blick fiel auf Ari.

»Ich möchte mit General Thade sprechen«, sagte sie.

Attar brauchte einen Augenblick, um seine Verblüffung zu verwinden. Er hatte nicht erwartet, diese beiden Affen wiederzusehen, es sei denn, mit seiner Schwertspitze an ihren Kehlen.

Er schüttelte den Kopf. »Ausgeschlossen. Ihr habt die Affen verraten.«

Krull stieß ein unterdrücktes Aufknurren aus. »Und *du* hast alles vergessen, was ich dich gelehrt habe.«

Dieser Vorwurf kränkte Attar. Er maß Krull bösen Blicks. »Ich könnte dich auf der Stelle töten lassen.«

Krull trat einen Schritt vor, brachte Ari hinter sich in Deckung. Er senkte die Arme und spannte die starken Muskeln seines Rückens, zog gleichzeitig die Lippen zurück und zeigte etliche gelbe Zähne. Ein dunkles Grollen drang aus seinem Brustkorb.

»Du kannst es ja versuchen«, erwiderte er.

Schnell sprang Ari zwischen die beiden Gorillas. Sachte legte sie die Hand auf Krulls Brust, um ihn zu beschwichtigen, und wandte sich an Attar.

»Befürchtest du nie, wir Affen könnten vom rechten Weg abgekommen sein? Kennst du überhaupt keine Zweifel?«

Fast hätte Attar gelacht. Was glaubte diese Schimpansin, warum er hier am Rande des Nirgendwo stand und ins Nichts starrte? Um über die Morgenmahlzeit nachzudenken? O doch, er verspürte Zweifel. Allerdings hatte er nicht vor, sie zu zeigen.

Da erkannte er, dass sie sie ihm trotzdem ansah. Irgendetwas jedenfalls sah sie ihm an. *Bin ich so leicht zu durchschauen?*, fragte sich Attar.

Er betrachtete sie, während sie auf seine Antwort wartete. Schließlich nickte Attar. Er führte sie ins Lager.

General Thades Zelt war kein Palast, aber erheblich größer als das eines niederrangigeren Befehlshabenden. Überall lagen Landkarten, Waffen und Kleidung.

Unmittelbar hinter dem Eingang blieb Ari mit gesenktem Blick stehen und wartete ab. Krull und Attar hielten vor dem Zelt Wache.

Thade musterte Ari von Kopf bis Fuß, als hätte er eine ebenso schmerzliche wie abstoßende Entdeckung gemacht.

»Weshalb bist du gekommen?«, fragte er zu guter Letzt.

Sie blickte ihm ins Gesicht. »Um bei dir zu sein. Ist es nicht das, was du willst?«

Thade kam näher und umkreiste sie, als besähe er sich eine zum Kauf angebotene Ware.

Dann schnaubte er verächtlich. »Du schlägst einen Handel vor? Dich gegen die Menschen?«

Ruckartig lenkte er seinen Blick zur Seite. »Schon in jungen Jahren hast du streunende Menschen aufgenommen. Immer hat deine Familie alle deine Launen geduldet.«

Plötzlich schnellte seine Hand nach vorn, und Ari zuckte zusammen. Mit einem Lächeln in der Miene schnippte Thade ihr ein Stäubchen aus dem Fell.

»Man sehe sich nur an, was aus dir geworden ist…« Seine Stimme klang belegt vor Widerwillen … und etwas anderem.

Zumindest glaubte Ari, etwas anderes herauszuhören, und auf diese Grundlage stützte sie ihr endgültiges Vorgehen. Sie nahm eine unterwürfige Haltung ein, deren Sinn und Aussage von keinem männlichen Affen missverstanden werden konnte.

Thade erstarrte.

»So willst du es doch, nicht wahr?«, flüsterte Ari. »Ich werde bei dir bleiben.«

Und in diesem Augenblick sah sie ihn innerlich schwanken, seinen eisernen Willen ins Wanken geraten …

Aber da wich er zurück. Nicht nur äußerlich ging er auf Abstand, auch innerlich wandte er sich von ihr ab, verwarf ihr Angebot.

»Ich empfinde nichts mehr für dich«, antwortete er in schwerfälligem Ton.

Er wühlte in einem Haufen Kleider und kramte einen farbenfrohen Schal hervor. Ari kannte ihn, es war der Schal, den er ihr in ihrer Schlafkammer abgenommen hatte.

Thade schüttelte ihn aus, während er zum Feuer schritt. Ein letztes Mal strich seine Hand über den Stoff, dann übergab er ihn den Flammen.

Mit verschleiertem, nachdenklichem Blick schaute Thade zu, wie der Schal Funken sprühend verbrannte. Plötzlich griff er ins Feuer und zog ein Brandeisen heraus. Er fuhr herum, packte mit einer Faust Ari und drückte ihr mit der anderen Hand das glühende Eisen ins Fell. Der Gestank versengter Haare wehte durchs Zelt. Ari stöhnte vor Schmerz.

»Du wärst gern ein Mensch?«, schnarrte Thade. *»Dann trag ihr Mal!«*

Das ganze Zelt erbebte, als mit einem Satz Krull durch den Eingang hereinstürzte und Thade anknurrte, dicht gefolgt von Attar, der ebenfalls die Hauer bleckte. Die zwei Gorillas stellten sich zum Kampf auf.

Thade sah es, ließ von Aris verletzter Hand ab und gab Attar durch einen Wink zu verstehen, dass er sich beruhigen sollte.

»Lass sie gehen«, befahl er dem Hauptmann. »Morgen werden sie gemeinsam mit den Menschen sterben.«

Attar nickte und lockerte langsam die Muskeln. Er wich vor Krull zurück. Der alte Gorilla trat zu Ari, die völlig fassungslos wirkte, und brachte sie mit sanftem Nachdruck hinaus.

Thade folgte ihnen bis vor das Zelt und schaute ihnen nach, während sie sich entfernten. Nach einem langen Moment drehte er sich um und kehrte ins Zelt zurück; doch ehe er am Eingang den Verschluss fallen ließ, warf er Ari, unmittelbar bevor sie in den Schatten verschwand, über die Schulter einen letzten Blick zu.

Sie sah es nicht. Darüber war er froh. Er fühlte sich, als hätte er gerade die größte Schlacht seines Lebens gewonnen. Er wollte nicht, dass Ari wusste, wie knapp er letzten Endes den Sieg errungen hatte.

Calimas Ruinen hinter seinem Rücken, stand Davidson mit Daena und den anderen Menschen, die inzwischen zu seinem engsten Umkreis zählten, im diffusen Licht des Sternenhimmels.

»Eine einzige Möglichkeit sehe ich«, erklärte Davidson. »Eine Chance, die vielleicht das Risiko wert ist.«

Er zeigte auf die Ruinen. »Wir müssen sie nahe rankommen lassen. Die Leute sollen sich hinter dem Wrack sammeln, aber nicht verstecken. Ich will, dass sie gesehen werden.«

Daena wirkte verdutzt. »Und wir?«

»Ihr steigt aufs Pferd. Vor dem Wrack. Dort wartet ihr auf mein Zeichen.« Davidson blickte in die Runde. »Ihr verhaltet euch *völlig* ruhig.« Kurz schwieg er. »Ihr seid der Köder.«

Birn war anscheinend ganz versessen auf diese Rolle. »Ich rühre mich nicht«, beteuerte er nachdrücklich, »bevor du es befiehlst.«

Davidson sah ihn an. »Du bist gar nicht dabei.«

»Aber ...«

Davidson schüttelte den Kopf. »Keine Widerrede.«

Sofort fügte sich Birn, obwohl sich in seinem glatten Jungengesicht eine Spur von Trotz abzeichnete.

Etwas später pustete Davidson auf der Steuerbrücke eine dicke Staubschicht von einem Kontrollpult. Neben ihm stand das Peilgerät, während er versuchsweise auf verschiedene Tasten tippte und dabei die Skala mit den Messwerten des nuklearen Brennstoffs unter Beobachtung hielt.

Er war völlig auf seine Arbeit konzentriert, da kam Limbo auf die Steuerbrücke gelatscht.

»Erzähle mir bloß nicht, was du im Sinn hast«, meinte der Sklavenhändler. »Dann bringt die Ungewissheit mich wenigstens um, ehe Thade mich grausam hinrichten kann.« Er schwieg, erhoffte sich wohl eine Antwort; doch als Davidson ihn fortgesetzt ignorierte, brach sich seine Neugierde schlagartig Bahn. »Ich halt's nicht aus. Du *musst* es mir erzählen!«

Davidson grinste und streifte ihn mit einem flüchtigen Blick. »Zurückschlagen können wir sie nicht … Aber wir können sie *verscheuchen.* Ihnen einen solchen Schreck einjagen, dass sie das Weite suchen.«

Limbo hatte Perikles nie gekannt. »Wir Affen sind nicht so leicht zu erschrecken«, entgegnete er großkotzig, indem er die Brust aufplusterte.

Davidson nickte. »Aber erschreckt ihr euch erst einmal, kennt ihr kein Halten mehr. Ihr rennt davon, ohne euch umzuschauen.«

Limbo wollte protestieren, besann sich dann aber eines Besseren. Möglicherweise weckte Davidsons Argument bei ihm gewisse Erinnerungen, die ihm den Rückschluss nahe legten, dass dieser Fremdling nicht ganz Unrecht haben könnte …

Der dritte Morgen nach der Ankunft in Calima dämmerte über den Bergen herauf, während Davidson zu Pferd in die Ebene spähte, die zum Schlachtfeld werden sollte. Im Affenlager ließen sich erste Aktivitäten beobachten, man entzündete Kochfeuer, die heller schimmerten als die im Verblassen begriffenen Sterne des Firmaments.

Das Affenlager war so groß, dass es die halbe Ebene zu beanspruchen schien. Den in Calima zusammengedrängten Haufen Menschen bewertete Davidson als zu armselige Streitmacht, um sie gegen die bewaffnete Armee des Affenreiches ins Feld zu führen.

Wie war es bloß dahin gekommen, dass *er* für alles die Verantwortung trug? Er wusste es nicht. Es war einfach eines nach dem anderen geschehen, und zum Schluss hatten die Ereignisse ihn mitgerissen.

Es ließ sich nicht ausschließen, dass alle diese Menschen heute den Tod fanden. Und er mit ihnen. Für ein Moment sann er darüber nach, wie sehr sich binnen weniger Tage alles für ihn verändert hatte, er von einem selbstbewussten, jungen USAF-Piloten zum Rebellenoberhaupt eines Planeten geworden war, von dessen Existenz er früher nichts hatte ahnen können.

Was war ihm nur zugestoßen? Hatte er eine Pechsträhne? Lag es an eigener Dummheit? War es Schicksal?

Er wusste es ganz einfach nicht. Aber irgendwie hatte er dabei kein schlechtes Gefühl. Was sich auf dieser Welt abspielte, war böse, unsinnig und falsch. Vielleicht konnte er dazu beitragen, es in Ordnung zu bringen.

Damit wäre viel erreicht.

Er gab dem Pferd die Sporen und ritt hinab in die Ebene; in seinen Augen spiegelte sich das Licht des Morgens.

Während Davidson zurück nach Calima ritt, legte man im Heerlager der Affen eine Geschäftigkeit an den Tag, die an einen zornigen Bienenschwarm erinnerte. Die rosigen Sonnenstrahlen der Dämmerung wichen der verwaschenen Helligkeit des frühen Morgens. Eilends verzehrten die Krieger die letzten Bissen des Morgenmahls und löschten die Kochfeuer.

Unterführer liefen umher und riefen Befehle, stellten ihre Untergebenen zu Rotten und Scharen auf. Ungefähr in der Mitte des Lagers stand Hauptmann Attar vor dem Zelt des Generals und wartete. Plötzlich flog der Verschluss des Zelteingangs beiseite, und General Thade kam ins Freie. Sein mit Gold verzierter Brustpanzer gleißte, und er hatte ein großes Schwert um die Hüfte geschnallt; den goldenen Helm hatte er unter den Arm geklemmt.

Thades Augen glänzten vor Kampfeslust. Er blieb stehen, als ein Knecht sein gewappnetes Schlachtross brachte, dann nickte er Attar zu.

Das war der Augenblick, in dem Attars Empfindungen ihn schließlich überwältigten. Er fletschte die Zähne, neigte den Kopf in den Nacken und *brüllte.*

Sein Brüllen hallte durch die gesamte Länge und Breite des Lagers, und als die inzwischen in Schlachtordnung aufgereihten Krieger es hörten, beschleunigte sich ihr Herzschlag, und ihre Augen wurden zu schmalen Schlitzen.

Alle Kehlen wiederholten den Schlachtruf, ein Furcht erregendes Massengrölen ließ die Umgebung erzittern, während Thade nach vorn ritt. Sobald er sich an die Spitze des Heers setzte, begannen die Sackpfeifer eine wilde Melodie zu spielen, deren durchdringend-harte Klänge eine Begleitung zum ununterbrochenen Kriegsgeschrei der Affen ergaben.

General Thades Blick schweifte noch einmal über die unbezwingbare Streitmacht, die vor dem Lagerplatz angetreten war, dann nickte er zufrieden der Reihe berittener Heerführer zu, die unmittelbar hinter ihm stand. Er hob den rechten Arm, hielt ihn einige Augenblicke lang in die Höhe gestreckt, dann senkte er ihn und trat dem Schlachtross die Fersen in die Rippen.

Im Gleichschritt zog das Affenheer in der Morgensonne nach Calima, nach Menschenblut lechzend.

Die Menschen, die sich in den zerklüfteten, felsigen Überresten der Ruinenstadt verteilt hatten, hörten das blutrünstige Gebrüll der Affen, lange bevor sie das Heer heranrücken sahen.

Davidson konnte von dort, wo er stand, einige Gesichter beobachten. Er sah fremde Menschen, aber sie waren Artverwandte, und selbst hier auf diesem fremden Planeten konnte er menschliche Furcht, die von trotzigem Mut überwunden wurde, mühelos erkennen.

Dennoch war in der Luft, als das markerschütternde Brüllen aus der Ferne herüberdröhnte, Panik zu riechen. Er konnte nur hoffen, dass die Leute die Nerven behielten, bis sein Plan aufging. Falls sie nämlich durchdrehten und zum falschen Zeitpunkt die Flucht ergriffen, war ihnen allen der Tod gewiss.

Er hielt das aufgeklappte und aktivierte Peilgerät in den Händen, betrachtete während des Wartens wiederholt den Monitor. Ein plötzliches Scharren in den Felsen hinter seinem Rücken störte seine Konzentration; er wandte sich um und sah Krull und Ari zu ihm stoßen.

Davidson hatte den Eindruck, dass der alte Gorillakrieger nicht besonders glücklich wirkte, aber Krull suchte sich unter den Menschen einen Platz und machte sich kampfbereit.

Von oben, wo sich Tival am höchsten Punkt Calimas als Ausguck betätigte, hallte ein Ruf herab. *»Ich sehe sie ....!«*

Mit der Hand überschattete Davidson die Augen. Ohne Unterlass wehten am Horizont Dunstschleier, und zunächst konnte er nichts unterscheiden. Dann verdichtete sich eine Art von verwaschener Linie, und er sah die vordersten Reihen des gewaltigen Affenheers in sein Blickfeld kommen.

Spiegelungen blinkten überall längs der dunkel schimmernden Phalanx, als Sonnenstrahlen auf die Rüstungen fielen.

Näher und näher stampfte das Heer, bis Davidson General Thade persönlich erspähte, der sich an der Spitze seiner Armee befand und direkt hinter sich eine Reihe gepanzerter Reiter hatte, vermutlich seine höheren Offiziere. Die Stärke der Streitmacht versetzte ihm einen Schock. Er hatte ein Heer erwartet, aber keine solchen Massen.

Wie dem auch sein mochte, jetzt war es zu spät, um einen Rückzieher zu machen; viel zu spät, um sich noch zu verstecken.

Plötzlich gellten über dem feindlichen Heer Trompetenstöße. Die Infanteristen hinter den berittenen Offizieren gaben die aufrechte Marschhaltung auf, fielen auf alle viere und schwärmten mit erschreckender Schnelligkeit vorwärts.

Davidson schien es, als sähe er an einer Küste eine blutrote Sturmflut heranbrausen, die alles zerschmettern würde, was ihr in die Quere kam. Er mutete sich diesen fürchterlichen Anblick nur ein paar Sekunden lang zu, dann eilte er zu seinem Pferd.

Auch Gunnar, Krull, Daena und mehrere andere Leute saßen auf und sprengten mit ihm hinaus in die Ebene, entfernten sich eine beträchtliche Strecke von den Türmen Calimas, ritten den Welle um Welle anstürmenden Affen entgegen. Während sie warteten, galoppierte Ari herbei und lenkte ihr Pferd an Daenas

Seite. Daena blickte Ari an und sah das Brandzeichen an ihrer Hand.

Rasch witterten die Pferde die Blutgier der Affenkrieger, verfielen ins Tänzeln und neigten zum Scheuen. Die Menschen hatten wenig Erfahrung mit verängstigten Pferde, sodass es ihnen Schwierigkeiten bereitete, sie unter Kontrolle zu halten.

»Bändigt sie«, rief Davidson. *»Haltet sie zurück!* So lang es geht.«

Auf einmal kam aus dem Nichts Birn angeritten. Daena, die wusste, dass Davidson ihn angewiesen hatte, bei den Leuten in der Stadt zu bleiben, stellte ihn zur Rede.

»Was tust du hier?«, schrie sie ihn an.

Trotzig schob Birn das Kinn nach vorn. »Ich gehöre auch dazu.«

Herrisch winkte Daena ab. Tausende blutdürstiger Affen stürzten heran. Jetzt war nicht die richtige Gelegenheit, um mit einem aufsässigen Flegel zu streiten.

»Warte bei den anderen, wie's dir befohlen worden ist!«, schnauzte sie; doch es hatte längst keinen Sinn mehr.

Die Affen brüllten aus voller Kraft, während sie angriffen, das Klirren ihrer Rüstungen ähnelte dem Rasseln Tausender von Ketten. *»Jetzt!«*, schrie Davidson.

Die Gruppe von Reitern teilte sich, eine Hälfte preschte zur einen, die andere Hälfte zur anderen Seite Calimas, um die Stadt in weitem Bogen zu umrunden und sich dahinter wieder zu treffen.

Als die Affenkrieger die sicher geglaubte Beute fliehen sahen, beschleunigten sie umso mehr, röhrten den Reitern Schreie viehischer Wut nach.

Schon hatte Davidson beinahe seinen vorherigen Standort erreicht, als er sich umschaute und Birn sah, der sein Pferd zwar zu gehörigem Tempo antrieb, aber den nur wenige Meter von der vordersten Welle der Affen trennten.

Komm schon, komm schon!, drängte er den Jungen in Gedanken. *Los! Los doch!*

Da jedoch stolperte Birns Pferd, kam zu Fall, prallte auf den Untergrund und begrub Birn benommen mit den Beinen strampelnd unter sich.

Augenblicklich rannte Davidson zu ihm, die Beine wuchteten ihn vorwärts wie Kolben einer Maschine, unterwegs versuchte er den Abstand zwischen dem Jungen und den ersten Affen zu schätzen. Mit etwas Glück konnte er ihnen gerade noch zuvorkommen …

Er warf sich neben Birn auf den Boden und rammte das Pferd mit der Schulter. Es erschrak und rappelte sich hoch, und sofort sprang Birn ihm so behände, als wäre er selbst ein Affe, wieder auf den Rücken. Davidson gab dem Tier einen Klaps, sodass es davongaloppierte.

Als er sich umdrehte, erblickte er Thade, der mit gezücktem und im morgendlichen Sonnenlicht glänzenden Schwert direkt auf ihn zusprengte.

Davidson machte kehrt und lief um sein Leben.

Thade sah den Menschenmann rennen, überschlug im Kopf den Abstand und gelangte zu der Einsicht, dass er ihn nicht einholen konnte, ehe er sich in die Felsen flüchtete. Er zügelte das Schlachtross, während die Affenkrieger ihr Vorwärtsstürmen fortsetzten. Für die Fußkrieger bedeuteten die Felsen kein Hindernis, denn sie saßen nicht auf Pferden, die sich auf unebenem Untergrund die Beine brechen konnten.

Außer Atem erreichte Davidson, die Affen nur ein paar Schritte hinter sich, das Peilgerät. Die in Calima gebliebenen Menschen stierten mit offenem Mund und hervorquellenden Augen der Affenarmee entgegen, diesem grässlichen Verhängnis, das in den nächsten Sekunden über sie hereinbrechen würde.

Davidson grabschte sich das Peilgerät und tippte flugs einige Befehle ein. Nichts geschah. Er wiederholte die Eingabe.

Wieder geschah nichts. Verzweifelt wandte er den Kopf und sah das Affenheer jetzt in nächster Nähe …

Tief unter den Felsen Calimas leuchtete auf der Steuerbrücke der *Oberon* ein Licht auf; die Skala, die den quantitativen Status des nuklearen Brennstoffs anzeigte, flackerte unstet, dann glomm sie mit gleichmäßiger Helligkeit.

Das Erdgestein erbebte.

Im Freien spürte Davidson plötzlich einen Ruck durch den Untergrund gehen und hob den Blick zu den seltsam schrägen Türmen, die nichts anderes waren als die teils fossilierten Triebwerksdüsen des Raumschiffs.

Ein unheimliches, durchdringendes Summen erfüllte die Luft. Langsam verzog Davidson, der die Affen beobachtete, den Mund zu einem Schmunzeln.

Die Affenkrieger hatten sich in äußerste Kampfeswut hineingesteigert. Nur wenige hörten das merkwürdige, unbekannte Geräusch, und von dieser Hand voll schenkten noch weniger ihm Beachtung. Sie setzten den Ansturm fort, streckten schon die Klauen nach den ersten Opfern aus – da schoss auf einmal weißes Feuer aus den Türmen in ihre Richtung und glutete auf sie herab wie der Hitzeschwall eines Hochofens.

Die vordersten Krieger wussten nicht, wie ihnen geschah. Im Handumdrehen wurde die erste Welle in Asche verwandelt. Die Reihen dahinter riss die Wucht des Glutschwalls von den Füßen, versengte das Fell, verbrannte das Fleisch, bis es schwarz war wie Holzkohle. Brocken zerfetzter Affen, ja sogar ganze Kadaver, hagelten auf die völlig geschockten Überlebenden herab, deren Reihen sich unverzüglich auflösten, als sie ihren fluchtartigen Rückzug antraten.

In sicherer Entfernung beobachtete General Thade, wie sich vor seinen Augen eine unerklärliche Vernichtung seiner besten Kriegerscharen vollzog. Irgendwie gelang es ihm, die blinde Wut zu meistern, die ihn dazu drängte, in den sicheren Flammentod zu laufen, und sich stattdessen zum Beobachten und Nachdenken zu zwingen.

Plötzlich verstummte das laute Tosen des Feuers, und der Gluthauch, der durch die Ebene fauchte, erlosch und verwehte. Thade kniff die Augen zusammen. Wo gerade noch die vorderen Reihen des Heers gewesen waren, wallte jetzt eine ausgedehnte Staubwolke, die seine Sicht behinderte. Aus dem Qualm torkelte da und dort eine Hand voll gänzlich entmutigter Krieger hervor, die mit scheußlichen Verbrennungen ziellos umhertappten.

Thade schloss die Lider. Es ließ sich nicht mehr ändern. Wahrscheinlich hatte er soeben durch die wilde menschliche Bestie den Großteil seiner tüchtigsten Krieger verloren. Er hatte keine Ahnung, wie der Menschenmann das vollbracht hatte, und genauso wenig wusste er, ob er es nochmal würde tun können.

Über die Schulter blickte er sich um. Noch hatte er einen Rest des Heers, und er brauchte keine hervorragenden Krieger, um Ungeziefer aufzustöbern und auszurotten.

Auf der anderen Seite der Rauchwolke betrachtete Davidson geradezu ehrfürchtig, was er bewirkt hatte. Hier wehte der Wind kräftiger, sodass sich der Qualm schneller verzog. Er konnte ein paar verwundete Affen umhertaumeln sehen. Die Menschen zwischen den Felsen erblickten sie gleichfalls, rannten zu zwei Affen, umzingelten sie und schwangen ihre primitiven Waffen.

Allerdings hatten sie es nicht mit verweichlichten Stadtaffen zu tun. Vermutlich zählten sie zu Thades im Kampf gestählten Elitetruppen und glaubten fest an ihre Überlegenheit, waren der Überzeugung, sich sogar mit einem zahlenmäßig hundertfach stärkeren menschlichen Gegner messen zu können. Fürchtete denn ein Affe tausend Ameisen?

Daher zeigten sie jede Bereitschaft, sich mit den Angreifern anzulegen, sie knurrten wütend und erwarteten anscheinend, dass die Wilden Reißaus nahmen.

Und tatsächlich verharrten die Menschen. Tausend Jahre der Untertänigkeit hatten sich ihnen bis ins Mark eingefleischt, lähmten ihre Muskeln. Sie blieben stehen … Aber sie liefen nicht fort.

Nun stutzten die Affen, dieses unvermutete Verhalten brachte sie aus der Fassung. Sie hoben die kraftvollen Arme, bleckten die fürchterlichen Hauer und knurrten noch einmal.

Die Menschen, die sich am weitesten an sie herangetraut hatten, zuckten zusammen, prallten einen Schritt zurück, doch blieben sie dann wieder stehen. Und da geschah es mit einem Mal: Einer von ihnen, ein Mann, der vor Zorn die Augen zu Schlitzen verengt hatte, knurrte zurück! Und im nächsten Moment knurrten auch seine Kameraden die Affen an.

Hinter ihnen brachen die übrigen Menschen in lautes Rufen aus. Ihr Geschrei gewann an Lautstärke, bis es weithin hallte, zu einer enormen, stimmgewaltigen Aufwallung der Wut anschwoll, die den Unterdrückern galt, die sie quälten, seit es auf dieser Welt Menschen gab.

Die Affen duckten sich, machten große Augen, in denen man viel Weiß sah. Dann fielen die Menschen zuhauf über sie her, und sie verschwanden unter der Horde der Angreifer.

Thade grübelte über sein Versagen bei der Pflichterfüllung und das Ende seiner Träume nach. Attar kam zu ihm galoppiert. »Wie kann es eine derartige Waffe geben?«, schnaufte der Hauptmann. »Einen solchen Gegner können wir nicht bezwingen.«

Thade gab keine unverzügliche Antwort. Er saß, die Miene starr wie Eisen, umweht vom Wind, auf dem Streitross und sah die geschlagenen Überbleibsel seines einstigen Heeres vorüberwanken. Hinter ihm löste sich der Rest seiner Streitmacht fast panikartig auf.

Ruckartig wandte er sich Attar zu. »Wir greifen an«, schnauzte er dem Hauptmann zu.

»General ... Er kann uns alle vernichten ...«

Thade zog das Schwert.

»Wir werden sehen«, entgegnete er, wendete sein Ross und ritt geradewegs auf die wirbelnde Qualmwolke zu. Unterwegs blickte er sich um und sah Attar die restlichen Scharen zu einem neuen Vorstoß heranführen.

Der General fletschte die Zähne und galoppierte mitten in die Rauchschwaden hinein.

Davidson hob den Kopf und lauschte auf den Klang entfernten Hufschlags. Alles hing davon ab, dass die Affenarmee in Panik das Weite suchte. Falls sie es nicht tat …

Allmählich verwehte die Staub- und Rauchwolke und gab den Blick auf das Schlachtfeld frei. Tote Affen übersäten den geschwärzten Untergrund. Einige Menschen schlugen Überlebende in die Flucht. Sonst war alles ruhig.

Plötzlich kam General Thade aus dem Qualm galoppiert und zügelte sein Pferd. Sein Blick fand Davidson so zielsicher, als könnten die beiden sich gegenseitig spüren. Davidson starrte ihm entgegen, sein Mut sank.

Thade öffnete den Mund und brüllte diesem Menschen, der glaubte, ihn besiegen zu können, all seinen Zorn und Hass entgegen.

Neben Davidson verfiel Limbo in haltloses Schlottern. »Bei Semos«, ächzte er, »wir sind verloren …«

Als Nächster erschien Attar aus dem Rauch, und ihm folgten Hunderte von Affen. Er preschte unverzüglich an die Seite des Oberbefehlshabers.

Thade wartete auf ihn, dann hob er das Schwert und zeigte mit der Spitze auf Davidson. »Ich bin dieses Menschen überdrüssig.«

Aus vollem Hals brüllte er den Angriffsbefehl. *»Vorwärts!«*

Angetrieben durch sein Kommando, stießen die Affenkrieger ihr Feldgeschrei aus und stürmten dem Feind entgegen. Die Menschen antworteten mit einem ähnlichen Gebrüll. Thade gab seinem Schlachtross die Sporen. Der Wind schlug um, und eine Staubwolke hüllte alles ein.

Was anschließend geschah, empfanden Davidson und die anderen als ein einziges, für Gefechte typisches Durcheinander, ein wirres Rasen zerstückelter Handlungsabläufe und lückenhafter Erinnerungseindrücke.

Davidson sah sich von brüllenden Affen und kreischenden Menschen umzingelt. Ein Affe stieß, wüst knurrend, mit einem langen Spieß nach ihm. Davidson wich aus, duckte sich unter dem Spieß hindurch, packte die Stange der Waffe und wand sie dem verblüfften Affen aus den Fäusten. Gleich darauf lief er einem anderen Affen in die Arme, der ein Netz schwang, als wollte er Fische fangen. Der Affe machte Anstalten, das Netz zu werfen, aber Davidson klaubte eine Hand voll Erde auf und schleuderte sie ihm in die Augen. Während der Affe sich die Augen rieb, um seine Sicht zu klären, rammte Davidson ihm den Spieß in den Bauch. Er riss dem Affen das Netz aus den erlahmten Fingern und bereitete sich auf den nächsten Zusammenprall vor.

Auf der Felsspitze hielt Tival noch immer Ausschau. Er versuchte den Verlauf der Schlacht zu verfolgen, konnte jedoch wegen des Staubs kaum etwas erkennen. Selbst der Lärm schien aus weiten Fernen zu dringen. Während Tival angestrengt lauschte, hörte er ein schärferes Geräusch. Ein Klappern von Geröll ...

Er drehte sich um und sah einen großen Gorilla vor sich stehen. Der Gorilla wandte den Schädel von einer zur anderen Seite, aus seinen Hauern sickerte Geifer, als überlegte er, ob Tival zum Verzehr taugte.

Benommen vor Entsetzen hob Tival die Hände und wich zurück ... Geradewegs in die Arme eines zweiten Gorillas.

Sie warfen ihn von den Felsen und lachten, während er ununterbrochen schrie, solange der Sturz in die Tiefe dauerte.

Daena lenkte ihr Pferd mitten ins dichteste Gewühl, schlug mit der Waffe nach links und rechts, während die Hufe ihres Gauls sie bei ihrer tödlichen Arbeit unterstützten. Sie bemerkte, dass Thade in ihre Richtung ritt, nach seiner Bola griff und sie um den Kopf wirbelte.

Genau in dem Augenblick, als Thade die Bola auf sie zusausen ließ, trieb Daena ihr Pferd vorwärts. Die Bola schwirrte an ihr vorbei, die Seile verfehlten sie knapp, aber eines der daran befestigten Gewichte streifte ihre Schläfe und betäubte sie, sodass sie zu Boden stürzte.

Aus einiger Entfernung sah Ari Daena vom Pferd fallen. Sie erhaschte die Mähne eines reiterlosen Tiers, saß behände auf und galoppierte auf das Schlachtfeld.

Daena hatte sich mit Mühe und Not aufgerappelt, als Ari sie erreichte. Die starken Beine um die Leibesmitte des Tiers geklammert, beugte sich die Schimpansin hinab, packte Daena und hob sie mit kraftvollem Schwung auf das Pferd. Dann ließ sie es wenden, um die Gefahrenzone zu verlassen, aber das Pferd wieherte und bäumte sich auf, weil eine Phalanx von Affen ihm waffenklirrend den Weg versperrte.

Verzweifelt sah sich Ari nach Daena um, die bleich und matt hinter ihr saß. Es gab keinen Fluchtweg. Voller Siegesgewissheit knurrten die Affen und stürmten heran. Ari holte tief Luft ...

Ein lautstarkes Aufbrüllen übertönte den Krawall des Schlachtfelds, als in äußerster Wut Krull zwischen die Angreifer sprang und sie umwarf wie eine Anzahl Kegel. Einige wandten sich ab und stürzten sich auf Ari und Daena, die eine leichte Beute abgaben, während sich der Rest aufrappelte und um den riesigen, alten Affen einen Ring bildete.

Ari versuchte, sich mit Daena zu Pferd aus dem Staub zu machen, aber einer der Affenkrieger stieß mit seinem Spieß zu und schlitzte Daenas Schulter bis auf den Knochen auf, sodass sie fast ein zweites Mal vom Pferd stürzte. Doch Ari fasste zu und stützte sie, hielt sie mit einer Faust fest, während sie mit der anderen Hand das Pferd lenkte.

Die Affenkrieger, die Krull umstellt hatten, erlebten trotz ihrer Überzahl eine böse Überraschung, als sie ihn angriffen. Seine Fäuste glichen Zwingen, sie zerquetschten und zermalmten alles, was sie zu packen bekamen. Er hatte noch scharfe Krallen und spitze Zähne, und er verstand beides im Kampf zu nutzen.

Nach wenigen Augenblicken hatte frisches Blut sein graues Fell bespritzt, und rund um ihn lagen verstümmelte Affen, die entweder vor Schmerz stöhnten oder ihren letzten Atemzug röchelten.

Fast hatte er sich aus der Mitte der Übermacht freigekämpft, da fiel ein Schatten auf ihn. Er hob den Blick.

Vor ihm stand Attar. Er war unberitten, hatte wahrscheinlich irgendwann das Pferd verloren. Allerdings sah er deswegen durchaus nicht kleiner aus.

Die zwei Gorillas, einst Lehrmeister und Schüler, danach Freunde, jetzt Todfeinde, beide Anhänger treuer Pflichterfüllung, standen sich nun im Kampf gegenüber. Krull zog blank, als auch Attar das Schwert zückte.

Ihre Klingen blitzten, als sie sich aufeinander stürzten. Attar verfügte über den Vorteil jugendlicher Kraft und Schnelligkeit, aber Krull war ein erfahrener alter Schwertkämpfer, dessen Geschicklichkeit im Umgang mit Blankwaffen ihn seinem Gegner ebenbürtig machte. Die Schwerter klirrten, klirrten noch einmal, und beim dritten Mal flogen die Waffen in hohem Bogen davon.

Keiner der beiden Affen zögerte. Sie gingen unbewaffnet, mit Zähnen und Klauen, aufeinander los, verkrallten sich zu einem Knäuel aus Blut, Fell und Staub. Doch trotz aller Körperkraft und Behändigkeit ließ sich Krulls Alter nicht leugnen, und am Ende gab es den Ausschlag: Attar biss und kratzte mit scheinbar unerschöpflichem Durchhaltevermögen, unweigerlich gelang es ihm, seinen Widersacher zu ermüden. Er krallte die Klauen in Krulls Kehle, bog ihn rückwärts, rückwärts …

Unweit dieses Geschehens versuchte Limbo unauffällig übers Schlachtfeld zu huschen und sich irgendwo in Sicherheit zu bringen, als er plötzlich zwischen zwei gepanzerte Affen geriet, die ihn sofort mit grimmigem Knurren angriffen.

Limbo war mit einem Speer bewaffnet, jedoch dachte er gar nicht daran, ihn zu verwenden, ja, er dachte *gar nichts,* sondern sprang im letzten Augenblick einfach senkrecht in die Höhe. Die zwei Affenkrieger prallten zusammen und torkelten benommen zur Seite, als Limbo wieder auf den Füßen landete. Sich vor Grausen schüttelnd, ergriff der Orang-Utan schleunigst die Flucht.

Während über ihr die Schlacht tobte, herrschte auf der Steuerbrücke der *Oberon* Stille. Die einzige Bewegung bestand aus einem Hin- und Hergleiten auf dem Ortungsschirm. Ohne jede Veränderung bewegte sich der Leuchtstrich langsam von der einen zur anderen Seite des Monitors wie ein Metronom aus Licht.

Da leuchtete mit einem Mal, als der Peilstrich die Mitte des Ortungsschirms passierte, am unteren Rand der Sichtfläche ein einzelner heller Punkt …

Ping …

General Thade, dessen Schwert eine Kerbe abbekommen hatte und von Blut troff, sprengte über das Schlachtfeld wie eine leibhaftige Sense, erreichte die andere Seite und riss sein Streitross herum. Sein Geist schien in Flammen zu stehen.

Er befand sich im Zustand stärkster Kampfeswut, die in seinem Innern für nichts als den tollwütigen Drang zum Töten, Verstümmeln und Vernichten Platz ließ. Er wollte diesen wilden Menschen erschlagen. Er hätte ihn umbringen sollen, als er ihn in Senator Sandars Haus das erste Mal erblickt hatte. Ihn am Leben zu lassen war ein Fehler gewesen, aber nun war die Zeit reif, um den Irrtum zu berichtigen. Einmal während des bisherigen Verlaufs der Schlacht hatte er ihn gesehen, doch in dem unübersichtlichen, blutigen Wirrwarr, der in der Ebene tobte, kein zweites Mal erspähen können.

Aber ein rascher Blick zeigte ihm, dass die Schlacht bald vorüber sein musste. Inzwischen war die Mehrzahl der Menschen bezwungen worden. Schon führten Krieger etliche von ihnen – sorgsam in Ketten gelegt, wie es sich für Tiere gehörte – in die Gefangenschaft.

Nur in der Mitte der Ebene zog das Ringen sich noch in die Länge. Thades Blick streifte Attar, der sich zum Zeichen des Sieges mit den gewaltigen Fäusten auf die Brust trommelte. Hinter ihm flohen zwei Reiter – auf nur einem Pferd – zur anderen Seite des Schlachtfelds. Und etwas weiter entfernt …

Ja.

Thade bleckte die Zähne. Er ruckte an den Zügeln und lenkte sein Streitross im Galopp erneut ins Gefecht.

Den Spieß in einer Faust, in der anderen Hand das Netz, näherte sich Davidson im Laufschritt einem Paar Affen, aber ehe er sie erreichte, packten ihn wie aus dem Nichts starke Finger und rissen ihn zu Boden. Er wälzte sich auf den Rücken und sah neben sich einen großen Affen stehen, der glitzernden Blicks ein langes, mit Blut verschmiertes Schwert hoch über den Kopf schwang.

Reflexartig schloss Davidson die Lider, hörte ein wuchtiges Schmatzgeräusch, merkte jedoch sofort, dass es zum Glück nicht aus seinem Schädel drang. Er öffnete die Augen: Der Affenkrieger stand noch immer da, aber glotzte jetzt ungläubig eine glänzende Speerspitze an, die auf seiner Brust aus dem Kettenhemd ragte.

Limbo stemmte einen Fuß gegen die Körperseite des Durchbohrten und zog die Waffe heraus. Ein Blutschwall sprudelte aus der Wunde, und der Affe brach zusammen. Limbo nickte Davidson zu, dann entfernte er sich eilig zu der Stelle, wo die noch lebenden Menschen sich zum letzten Gefecht sammelten. Davidson folgte dem Orang-Utan.

Ari lenkte ihr Pferd in den Kreis der letzten menschlichen Kämpfer. Birn und Davidson halfen Daena vom Rücken des Tiers. Daena hatte am Kopf eine hässliche Beule, ihre Schulter blutete stark. Sie musste eine beträchtliche Menge Blut verloren haben, denn ihr Gesicht war totenblass. Davidson und der Junge wollten sie hinsetzen, aber sie stieß sie zurück, griff sich eine Waffe und stürzte sich von neuem in den Kampf.

Davidson wischte sich Schweiß und Blut aus dem Gesicht und schaute sich nach allen Seiten um. Ihre Truppe war nur noch klein. Die Affen umstellten sie in einem lückenlosen Kreis aus gefletschten Zähnen und gezückten Waffen.

Da teilte sich vor Davidsons Augen an einer Stelle der Kreis gerade so weit, dass ein großes Schlachtross hindurch konnte.

Thade.

Voller Triumph.

Auf der Steuerbrücke der *Oberon* flimmerte unterdessen hell der Sichtschirm der Ortungsinstrumente. Der Leuchtpunkt rückte dem Mittelpunkt des Sichtschirms immer näher.

Ping-ping-ping-ping-ping …

Hoch über dem Schlachtfeld schimmerte etwas im Dunst, aber niemand bemerkte es.

11. Kapitel

Sobald Davidson vortrat, griff Thade ihn an. Davidson wich zur Seite, parierte den Schwerthieb mit dem Spieß, und Thade sprengte an ihm vorüber.

Auf dem Schlachtfeld war es mittlerweile weitgehend ruhig geworden. Fast überall hatte man den blutigen Streit abgebrochen, als könnte jeder spüren, dass hier zwischen dem General des Affenreiches und dem Helden der Menschen der Endkampf stattfand.

Auch Thade war sich dessen bewusst, während er das Schlachtross herumriss und es zum Stehen brachte. Aufmerksam beobachtete er den Menschenmann, der auf den nächsten Angriff wartete.

Man mochte Thade manches nachsagen können, aber er war kein Feigling. Was sollten seine Krieger von ihm denken – welche Geschichten würde man über ihn erzählen –, wenn er eine solche Laus aus der sicheren Höhe des Pferderückens erschlug?

Langsam trabte er auf Davidson zu, dann saß er ab und trat ihm zu Fuß gegenüber. Für mehrere, lange Augenblicke atemloser Spannung blickten sie sich gegenseitig an. Dann gingen sie schlagartig aufeinander los.

Davidsons Kräfte waren nahezu erschöpft, ein Nachteil, den Thade offensichtlich weniger hatte, doch selbst wenn beide bei frischen Kräften gewesen wären, hätte es keinen Unterschied bedeutet. Allemal war Thade doppelt so stark und doppelt so schnell wie jeder Mensch.

Er empfing Davidson mit einem wuchtigen Hieb an den Kopf. Davidson stürzte der Länge nach in den Dreck. Zwar wälzte er sich zur Seite und sprang sofort auf, doch Thade überhäufte ihn unverzüglich mit einem Hagel von Faustschlägen und krönte die Tracht Prügel mit einem Haken, bei dem ihm zu Mute wurde, als wären ihm Knochen gebrochen worden. Schon fühlte er sich benommen und hilflos.

Thade grinste und streckte die langen Finger, schickte sich an, Davidson zu erwürgen ...

Da klaffte der Himmel.

Ein dermaßen lautes Dröhnen betäubte in weitem Umkreis die Ohren, dass es Kopfschmerzen verursachte, ein Brausen einer Art, das man auf dieser Welt nie zuvor gehört hatte. Thade hielt inne und hob den Blick himmelwärts. Überall in der Ebene duckten sich Menschen und Affen in äußerstem Schrecken, schrien vor Entsetzen und zeigten nach oben.

Mit unglaublicher Geschwindigkeit zog etwas einen Flammenschweif über den Himmel. Halb betäubt schüttelte Davidson den Kopf, bis er wieder einigermaßen sehen konnte, und schaute hoch.

Konnte es sein, dass ...

Dann durchstieß das Flugobjekt die Dunstschicht, schillernd wie hundert winzige Regenbogen und warf Glanzlichter auf die aufwärts gekehrten Gesichter. Und da wusste Davidson Bescheid.

Von weitem hörte er sein Peilgerät aufdringlich piepsen.

Der Flugkörper sank tiefer, immer tiefer, und die Turbulenzen des Anflugs teilten den Nebel, sodass man hätte meinen können, ein Engel stiege herab und vertriebe die Finsternis der Hölle; dann erschien die Raumkapsel in all ihrer leuchtenden Pracht. Ihr Fahrtwind verebbte, während die Kapsel auf einem Feuerstrahl abwärts schwebte, zu guter Letzt am Rande der Felsen Calimas inmitten einer neuen Staubwolke aufsetzte und helles Scheinwerferlicht verstrahlte.

Thade erholte sich schnell von dem Schrecken. Er begriff nicht, was er da sah, aber es gefiel ihm nicht. Zweifellos war es irgendeine Art menschlicher Trick. Er fuhr herum, blickte über das Schlachtfeld und sah, dass es, Trick oder nicht, auf alle Fälle die Wirkung auf sein Heer nicht verfehlte.

Schon durch die Feuerwaffe, die der Menschenmann anfangs gegen die Heerhaufen benutzt hatte, war ihnen ein schwerer Schlag versetzt worden. Und nun das ... Ein unvorstellbares fliegendes *Etwas* rauschte vom Himmel herab. Es hatte den Anschein, dass die Krieger sich nicht regen konnten, erstarrt in Grauen und Verwirrung.

Er wandte sich wieder der Raumkapsel zu und sah, dass der überhitzte Rumpf im Morgenlicht dampfte. Während Metall und Keramik abkühlten, drangen scharfe Knackgeräusche aus der Hülle.

Die Luke der Raumkapsel schwang plötzlich auf und Helligkeit drang heraus. Ungläubig starrte Davidson hinüber – ihm war *klar,* was sich ereignet haben musste, bloß konnte er es noch nicht ganz fassen – und verspürte ein Schaudern auf dem Rücken, als am Rande des Ausstiegs eine Hand erschien, ins Freie griff und umhertastete, bis die langen Finger sich um die oberste Sprosse der Leiter schlossen.

Den Handrücken bedeckte dichtes, seidiges Haar.

Dann zeigte sich langsam ein Gesicht am Lukenrand und lugte aus großen Augen unsicher heraus. Bei diesem Anblick raunte ein dunkles, durchdringendes Gemurmel der Ehrfurcht über das Schlachtfeld. Perikles, der Schimpansenpilot, den Davidson vor wenigen Tagen zuletzt gesehen hatte – oder vor Jahrtausenden, wenn man diese Sichtweise vorzog –, hörte das vielstimmige Geflüster, aber verstand es anscheinend nicht zu deuten. Er wirkte ratlos, als ob die Begegnung mit so vielen fremden Affen ihn verwirrte. Da jedoch sah er Davidson. Sobald er seinen alten Freund erblickte, beruhigte sich Perikles sichtlich. Er kletterte aus der Luke und die Leiter herab.

Inmitten der Hitze, die noch rings um die Raumkapsel flimmerte, der Staubschwaden, die langsam niedersanken, und des hellen Scheins der Doppelsonne, die alles erhellte wie zwei starke Scheinwerfer, erregte der Schimpanse durchaus den Eindruck, aus einem himmlischen Reich ewiger Herrlichkeit auf die Erde herabgestiegen zu sein.

Andächtig sank Attar, die Augen weit und voller Verzückung, auf die Knie. *»Semos«*, flüsterte er.

Die Umstehenden hörten seine Äußerung, und innerhalb von Augenblicken breitete sich der Name wie eine unwiderstehliche Flutwelle unter den Kriegern aus. Das Raunen steigerte sich zu Rufen, die Nachricht von der wundersamen Wiederkehr Semos' erreichte auch diejenigen, die sich zu weit entfernt befanden, um ihn sehen zu können.

Das Heer wurde zum Mob, der mit ausgestreckten Armen nach vorn drängte.

»Semos!«, grölten sie. *»Semos! Semos!«*

Thade hatte den Menschenmann vollkommen vergessen und starrte mit herunterhängendem Kinn die unfassbare Erscheinung an – einen Schimpansen, der in einem eisernen Gefährt vom Himmel herabschwebte und sich in Gewändern, die noch kein Affe jemals gesehen hatte, in strahlender Pracht zeigte.

Perikles stand am Fuß der Leiter und blickte angesichts des ohrenbetäubenden Hallens so vieler Affenstimmen, das auf ihn eindrang, verunsichert umher.

Attar sprang auf und lief zu Thade. »General«, rief er, »die Prophezeiung ist wahr geworden. *Semos ist wiedergekehrt!*«

Die Menschen beobachteten das Geschehen in stumpfsinnigem Schweigen. Einige nutzten die Gelegenheit, um sich vom Erdboden aufzurappeln und unauffällig zu den Felsen zu schleichen. Die aufgeputschten Krieger schenkten ihnen keine Beachtung. Samt und sonders hatten sie nur noch Augen für das, was sie für die Wiederkunft ihres Schöpfers hielten.

Daher sahen alle, wie Davidson zu ihm strebte, ihn auf seine Arme nahm und herzhaft an sich drückte. Freudig sah der Schimpanse ihm ins Gesicht und verzog die Lippen zu einem breiten Lächeln, dann senkte er den Blick auf die Hand. Nach kurzem Grübeln streckte er den rechten Daumen, schaute wieder Davidson an und hob ihm die Faust mit dem nach oben gereckten Daumen entgegen.

Nun brachen die Menschen in Jubelrufe aus. Zweifellos verstanden sie nicht, was sie da sahen, doch auch für sie ließ sich leicht erkennen, dass das Verhältnis zwischen ihrem sonderbaren Helden und dem Affen vom Himmel völlig anders war, als sie es kannten. Nach der Niederlage in der Schlacht mussten sie darin zwangsläufig ein Zeichen der Hoffnung erblicken.

Davidson hörte den Jubel. Er grinste Perikles an und erwiderte die Geste des aufwärts gestreckten Daumens.

»Alles klar, Perikles«, sagte er. »Dann wollen wir den Affen mal die Evolution erklären.«

Froh klammerte Perikles sich an ihn, und Davidson trug den Schimpansen hinaus in eine Welt, die sich nun vollständig ändern sollte ...

Für uns beide ..., dachte Davidson.

Und auch, wie sich bald zeigte, für die anderen Affen.

Die Affenkrieger waren einfache Gemüter, unerschütterlich in ihrem Weltbild und fromm in ihrem Glauben. So, wie Semos es gebot, waren sie ihrem General ins Feld gefolgt, um zu kämpfen und notfalls bei der Aufgabe, menschliches Ungeziefer auszurotten, zu sterben.

Und jetzt war Semos wiedergekehrt. Aber nicht, um sie zum Sieg zu führen. Nein, ihr Gott nahte sich ihnen *in den Armen eines Menschen!*

Den Prozess, der sich in den Köpfen der Affen vollzog, nannte man kognitive Disassoziation. Wenn Gott ihnen gebot, Menschen zu töten, aber selbst keine Menschen tötete, sondern sie in die Arme schloss, war Gott dann ein Lügner? Doch Gott hatte seine Wiederkunft angekündigt, und jetzt war er gekommen, sie sahen es ja mit eigenen Augen. Wenn Gott die Menschen nicht hasste, weshalb predigte dann seine Kirche das Gegenteil? Entweder irrte sich die Kirche, war Gott ein Lügner, oder *sie* hatten sich irgendwie getäuscht …

Und noch immer hielt sich das undenkbare Paar, Gott und Mensch, in den Armen!

Die Affenkrieger waren wackere, mutige Soldaten. Nun jedoch taten sie das Einzige, was sie noch tun konnten. Sie heulten vor Angst und Verzweiflung, warfen die Waffen fort und suchten das Weite.

Der Anblick seines Heers, das sich vor seinen Augen auflöste, riss General Thade aus seiner Starre des Unglaubens. Er stürmte den Kriegern nach, die dem Feind den Rücken zuwandten. *»Macht ihn nieder!«*, schrie er.

Er packte zwei Krieger an den Schultern, versuchte sie in die Richtung des Menschenmannes und des Schimpansen zu ziehen, aber die Fliehenden schüttelten ihn ab, ihre Augen stierten wild und sie rannten, so wie ihre Gefährten, auf und davon.

»Kehrt um!«, kreischte Thade. »Ich befehl's euch. Bleibt wo ihr seid!« Er fing an zu toben, während ihm Speichel von der rosa Zunge troff. *»Feiglinge!«*

Die überlebenden Menschen brachen nochmals in Jubel aus, als sie sahen, dass ihre Bezwinger nun in hellen Scharen vom Schlachtfeld flohen. Wahrscheinlich hatte keiner von ihnen erwartet, jemals Affen vor einem Menschen Reißaus nehmen zu sehen – am wenigsten vor einem Menschen, der mit einem Affen umging, als wären sie alte Freunde.

Attar sah die Krieger flüchten, den General toben und beobachtete gleichzeitig den Menschenmann und den himmlischen Affen. Er drehte den Kopf hin und her, hin und her. Alles was ihm je bedeutsam und heilig gewesen war, zerfiel vor seinen Augen, und er wusste nicht, was er tun sollte.

Thade stieß ein gedämpftes, lang gezogenes Knurren aus, ein halbes Stöhnen, biss die Hauer zusammen, als ob eine Falle zuschnappte, und stürzte sich auf Davidson. Mit dem Handrücken versetzte er Perikles einen dermaßen wuchtigen Hieb, dass der überraschte Schimpanse sich überschlug und drei Meter entfernt auf den Erdboden prallte, wobei ihm der Behälter mit der Standardausrüstung für planetare Exkursionen von den Schultern rutschte. »Egal, woher du kommst«, knirschte er Davidson an, »du bist nichts als ein elendiger Mensch.«

Attar sowie den wenigen Affen, die noch nicht fortgelaufen waren, entfuhr angesichts dieser Gotteslästerung ein lautes Keuchen.

Thade scherte sich nicht darum.

Als Nächstes packte er Davidson, schwang ihn über den Kopf empor und schleuderte ihn durch die Luft, als wäre er nur ein Müllsack. Hart schlug Davidson auf, ächzte und versuchte sich aufzurappeln. Perikles' Ausrüstungsbehälter war in die Nähe des höhlenartigen Zugangs zu dem Tunnel gerollt, der hinunter zur Steuerbrücke der *Oberon* führte, und lag jetzt nur ein paar Meter von Davidson entfernt im Schmutz.

Davidson stand auf und wandte sich Thade zu, der nun nicht mehr nur zornig war, sondern sich in eine Form rasender Tollwut hineingesteigert hatte, sprang zu ihm und warf ihn noch einmal durch die Luft.

Nach dem zweiten Aufprall war Davidson zu Mute, als wäre er von einem Lastwagen überfahren worden. Ob er je wieder auf die Beine kam, wusste er nicht, doch zumindest hatte Thade ihn in die richtige Richtung geschleudert. Perikles' Behälter lag wenige Zentimeter neben seiner Hand.

Vergeblich versuchte er, in den Behälter zu langen, ohne dass Thade es merkte. Thade war einfach affenartig schnell. Davidson musste sich damit zufrieden geben, das Behältnis an sich zu reißen und in den Tunnel zu taumeln, als Thade ihn ein drittes Mal attackierte.

Die Enge des Stollens behinderte die Bewegungsfreiheit des Generals, also musste er sich, anstatt Davidson abermals zu ergreifen und von sich zu werfen, darauf beschränken, ihm mit aller Kraft einen Boxhieb zu versetzen.

Davidson fühlte, dass in seinem Brustkasten etwas knackte – vielleicht ein, zwei Rippen –, während er hintenüber flog. Kurz vor der scharfen Biegung des Tunnels krachte er erneut auf den Boden, und als er aufzustehen versuchte, war Thade schon wieder zur Stelle und stieß ihn die Schräge hinab.

Unten blieb er außer Atem liegen, und als er nach oben linste, sah er Thade gehässig auf sich herabgrinsen.

Auf allen vieren kroch Davidson rückwärts, stemmte sich mühsam hoch und taumelte davon, hörte hinter sich, als Thade ihm mit einem Satz nach unten folgte, das dumpfe Wumsen der Füße des Generals. Fast schaffte er es bis zur Steuerbrücke, doch unmittelbar davor holte Thade ihn von neuem ein und stieß ihn roh zum Eingang hinein. Davidson knallte gegen die Kante einer Konsole, fühlte weitere Rippen zerknacken und sackte aufs stählerne Deck. Thade schaukelte in seinem Affengang auf ihn zu und musterte ihn einen Moment lang; sobald er ihn als in diesem Zustand ungefährlich beurteilt hatte, schaute er umher. Trotz der völlig fremdartigen Umgebung, die die Steuerbrücke für Thade sein musste, wirkte der General überhaupt nicht beeindruckt.

»Ich werde deine Überreste verscharren.« Thade spie in den Staub. »Damit du vergessen wirst, genau wie die ganze Menschenbrut.«

Indem er sich Zeit für seine hämischen Bemerkungen gönnte, unterlief ihm ein Fehler. Davidson fand die Gelegenheit, die Hand in Perikles' Behälter zu stecken. Nun zog er sie heraus und richtete die standardmäßige Dienstwaffe auf Thades Gesicht.

Augenblicklich erstarrte Thade, dann wich er ruckartig einen Schritt zurück und hob, sichtlich erschrocken, eine Hand.

Davidson betrachtete ihn und anschließend die Waffe. Er forschte in Thades Miene; und zu guter Letzt verstand er sein Verhalten. »Du weißt, was das ist…«, stellte er fest. Diese Erkenntnis schockierte ihn.

Wieso? Woher *kann er diese Art von Waffe kennen?*

Denn ganz offenkundig wusste Thade, dass Davidson eine Waffe in der Hand hielt, und zwar eine sehr gefährliche Waffe. Ihm quollen schier die Augen aus dem Schädel.

Stöhnend zog Davidson sich behutsam an einer Konsole hoch, während er darauf achtete, dass die Waffe ständig auf Thades Brust zielte. Er stand beinahe aufrecht, da kam Ari auf die Steuerbrücke gelaufen, sah ihn und versuchte an Thade vorüberzuhuschen.

Doch es gelang ihr nicht. Thade fing sie ab, zerrte sie an sich und benutzte sie als Schutzschild. Er handelte viel zu schnell, als dass sich für Davidson eine Gelegenheit zum Schießen ergeben hätte, und danach hatte der General schon eine Faust wie eine Schraubzwinge um Aris Hand gelegt und feixte über ihre Schulter hinweg Davidson voll hämischen Triumphs an.

Davidson stützte sich auf die Konsolen und zielte genau auf Thades Kopf. Aber einen solchen Schuss durfte er unmöglich riskieren. »Lass sie los«, verlangte er mit heiserer Stimme.

Der General schüttelte den Kopf. »Ich bin bereit zu sterben«, entgegnete er, rüttelte Ari ein wenig durch und schmunzelte bösartig. »Aber bist du bereit, sie sterben zu sehen?«

Davidson musterte erst Thade, dann Ari und ihren verängstigten Gesichtsausdruck. Er *könnte* einen Schuss riskieren, aber…

Er legte die Waffe auf den Fußboden und gab ihr einen knappen Tritt, sodass sie in Thades Richtung schlitterte. Übers Stahldeck rutschte die Waffe auf den General zu, der sich bückte, um sie an sich zu nehmen. Doch sie kam nie bei ihm an. Eine große, schwarzfellige Pranke haschte nach ihr, ergriff sie und hob sie auf.

Voller Neugier besah Attar sich die Waffe, allerdings so vorsichtig, dass für Davidson feststand, der Gorilla musste den Wortwechsel gehört haben. Er hatte schlussfolgern können, dass dieses Ding gefährlich war, doch wieso oder inwiefern, das blieb ihm selbstverständlich unklar.

»Mit solchen Waffen wären die Menschen nicht mehr schwächer als wir. Wir dürfen so etwas nicht in ihre Hände fallen lassen.«

»Seht euch um«, empfahl Davidson den Affen. »Hier ist euer wirklicher Ursprung. Wir haben euch auf diese Welt gebracht. Damals haben Menschen und Affen friedlich zusammengelebt … Bis Semos zahlreiche Menschen massakriert hat.«

Er sprach im Brustton der Überzeugung, und offenbar hatte Attar ein Ohr für den Klang der Wahrheit.

»Nein …«, murmelte er konsterniert. Er wandte sich an Thade. »Kann das wahr sein?«

Thade schnaubte. »Die Menschen würden uns zu ihren Sklaven erniedrigen.« Er sah Davidson an. *»Gib mir die Waffe!«*, brüllte er Attar an.

Unsicher wand sich Attar. Er musterte Davidson, beäugte die Waffe, schaute anschließend Thade und die von Furcht erfüllte Schimpansin an, die noch im Griff des Generals hing. Am Ende beugte er sich seiner Angst und Verzweiflung und gehorchte dem Affen, der sein Oberbefehlshaber war, sein Leitstern, seit Krull aus seinem Leben verschwunden war.

Bedächtig näherte er sich dem General, streckte den Arm aus und übergab ihm die Waffe. Thade nahm sie, schlang die Hand um den Griff und legte einen Finger um den Abzug. Dann schubste er Ari beiseite.

»Bedeutet es denn etwa einen Unterschied, wie wir auf die Welt gelangt sind?«, meinte er zu Attar. »Wir werden diejenigen sein, die am Schluss überleben.«

Aris Blick streifte Davidson, der mit hängenden Schultern

an einer Konsole lehnte. »Bitte tu ihm nichts«, bat sie den General.

Thade stieß ein leises, bitteres Lachen aus. Die Ernsthaftigkeit ihrer Bitte ließ sich so wenig übersehen wie die Tatsache, dass ihre vordringlichste Sorge nicht der eigenen Sicherheit galt, sondern dem Leben dieses schmutzigen Menschen. Er warf ihr einen Blick des Abscheus zu.

»Für dich bin ich immer weniger als ein Mensch wert gewesen ...«

Er hob die Waffe und zielte auf Davidson. Seine Hauer glänzten. »Eines Tages«, sagte er, »wird man sich an die Menschen, falls man sich überhaupt an sie erinnert, als das entsinnen, was sie in Wahrheit sind ... Nämlich ein schwächliches, dummes Geschmeiß.«

Der General zog den Abzug durch. Ein gedämpftes, aber scharfes Geräusch durchdrang die Stille: *Klick.*

Aber sonst geschah nichts. Thade glotzte die Waffe an, schüttelte sie, zielte ein zweites Mal und drückte wieder ab.

Klick. Klick-klick-klick.

Davidson zuckte mit den Schultern. »Dumme Leute, aber intelligente Waffen.«

Mit wildem Blick wirbelte Thade zu Attar herum. »Töte sie!«

Doch Attar rührte sich nicht, sondern hielt, tief in Gedanken, dem Blick einfach nur stand. Er sah den General an, danach Ari. Überlegte.

Speichel sprühte von Thades gummiartigen Lippen. *»Ich bin dein Oberbefehlshaber. Gehorche!«*

Endlich regte sich Attar, bewegte sich, als wäre von seinen breiten Schultern eine schwere Last genommen worden. »Alles was ich geglaubt habe ...«, sagte der Hauptmann.

Er verstummte und schüttelte den Kopf. »Es ist eine Lüge. Du und deine Familie, ihr habt uns betrogen. Ich gehorche dir nicht mehr.«

Damit verschränkte der Hauptmann die Arme auf der Brust und schwieg.

Schritt um Schritt hatte sich Davidson ganz allmählich – deutlich genug, um Thades Aufmerksamkeit zu erregen, aber langsam genug, um ihm keinen Anlass zu hastigem Einschreiten zu geben – zum Ausgang bewegt. Thade bedrohte ihn mit der Waffe, obwohl er deren Nutzlosigkeit inzwischen eingesehen hatte. Es war ihm egal. Schließlich war er bereits nahe daran gewesen, den Menschen mit bloßen Händen in Stücke zu reißen, und es würde ihm ein Vergnügen sein, den Job nun zu Ende zu bringen. Er warf die Waffe beiseite, um nun genau das zu tun, doch inzwischen stand Davidson dort, wohin zu gelangen er beabsichtigt hatte.

Thade lachte. »Wenn du tot bist und wir diese Kammern zugeschüttet haben, wird niemand die Wahrheit erfahren.« Er streckte die Arme, krümmte die Finger zu Klauen und kam auf Davidson zu.

Davidson vollführte einen letzten Rückwärtsschritt. »Du wirst sie kennen. *Und du wirst sie nicht mehr vergessen …*«

Mit diesen Worten drückte er die Hand auf eine Schaltfläche an der Wand. Diese Bewegung war so eigenartig, dass Thade einen Moment stutzte und zu begreifen versuchte. In dieser Gnadenfrist packte Davidson die Schimpansin und schob sie hastig zur Steuerbrücke hinaus.

Als ahnte er etwas, sprang auch Attar in den Gang. Hinter ihnen rollte die dicke Panzerglastür zu, schneller und schneller schloss sie sich.

Thade warf sich dagegen, doch die verbliebene Lücke war schon zu schmal, als dass er sich noch hätte durchzwängen können. Brüllend klammerte er sich mit beiden Fäusten an die Türkante und stemmte sich mit all seiner gewaltigen Körperkraft dagegen.

Die Panzertür stoppte, knirschte, dann rollte sie – Zentimeter um Zentimeter – langsam zurück.

Thades Gebrüll verwandelte sich in ein Triumphgeheul – bis ein Paar anderer Fäuste seine Handgelenke umschloss. Große Fäuste. Bedeckt mit schwärzlichem Fell.

Thade starrte in Attars kummervolle, aber kompromisslose Augen.

»Hilf mir, mein Freund …«, krächzte der General.

Attar schwieg.

»Ich befehle es dir!«, schrie Thade.

Attar schaute zu Boden. »Ich werde für dich beten«, antwortete er leise. Dann zerrte er Thades Hände von der Türkante und stieß ihn zurück. Ehe Thade wieder das Gleichgewicht erlangte, schloss sich die Panzertür mit einem volltönenden Rumsen, das hörbar hallte.

Thade rammte das Glas mit voller Wucht, aber selbst seine Kraft reichte nicht aus, um mehr als ein dumpfes Wumsen zu erzeugen. Er hämmerte mit den Fäusten gegen die Scheibe, bis seine Finger blutige Schlieren hinterließen. Wortlos beobachtete Attar ihn, dann wandte er sich ab und stapfte davon.

Langsam sank Thade hinter der Scheibe zusammen, mit einem Gesichtsausdruck, der gleichermaßen wild wie niedergeschlagen war. Plötzlich sprang er auf, drehte sich um und stürzte zu den Kontrollpulten. Aber er verfügte, was sie betraf, über keinerlei Kenntnisse, wusste nur genug, dass sie ihm helfen könnten, wäre er damit umzugehen imstande. Doch ihm fehlte jedes Wissen. Er drosch mit den Fäusten darauf ein und verspritzte aus seinen Fingern weiteres Blut auf die Tastaturen.

Am Ende sackte er aufs Deck nieder, weinte vor Wut und Grauen. Er, der beabsichtigt hatte, die Beweise für seine Verbrechen unter der Erde zu verbergen, war nun selbst begraben. Bis in alle Ewigkeit.

Davidson sah darin eine gerechte Strafe. Er nahm Ari bei der Hand und geleitete sie zurück zu den Stollen. Im Halbdunkel sah er eine Reihe feuchter, roter Kleckse in eine andere Richtung verlaufen.

Auch Ari bemerkte die Flecken. »Was …?«

Ernst schaute Davidson sie an. »Perikles.«

Sie verstand die Antwort nicht, aber folgte ihm trotzdem. Die Blutspur führte in das Tierlabor, in der das rostige Schild an der

Wand hing, von dessen Beschriftung man nur noch die Buchstaben C, A, L, I, M und A lesen konnte. Perikles, in dessen Fell Blut klebte, tappte auf der gegenüberliegenden Seite des Raums umher, als ob er etwas suchte.

Ari wollte etwas sagen, doch Davidson berührte ihre Schulter, und sie verstummte. Gemeinsam beobachteten sie Perikles. Schließlich fand der Schimpanse eine kleine, von Kalkstein verkrustete Höhle, schnupperte und kletterte bedächtig hinein.

Davidson ging mit Ari zu ihm. Perikles hatte sich in seinem alten Käfig zusammengerollt, dem einzigen Zuhause, das er je gehabt hatte. Er hob den Blick und schielte Davidson an, grinste schläfrig, während seine mühsame Atmung leiser wurde, aber auch regelmäßiger.

Davidson streckte den Arm aus, fasste seine Hand und hielt sie, lächelte ihm zu. Perikles gab einen Seufzlaut von sich und ließ langsam den Kopf sinken.

Die Affenarmee war längst fort, hatte sich in alle Winde zerstreut, die Winde, die jetzt das Schlachtfeld sauber fegten. Am Rande der Ruinen kniete Attar neben einem kegelförmigen Haufen aufgetürmter Steine. Als Ari sich näherte, hob er gerade den letzten Stein an seinen Platz. Auf dem Stein stand ein Name: Krull. Er setzte den Stein auf die Spitze des Kegels und wischte den Staub ab.

Ari legte die Hand so sanft auf das Grab, als hätte sie Sorge, den großen Affen, der unter den Steinen seine Ruhestätte gefunden hatte, stören zu können. »So viele Jahre hast du an meiner Seite verbracht«, sagte sie leise. »Ich wünschte, diesmal wäre es mir gelungen, *dich* zu retten …«

Attar sah sie an, aber sprach kein Wort.

Nun trat Davidson gleichfalls näher. Er führte Perikles an der Hand. Der Schimpanse hüpfte neben ihm wie ein Kind dahin.

Er überließ ihn Ari, und Perikles sprang sofort in ihre Arme. Anscheinend fühlte er sich dort ziemlich wohl.

»Kümmere dich gut um ihn«, sagte Davidson.

Ari rümpfte die Nase. »Ich kann dir versichern, dass ich ihn nicht in einen Käfig sperre.« Ihr Tonfall war patzig, doch in ihren Augen schimmerte verdächtige Nässe.

Attar wandte sich um und blickte auf das Schlachtfeld. »Wir wollen die Gräber ohne gesonderte Kennzeichnung lassen«, meinte er nachdenklich. »Niemand der diese Stätte aufsucht, soll sehen, wo Affen und wo Menschen ruhen. Sie sollen gemeinsam betrauert werden ... Und so sollte es von nun an immer sein.«

Davidson nickte. Er erachtete diesen Beschluss als vollkommen richtig.

Mit einem Mal ertönte aus der Luke der Raumkapsel, die in einiger Entfernung hinter seinem Rücken stand, ein lautes Piepsen. Ruckartig hob Davidson den Kopf. »Aha, die Instrumente haben die Koordinaten des elektromagnetischen Sturms ermittelt, durch den ich zu euch verschlagen worden bin«, sagte er in plötzlicher, höchster Erregung.

Ari kam zu ihm, versuchte unbekümmert zu wirken, allerdings mit schlechtem Erfolg. »Es würde allen sehr viel bedeuten, bliebest du bei uns.« Sie schwieg einen Moment lang, blickte dann zu ihm auf. »Es würde *mir* viel bedeuten ...«

Davidson fühlte sich hin- und hergerissen. Dennoch antwortete er mit fester Stimme. »Ich *muss* fliegen. Ich kann die Chance nicht ungenutzt lassen, vielleicht mit der Raumkapsel nach Hause zurückzufinden.«

Ari hob die Hand, berührte, streichelte Davidson. Doch zuletzt fand sie sich mit seinem Entschluss ab und nickte. »Eines fernen Tages wird man eine Geschichte über einen Menschen erzählen, der von den Sternen kam und unsere Welt veränderte. Dann werden manche behaupten, es sei niemals geschehen und nur ein Märchen.«

Ihre Stimme erstickte, als ihr endlich doch Tränen aus den Augen kullerten.

»Aber ich werde immer die Wahrheit wissen.«

Tief blickte Davidson ihr in die Augen, ergriff ihre Hand und drückte sie. Das Piepsen erklang lauter und zudringlicher.

Davidson wandte sich ab und lief zur Raumkapsel. Als er sie erreichte, schwang sich eine Gestalt aus der Luke. Er blieb stehen und wartete, bis sich Limbo umdrehte, ihn sah und zusammenzuckte, dabei fast den Gegenstand fallen lassend, den er in der Hand hatte.

»Möchtest du das verkaufen?«, fragte Davidson.

Limbo hatte so viel Anstand, verlegen zu gucken, doch seine Antwort hörte sich so abgebrüht und unehrlich wie gewohnt an. »Nein«, entgegnete er. »Ich wollte an dich ein Andenken haben.«

Davidson staunte. Man hätte glauben können, Limbo meinte es ernst.

Behäbig streckte er Davidson eine Plakette mit dem kompletten Identifikationsemblem der *Oberon* entgegen. Davidson grinste, schloss die Finger des Orang-Utans um die Plakette und grinste verhalten. »Sieh zu«, riet er ihm, »dass du dafür 'n guten Preis kriegst.«

Die Verzögerung genügte, um es Daena zu ermöglichen, ihn abzufangen, bevor er in die Raumkapsel steigen konnte. Die Schultern straff, das Kinn stolz erhoben, blieb sie nahebei stehen; als ob es sie nicht scherte, dass er fortflog.

Davidson ging zu ihr, doch sobald er vor ihr stand, brach ihre Fassade zusammen. Sie warf sich an seine Brust, schlang die Arme um ihn, als wollte sie ihn für alle Zeit festhalten.

»Du weißt«, sagte Davidson halblaut, »dass ich dich nicht mitnehmen kann.«

Sie schniefte und blickte ihm mit gespieltem Vorwurf ins Gesicht. »Dann musst du wiederkommen«, gab sie schnippisch zur Antwort.

Sachte presste sie voller Zärtlichkeit die Lippen auf seinen Mund, und er merkte, wie stark er auf ihre Nähe reagierte. Dann löste sie sich von ihm, wandte sich um und entfernte sich im Laufschritt zu den Ruinen.

Davidson sah ihr einige Augenblicke lang nach; schließlich drehte er sich um und ließ ein letztes Mal den Blick über den Planeten schweifen, den er so nachhaltig verändert hatte. Droben auf den Felsen saß Birn auf seinem Pferd und hob den Arm zum Abschiedsgruß. Davidson schmunzelte, winkte zu ihm hinauf, dann kehrte er dieser Welt endgültig den Rücken zu und kletterte bedächtig in die Raumkapsel.

Drinnen lehnte er sich in die vertrauten Konturen des Pilotensessels. Als er den Helm aufsetzte, bemerkte er einen nur ganz schwachen Schimpansengeruch. Perikles war *stets* ein reinlicher kleiner Affe gewesen.

»Luke schließen«, befahl er.

Der Bordcomputer hörte es; die Luke fiel zu.

Einen Moment später zündeten die Triebwerke, und ihr Schub beförderte Davidson noch in den Himmel.

Am Rande Calimas beobachteten Attar, Ari, Daena, Limbo und die anderen, wie Davidson auf seiner fliegenden Fackel gen Himmel ritt und einen feurigen Leuchtstreifen quer über eine der Sonnenscheiben zog. Auf der Felsenhöhe sah Birn den Schweif grellweißen Lichts unablässig immer höher steigen, bis er am Ende schrumpfte und inmitten der weiten, blauen Leere entschwand.

Vor Davidsons Sichtscheibe dehnte sich das makellose Samtschwarz des Alls, übersät mit Sternen, als wären sie zahllose Staubkörnchen, bis in die Unendlichkeit aus. Hoch konzentriert, versuchte er die korrekten Koordinaten genauer zu bestimmen und sie den Steuersystemprogrammen des Bordcomputers einzugeben.

Unvermittelt erhellte ein Hinweis den Monitor: *Koordinaten unbekannt.*

Aus dem Nichts war plötzlich das Wurmloch da, verzerrte in einer Eruption pulsierenden, blendend hellen Lichts Raum und Zeit.

Davidson biss die Zähne zusammen und versuchte Ruhe zu bewahren, während unberechenbare Energien das Raumfahrzeug umherschleuderten, als wäre es nur ein Sandkorn.

Dann verschwand es, hinterließ nichts als leeren Kosmos, in dem nichts, keine Spur, darauf hinwies, dass sich Leo Davidson je an dieser Stelle des Weltalls aufgehalten hatte.

SONY CLASSICAL
DER SOUNDTRACK ZUM FILM
Jetzt im Tonträgerhandel
ORIGINAL MOTION PICTURE SOUNDTRACK
PLANET OF THE APES
MUSIC BY DANNY ELFMAN
CD 89666
Die großartige Musik des Grammy Award Gewinners Danny Elfman ("Batman", "Men In Black", "Good Will Hunting").
Hörproben und den kostenlosen Newsletter – unter: www.sonyclassical.de